U0016117

三段式解析，過目不忘，快速提升英語力

單字密碼

呂宗昕 教授◆著

使用說明

要發揮本書《單字密碼》的最大威力，請參考以下「練功秘訣」，按部就班的逐步練習，將可速學速記單字，成為單字密碼高手！

1. 認識字首

英文單字的組成，可不是隨意把 26 個字母湊合在一起，字首、字根和字尾都有其獨特的意涵和作用。字首是整個單字的首要主角，認識字首和其意義，是了解單字的第一步驟。

2. 學習單字的發音和詞性

跟著自然發音和 KK 音標學習單字正確的發音，同時了解單字的詞性。

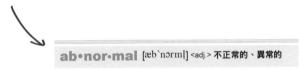

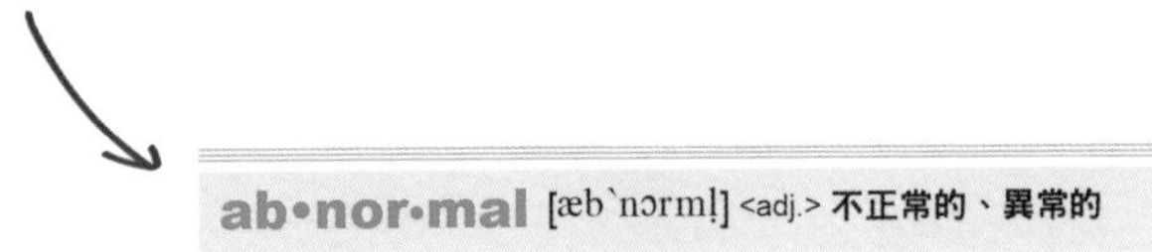

ab•nor•mal [æb`nɔrml] <adj.> 不正常的、異常的

3. 拆解單字

每一個英文單字都會以「因式分解」的方法拆解成「字首 + 字根 + 字尾→單字」，同時加上中文注釋。先了解各字首、字根與字尾的含義，再將各個含義聯結後，就形成該單字的意涵。

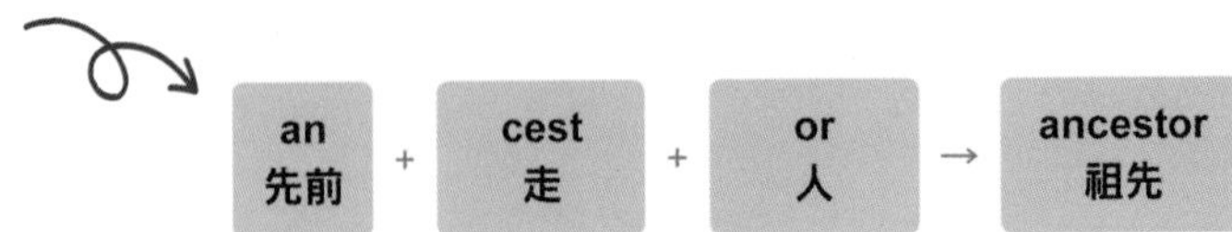

4. 單字聯想

每一個單字下方都有一個註解，用以幫助讀者聯想各個密碼之間的關係。聯想得越順暢，就越容易發揮密碼的威力！

動腦這樣想 向目標努力行進，就會「進入」更高境界。

5. 搭配例句學習

活用單字才能學好單字。了解單字的意思後，再搭配英文例句，並參考中文翻譯，就能理解單字的使用時機和方式。

To respect the **ancestors** is an important Chinese tradition.
尊敬**祖先**是中國人的一個重要傳統。

6. 跟著 CD 學習

每學完同一字首衍生的所有單字後，請聆聽 CD 並學習各個單字的正確發音。聆聽的同時，在自己腦海中再次回憶該單字構成的密碼，以加深印象。

CD-01

7. 反覆勤加練習

學習單字不要貪心，每學習到一個段落，就休息一下，聽聽 CD，再從頭複習一次。透過反覆的練習，做到熟能生巧。

8. 索引搜尋 & 複習

本書最後附索引，可對照英文單字的中文解釋及頁碼，方便查詢，複習更有效率。

使用說明

註 本書標示出字根的來源，以利使用者理解和學習：

ac•cept [əkˋsɛpt] <v.t.> **接受**

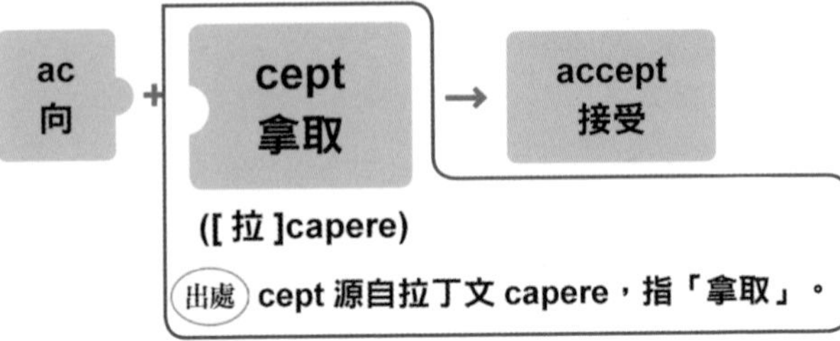

動腦這樣想 向對方拿取物品，代表「接受」之意。

註 英文字裡，許多單字的字首、字根和字尾都源自拉丁文，或是其在單字構造中有特殊的意義：

ac•cept [əkˋsɛpt] <v.t.> **接受**

ac 向 + cept 拿取 → accept 接受

([拉]capere)

出處 cept 源自拉丁文 capere，指「拿取」。

動腦這樣想 向對方拿取物品，代表「接受」之意。

詞性說明

<n.>	→	noun	名詞
<v.>	→	verb	動詞
<v.i.>	→	intransitive verb	不及物動詞
<v.t.>	→	transitive verb	及物動詞
<adj.>	→	adjective	形容詞
<adv.>	→	adverb	副詞
<art.>	→	article	冠詞
<prep.>	→	preposition	介詞
<conj.>	→	conjunction	連接詞
<prop.>	→	pronoun	代名詞

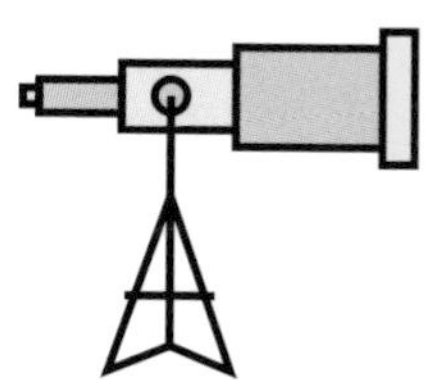

作者序

你想快速記憶單字嗎？你想自由運用單字嗎？你想讓單字過目不忘嗎？你想在英文考試中衝高分嗎？

如果你想達成以上任何一件事情，你應該參考本書 《單字密碼》。這本書與一般坊間的單字書有相當大的區隔，它的特色在於：

- 將相同的「密碼」歸納彙整，同時統一「密碼」中的中文含義，避免造成學習者混淆。
- 利用「分解因式」的方法，將單字拆解成不同的「密碼」，以「字首 + 字根 + 字尾 = 單字」的結構，讓讀者更易記憶。
- 每一個單字，皆標明是屬「大學學測」「大學指考」「全民英檢初級」「全民英檢中級」四項重要考試中的指定單字。
- 每個單字後，附上英文例句，並加上中文翻譯，幫助讀者學習造句。
- 隨書附贈 MP3 格式的 CD，協助讀者學習正確發音，並由發音練習進一步熟悉單字。

英文中看似沒有任何造字原則，僅是 26 個字母的排列組合，所以使我們在背單字時苦不堪言。其實，英文的部分單字是來自於希臘、羅馬時期的希臘文與拉丁文，由這些古文字再逐漸演變成今日所看到的單字。如果我們可以知道這些變化原則，就可以理解單字如何構成，再藉由單字構成的原因增強記憶的印象，進而靈活應用這些單字。

單字中的「密碼」何在？就在於其中的字首、字根與字尾。以下為你舉幾個本書中的例子，讓你享受破解英文密碼的樂趣。

Decline, degrade, depress 分別是「降低、降級、抑鬱」的意思。這三個單字相同的字首密碼為「de」。所以這三個字可拆解成：

decline = de + cline

degrade = de + grade

depress = de + press

「de」的意思是「向下」，所以我們可以快速的破解上述三個單字為：

decline = de〔向下〕+ cline〔傾向〕

→「向下」傾倒的傾向就是「降低」

degrade = de〔向下〕+ grade〔等級〕

→「向下」調整等級就是「降級」

depress = de〔向下〕+ press〔擠壓〕

→「向下」擠壓自己的心就是「抑鬱」

由「de」密碼可以輕鬆了解各個單字的構成。當我們了解其構成原因後，上述三個單字就可輕鬆熟記。

當我們以上述例子中這樣嶄新的方法去學習英文單字時，不僅在學習過程中充滿樂趣，並且可一口氣快速記住許多單字，亦能清楚的辨識各單字之間的差別，確實掌握各單字的精義。

記憶單字並不難，只要有正確的方法，並掌握其中記憶的訣竅！透過本書的學習方式，我們可記住大量單字，並悠遊於英文的文字世界，享受閱讀英文的快樂。我們不僅將成為單字密碼高手，也將會是考場中的大贏家！

呂宗昕

目錄

1 CHAPTER A-D

2 CHAPTER E-H

3 CHAPTER I-L

4 CHAPTER M-P

5 CHAPTER Q-T

6 CHAPTER U-V

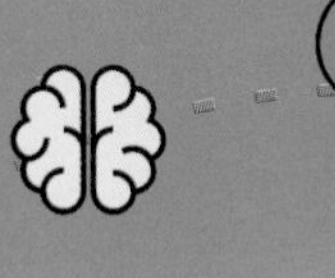

1 CHAPTER

A-D

ab = 偏離．離開

ab 源自拉丁文，意思為「從，自」。ab 當字首時，則有「偏離，離開」的意思。

● 全民英檢初級必備單字　◎ 全民英檢中級必備單字　★ 學科能力測驗範圍　☆ 指定科目考試範圍

ab•nor•mal [æb`nɔrmḷ] <adj.> 不正常的、異常的 ◎☆

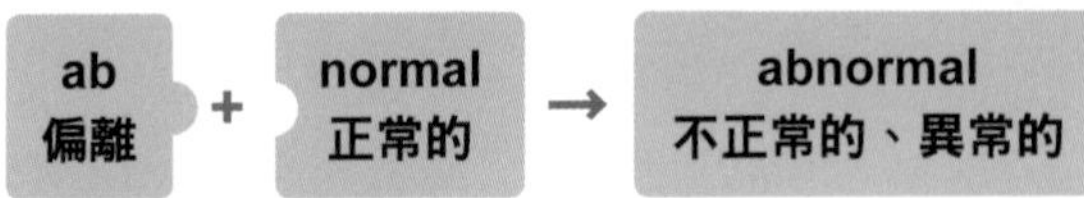

動腦這樣想 偏離正常，即是不正常的、異常的。

Beware of his **abnormal** behavior.
對他的**異常**行為要小心。

a•buse [ə`bjuz] <v.t.> 濫用 ◎☆

動腦這樣想 偏離正常使用就是濫用。

To **abuse** drugs is harmful to your health.
濫用藥物對你的健康是有危害的。

ab•sent [`æbsṇt] <adj.> 缺席的 ●★

ab 偏離 + sent 出席的 (present) → absent 缺席的

出處 sent 源自英文單字 present，指「出席的」。

動腦這樣想 偏離出席狀況就是缺席的。

Joseph was **absent** from the meeting yesterday.
喬瑟夫昨天在會議上**缺席**了。

ab•sence [ˋæbsn̩s] <n.> **缺席** ◎★

動腦這樣想 absent 去 t 加上 ce 是**缺席**的名詞。

Leo's **absence** made his manager angry.
李奧的**缺席**使他的主管生氣。

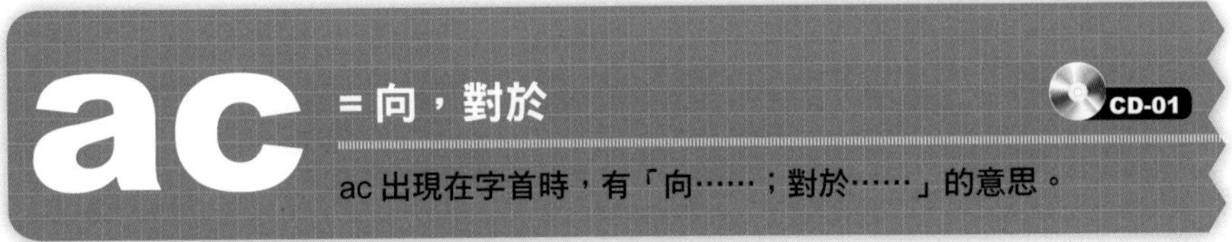

ac•cel•er•ate [ækˋsɛlə͵ret] <v.t.> **加速** ◎☆

ac 向 + celer 快速 + ate 使 → accelerate 加速

動腦這樣想 **向**著某個方向使其速度變快就是加速。

Peter is **accelerating** his car because he is almost late for work.
彼得正在**加速**開車，因為他快遲到了。

ac•cept [əkˋsɛpt] <v.t.> **接受** ●★

ac 向 + cept 拿取 ([拉]capere) → accept 接受

出處 **cept 源自拉丁文 capere，指「拿取」。**

動腦這樣想 **向**對方拿取物品，代表「接受」之意。

It is polite to say thank you when you **accept** invitation from someone else.
當你**接受**他人的邀請時，說聲謝謝是禮貌的做法。

ac•cess [ˋæksɛs] <n.> 進入

◎★

ac 向 + cess 行走 ([拉]cedere) → access 進入

出處 cess 源自拉丁文 cedere，指「行走」。

動腦這樣想 向目標努力行進，就會「進入」更高境界。

The thief attempted to gain **access** to this house.
小偷企圖**進入**這間房屋。

ac•com•mo•date [əˋkɑmə͵det] <v.t.> 適應

◎☆

ac 向 + com 共同 + mod 樣式 (mode) + ate 使 → accommodate 適應

出處 mod 源自英文單字 mode，指「樣式」。

動腦這樣想 向共同模式逐漸趨近就是「適應」。

It takes time to **accommodate** to the new environment.
適應新環境需要時間。

ac•com•plish [əˋkɑmplɪʃ] <v.t.> 完成

◎★

ac 向 + compl 滿足 + ish 行為 → accomplish 完成

動腦這樣想 朝向充分滿足目標的行為，代表「加以完成」。

The whole team stayed up late to **accomplish** this project.
整組熬夜到很晚以**完成**這個專案。

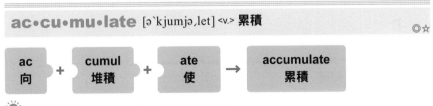

ac•cord [ə`kɔrd] <v.i.> 一致

◎☆

ac 向 + cord 心 → accord 一致

動腦這樣想 使心心相向就是一致。

Elaine's opinion on this issue **accords** with mine.
依琳對這個問題的意見和我的**一致**。

ac•count [ə`kaʊnt] <v.i.> 說明

◎★

動腦這樣想 向某件事情精確計算以說明事實。

Taylor uses Excel worksheets to **account** for the financial data.
泰勒用 Excel 試算表**說明**財務數據。

ac•cu•mu•late [ə`kjumjə͵let] <v.> 累積

◎☆

動腦這樣想 向著某個方向堆積就是累積。

It is wise to **accumulate** savings since young age.
從年輕的時候開始**累積**存款是聰明的。

ac•cus•tom [ə`kʌstəm] <v.t.> 習慣於

◎☆

ac 對於 + custom 習慣 → accustom 習慣於

動腦這樣想 對於某件事情漸趨習慣，就是習慣於某事。

My mom spent two days to **accustom** herself to the new washing machine.
我媽媽花了兩天才**習慣**這台新的洗衣機。

ac•knowl•edge [ək`nɑlɪdʒ] <v.t.> 承認

◎☆

ac 對於 + knowledge 知道 → acknowledge 承認

動腦這樣想 對於某件事情表示知道，即是承認。

The president **acknowledged** the need for reform.
總統**承認**有改革的需要。

ac•quaint [ə`kwent] <v.t.> 熟悉

◎★

ac 對於 + quaint 知道 → acquaint 熟悉

動腦這樣想 對於某事的知道程度很深，稱為熟悉。

He **acquainted** me with the details of the case.
他讓我**熟悉**了案子的詳情。

ac•quire [əˋkwaɪr] <v.t.> 取得 ◎★

ac 向 + quire 尋求 (enquire) → acquire 取得

出處 quire 源自英文單字 enquire，指「尋求」。

動腦這樣想 向著某個目標努力尋求以取得某物。

It is important to demonstrate what job related experiences you have acquired during an interview.
在面談的過程中，表現出你曾取得跟工作有關的經驗是很重要的。

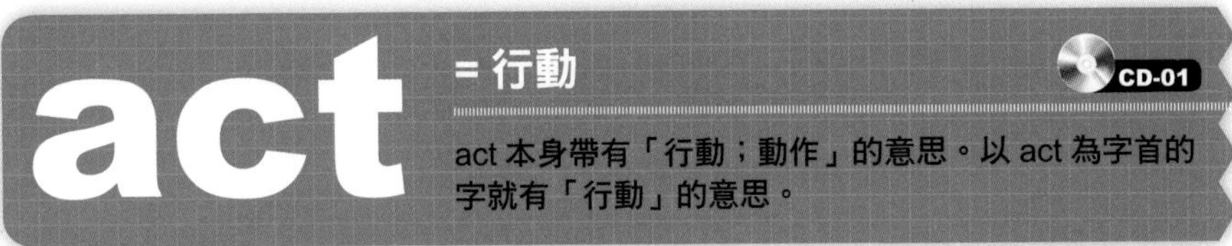

act
= 行動
CD-01
act 本身帶有「行動；動作」的意思。以 act 為字首的字就有「行動」的意思。

ac•tion [ˋækʃən] <n.> 動作 ●★

act 行動 + ion 行為 → action 動作

動腦這樣想 行動的行為，必與採取的「動作」有關。

Allen waited for two days before taking the action.
艾倫等了兩天才付諸行動。

ac•tiv•i•ty [ækˋtɪvətɪ] <n.> 活動 ●★

act 行動 + iv 作用 + ity 狀態 → activity 活動

動腦這樣想 行動作用的狀態是一種活動。

Participation in some extracurricular activities is healthy for teenagers.
參與一些課外活動對青少年的健康是有益的。

ac•tiv•ist [ˋæktɪvɪst, ˋæktəvɪst] <n.> 行動份子

◎☆

act 行動 + iv 用 + ist 人 → activist 行動份子

動腦這樣想 積極行動的人是行動份子。

Activists always take action before anyone else.
行動份子總是比別人早付諸行動。

ac•tor [ˋæktɚ] <n.> 演員

●★

act 行動 + or 人 → actor 演員

動腦這樣想 用行動表演的人是演員。

Leslie Cheung is my favorite actor and singer.
張國榮是我最喜愛的男演員和歌手。

ac•tress [ˋæktrɪs] <n.> 女演員

●★

act 行動 + ress 女人 → actress 女演員

動腦這樣想 actor 去 or 加上 ress 是女演員。

Gini Star is a talented actress in Hollywood.
吉妮 • 斯達是一位有天份的好萊塢女演員。

ad =向，對於

CD-01

同 ac，以 ad 為字首的字帶有「向……；往（某處、方向）；對於（某事）」的意思。

● 全民英檢初級必備單字 ◎ 全民英檢中級必備單字 ★ 學科能力測驗範圍 ☆ 指定科目考試範圍

a•dapt [ə`dæpt] <v.> 適應 ◎★

動腦這樣想 朝向合適的方向前進，就會越來越適應。

I advised my colleague to **adapt** herself to the company's new policy.
我建議我的同事讓自己**適應**公司的新政策。

ad•e•quate [`ædekwɪt] <adj.> 足夠的 ◎★

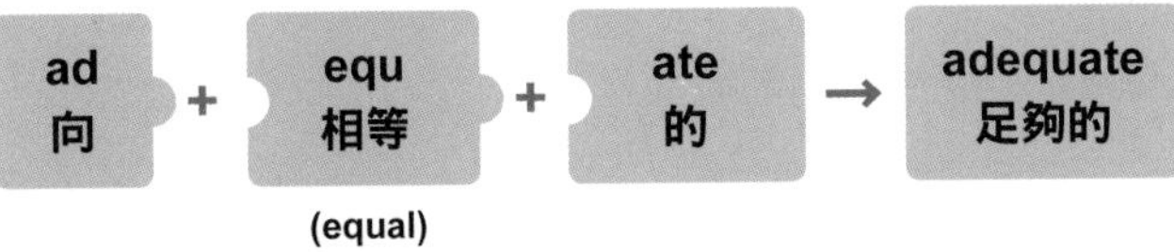

出處 equ 源自英文單字 equal，指「相等」。

動腦這樣想 達到與目標相等的程度，代表「足夠的」。

The money they earned is **adequate** for a living.
他們賺的錢**足夠**過活。

ad•just [ə`dʒʌst] <v.> 調整、適應 ●★

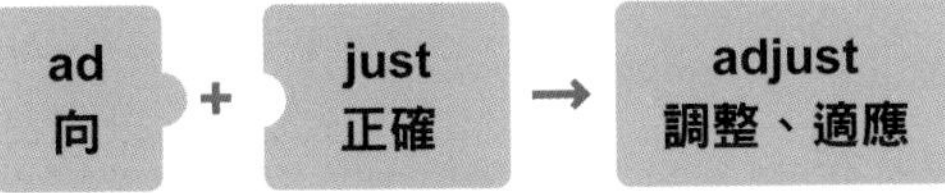

動腦這樣想 使某事朝向正確方向就是調整、適應。

My grandparents had a hard time **adjusting** to the new environment.
我的祖父母難以**適應**新環境。

ad•mire [əd`maɪr] <v.t.> 欽佩

●★

ad 對於 + mir 驚奇 (miracle) + e < 動 > → admire 欽佩

出處 mir 源自英文單字 miracle，指「驚奇」。

動腦這樣想 對某事感到驚奇佩服就是欽佩。

I **admire** my husband's great ambition.

我很**欽佩**我丈夫的偉大抱負。

ad•mit [əd`mɪt] <v.> 允許

◎★

ad 向 + mit 發出 (submit) → admit 允許

出處 mit 源自英文單字 submit，指「發出」。

動腦這樣想 向某人發出同意訊號就是允許。

Susan **admitted** her son to spend the night with his friends on the weekend.

蘇珊**允許**她兒子和他的朋友一起度過週末夜晚。

ad•o•les•cence [ˌædl̩`ɛsn̩s] <n.> 青春期

◎☆

ad 向 + olesc 青少年 (adolescent) + ence 狀態 → adolescence 青春期

出處 olesc 源自英文單字 adolescent，指「青少年」。

動腦這樣想 朝向成為青少年的狀態，即是進入了青春期。

Try to be patient to your children in their **adolescence**.

試著耐心對待正值**青春期**的孩子。

a•dopt [ə`dɑpt] <v.> 採取

◎★

ad 對於 + opt 選擇 → adopt 採取

(option)

出處 opt 源自英文單字 option，指「選擇」。

動腦這樣想 對於某件事情選擇了某種方法，即是採取。

George refuses to **adopt** my suggestion.

喬治拒絕**採取**我的建議。

ad•van•tage [əd`væntɪdʒ] <n.> 優勢

◎★

ad 向 + vant 前 + age 行為 → advantage 優勢

([拉]venire)

出處 vant 源自拉丁文 venire，指「前」。

動腦這樣想 保持**向前**持續邁進的行為，就會比別人佔優勢。

There are many **advantages** of learning another language for your career.

學習另一種語言讓你在職場上佔了很多**優勢**。

ad•ver•tise [`ædvɚ͵taɪz] <v.> 廣告

●★

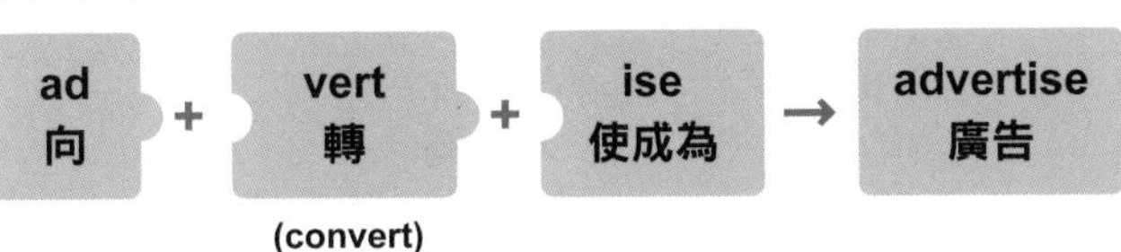

(convert)

出處 vert 源自英文單字 convert，指「轉」。

動腦這樣想 會使人注意力轉**向**某事的物品就是廣告。

To distribute flyers in the streets is a way to **advertise** your new store.

在街上發傳單是為你的新店做**廣告**的一個方法。

ad•vise [əd`vaɪz] <v.> 建議

●★

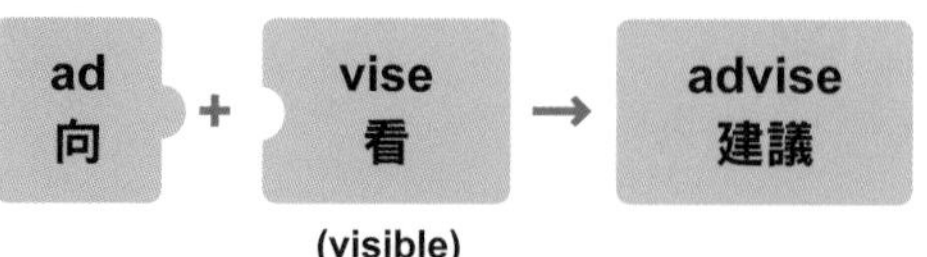

(visible)

出處 vise 源自英文單字 visible，指「看」。

動腦這樣想 向看到的事物提出意見就是建議。

My family doctor **advised** me to take a complete rest at home.
我的家庭醫生**建議**我在家完全休息。

ad•vo•cate [`ædvə͵ket] <v.t.> 提倡

◎☆

ad 向 + voc 呼喚 + ate 使 → advocate 提倡

(vocal)

出處 voc 源自英文單字 vocal，指「呼喚」。

動腦這樣想 向大眾呼喚以達成某事就是提倡。

It is very important to **advocate** patriotism to the young people.
對年輕人**提倡**愛國精神是很重要的。

ad•ven•ture [əd`vɛntʃɚ] <n.> 探險

◎★

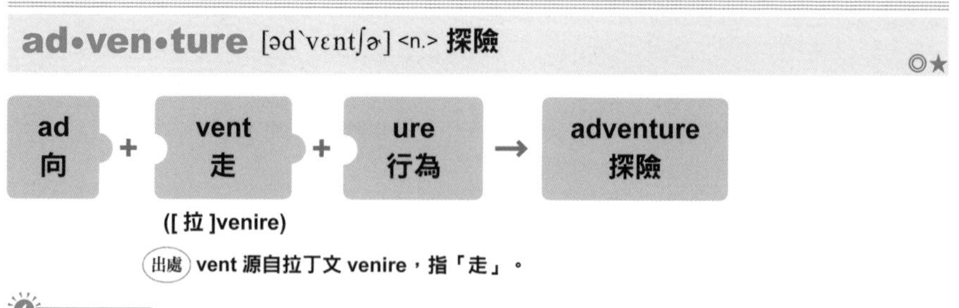

([拉]venire)

出處 vent 源自拉丁文 venire，指「走」。

動腦這樣想 向未知前行的行為是探險。

I'm interested in his **adventures** in Africa.
我對他在非洲的**探險**經歷很感興趣。

an, ant, anti

= 反對，反抗

以此三個為字首的單字，意思上有「相反的，未（沒有），抗」的意味。

● 全民英檢初級必備單字 ◎ 全民英檢中級必備單字 ★ 學科能力測驗範圍 ☆ 指定科目考試範圍

a•non•y•mous [ə`nɑnəməs] <adj.> 匿名的

◎☆

([拉]nomen)

出處 onym 源自拉丁文 nomen，指「名字」。

動腦這樣想 沒有名字的就是匿名的。

The school received a huge donation from an **anonymous** donor.
學校收到**匿名**捐贈者的大筆捐款。

an•ti•bi•ot•ic [ˌæntɪbaɪˊɑtɪk] <n.> 抗生素

◎☆

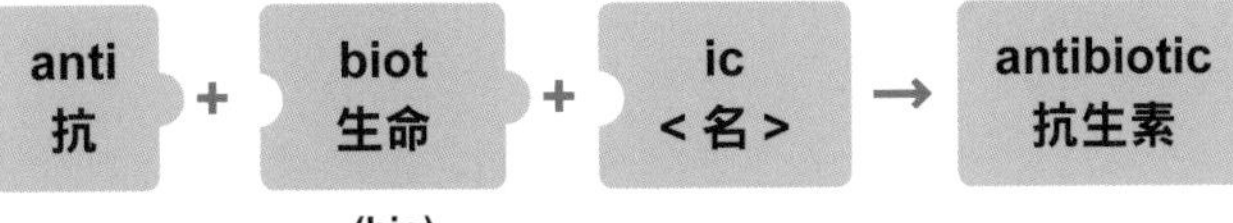

(bio)

出處 biot 源自英文單字 bio，指「生命」。

動腦這樣想 可以**對抗**微生物的元素，稱為抗生素。

Taking too much **antibiotic** can be harmful to your health.
服用太多**抗生素**對你的健康有害。

an•ti•bod•y [`æntɪˌbɑdɪ] <n.> 抗體

◎☆

動腦這樣想 **對抗**微生物而產生的物體，稱為抗體。

To develop **antibody** is important to fight against contagious diseases for humans. 對人類來說，產生**抗體**對於對抗傳染病很重要。

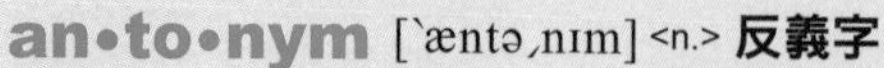

◎☆

ant 反 + onym 名稱 → antonym 反義字

([拉]nomen)

出處 onym 源自拉丁文 nomen，指「名稱」。

動腦這樣想 對立的名稱，即是指反義字。

"Good" is the **antonym** of "bad".
「好」是「壞」的**反義字**。

Ant•arc•tic [æn`tɑrktɪk] <n.> 南極

◎☆

動腦這樣想 北極的**相反**就是南極。

To have an adventure of the **Antarctic** is Glen's dream in his life.
到**南極**探險是格蘭畢生的夢想。

an•ec•dote [`ænɪk͵dot] <n.> 軼事

◎☆

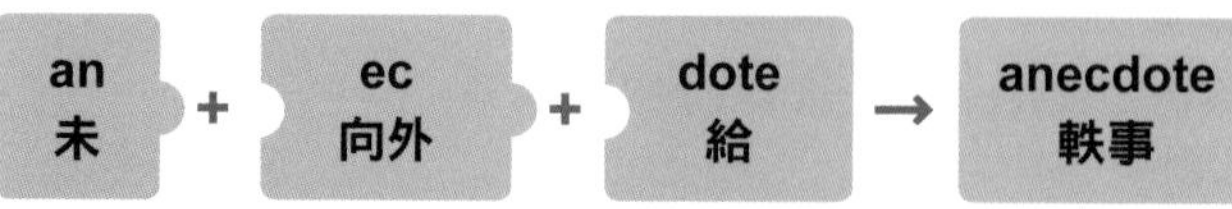

動腦這樣想 未曾向外發表的是軼事。

The **anecdotes** between the politician and his mistress have become the biggest gossip in the nation.
政客和他情婦之間的**軼事**已成為國內最大的八卦。

an anti

= 先前，事前

除了「相反，反抗」，an、anti 置於字首還有「先前、事前」的意思。

● 全民英檢初級必備單字　◎ 全民英檢中級必備單字　★ 學科能力測驗範圍　☆ 指定科目考試範圍

an•ces•tor [`ænsɛstɚ] <n.> 祖先 ◎★

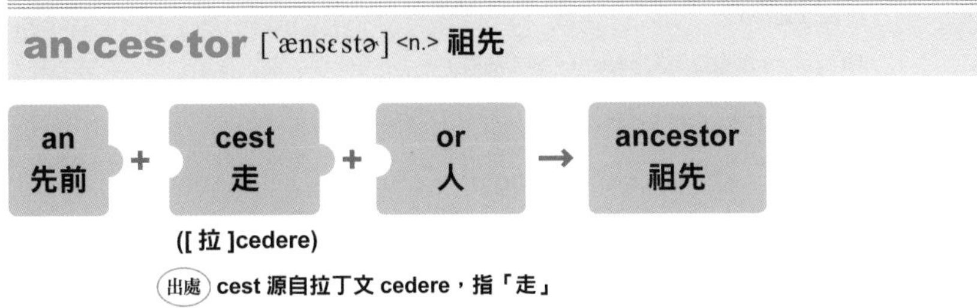

([拉]cedere)

出處 cest 源自拉丁文 cedere，指「走」

動腦這樣想 在我們之前的人是祖先。

To respect the **ancestors** is an important Chinese tradition.

尊敬**祖先**是中國人的一個重要傳統。

an•cient [`enʃənt] <adj.> 古代的 ●★

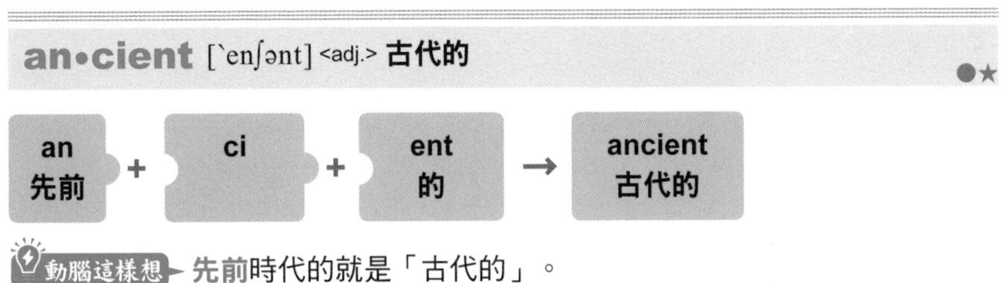

動腦這樣想 **先前**時代的就是「古代的」。

People used horse-drawn carriages as their vehicles in **ancient** times.

人們在**古代**時使用馬車作為交通工具。

an•tique [æn`tik] <n.> 骨董 ◎☆

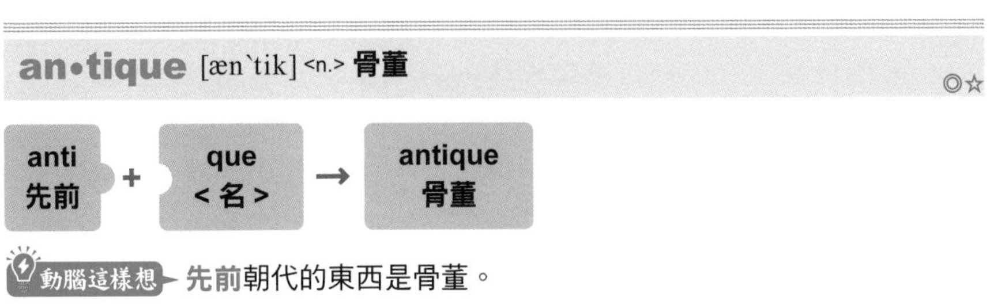

動腦這樣想 **先前**朝代的東西是骨董。

The store sells **antiques** in the small town.

小鎮上的這家店賣的是**骨董**。

an•tic•i•pate [æn`tɪsə,pet] <v.t.> 期望

◎☆

anti 事前 + cipate 拿取 → anticipate 期望

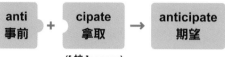

([拉]capere)

出處 cipate 源自拉丁文 capere，指「拿取」。

動腦這樣想 在事前就採取相關行動，意味對某事有所期望。

The children eagerly **anticipated** the beginning of the summer vacation.
孩子們熱烈**期望**暑假的開始。

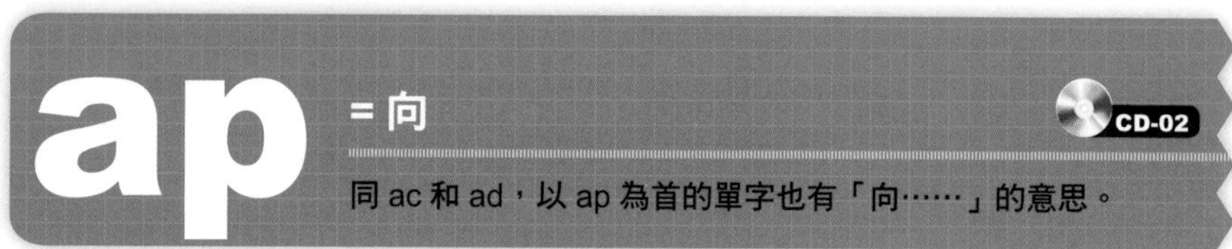

ap•plaud [ə`plɔd] <v.> 喝采

◎☆

ap 向 + plaud 鼓掌 → applaud 喝采

(plaudit)

出處 plaud 源自英文單字 plaudit，指「鼓掌」。

動腦這樣想 向某人鼓掌即是喝采。

Please **applaud** Dave for his great performance. 請為戴夫精彩的表演鼓掌**喝采**。

ap•plause [ə`plɔz] <n.> 喝采

◎☆

ap 向 + plause 鼓掌 → applause 喝采

動腦這樣想 applaud 字尾去 d 加上 se，即是「喝采」的名詞。

The entire company gave Pearl an **applause** for her interesting presentation.
全公司為佩兒有趣的簡報而鼓掌**喝采**。

ap•point [ə`pɔɪnt] <v.> 指派 ◎★

ap 向 + point 指點 → appoint 指派

動腦這樣想 向某個職位指點安排，即是指派。

Ms. Breeze appointed me to be the class leader.
布利斯小姐指派我當班長。

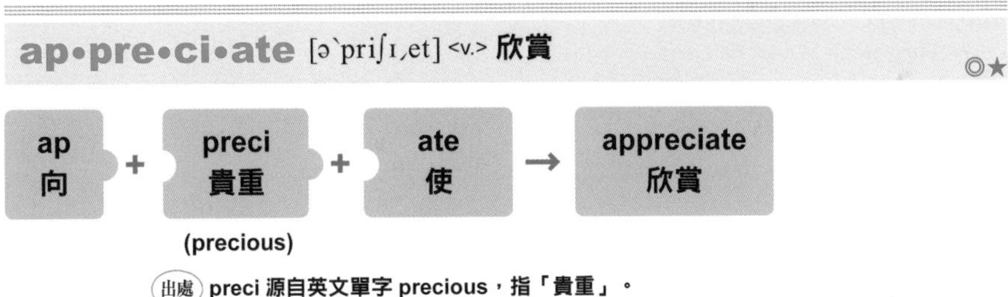

ap•pre•ci•ate [ə`priʃɪ͵et] <v.> 欣賞 ◎★

ap 向 + preci 貴重 (precious) + ate 使 → appreciate 欣賞

出處 preci 源自英文單字 precious，指「貴重」。

動腦這樣想 向某事物給予高的評價，代表「欣賞」之意。

Al does not appreciate this type of art films.
艾爾不欣賞這類型的藝術電影。

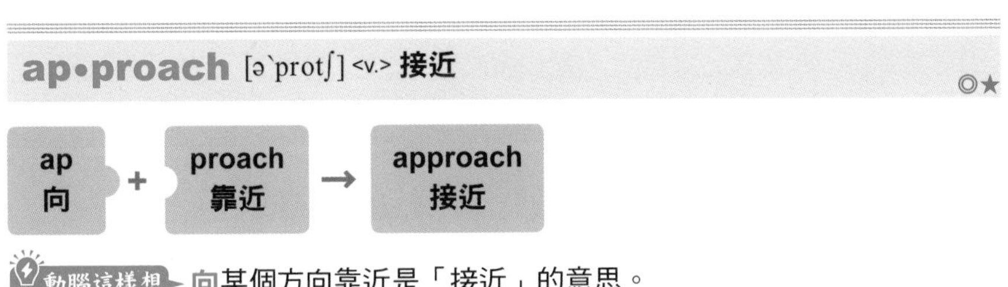

ap•proach [ə`protʃ] <v.> 接近 ◎★

ap 向 + proach 靠近 → approach 接近

動腦這樣想 向某個方向靠近是「接近」的意思。

The cat quietly approached a mouse.
這隻貓安靜地接近一隻老鼠。

ap•prox•i•mate [ə`prɑksəmɪt] <adj.> 約略的

◎☆

ap 向 + proxim 接近 + ate 的 → approximate 約略的

(proximal)

出處 proxim 源自英文單字 proximal，指「接近」。

動腦這樣想 大致接近的，表示「約略」的意思。

The **approximate** time of our landing will be seven o'clock.
我們**約略**在七點的時候降落。

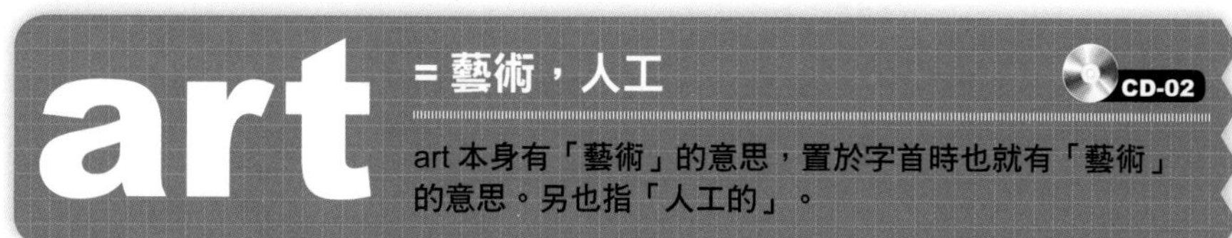

art
= 藝術，人工
CD-02
art 本身有「藝術」的意思，置於字首時也就有「藝術」的意思。另也指「人工的」。

art•ist [`ɑrtɪst] <n.> 藝術家

●★

動腦這樣想 從事**藝術**工作的人稱為藝術家。

In order to be a real **artist**, you ought to create your works with your heart and spirit.
要成為一位真正的**藝術家**，你應當要以你的心和靈魂來創作。

ar•tis•tic [ɑr`tɪstɪk] <adj.> 藝術的

◎☆

art 藝術 + ist 人 + ic 的 → artistic 藝術的

動腦這樣想 與**藝術**家之工作有關的，即是藝術的。

Having an **artistic** mind is more important than actually being an artist.
擁有**藝術的**心靈比真正成為一位藝術家更重要。

ar•ti•fact [ˋɑrtɪˏfækt] <n.> 藝術品

◎☆

art 藝術 + i + fact 製作 → artifact 藝術品

(manufact)

出處 fact 源自英文單字 manufact，指「製作」。

動腦這樣想 藝術製作的成品，就是指藝術品。

Many **artifacts** are shown at the exhibition. 展覽會上陳列了很多的**藝術品**。

ar•ti•fi•cial [ˏɑrtəˋfɪʃəl] <adj.> 人造的

◎★

出處 fic 源自拉丁文 fingere，指「做」。

動腦這樣想 人工做的東西就是人造的。

The lobby is decorated with **artificial** flowers. 大廳以**人造**花作為裝飾。

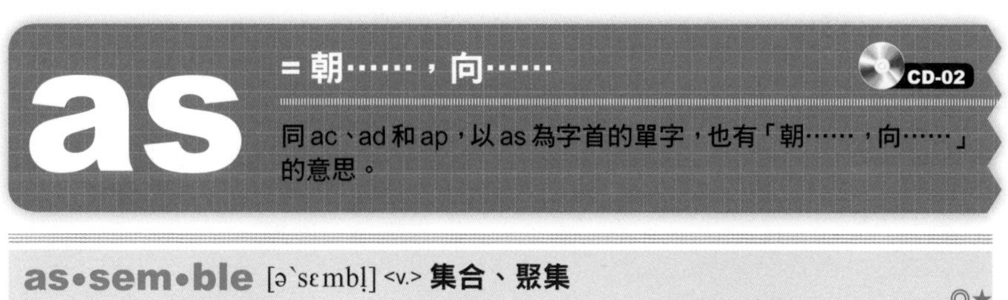

as
= 朝……，向……
CD-02
同 ac、ad 和 ap，以 as 為字首的單字，也有「朝……，向……」的意思。

as•sem•ble [əˋsɛmbl̩] <v.> 集合、聚集

◎★

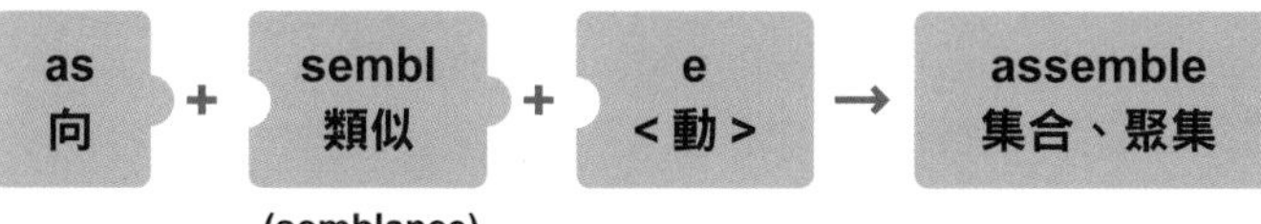

出處 sembl 源自英文單字 semblance，指「類似」。

動腦這樣想 眾人朝向類似的目標聚集，即是集合。

Thousands of protestors **assembled** in front of the presidential palace.
成千上萬的示威群眾**聚集**在總統府前面。

as•sert [ə`sɝt] <v.t.> 斷言、聲明

◎☆

as 向 + sert 討論 → assert 斷言、聲明

動腦這樣想 針對某事討論並堅持己見就是斷言、聲明。

The court **asserted** that he was innocent.

法院**聲明**他是無罪的。

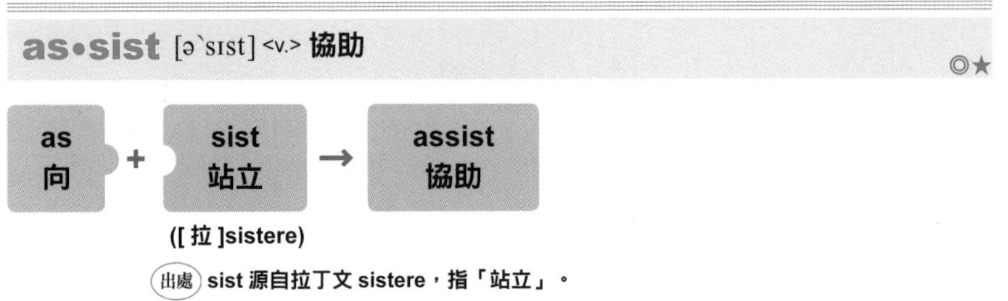

as•sist [ə`sɪst] <v.> 協助

◎★

as 向 + sist 站立 → assist 協助

([拉]sistere)

出處 sist 源自拉丁文 sistere，指「站立」。

動腦這樣想 向某人靠近使其穩穩站立，代表予以協助。

I **assisted** a stranger by showing the way to his destination.

我**協助**一個陌生人指出到達他的目的地的路。

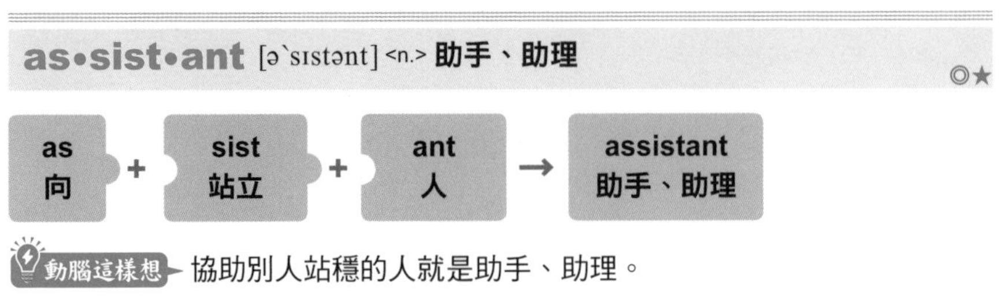

as•sist•ant [ə`sɪstənt] <n.> 助手、助理

◎★

as 向 + sist 站立 + ant 人 → assistant 助手、助理

動腦這樣想 協助別人站穩的人就是助手、助理。

Tina hired a young woman to be her new **assistant** in the office.

蒂娜雇用一個年輕女士在辦公室裡擔任**助理**。

as•so•ci•ate [ə`soʃɪ͵et] <v.> 連結、聯想

◎★

as 向 + soci 聯合 + ate 使 → associate 連結、聯想

([拉]sociare)

出處 soci 源自拉丁文 sociare，指「聯合」。

動腦這樣想 聯合不同事物以**朝向**一個目標前進，即是加以連結、聯想。

I'm not able to **associate** Lulu with the little girl I knew before.
我無法將露露跟我從前認識的那個女孩**聯想**在一起。

as•so•ci•a•tion [ə͵sosɪ`eʃən] <n.> 協會

◎★

as 向 + soci 聯合 + ation < 名 > → association 協會

動腦這樣想 聯合一起**朝向**共同目標努力的組織，就是協會。

Linda has joined the **Association** of the Youth with her friends.
琳達和她的朋友加入了青年**協會**。

as•sume [ə`sum, ə′sjum] <v.> 假設

●★

as 向 + sum 拿取 + e < 動 > → assume 假設

動腦這樣想 **對於**某事先選取了某種可能狀況，即是假設之意。

I **assume** you cheated on the exam, didn't you?
我**假設**你在考試時作了弊，是不是呢？

as•sump•tion [ə`sʌmpʃən] <n.> 假設

◎☆

as 向 + sum 拿取 + p + tion < 名 > → assumption 假設

動腦這樣想 assume 去 e 加 ption 是「假設」的名詞。

The result of the survey proved my **assumption** right.

這項調查的結果證明我的**假設**是正確的。

動腦這樣想 astonish 加上 ment 是「驚訝、驚愕」的名詞。

Bret was hit by the car in **astonishment**.

布萊德在**驚愕**中被車撞到。

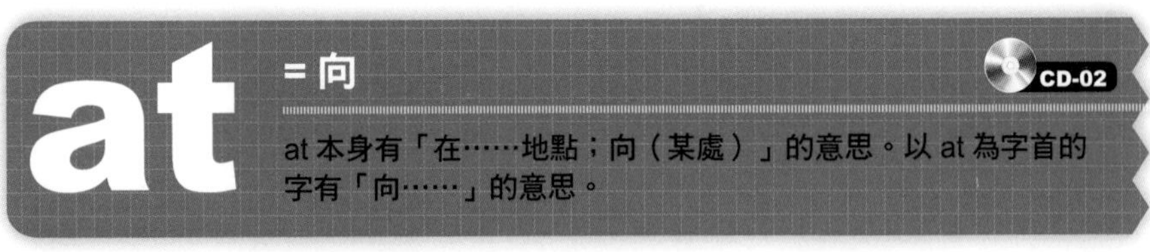

at
= 向
CD-02
at 本身有「在……地點；向（某處）」的意思。以 at 為字首的字有「向……」的意思。

at•tack [ə`tæk] <v.> 攻擊

●★

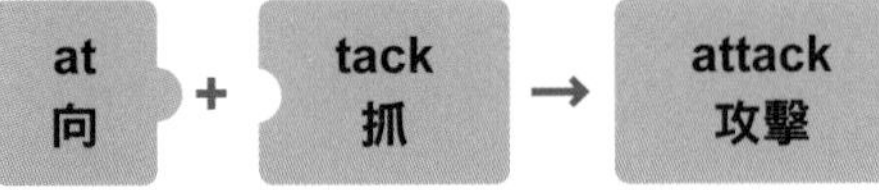

動腦這樣想 **向**對方猛抓即是攻擊。

To my astonishment, the stranger **attacked** me.

那個陌生人對我的**攻擊**令我感到驚訝。

at•tract [ə`trækt] <v.> 吸引

◎★

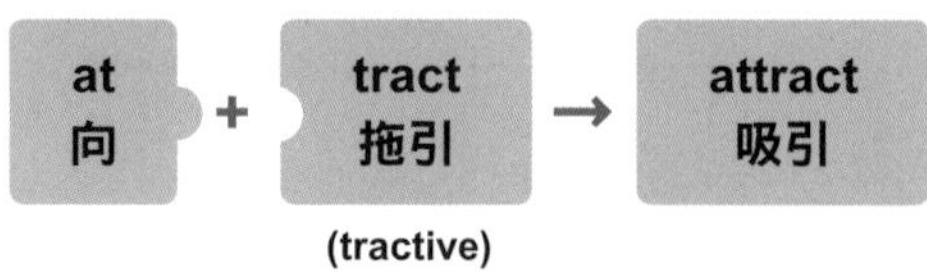

(tractive)

出處 tract 源自英文單字 tractive，指「拖引」。

動腦這樣想 把對方引向自己，即是吸引。

Pat **attracts** Claire with his gentleness.
派特彬彬有禮的風度**吸引**了克萊兒。

at•trac•tion [ə`trækʃən] <n.> 吸引力

◎★

at 向 + tract 拖引 + ion 行為 → attraction 吸引力

動腦這樣想 attract 加上 ion 是吸引力。

The local food has great **attraction** to me.
地方小吃對我來說有很大的**吸引力**。

at•tend [ə`tɛnd] <v.> 參加

◎★

at 向 + tend 張開 → attend 參加

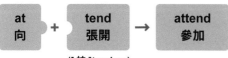

([拉]tendere)

出處 tend 源自拉丁文 tendere，指「張開」。

動腦這樣想 張開腳步走向某個會場，表示參加。

My parents will **attend** my commencement in May.
我的父母會在五月**參加**我的畢業典禮。

at•tend•ance [ə`tɛndəns] <n.> 出席

◎☆

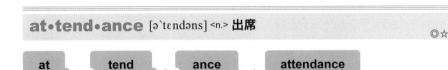

at 向 + tend 張開 + ance 狀態 → attendance 出席

動腦這樣想 attend 加上 ance 是「出席」的名詞。

The **attendance** of the movie stars at the opening party attracted thousands of people.

電影明星的**出席**使開幕會吸引了上千的群眾。

at•ten•tion [ə`tɛnʃən] <n.> 注意力

●★

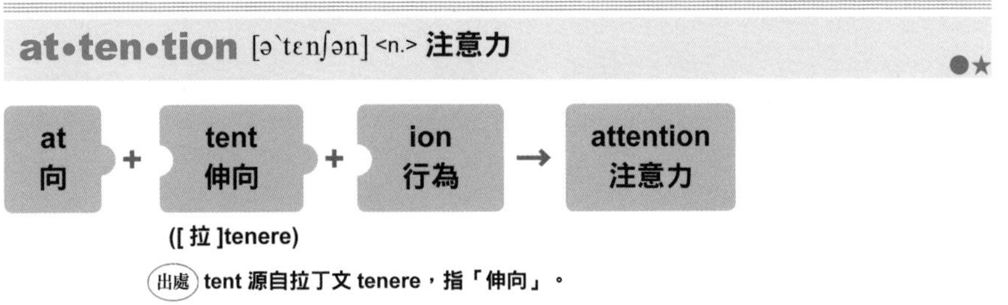

出處 tent 源自拉丁文 tenere，指「伸向」。

動腦這樣想 將心力集中伸**向**某事，代表注意力。

Please pay **attention** to what I'm saying.

請**注意**我正在說的話。

at•tach [ə`tætʃ] <v.> 附加、附在

◎★

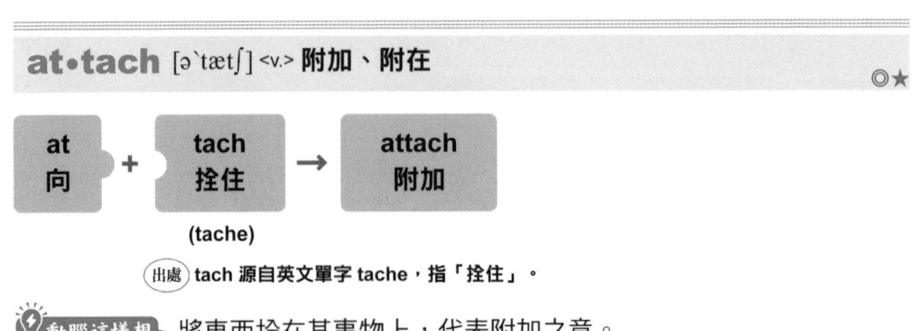

出處 tach 源自英文單字 tache，指「拴住」。

動腦這樣想 將東西拴在某事物上，代表附加之意。

Thor **attached** a business card to the folder.

索爾把一張名片**附在**文件夾上。

at•tach•ment [ə`tætʃmənt] <n.> 附件

◎★

at 向 + tach 拴住 + ment ＜名＞ → attachment 附件

動腦這樣想 拴綁在主要物件旁邊的是附件。

The **attachments** to the laser printer need to be repaired.
雷射印表機的**附件**需要修理。

at•tain [ə`ten] <v.> 達成

◎☆

at 向 + tain 維持 (maintain) → attain 達成

出處 tain 源自英文單字 maintain，指「維持」。

動腦這樣想 **向著**某目標維持表示達成。

Kathy and Dell tried their best to **attain** the common goal in their life.
凱西和戴爾盡其所能以**達成**人生共同的目標。

at•tain•ment [ə`tenmənt] <n.> 成就

◎☆

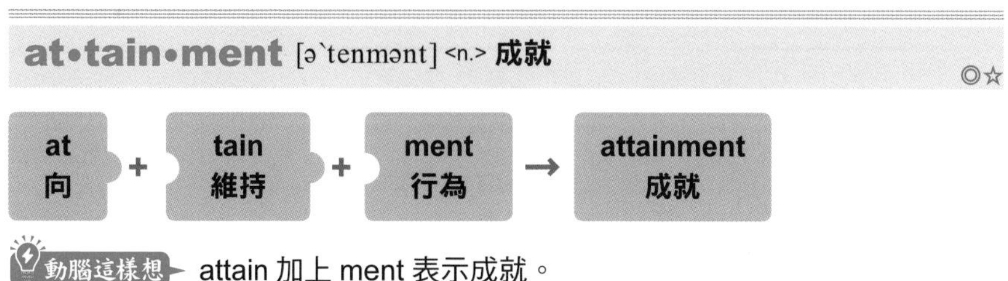

動腦這樣想 attain 加上 ment 表示成就。

My father hopes that I can reach certain degree of **attainment** no matter what career I choose.
我父親希望我不管選擇什麼事業，都要達到某種程度的**成就**。

auto =自己

和「自己」有關的單字，大都以 auto 為字首。

● 全民英檢初級必備單字 ◎ 全民英檢中級必備單字 ★ 學科能力測驗範圍 ☆ 指定科目考試範圍

au•to•bi•og•ra•phy [ˌɔtəbaɪˋɑgrəfɪ] <n.> 自傳

◎★

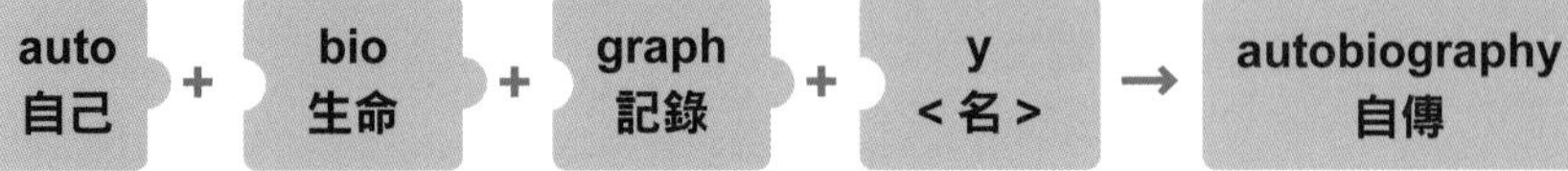

動腦這樣想 記錄自己生命故事的就是自傳。

The famous poet is writing his **autobiography**.
這位有名的詩人正在寫他的**自傳**。

au•to•graph [ˋɔtəˏgræf] <n.> 親筆簽名

◎☆

動腦這樣想 最能代表自己的圖案就是親筆簽名。

I use my **autograph** instead of stamp when I write my check.
我不用印章，而用**親筆簽名**的方式開立支票。

au•to•mat•ic [ˏɔtəˋmætɪk] <adj.> 自動的

◎★

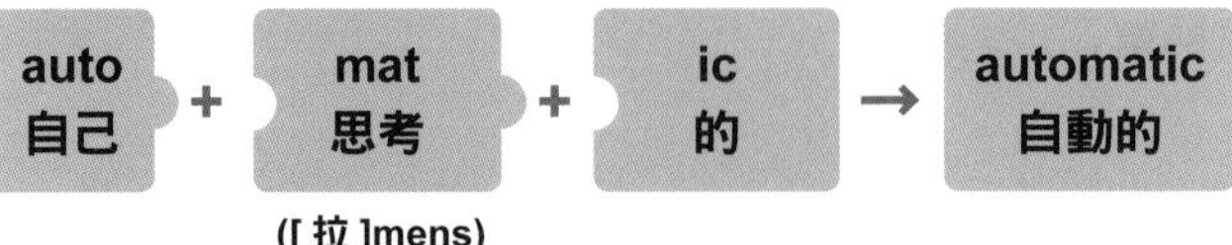

([拉]mens)

出處 mat 源自拉丁文 mens，指「思考」。

動腦這樣想 自己會思考的就是自動的。

The door is **automatic** for everyone who passes by.
有人經過這個門時，門都會**自動**開關。

au•to•mo•bile [ˋɔtəmə͵bil, ˊɔtəmə͵bɪl] <n.> 汽車

◎★

auto 自己 + mob 移動 (mobile) + ile 可 → automobile 汽車

出處 mob 源自英文單字 mobile，指「移動」。

動腦這樣想 自己可動的交通工具是汽車。

The **automobile** fair will be held in September.

汽車展將於九月舉行。

au•ton•o•my [ɔˋtɑnəmɪ] <n.> 自治

◎☆

auto 自己 + nom 法則 + y <名> → autonomy 自治

動腦這樣想 自己訂立法則是自治。

Regional **autonomy** for different ethnic groups is a sensitive political issue.

不同種族的區域**自治**化是一個敏感的政治議題。

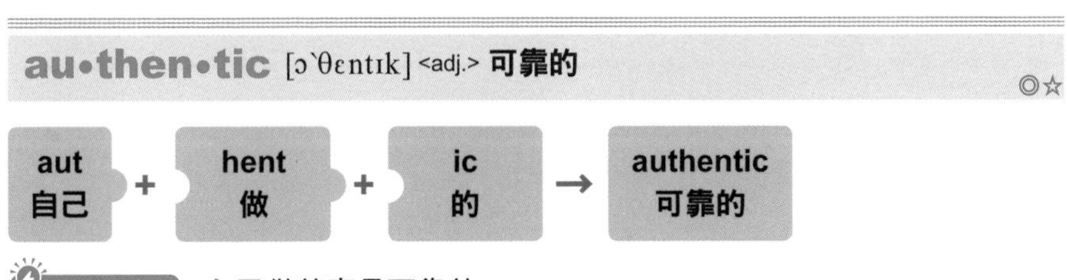

au•then•tic [ɔˋθɛntɪk] <adj.> 可靠的

◎☆

aut 自己 + hent 做 + ic 的 → authentic 可靠的

動腦這樣想 自己做的事是可靠的。

The witness made an **authentic** statement in front of the judge.

證人在法官面前做了**可靠的**陳述。

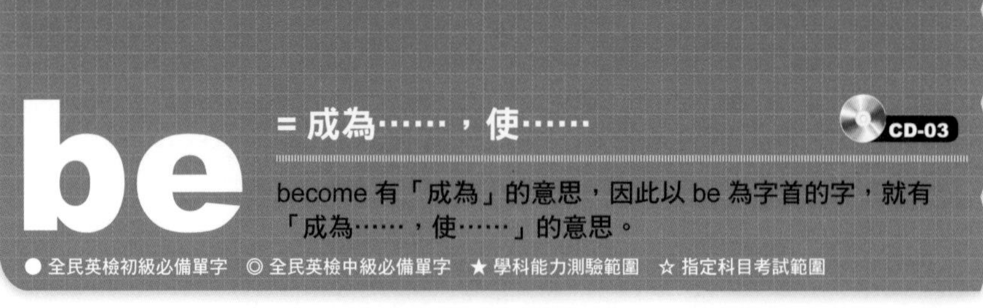

be
= 成為……，使……
CD-03
become 有「成為」的意思，因此以 be 為字首的字，就有「成為……，使……」的意思。
● 全民英檢初級必備單字 ◎ 全民英檢中級必備單字 ★ 學科能力測驗範圍 ☆ 指定科目考試範圍

be•cause [bɪ`kɔz] <conj.> 因為

●★

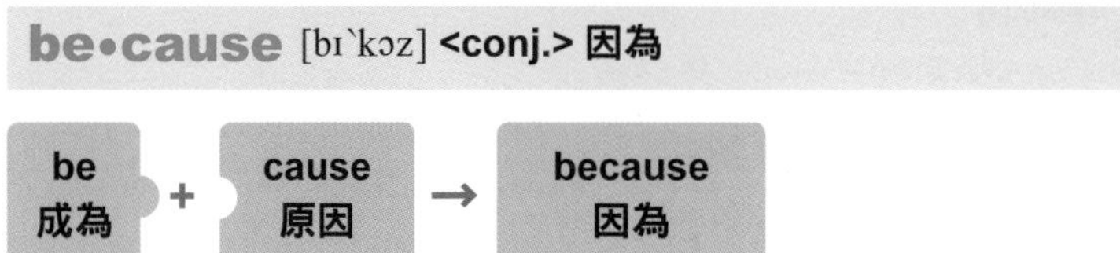

動腦這樣想 成為某件事情的原因就是因為。

Jenny was excited **because** she was getting married.
珍妮很興奮，**因為**她要結婚了。

be•have [bɪ`hev] <v.> 行為、舉止

◎★

be 使 + hav 有 (have) + e < 動 > → behave 行為、舉止

出處 hav 源自英文單字 have，指「有」。

動腦這樣想 使自己持有某種特質，即是指「行為、舉止」。

Isabel **behaved** like a lady in front of the guests at the party.
伊莎貝拉在與會賓客前保持著淑女的**舉止**。

be•siege [bɪ`sidʒ] <v.t.> 圍困

◎☆

動腦這樣想 使某人受到包圍就是圍困。

The soldiers **besieged** the building at the battlefield.
士兵在戰場上**圍困**了這棟建築物。

be•ware [bɪˋwɛr] <v.> 留意

◎☆

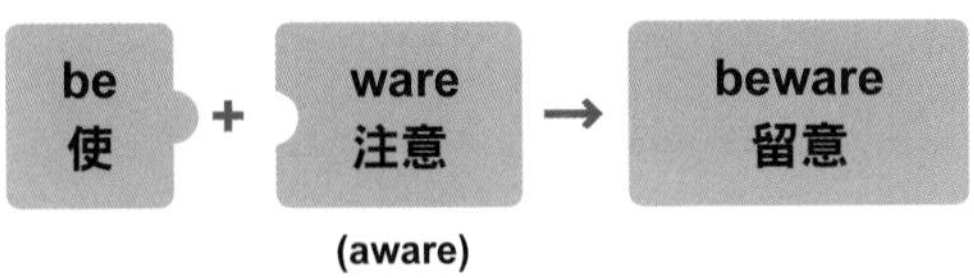

出處 ware 源自英文單字 aware，指「注意」。

動腦這樣想 使某人注意某事就是留意。

Beware of fierce dogs inside.
留意內有惡犬。

be•tray [bɪˋtre] <v.t.> 洩漏

◎☆

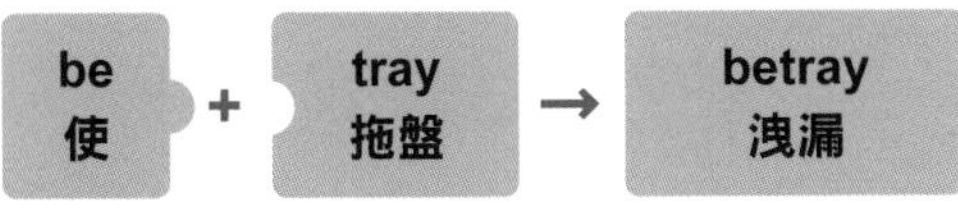

請你這麼想 把某事置於拖盤上**使**其公開，代表洩漏消息。

He swears not to **betray** the secret.
他發誓不會**洩露**秘密。

circ, circum

= 環

CD-03

circ 和 circum 帶有「環」的意思，指和環形、循環有關的。

● 全民英檢初級必備單字 ◎ 全民英檢中級必備單字 ★ 學科能力測驗範圍 ☆ 指定科目考試範圍

cir•cle [ˋsɝkl̩] <n.> 圓形

●★

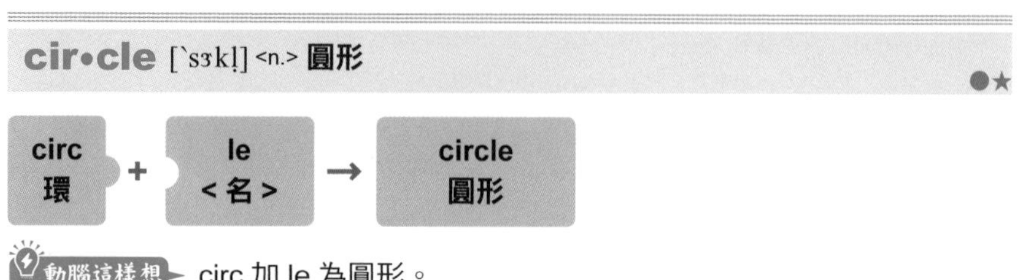

動腦這樣想 circ 加 le 為圓形。

I drew a **circle** to demonstrate the geometry problem.

我畫了一個**圓**來證明這個幾何問題。

cir•cuit [ˋsɝkɪt] <n.> 環行

◎☆

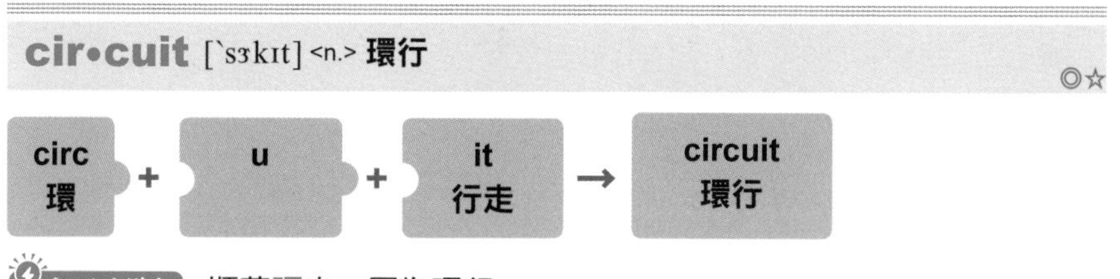

動腦這樣想 順著**環**走一圈為環行。

It takes a month for the moon to make a **circuit** of the earth.

月球**環行**地球一圈需時一個月。

cir•cu•lar [ˋsɝkjələ˞] <adj.> 環形的

◎★

動腦這樣想 circle 字尾改為 ular，即是環形的。

This stadium has a huge **circular** roof.

這座運動場有一個巨大的**環型**屋頂。

cir•cu•late [ˋsɝkjə͵let] <v.> 循環

◎★

circ 環 + ul + ate 使 → circulate 循環

動腦這樣想 使順著**環形**運動為循環。

Please open the window for air to **circulate**.
請開窗使空氣**循環**流通。

cir•cu•la•tion [͵sɝkjəˊleʃən] <n.> 循環

◎★

circ 環 + ul + ation 使 → circulation 循環

動腦這樣想 circulate 去 e 加 ion 為「循環」的名詞。

Eating low-fat diet is good for the **circulation** of the blood.
低脂飲食對血液**循環**有幫助。

cir•cum•stance [ˋsɝkəm͵stæns] <n.> 環境、情況

◎★

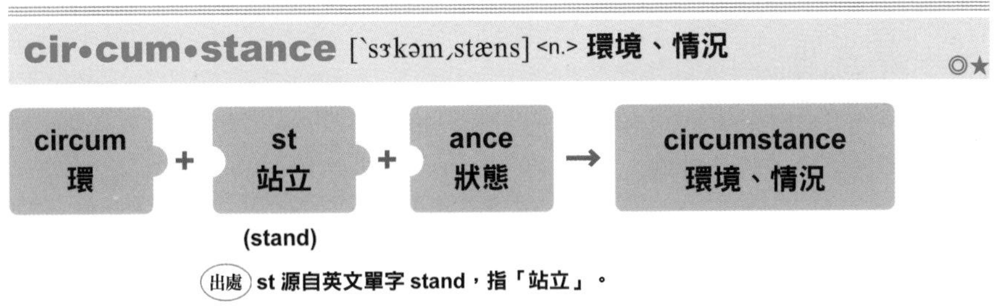

出處 st 源自英文單字 stand，指「站立」。

動腦這樣想 **環繞**在所站立之處附近的狀態，就是指環境、情況。

I wouldn't speak up for Maria in normal **circumstance**.
在一般**情況**下，我不會幫瑪麗亞說話。

cir•cus [`sɝkəs] <n.> 馬戲團

◎★

動腦這樣想 在**環狀**場地表演的為馬戲團。

Having a lot of fun at the **circus** is part of my childhood memory.
在**馬戲團**玩樂是我童年回憶的一部分。

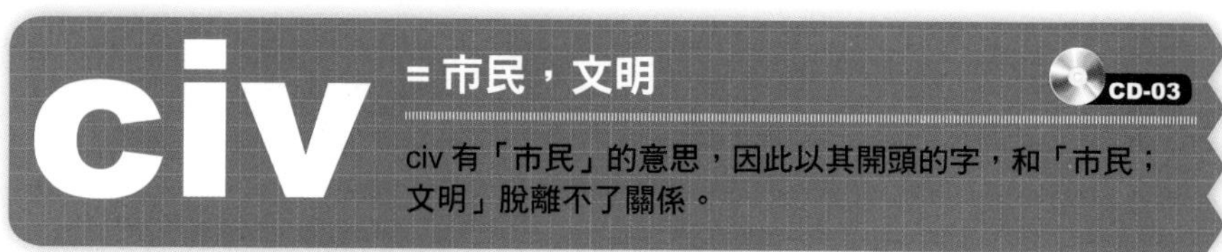

civ•ic [`sɪvɪk] <adj.> 市民的

◎☆

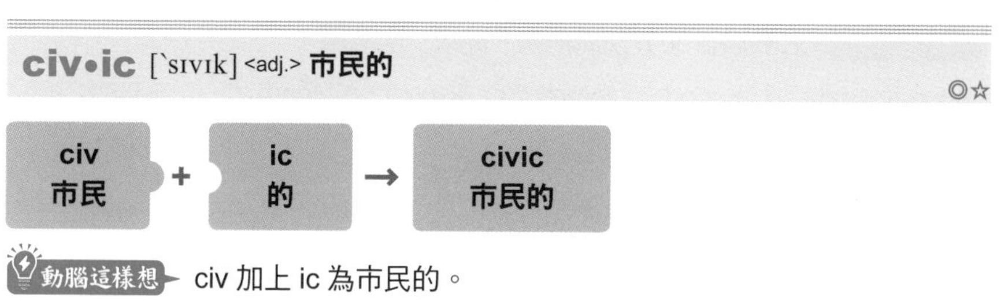

動腦這樣想 civ 加上 ic 為市民的。

The **civic** center is full of foreigners.
市民中心內聚集了許多外國人。

civ•il [`sɪvḷ] <adj.> 文明的

◎★

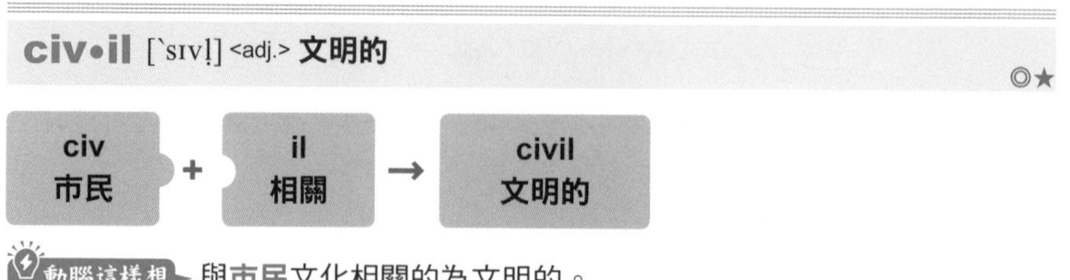

動腦這樣想 與**市民**文化相關的為文明的。

Educating the citizens in this country to be **civil** takes years of efforts.
將這些公民教育成為**文明**人需要很多年的努力。

ci•vil•ian [sə`vɪljən, sɪ`vɪljən] <n.> 百姓

◎★

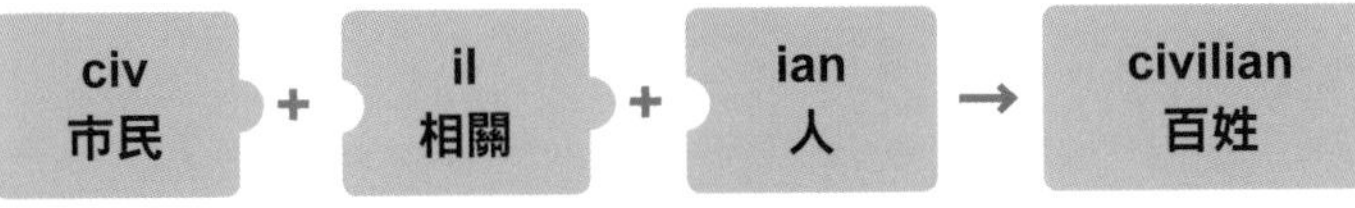

動腦這樣想 與**市民**相關的人就是一般百姓。

The **civilian** victims of the war will receive certain amount of compensation.
在戰爭中犧牲的**百姓**將會獲得一定的補償金。

civ•i•lize [`sɪvḷ͵aɪz, `sɪvə͵laɪz] <v.> 使文明

◎☆

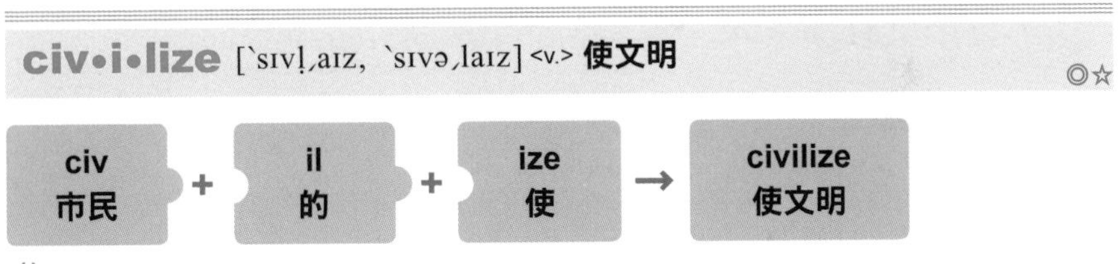

動腦這樣想 文明的 civil 加上 ize，即成為動詞。

The European settlers didn't really **civilize** the Indians but destroyed their homes.
歐洲殖民者不是真的**使**印第安人**文明**化，而是破壞了他們的家。

civ•i•li•za•tion [͵sɪvḷə`zeʃən] <n.> 文明

◎★

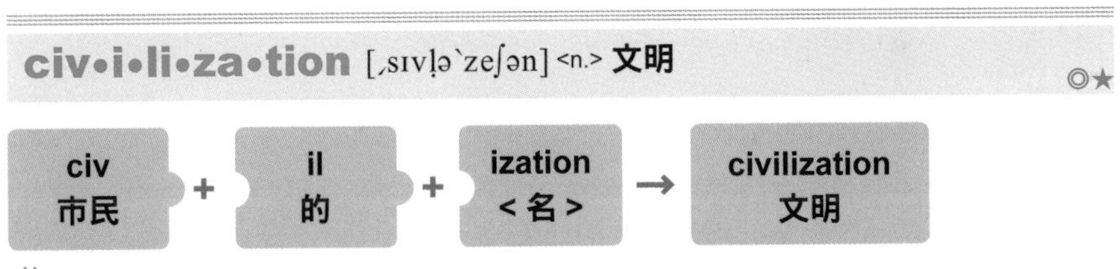

動腦這樣想 civilize 去 e 加 ation 為「文明」的名詞。

The history of Western **civilization** is a process of seeking freedom and equality.
西方**文明**史是一個追求自由和平等的過程。

CO = 共同

CD-03

以 co 為字首的單字有「共同」的意思。

● 全民英檢初級必備單字 ◎ 全民英檢中級必備單字 ★ 學科能力測驗範圍 ☆ 指定科目考試範圍

co•her•ent [ko`hɪrənt] <adj.> 一致的 ●★

co 共同 + her 持有 ([拉]haerere) + ent 的 → coherent 一致的

出處 her 源自拉丁文 haerere，指「持有」。

動腦這樣想 共同持有的為一致的。

The owner and his partner have **coherent** opinions on the company policy.
這個老闆和他的合夥人對公司的政策有**一致的**看法。

co•in•cide [ˏkoˏɪn`saɪd] <v.i.> 一致 ◎★

co 共同 + in 向內 + cid 落 + e <動> → coincide 一致

動腦這樣想 共同向內落在同一點，代表「一致」之意。

I'm looking for a husband whose tastes and habits **coincide** with mine.
我正在尋找一位品味與愛好與我**一致**的丈夫。

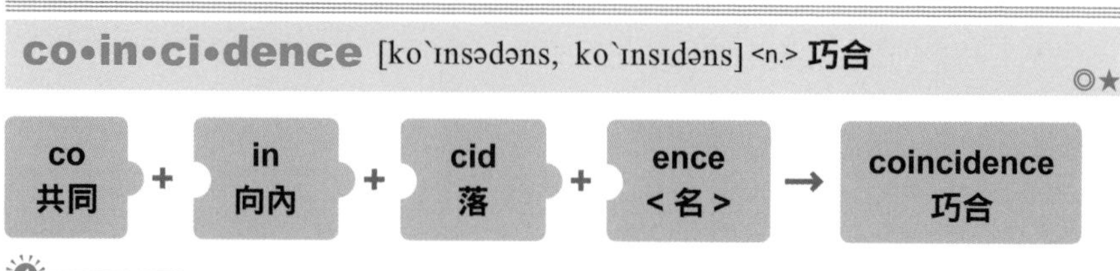

co•in•ci•dence [ko`ɪnsədəns, ko`ɪnsɪdəns] <n.> 巧合 ◎★

co 共同 + in 向內 + cid 落 + ence <名> → coincidence 巧合

動腦這樣想 於同一時間向內落下，常是出自於「巧合」。

It is purely a **coincidence** that you and I were born on the same day.
你我同一天生日純屬**巧合**。

col•lab•o•rate [kə`læbə,ret] <v.i.> 合作 ◎★

col 共同 + labor 工作 + ate 使 → collaborate 合作

動腦這樣想 使人為共同目標而工作，就是指合作。

Grace is looking for a partner who can **collaborate** with her in her career.
葛蕾絲正在尋找一位能與她在事業上**合作**的夥伴。

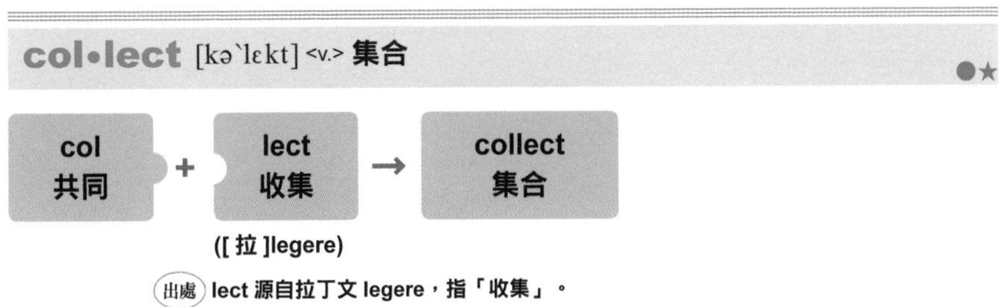

col•lect [kə`lɛkt] <v.> 集合 ●★

col 共同 + lect 收集 ([拉]legere) → collect 集合

出處 lect 源自拉丁文 legere，指「收集」。

動腦這樣想 共同收集的動作，是為集合。

Faye has spent five years on **collecting** watches and cigarette cases.
費花了五年的時間**收集**手錶和菸盒。

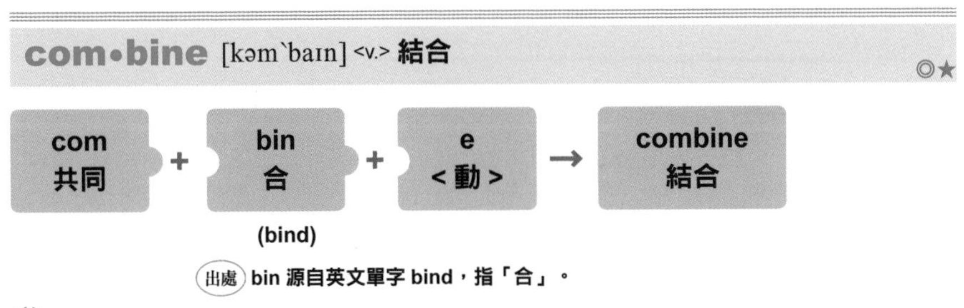

com•bine [kəm`baɪn] <v.> 結合 ◎★

com 共同 + bin 合 (bind) + e < 動 > → combine 結合

出處 bin 源自英文單字 bind，指「合」。

動腦這樣想 共同集合在一起為結合。

The failure of **combining** commercialism and art is so obvious in this film.
商業**結合**藝術的失敗非常明顯的顯現在這部電影中。

com•mon [ˋkɑmən] <adj.> 普通的

●★

com 共同	+	mon 單一 (mono-)	→	common 普通的

出處 mon 源自英文單字 mono-，指「單一」。

動腦這樣想 一種大多數人共同擁有的物品，意指為普通的。

David is not a noble, but a **common** people.
大衛並非貴族，他只是一個**普通的**老百姓。

com•mu•ni•cate [kəˋmjunə͵ket] <v.> 溝通

◎★

com 共同	+	mun 服務	+	ic 的	+	ate 使	→	communicate 溝通

動腦這樣想 要成為能替大眾共同服務的，有賴於「溝通」。

I was having a hard time **communicating** with my colleagues.
我那時難與我的同事**溝通**。

com•pas•sion [kəmˋpæʃən] <n.> 同情心

◎☆

com 共同	+	pass 行走	+	ion 狀態	→	compassion 同情心

動腦這樣想 抱著與別人共同行走般的心態，意味同情心。

Please show your **compassion** for handicapped people in the street.
請對街上的殘障人士抱有**同情心**。

com•pete [kəm`pit] <v.i.> **競爭**

◎★

com 共同 + pet 追求 + e < 動 > → compete 競爭

動腦這樣想 兩方**共同**追求一個目標，即形成競爭。

Many students are **competing** for the first prize.
很多學生為了首獎而**競爭**。

com•plete [kəm`plit] <v.t.> **完成**

●★

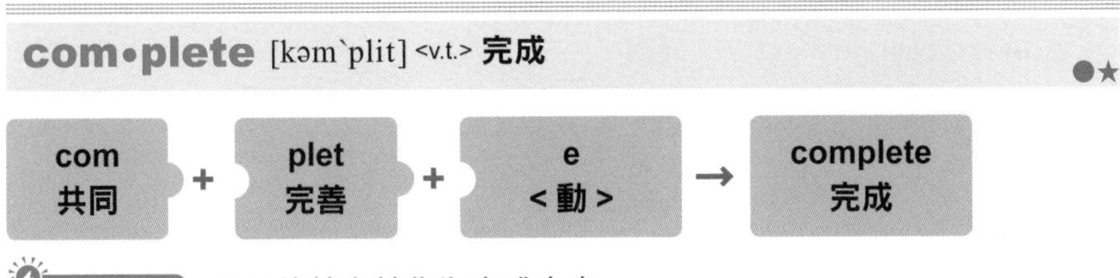

動腦這樣想 **共同**使其完善化為完成之意。

Saul needs to work extra hours to **complete** this project.
索羅必須加班才能**完成**這個專案。

com•prise [kəm`praɪz] <v.t.> **由……組成**

◎☆

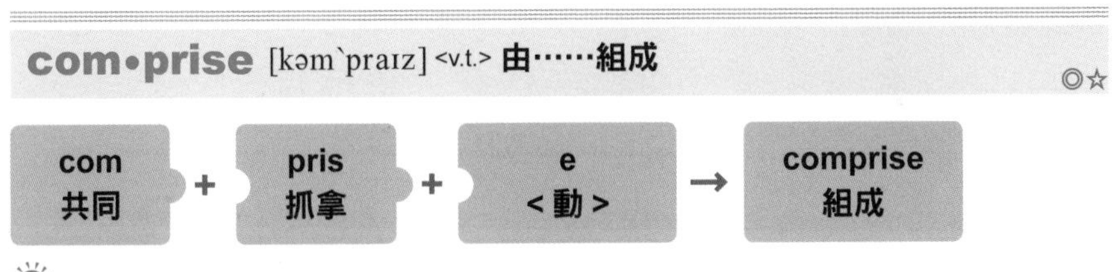

動腦這樣想 **共同**抓拿某些東西而成的稱為組成。

The English editing team **comprises** two editors and five work-study students.
這個英文編輯小組**由**兩位編輯和五位工讀生所**組成**。

con•ceal [kən`sɪl, kən´sil] <v.t.> 隱瞞

◎☆

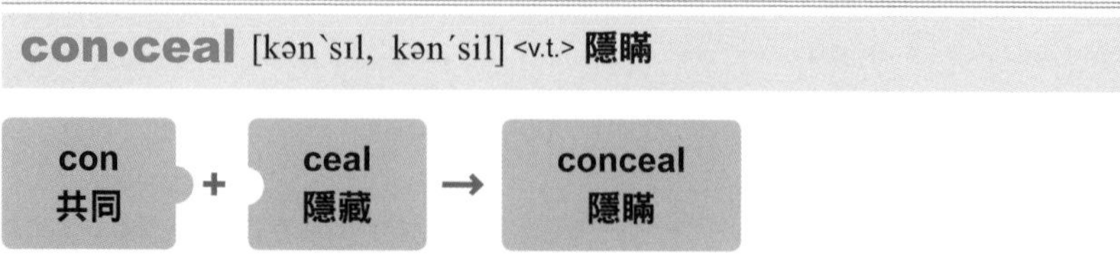

動腦這樣想 共同隱藏特定事情為隱瞞。

The politician **concealed** what he has done in the scandal.
這個政客**隱瞞**了他在醜聞中的所作所為。

con•cede [kən`sid] <v.> 退讓

◎☆

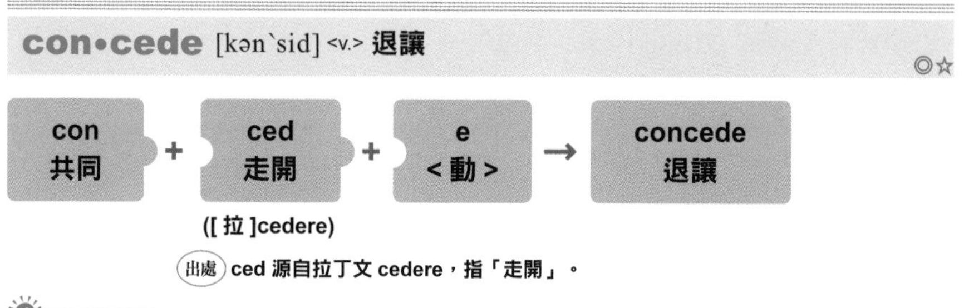

出處 ced 源自拉丁文 cedere，指「走開」。

動腦這樣想 共同走開讓步是為退讓。

Nancy chose to **concede** herself from this love triangle.
南西選擇**退出**這場三角戀愛。

con•ces•sion [kən`sɛʃən] <n.> 退讓

◎☆

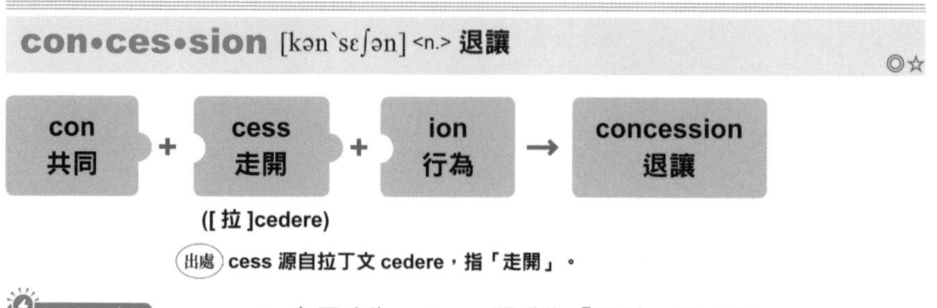

出處 cess 源自拉丁文 cedere，指「走開」。

動腦這樣想 concede 字尾改為 ssion，即成為「退讓」的名詞。

The negotiation between the two companies has failed because one of them refused to make **concession**.
兩家公司之間的談判失敗，因為其中一家拒絕做出**讓步**。

con•ceive [kən`siv] <v.> 構想

◎☆

con 共同 + ceiv 抓拿 + e <動> → conceive 構想

([拉]capere)

出處 ceiv 源自拉丁文 capere，指「抓拿」。

動腦這樣想 在腦中**共同**抓取某些想法，代表構想。

The plan was **conceived** by Susan two months ago.

這項計畫是蘇珊在兩個月前**構想**出來的。

con•cen•trate [`kɑnsn̩ˌtret, `kɑnsɛnˌtret] <v.> 集中

◎★

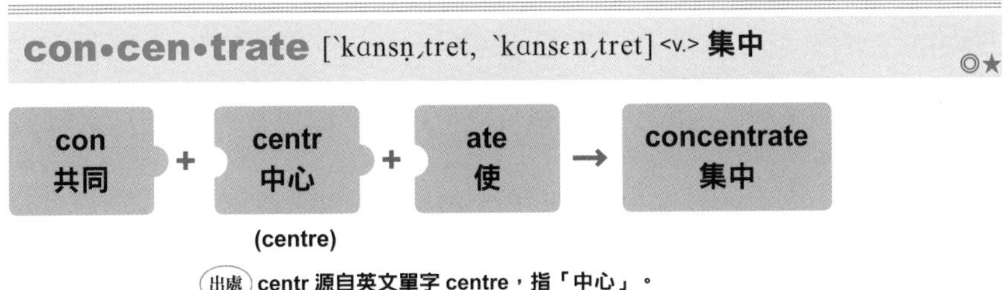

(centre)

出處 centr 源自英文單字 centre，指「中心」。

動腦這樣想 **共同**使成為某事之中心為集中。

To **concentrate** our attention on developing technology is the policy of the nation.

集中發展科技是國家的政策。

con•cen•tra•tion [ˌkɑnsn̩`treʃən, ˌkɑnsɛn`treʃən] <n.> 專注

◎★

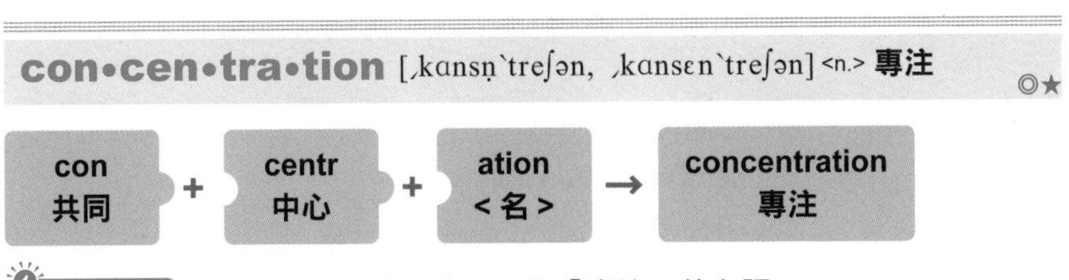

動腦這樣想 concentrate 去 e 加 ion 為「專注」的名詞。

Clark has difficulties keeping his **concentration** on one thing.

克拉克難以持續**專注**於一件事情上。

con•cept [ˋkɑnsɛpt] <n.> 概念

◎★

con	+	cept	→	concept
共同		理解		概念
		(percept)		

出處 cept 源自英文單字 percept，指「理解」。

動腦這樣想 共同理解之事為概念。

The **concept** of the equation is fully explained by the math teacher.
數學老師充分解說了這個公式的**概念**。

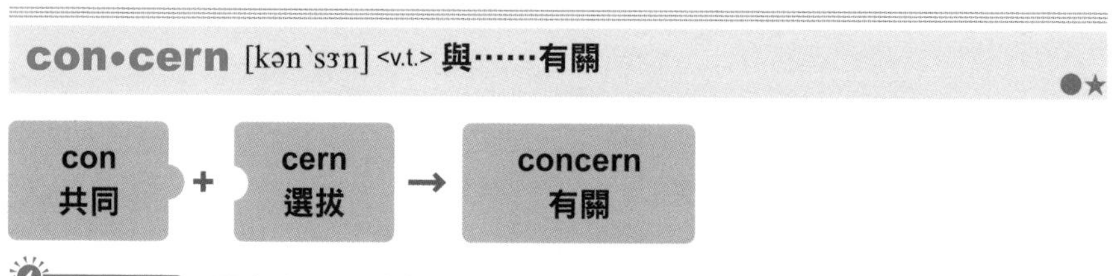

con•cern [kənˋsɝn] <v.t.> 與……有關

●★

con	+	cern	→	concern
共同		選拔		有關

動腦這樣想 選出有共同特性者，代表有關係。

The issue **concerns** with the future development of the industry.
這個問題**與**工業未來的發展**有關**。

con•crete [ˋkɑnkrit] <adj.> 具體的

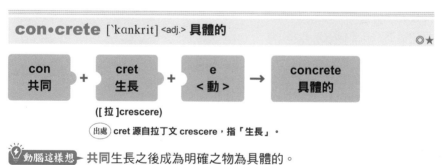

◎★

con	+	cret	+	e	→	concrete
共同		生長		<動>		具體的
		([拉]crescere)				

出處 cret 源自拉丁文 crescere，指「生長」。

動腦這樣想 共同生長之後成為明確之物為具體的。

Only **concrete** proposals will be taken into consideration.
只有**具體的**提案才會被列入考慮。

con•di•tion [kən`dɪʃən] <n.> 狀況

◎★

con 共同 + dit 講述 + ion 狀態 → condition 狀況

(dictate)

出處 dit 源自英文單字 dictate，指「講述」。

動腦這樣想 共同講述目前狀態，好讓對方瞭解「狀況」。

I have no idea about his marriage **condition**.

我不了解他的婚姻**狀況**。

con•duct [kən`dʌkt] <v.> 處理

◎☆

con 共同 + duct 引導 → conduct 處理

(induct)

出處 duct 源自英文單字 induct，指「引導」。

動腦這樣想 共同引導以處理某事。

Emily is in charge of **conducting** the complaints of the customers.

艾蜜莉負責**處理**顧客的投訴。

con•fer•ence [`kɑnfərəns] <n.> 會議

◎★

動腦這樣想 共同攜帶議程及意見討論的為會議。

It is my honor to attend the international **conference** of early childhood education.

我很榮幸參加幼兒教育的國際**會議**。

con•firm [kən`fɝm] <v.t.> 確認

◎★

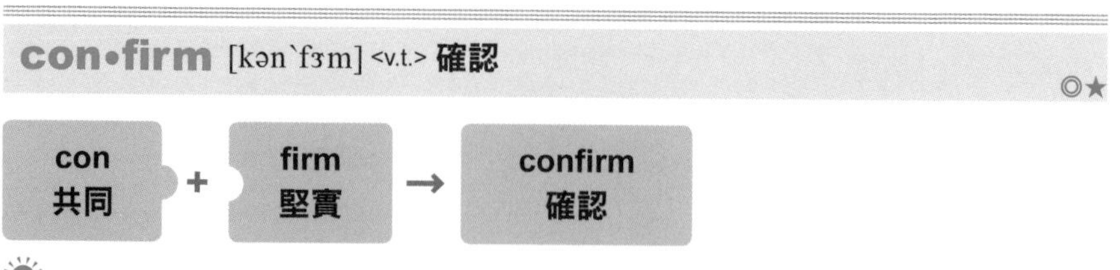

動腦這樣想 共同使其堅實化為確認。

I need to confirm the payment process before I make the purchase.
我在購買之前必須確認付款的流程。

con•flict [kən`flɪkt] <v.i.> 衝突

◎★

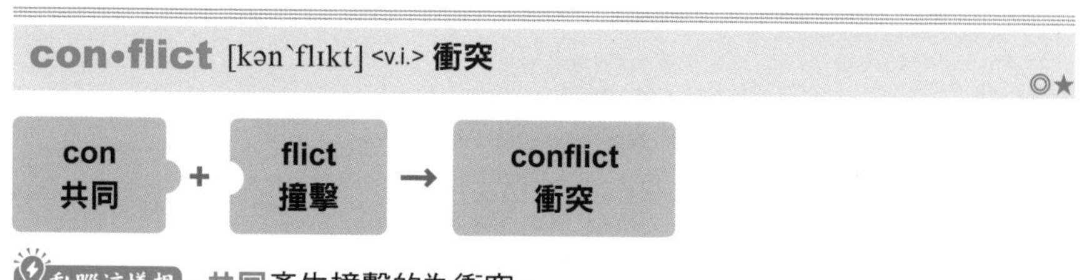

動腦這樣想 共同產生撞擊的為衝突。

The leader's goal conflicts with the policy of this group.
這位領袖的目標和該團體的政策衝突。

con•form [kən`fɔrm] <v.t.> 使一致

◎☆

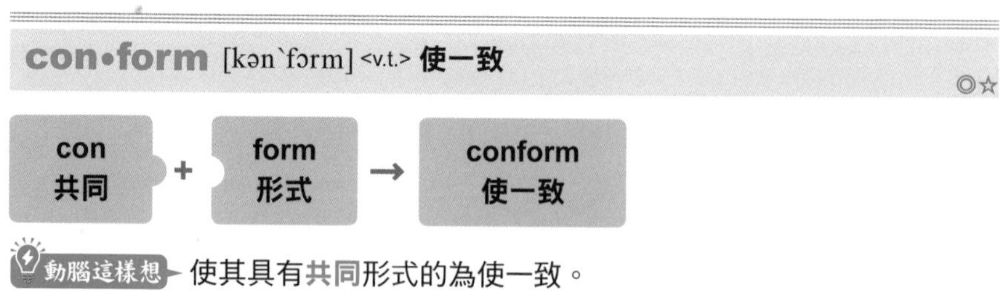

動腦這樣想 使其具有共同形式的為使一致。

His opinions do not conform with mine.
他和我的意見不一致。

con•fuse [kən`fjuz] <v.t.> 混淆 ●★

con 共同 + fus 流動 + e < 動 > → confuse 混淆

動腦這樣想 共同流動以致造成混淆。

Some westerners **confuse** Taiwan with Thailand.
有些西方人把台灣和泰國**混淆**了。

con•nect [kə`nɛkt] <v.> 連接 ◎★

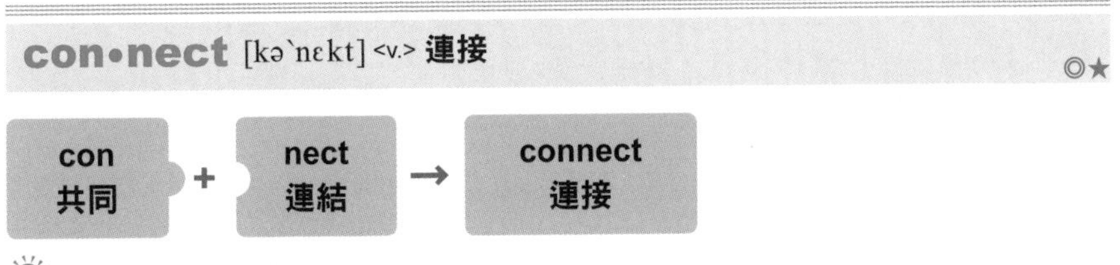

動腦這樣想 共同連結的為連接。

The railway will **connect** cities between the north and south.
這條鐵路將**連接**南北兩地的城市。

con•quer [`kɑŋkɚ] <v.> 征服 ◎★

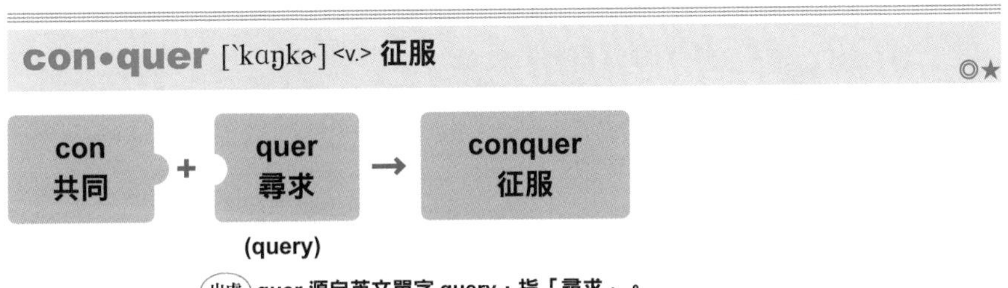

出處 quer 源自英文單字 query，指「尋求」。

動腦這樣想 共同尋求以達成戰果為征服。

Alexander the Great **conquered** Europe, Africa and Asia in thirteen years.
亞歷山大大帝在十三年之內**征服**了歐洲、非洲和亞洲。

con•se•quence [`kɑnsə͵kwɛns] <n.> 後果

◎★

con	+	sequ	+	ence	→	consequence
共同		跟隨		狀態		後果
		(sequel)				

出處 sequ 源自英文單字 sequel，指「跟隨」。

動腦這樣想 共同跟隨在後的事情為後果。

Stop insulting me, or you must take the **consequence**.
停止侮辱我，不然**後果**自負。

con•ser•va•tion [͵kɑnsɚ`veʃən] <n.> 保育

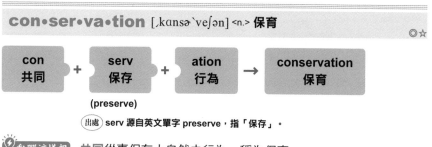

◎☆

con	+	serv	+	ation	→	conservation
共同		保存		行為		保育
		(preserve)				

出處 serv 源自英文單字 preserve，指「保存」。

動腦這樣想 共同從事保存大自然之行為，稱為保育。

This lake is kept as a **conservation** area for birds.
這座湖保留為鳥類**保育**區。

con•sid•er [kən`sɪdɚ] <v.> 考慮

●★

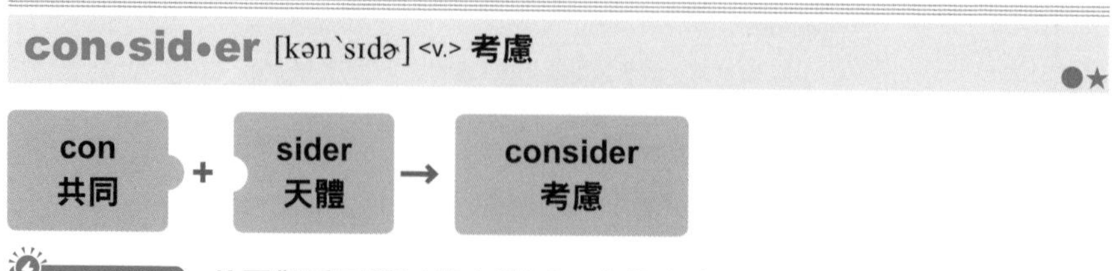

動腦這樣想 共同觀看天體以趨吉避兇，意指考慮。

I'm **considering** taking this case as my next project.
我**考慮**接這個案子當作我下一個專案。

con•sid•er•ate [kən`sɪdərɪt] <adj.> 體貼的

●☆

con 共同 + sider 天體 + ate 的 → considerate 體貼的

動腦這樣想 consider 字尾加 ate，代表多為對方考慮，意味為體貼的。

Sue's husband is a **considerate**, caring and kind person.
蘇的丈夫是一個**體貼**、有愛心和親切的人。

con•sist [kən`sɪst] <v.i.> 組成

◎★

con 共同 + sist 站立 → consist 組成

([拉]sistere)

出處 sist 源自拉丁文 sistere，指「站立」。

動腦這樣想 **共同**站立以形成某物為組成之意。

A hospital **consists** of doctors, nurses and administrators.
一所醫院是由醫生、護士和行政人員所**組成**。

con•sist•ent [kən`sɪstənt] <adj.> 一致的

◎★

con 共同 + sist 站立 + ent 的 → consistent 一致的

動腦這樣想 **共同**站立並具有相同意見的為一致的。

His confession is not **consistent** with the details of the murder case.
他的供詞和這起殺人案件的細節不**一致**。

con•spir•a•cy [kən`spɪrəsɪ] <n.> 陰謀

◎☆

con 共同 + spir 呼吸 (respire) + acy 行為 → conspiracy 陰謀

出處 spir 源自英文單字 respire，指「呼吸」。

動腦這樣想 共同呼吸卻心藏詭計，是為陰謀。

There is a **conspiracy** behind the murder.
這起殺人案件背後有一個**陰謀**。

con•stit•u•ent [kən`stɪtʃuənt] <n.> 成分

◎☆

con 共同 + stitu 站立 + ent <名> → constituent 成分

動腦這樣想 共同站立形成某物的組成為成分。

The **constituents** of the drink are juice, cocktail and water.
這飲料的**成分**包括果汁、雞尾酒和水。

con•struct [kən`strʌkt] <v.t.> 建設

◎★

con 共同 + struct 建造 → construct 建設

動腦這樣想 共同建造為建設。

It will take five more years to **construct** the building.
這棟建築物的**建造**還要再五年的時間。

con•sume [kən`sum] <v.> 消耗

◎★

con 共同 + sum 拿取 + e <動> → consume 消耗

動腦這樣想 共同拿取使用表示消耗之意。

The citizens of this country **consume** a lot of gas.
這個國家的國民**消耗**很多汽油。

con•sump•tion [kən`sʌmpʃən] <n.> 消費

◎☆

con 共同 + sump 拿取 + tion <名> → consumption 消費

動腦這樣想 許多人**共同**拿錢換取物品的行為，稱為消費。

The domestic **consumption** of alcohol has dropped.
國內的酒類**消費**有所下降。

con•ta•gious [kən`tedʒəs] <adj.> 具傳染性的

◎☆

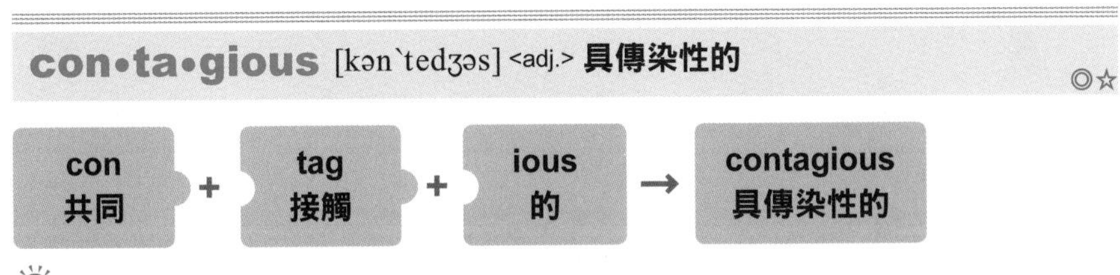

動腦這樣想 許多人**共同**接觸的物品，往往是具有傳染性的。

SARS is a highly **contagious** disease.
嚴重急性呼吸道症候群是一個高度**傳染性的**疾病。

con•tam•i•nate [kən`tæmə͵net] <v.t.> 污染

◎☆

con 共同 + tamin 接觸 + ate 使 → contaminate 污染

動腦這樣想 共同接觸後容易污染。

The water was **contaminated** by chemicals.
這水被化學藥物**污染**了。

con•tend [kən`tɛnd] <v.> 爭奪、角逐

◎☆

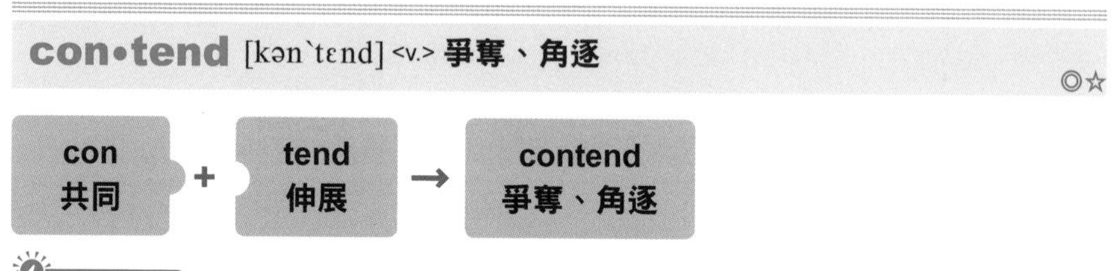

動腦這樣想 共同伸展雙手以搶得某物為爭奪、角逐。

Three candidates will **contend** for the mayorality of Taipei.
三位候選人將**角逐**台北市長職位。

con•test [`kɑntɛst] <n.> 競賽、比賽

◎★

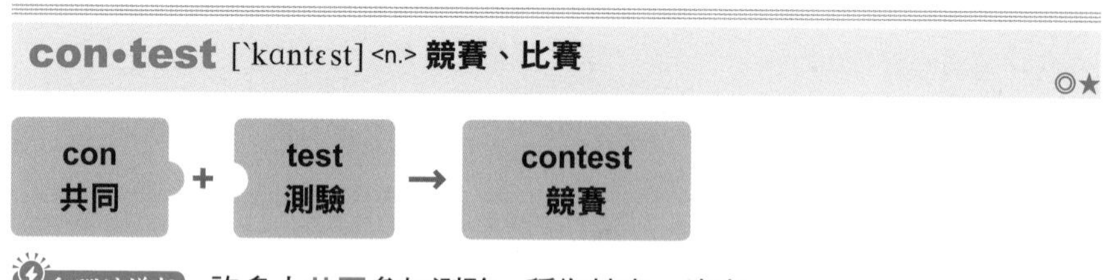

動腦這樣想 許多人共同參加測驗，稱為競賽、比賽。

The speech and writing **contest** will be held at school tomorrow.
寫作演說**比賽**明天將在學校舉行。

con•trib•ute [kən`trɪbjut] <v.> 貢獻、捐獻

◎★

con 共同	+	tribut 獻給 (tribute)	+	e < 動 >	→	contribute 貢獻

出處 **tribut 源自英文單字 tribute，指「獻給」。**

動腦這樣想 **共同**獻給某人或某事，稱為貢獻、捐獻。

Bill Gates **contributed** generously to the Red Cross.
比爾蓋茨對紅十字會慷慨**捐獻**。

con•verse [kən`vɝs] <v.i.> 交流、交談

◎★

con 共同	+	verse 轉動 (reverse)	→	converse 交流、交談

出處 **verse 源自英文單字 reverse，指「轉動」。**

動腦這樣想 **共同**轉動思緒表示交流、交談之意。

Sarah and Michelle **conversed** all night about the issues of love and friendship.
莎拉和蜜雪兒花了一整個晚上**交談**有關愛與友情的話題。

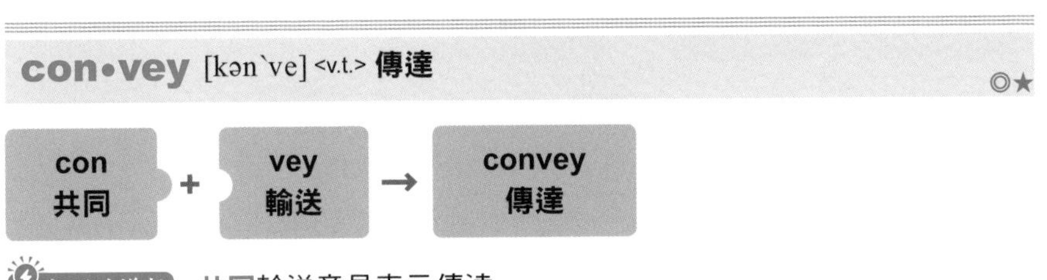

con•vey [kən`ve] <v.t.> 傳達

◎★

動腦這樣想 **共同**輸送意見表示傳達。

I tried to **convey** my ideas to my manager.
我試著向我的經理**傳達**我的想法。

co•or•di•nate [ko`ɔrdṇ͵et] <v.> 協調

◎☆

co 共同 + ordin 次序 + ate 使 → coordinate 協調

動腦這樣想 使成為具有共同次序的，必須經過「協調」。

Steve has trouble **coordinating** his legs when he walks.
史蒂夫走路時雙腳難以**協調**。

cor•re•spond [͵kɔrə`spɑnd, ͵kɔrɪ`spɑnd] <v.i.> 符合、一致

◎★

動腦這樣想 不同人提出共同的回應，意指相互符合、一致。

I don't think Bella is honest because her actions don't **correspond** with her words.
我認為貝拉不誠實，因為她的言行不**一致**。

com•plex [`kɑmplɛks] <adj.> 複雜的

◎★

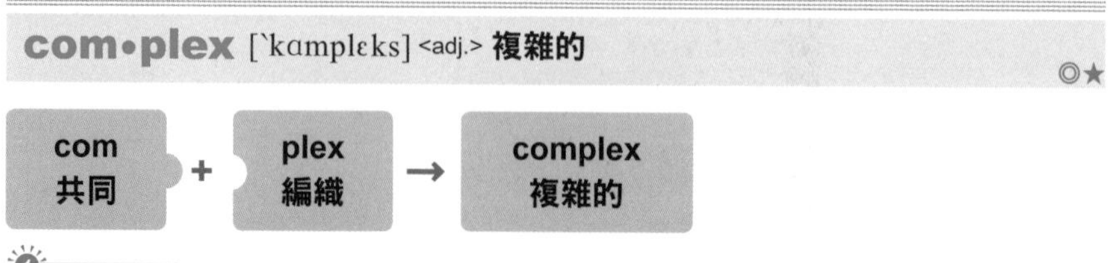

動腦這樣想 共同編織成為複雜的狀態。

The problem is much more **complex** than we expected.
這個問題比我們想像中更**複雜**。

com•pli•cate [ˋkɑmplə͵ket] <v.t.> 複雜化

◎★

com 共同	+	plic 摺疊 (plicate)	+	ate 使	→	complicate 複雜化

出處 plic 源自英文單字 plicate，指「摺疊」。

動腦這樣想 使成為共同摺疊分不清楚的狀態，表示複雜化。

Heather's explanation **complicates** the whole problem.
赫德的解釋把整個問題**複雜化**。

com•pose [kəmˋpoz] <v.> 組成

◎★

com 共同	+	pose 放置	→	compose 組成

動腦這樣想 共同放置表示組成之意。

Do you know what water is **composed** of?
你知道水是什麼**組成**的嗎？

com•po•si•tion [͵kɑmpəˋzɪʃən] <n.> 組成

◎★

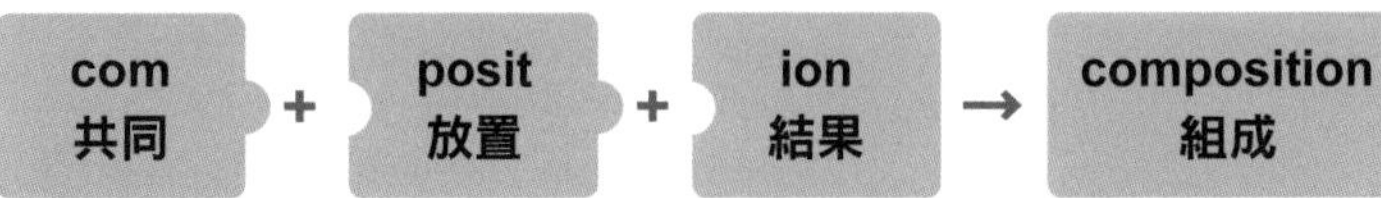

com 共同	+	posit 放置	+	ion 結果	→	composition 組成

動腦這樣想 compose 字尾去 e 加 ition，即為「組成」的名詞。

The **composition** of the pill has been proven to be poisonous.
這個藥片的**組成成分**被證明有毒。

com•po•nent [kəm`ponənt] <n.> 構成要素

◎☆

com 共同 + pon 放置 + ent 性質的 → component 構成要素

([拉]ponere)

出處 pon 源自拉丁文 ponere，指「放置」。

動腦這樣想 共同放置以構成某種性質，代表為構成要素。

Reading is an essential **component** in education.

閱讀是教育的必要**構成元素**。

com•pound [`kɑmpaʊnd] <n.> 化合物

◎☆

([拉]ponere)

出處 pound 源自拉丁文 ponere，指「放置」。

動腦這樣想 共同放置形成某物表示化合物。

Compounds are substances consisting of two or more elements chemically combined.

化合物是由兩種以上元素以化學方式結合所組成的物質。

com•prise [kəm`praɪz] <v.t.> 組成

◎☆

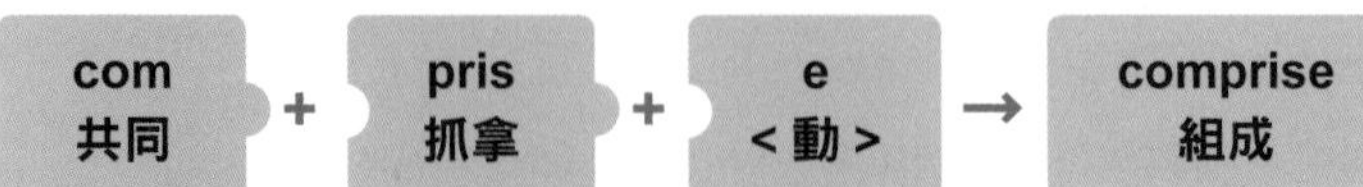

動腦這樣想 共同抓拿以形成某物表示組成之意。

This toy house **comprises** more than one thousand Lego blocks.

這間玩具屋是由超過一千個樂高積木所**組成**的。

= 完全

以 com 和 con 為首的字有「完全」的意思。

● 全民英檢初級必備單字 ◎ 全民英檢中級必備單字 ★ 學科能力測驗範圍 ☆ 指定科目考試範圍

com•pre•hend [ˌkɑmprɪ`hɛnd] <v.t.> 理解 ◎☆

動腦這樣想 完全預先抓住脈絡，表示理解之意。

I'm trying hard to make my students **comprehend** the structure of English grammar.
我盡力讓我的學生**理解**英文文法結構。

com•pre•hen•sion [ˌkɑmprɪ`hɛnʃən] <n.> 理解力 ◎☆

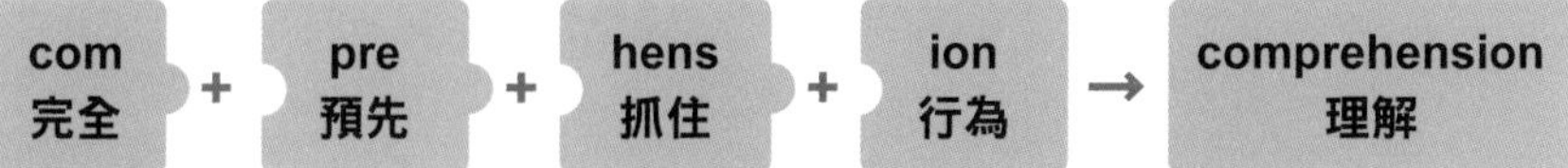

動腦這樣想 comprehend 去 d 加 sion 為「理解」的名詞。

Erica's shocking reaction to the news is beyond my **comprehension**.
艾瑞卡對這則新聞的震驚反應讓我無法**理解**。

con•clude [kən`klud] <v.> 下結論 ◎★

動腦這樣想 完全關閉討論表示要下結論。

It's too early to **conclude** at this point.
現在**下結論**還太早。

con•clu•sion [kən`kluʒən] <n.> 結論

◎★

動腦這樣想 conclude 去 de 加 sion 為「結論」的名詞。

In **conclusion**, there are many advantages in bilingual education.
結論是雙語教育有很多優點。

con•fess [kən`fɛs] <v.> 坦承、承認

◎★

con 完全 + fess 說 → confess 坦承、承認

動腦這樣想 **完全**說出來即是坦承。

Scott refused to **confess** to the crime he committed.
史卡特拒絕**承認**他所犯下的罪行。

con•fi•dence [`kɑnfədəns] <n.> 信心

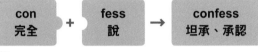

◎★

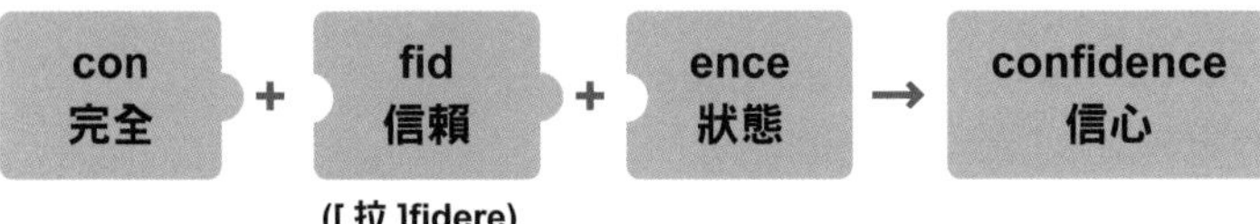

([拉]fidere)

出處 **fid 源自拉丁文 fidere，指「信賴」。**

動腦這樣想 **完全**信賴的狀態表示有信心。

Lorelei always stands on the stage with strong **confidence**.
蘿芮萊總是滿懷著**自信**站在台上。

con•fi•den•tial [ˌkɑnfə`dɛnʃəl] <adj.> 機密的

◎☆

con 完全 + fid 信賴 + ent 狀態 + ial 的 → confidential 機密的

動腦這樣想 需要彼此間完全互相信賴的狀態，意味某事為機密的。

Be careful when you handle those files because they contain highly **confidential** information.

小心處理這些文件，因為內有高度**機密的**資訊。

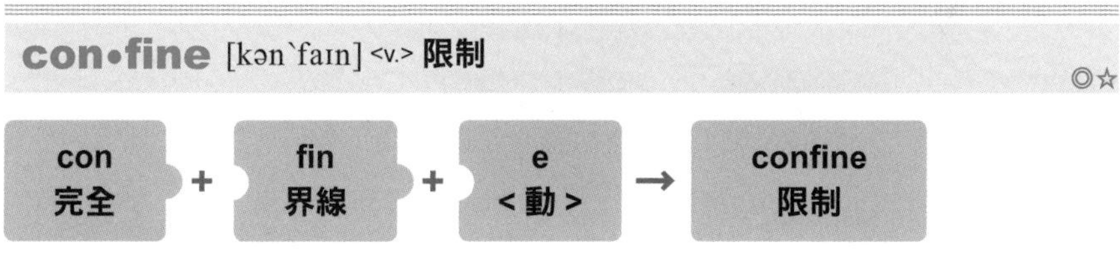

con•fine [kən`faɪn] <v.> 限制

◎☆

con 完全 + fin 界線 + e <動> → confine 限制

動腦這樣想 完全劃清界線表示限制之意。

To cultivate yourself with multiple talents is more valuable than **confining** your interests.

啟發你自己的多樣才華比**限制**你的興趣更有價值。

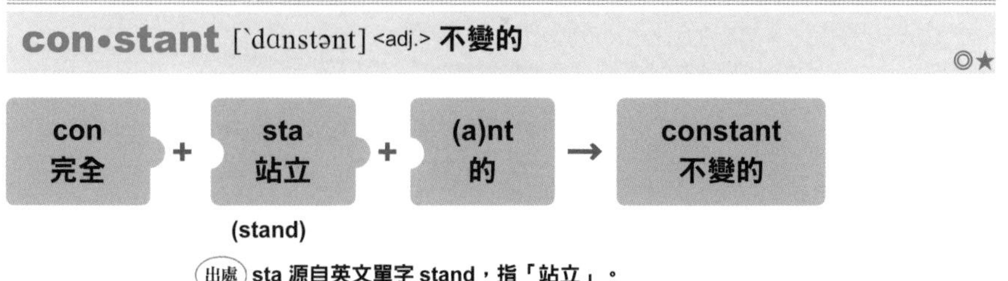

con•stant [`kɑnstənt] <adj.> 不變的

◎★

con 完全 + sta 站立 (stand) + (a)nt 的 → constant 不變的

出處 sta 源自英文單字 stand，指「站立」。

動腦這樣想 完全站立不動的表示不變的。

Jane usually drives at a **constant** speed on the highway.

珍在高速公路上開車通常保持固定**不變的**速度。

con•tent [kən`tɛnt] <adj.> 滿足的

◎★

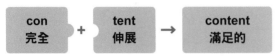

con 完全 + tent 伸展 → content 滿足的

動腦這樣想 心意可完全伸展的表示是滿足的。

Human beings never feel **content** in comsuming goods.
人類的購買慾永遠也不會得到**滿足**。

com•mand [kə`mænd] <v.> 指揮

●★

com 完全 + mand 命令 (demand) → command 指揮

出處 **mand 源自英文單字 demand，指「命令」。**

動腦這樣想 給完全的命令為指揮。

The captain **commands** all the officers and men on the aircraft carrier.
艦長負責**指揮**航空母艦上的全體官兵。

com•pen•sate [`kɑmpən͵set] <v.> 補償

◎☆

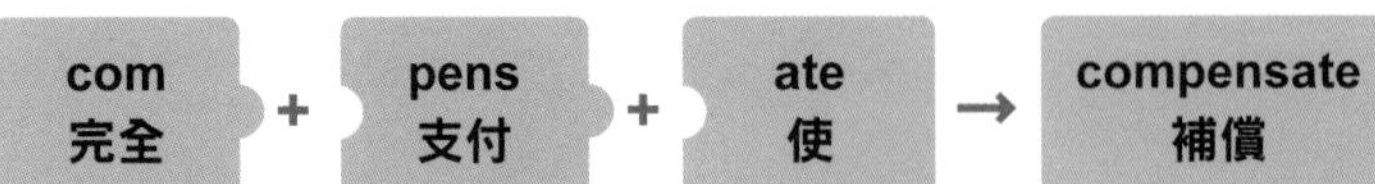

動腦這樣想 完全支付對方的損失，稱做補償。

The company **compensates** their employees for any work-related injuries.
該公司對其員工的任何因公受傷皆予以**補償**。

CD-03

con = 加強

除了有「共同」的意思，con 也指「加強」。

● 全民英檢初級必備單字 ◎ 全民英檢中級必備單字 ★ 學科能力測驗範圍 ☆ 指定科目考試範圍

con•cise [kən`saɪs] <adj.> 簡明的 ◎☆

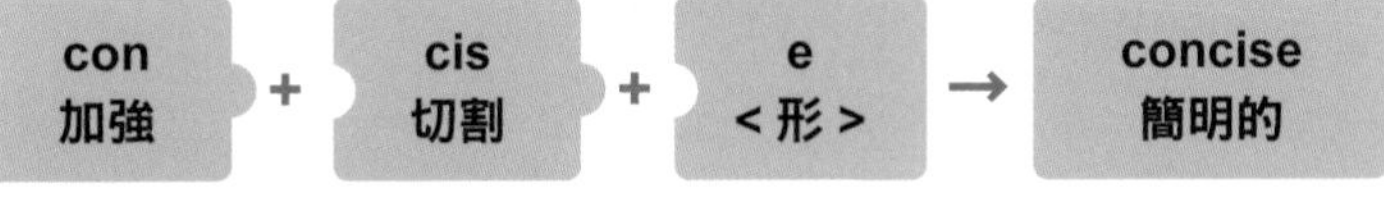

動腦這樣想 加強切割使其簡明。

The summary of the article is rather **concise**.
這篇文章的摘要相當**簡明**扼要。

con•dense [kən`dɛns] <v.> 濃縮 ◎☆

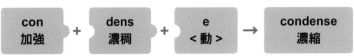

con 加強 + dens 濃稠 + e < 動 > → condense 濃縮

動腦這樣想 加強濃稠程度即是濃縮。

I prefer drinking **condensed** juice.
我比較喜歡喝**濃縮**果汁。

con•grat•u•late [kən`grætʃə͵let] <v.t.> 祝賀 ◎★

con 加強 + gratul 高興 + ate 使 → congratulate 祝賀

動腦這樣想 使加強高興程度為祝賀之意。

I made a phone call to **congratulate** Cora on her new-born baby.
我打了通電話給柯拉，**祝賀**寶寶的誕生。

con•science [ˋkɑnʃəns] <n.> 良知

◎★

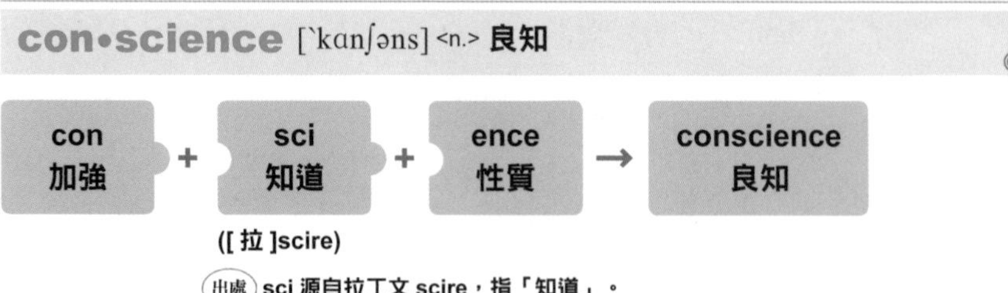

([拉]scire)

出處 sci 源自拉丁文 scire，指「知道」。

動腦這樣想 加強知道狀態表示良知。

Do not vote for those legislators with no **conscience** for the citizens.
不要投票給那些對人民缺乏**良知**的立法委員。

con•vert [kənˋvɜt] <v.> 轉化

◎☆

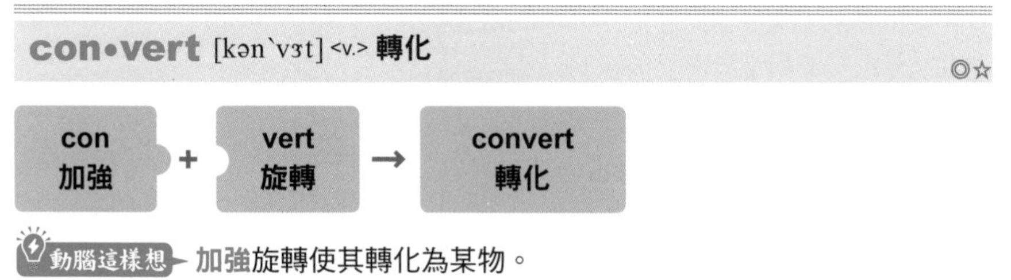

動腦這樣想 加強旋轉使其轉化為某物。

Susanna tried to **convert** her house into a day-care center.
蘇珊娜試著把她的房子**改建**為一間托兒所。

con•vict [kənˋvɪkt] <v.t.> 判決

◎☆

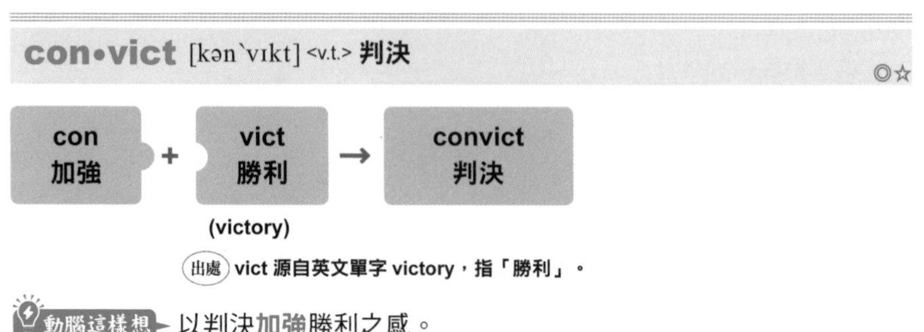

(victory)

出處 vict 源自英文單字 victory，指「勝利」。

動腦這樣想 以判決加強勝利之感。

Pierre Fume is **convicted** of rape, murder and robbery.
皮耶•弗姆被判決強暴、殺人及搶劫罪。

con•vince [kən`vɪns] <v.t.> 說服 ◎★

con 加強 + vinc 勝利 + e < 動 > → convince 說服

動腦這樣想 加強勝利的程度，就容易「說服」別人。

Joyce is **convincing** her subordinates to accept her current plan.
喬伊絲正在**說服**她的下屬接受她目前的計畫。

com•plain [kəm`plen] <v.> 抱怨 ●★

com 加強 + plain 坦白 → complain 抱怨

動腦這樣想 加強坦白地說，即帶有「抱怨」的意思。

Kate **complains** about her work to her husband all the time.
凱特一天到晚對丈夫**抱怨**她的工作。

com•ple•ment [`kɑmpləmənt] <n.> 補充物 ◎☆

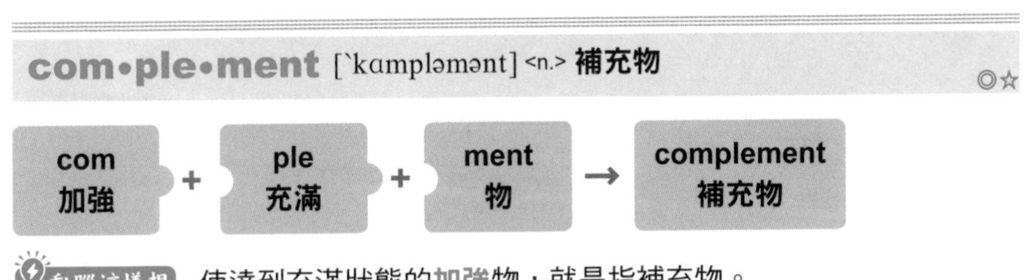

動腦這樣想 使達到充滿狀態的加強物，就是指補充物。

The study guide is the **complement** of the textbook.
這本學習手冊是課本的**補充**。

contra, contro

= 相反

CD-03

以 contra，contro 為首的單字帶有「相反」的意思。

● 全民英檢初級必備單字　◎ 全民英檢中級必備單字　★ 學科能力測驗範圍　☆ 指定科目考試範圍

con•tra•dict [ˌkɑntrəˋdɪkt] <v.> 矛盾

◎☆

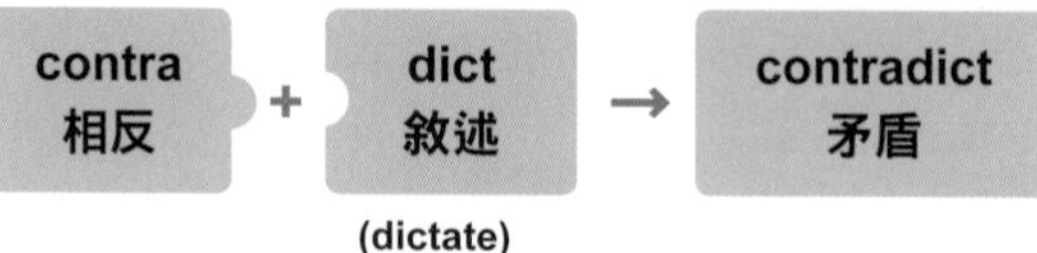

(dictate)

出處 dict 源自英文單字 dictate，指「敘述」。

動腦這樣想 前後相反的敘述代表矛盾。

The result of the debate **contradicts** Dan's assumption.
辯論的結果與丹的假設互相**矛盾**。

con•tra•dict•o•ry [ˌkɑntrəˋdɪktərɪ] <adj.> 矛盾的

◎☆

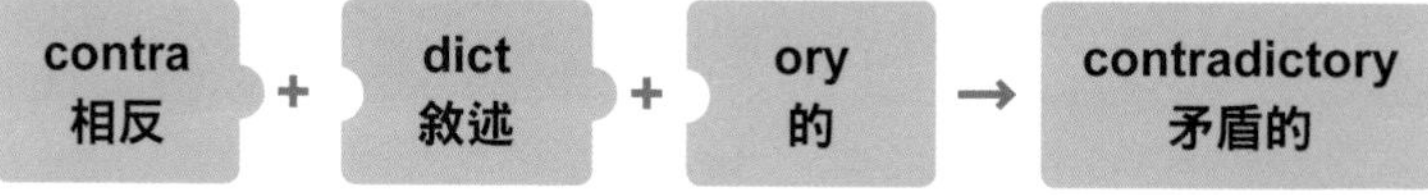

動腦這樣想 contradict 字尾加 ory，即成為「矛盾」的形容詞。

The witness's accusation was **contradictory** to what really happened.
這位目擊者的指控與事件的真實情況互相**矛盾**。

con•tra•ry [ˋkɑntrɛrɪ] <adj.> 相反的

◎★

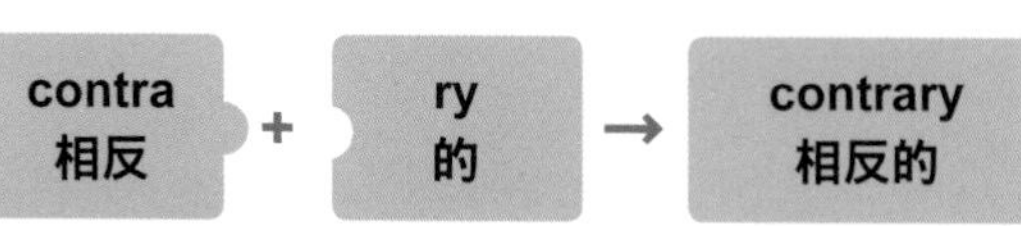

動腦這樣想 contra 加 ry 表示相反的。

Daisy's and Ben's opinions are usually **contrary** to each other.
黛絲和班的意見經常**相反**。

con•trast [ˋkɑn͵træst] <n.> 對比 ◎★

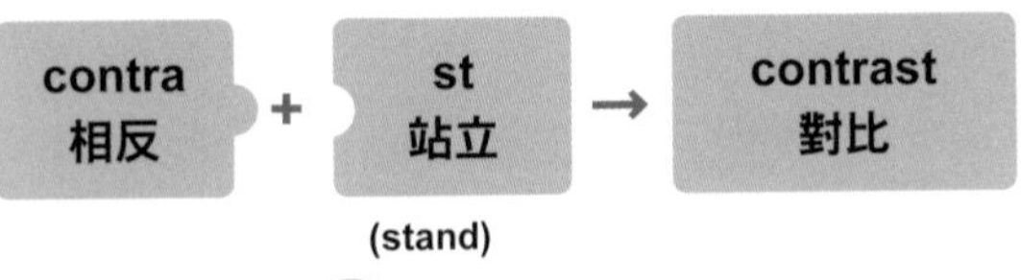

(stand)

出處 st 源自英文單字 stand，指「站立」。

動腦這樣想 以相反的方向站立，代表對比。

In **contrast** with Nancy's generosity, her sister seems very stingy.
對比於南茜的慷慨，她的姊姊似乎很小氣。

con•tro•ver•sial [͵kɑntrəˋvɝʃəl] <adj.> 富爭議性的 ◎☆

contro 相反	+	vers 旋轉	+	ial 的	→	controversial 富爭議性的

動腦這樣想 意見朝相反方向旋轉的，表示為富爭議性的。

Homosexuality remains a **controversial** issue in many countries.
同性戀在許多國家仍是一個**富爭議性的**話題。

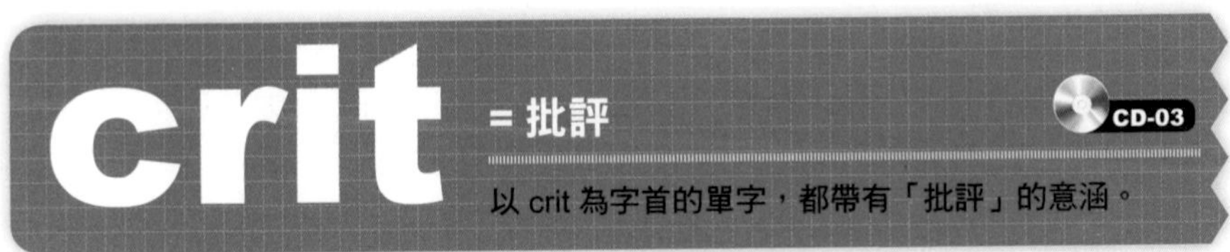

crit
= 批評
CD-03
以 crit 為字首的單字，都帶有「批評」的意涵。

cri•te•ri•on [kraɪˋtɪrɪən] <n.> 批評標準 ◎☆

crit 批評	+	er	+	ion 狀態	→	criterion 批評標準

動腦這樣想 crit 加上 erion 為批評標準。

Dr. Flower applies a tough **criterion** to students' compositions.
弗勞爾教授對學生作文的**批評標準**很嚴格。

crit•ic [`krɪtɪk] <n.> 評論家

◎★

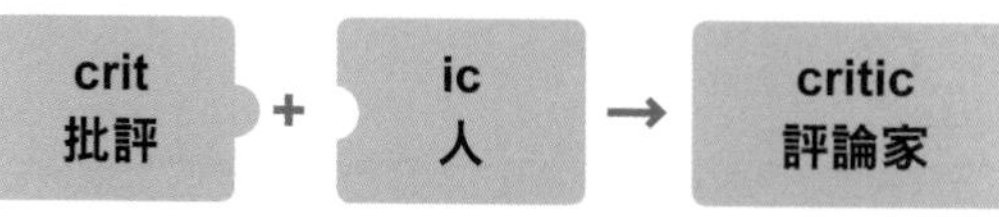

動腦這樣想 以**批評**為專業的人稱為評論家。

Mr. Wen is a famous film **critic**.
溫先生是一位著名的電影**評論家**。

crit•i•cism [`krɪtə͵sɪzəm] <n.> 評論

◎★

動腦這樣想 critic 加上 ism 為「批評」的名詞。

Ray refused to accept my **criticism** on his behavior.
瑞拒絕接受我對他行為上的**批評**。

crit•i•cize [`krɪtə͵saɪz, `krɪtɪ͵saɪz] <v.> 批評

◎★

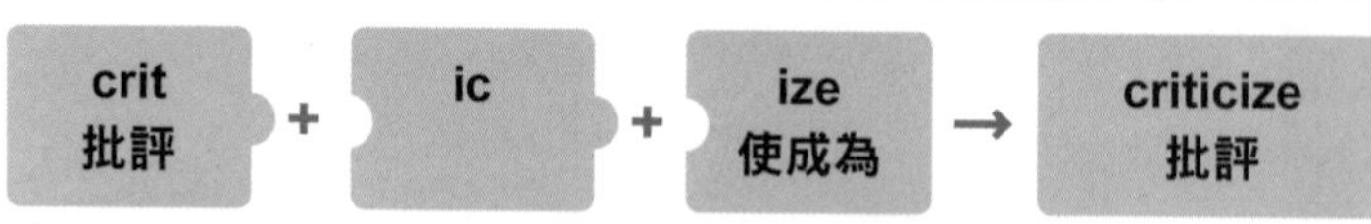

動腦這樣想 critic 加上 ize 為「批評」的動詞。

Paul has improved (himself) a lot after being **criticized**.
保羅被**批評**之後進步了很多。

CD-04

de = 向下

以 de 為首的字有「向下」的意思。

● 全民英檢初級必備單字 ◎ 全民英檢中級必備單字 ★ 學科能力測驗範圍 ☆ 指定科目考試範圍

de•cay [dɪ`ke] <v.> 衰敗 ◎☆

de 向下 + cay 落下 → decay 衰敗

動腦這樣想 向下掉落，表示趨於衰敗。

Corruption prevails in a **decaying** regime.
貪污盛行於**衰敗**的政權中。

de•cline [dɪ`klaɪn] <v.> 降低 ◎☆

de 向下 + cline 傾向 → decline 降低

動腦這樣想 一直向下傾倒就是降低。

The crime rate has **declined** this year.
今年犯罪率**下降**了。

de•crease [dɪ`kris] <v.> 下降 ●★

de 向下 + crease 生長 ([拉]crescere) → decrease 下降

出處 crease 源自拉丁文 crescere，指「生長」。

動腦這樣想 向下發展就是下降。

The company **decreased** its cost by laying off some employees.
這家公司靠部分裁員**減少**支出。

de•ceive [dɪˋsiv] <v.> 欺騙

◎☆

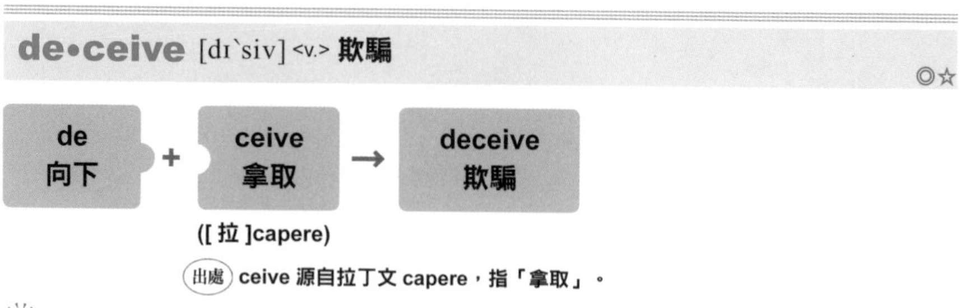

([拉]capere)

出處 ceive 源自拉丁文 capere，指「拿取」。

動腦這樣想 向下暗地拿取不應得之物，就是欺騙。

Darren **deceived** Clarice by telling lies.
達倫說謊**欺騙**了克萊絲。

de•grade [dɪˋgred] <v.> 降級

◎☆

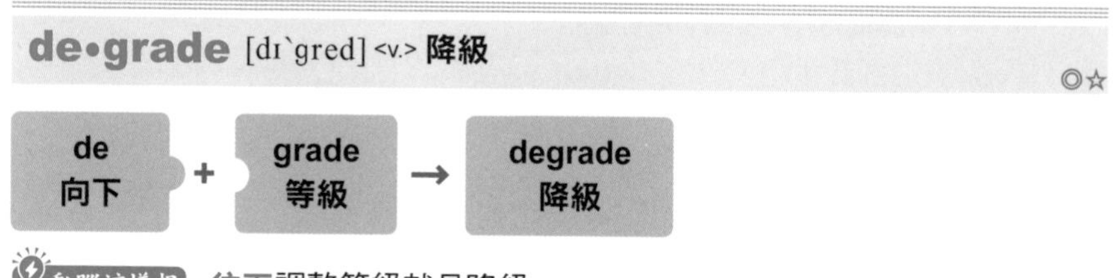

動腦這樣想 往下調整等級就是降級。

The minister was **degraded** due to his misconduct.
這位部長因為行為不檢而被**貶職**。

de•lay [dɪˋle] <v.> 延緩

◎★

動腦這樣想 向下躺平使動作停滯，就是延緩。

The take-off of the plane was **delayed** due to bad weather.
飛機因天氣不佳而**延緩**起飛。

de•pend [dɪ`pɛnd] <v.i.> 依存、取決 ●★

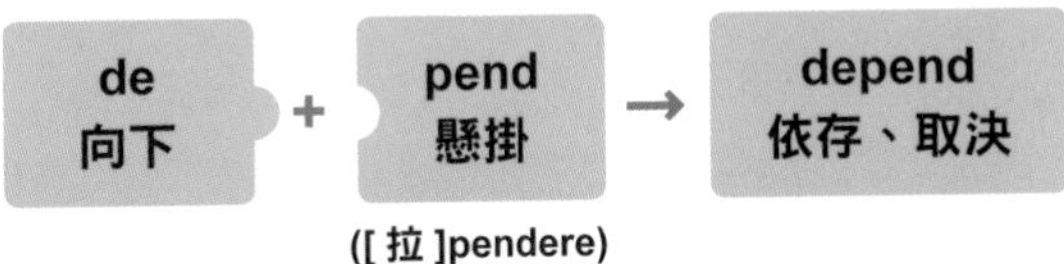

([拉]pendere)

出處 pend 源自拉丁文 pendere，指「懸掛」。

動腦這樣想 向下懸掛表示依存、取決之意。

The success of a career **depends** on the founder's wisdom, hard-work and persistence.

事業成功**取決**於創業者的智慧、勤勉和堅持。

de•press [dɪ`prɛs] <v.t.> 抑鬱 ◎★

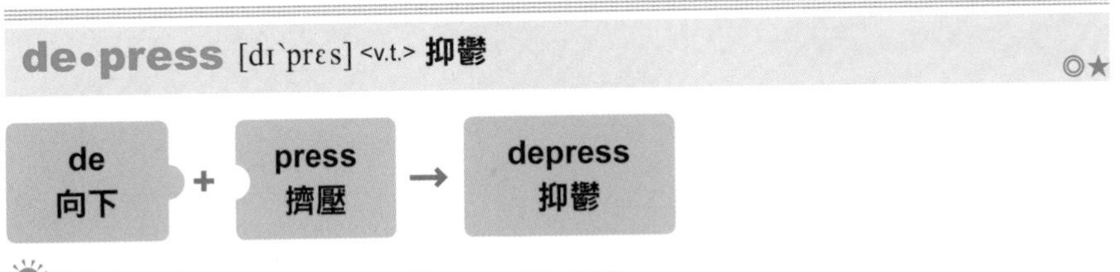

動腦這樣想 向下擠壓自己的心情就是抑鬱。

Ted has been **depressed** for a long time since he lost his job.

泰德自從失業後就**抑鬱**了好長一段時間。

de•scend [dɪ`sɛnd] <v.> 下降 ◎☆

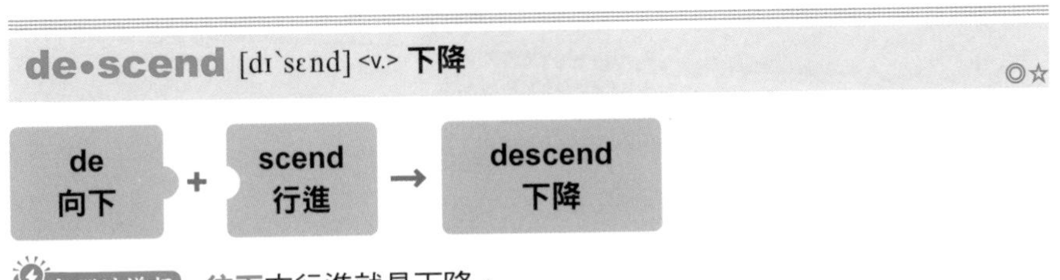

動腦這樣想 往下方行進就是下降。

I'm waiting for the elevator to **descend** from the fifteenth floor.

我正在等從十五樓**下來**的電梯。

de•scent [dɪˋsɛnt] <n.> 下降

◎☆

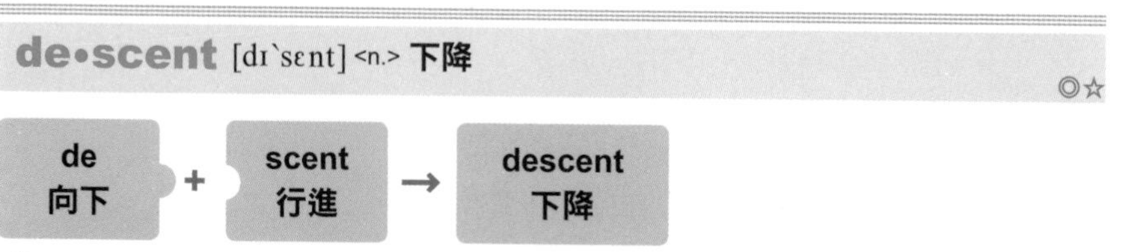

動腦這樣想 descend 字尾去 d 加 t，即為「下降」的名詞。

Many people gathered at the beach to watch the **descent** of a hot air balloon.
許多人聚集在海灘觀看熱氣球**下降**。

de•scend•ant [dɪˋsɛndənt] <n.> 後裔

◎☆

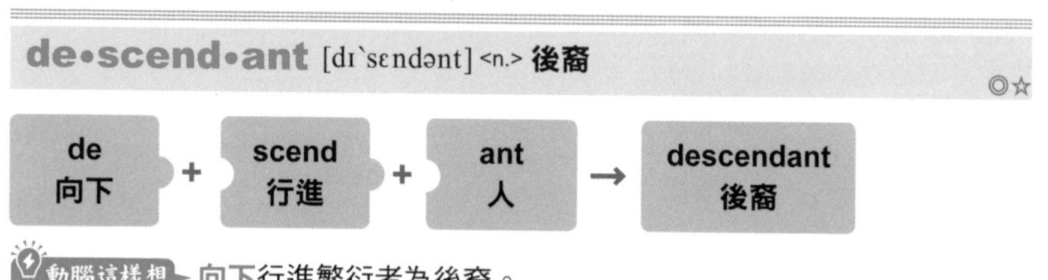

動腦這樣想 向下行進繁衍者為後裔。

The Chinese **descendants** live everywhere in the world.
中國人的**後裔**在世界各地居住。

de•val•ue [diˋvælju] <v.> 貶低

◎☆

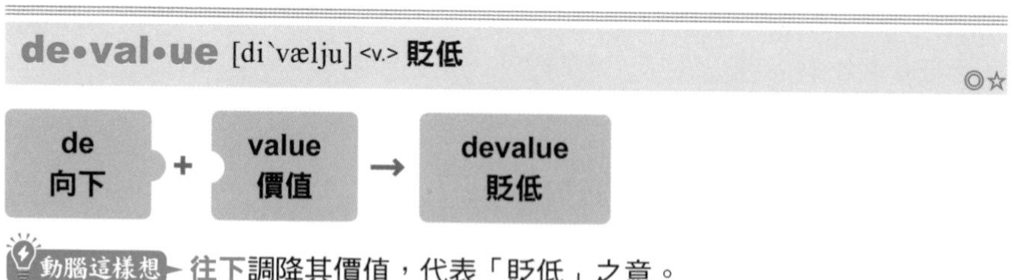

動腦這樣想 往下調降其價值，代表「貶低」之意。

He felt depressed for being **devalued**.
他因遭人**貶低**而感到憂鬱。

= 完全

de 有「完全」的意思。

● 全民英檢初級必備單字　◎ 全民英檢中級必備單字　★ 學科能力測驗範圍　☆ 指定科目考試範圍

de•cide [dɪˋsaɪd] <v.> 決定 ●★

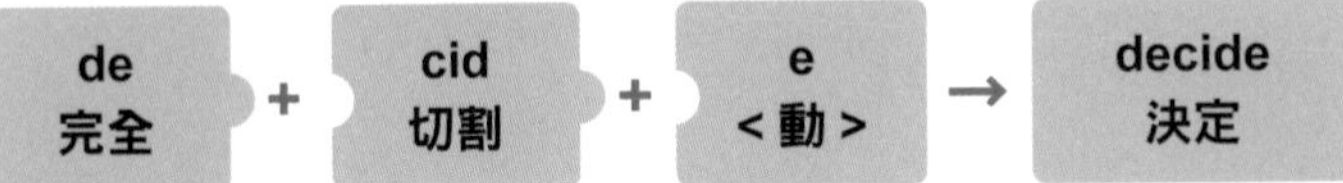

動腦這樣想 完全切割猶豫之念表示決定。

I **decided** to invest my money on the stocks.
我**決定**把錢投資在股票上。

de•ci•sion [dɪˋsɪʒən] <n.> 決定 ●★

de 完全 + cis 切割 + ion 狀態 → decision 決定

動腦這樣想 decide 字尾去 de 加 sion，為「決定」的名詞。

Jay has made a **decision** about his career.
杰已為自己的事業做了**決定**。

de•clare [dɪˋklɛr] <v.> 宣布 ◎★

de 完全 + clar 清楚 (clarify) + e < 動 > → declare 宣布

出處 clar 源自英文單字 clarify，指「清楚」。

動腦這樣想 使某事**完全**清楚為「宣布」之意。

The president **declared** that the civil war was over.
總統**宣布**內戰結束。

de•lib•er•ate [dɪ`lɪbərɪt] <adj.> 謹慎的

◎☆

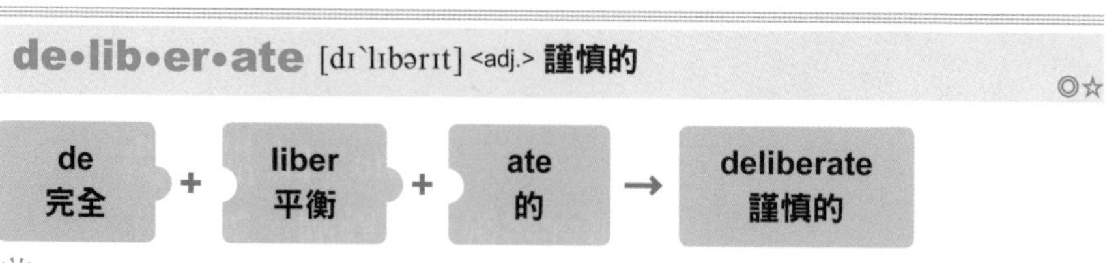

動腦這樣想 思考保持完全平衡狀態的，表示為謹慎的。

Mr. Wood is always **deliberate** when he makes any decision.
伍德先生下決定時總是很**謹慎**。

de•mand [dɪ`mænd] <v.> 要求

◎★

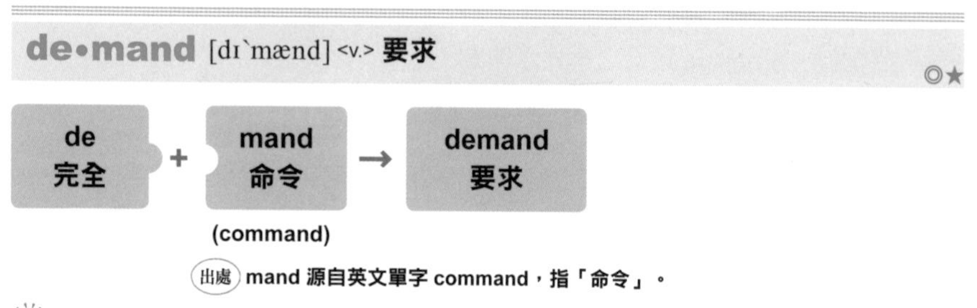

出處 mand 源自英文單字 command，指「命令」。

動腦這樣想 命令完全交出，意味提出要求。

The customer **demands** an exchange of the merchandise he just bought.
顧客**要求**換掉他剛剛買的商品。

des•ig•nate [`dɛzɪg͵net] <v.> 任命

◎☆

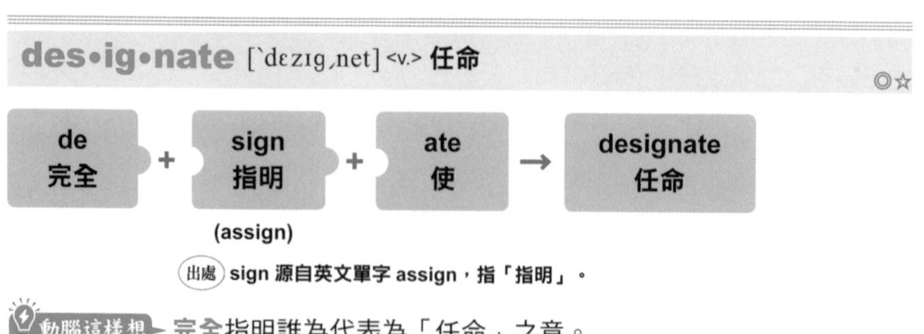

出處 sign 源自英文單字 assign，指「指明」。

動腦這樣想 完全指明誰為代表為「任命」之意。

The president has **designated** Mr. Assander as the premier.
總統已**任命**厄森德先生當行政院長。

de•scribe [dɪ`skraɪb] <v.> 描述 ●★

de 完全 + scrib 寫 + e <動> → describe 描述

([拉]scribere)

出處 scrib 源自拉丁文 scribere，指「寫」。

動腦這樣想 完全寫下狀況為描述。

I **described** the places I just visited in my weblog.

我在我的部落格裡**描述**我剛拜訪的地方。

de•sign [dɪ`zaɪn] <v.> 設計 ●★

de 完全 + sign 標記 → design 設計

動腦這樣想 完全予以明確標記，為「設計」之意。

It takes a remarkable talent to **design** a beautiful dress like this.

設計出這麼美麗的洋裝需要非凡的天份。

de•pict [dɪ`pɪkt] <v.> 描寫 ◎☆

de 完全 + pict 繪畫 → depict 描寫

(picture)

出處 pict 源自英文單字 picture，指「繪畫」。

動腦這樣想 完全繪畫表示「描寫」之意。

This novel **depicts** the main character to be a courageous person.

這本小說把主角**描寫**為一個勇敢的人。

de•serve [dɪ`zɝv] <v.> 應得

◎★

de 完全 + serve 服務 → deserve 應得

動腦這樣想 值得給予完全的服務，意指應得。

Cindy **deserves** the praise because she studied very hard.
仙蒂**應該得到**讚美，因為她很用功。

dem•on•strate [`dɛmən͵stret] <v.> 示範

◎★

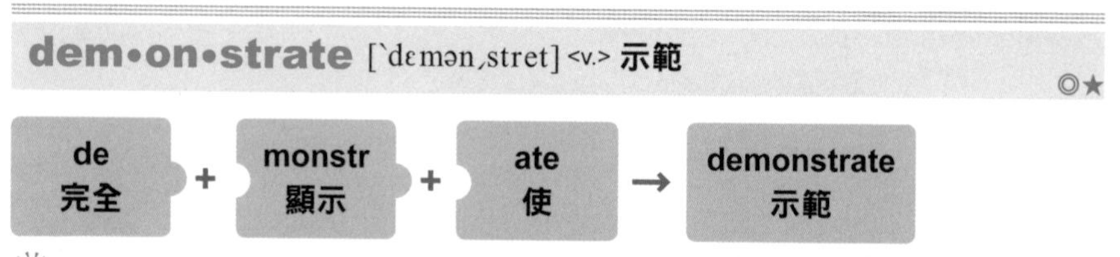

動腦這樣想 使完全顯示在眾人眼前，代表示範之意。

The teacher **demonstrated** the process of solving the question on the blackboard.
老師在黑板上**示範**解題過程。

de•vote [dɪ`vot] <v.> 獻給

◎★

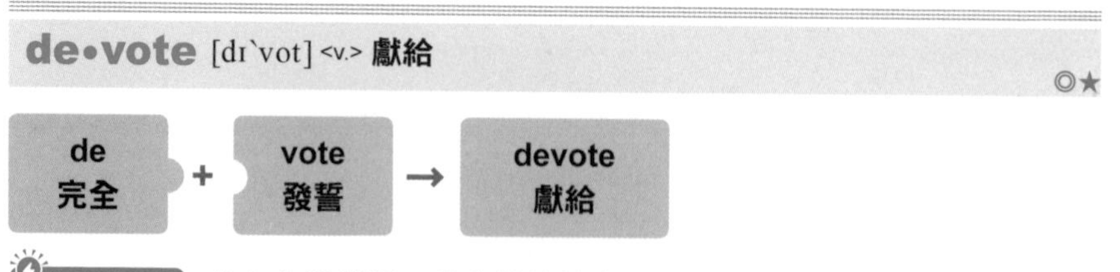

動腦這樣想 全心全意發誓，代表獻給某人。

Linda's mom has **devoted** herself to the family for life.
琳達的母親把自己一生**奉獻**給家庭。

de = 離開，分離

CD-04

以 de 為首的單字，意義上和「離開、分離」脫離不了關係。

● 全民英檢初級必備單字 ◎ 全民英檢中級必備單字 ★ 學科能力測驗範圍 ☆ 指定科目考試範圍

de•fend [dɪ`fɛnd] <v.> 防禦 ◎★

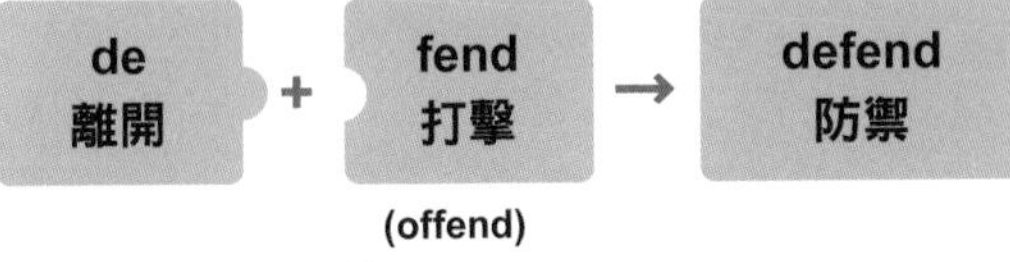

(offend)

出處 fend 源自英文單字 offend，指「打擊」。

動腦這樣想 躲開打擊為防禦之意。

Every citizen has the obligation to **defend** our country.
每一位國民都有責任**防禦**自己的國家。

de•fense [dɪ`fɛns] <n.> 防禦 ◎★

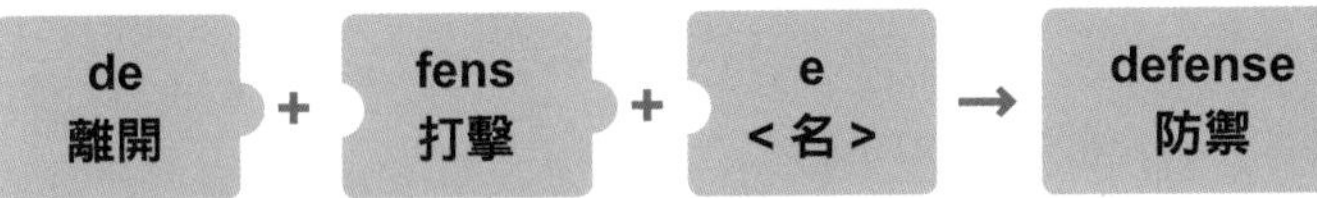

動腦這樣想 defend 去 d 加 se 為「防禦」的名詞。

To strengthen the military **defense** is important for many countries.
對很多國家而言，加強軍事**防禦**是很重要的。

de•fen•si•ble [dɪ`fɛnsəbl̩] <adj.> 可防禦的 ◎★

動腦這樣想 可脫離打擊的為可防禦的。

This town was built to be a **defensible** place in this country.
這個城鎮被建造為國家的一個**防禦**基地。

de•fen•sive [dɪˋfɛnsɪv] <adj.> 防禦的

◎★

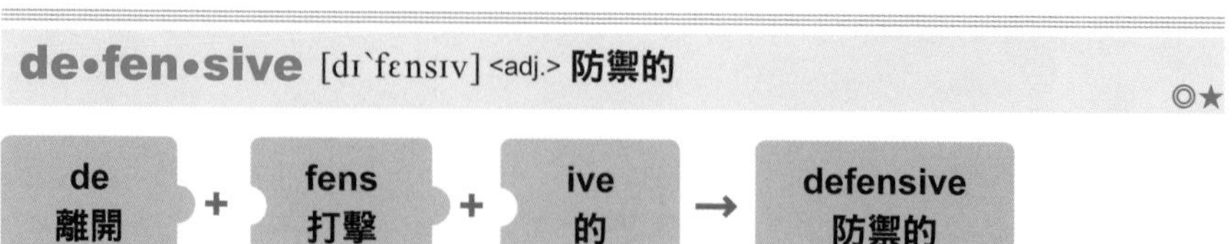

動腦這樣想 defend 去 d 加 sive 為「防禦」的形容詞。

He is so **defensive** about his misconduct.
他對自己的不當行為抱持著**防禦的**態度。

de•fi•cien•cy [dɪˋfɪʃənsɪ] <n.> 匱乏

◎☆

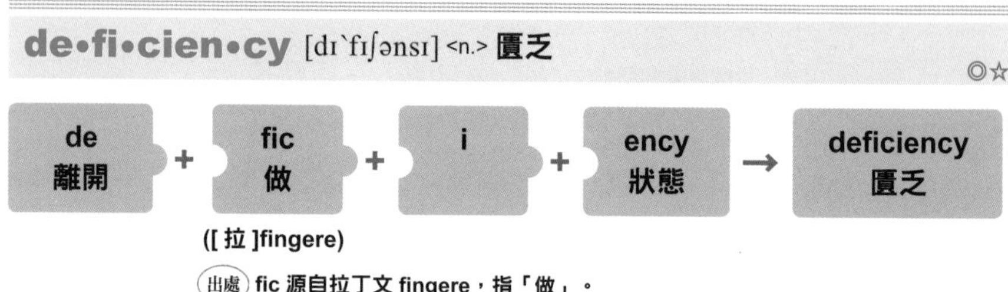

出處 **fic 源自拉丁文 fingere，指「做」。**

動腦這樣想 **脫離**能執行的狀態，意味有所匱乏。

Nutritional **deficiency** makes the children here suffer from hunger and sickness.
營養**匱乏**讓這裡的孩子受饑餓和疾病所苦。

de•part•ment [dɪˋpɑrtmənt] <n.> 部門

●★

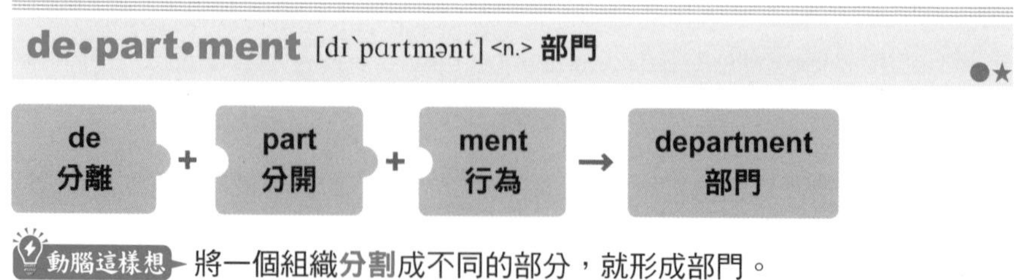

動腦這樣想 將一個組織**分割**成不同的部分，就形成部門。

Penny has been promoted to be the head of the **department**.
潘妮已被晉升為**部門**的主管了。

de•par•ture [dɪ`pɑrtʃɚ] <n.> 出發

◎★

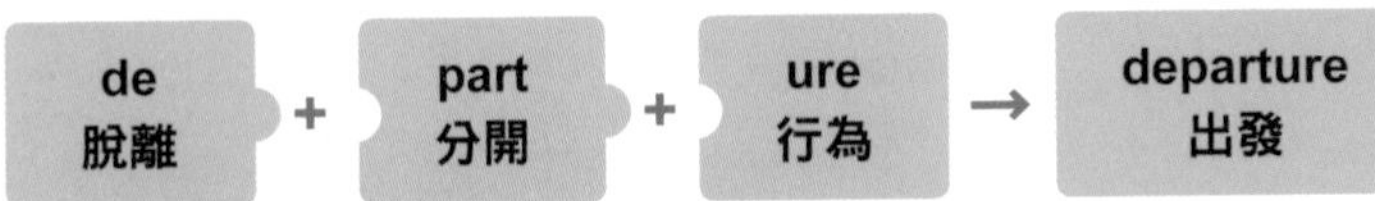

動腦這樣想 脫離原來之地為出發。

Be sure to check the **departure** time before heading to the railway station.

在前往火車站之前務必先確認**出發**時間。

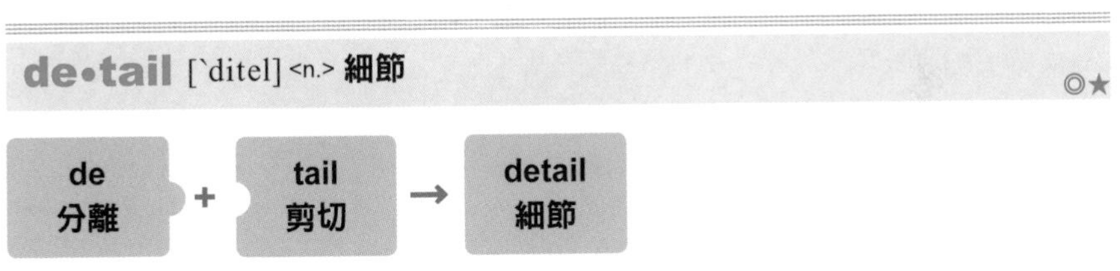

de•tail [`ditel] <n.> 細節

◎★

動腦這樣想 將一件完整事情**分離**及剪切出細節。

Millie always talks about her family in great **detail**.

米莉總是**鉅細靡遺地**談論她的家庭。

dict
= 口述
CD-04
和 dict 有關的單字，意思上有「口述」的意味。

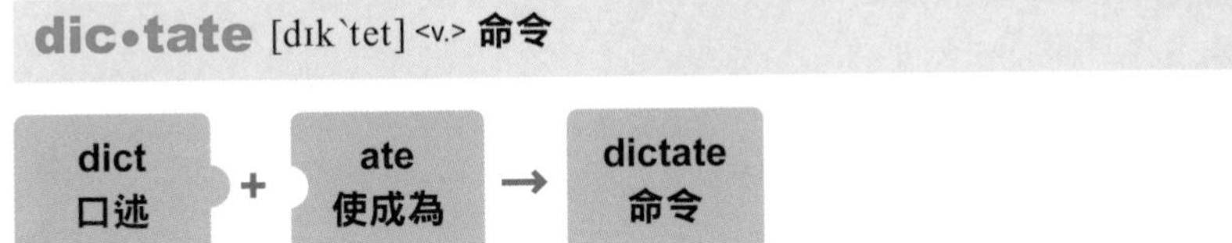

dic•tate [dɪk`tet] <v.> 命令

◎☆

動腦這樣想 以**口述**使其聽命從事，代表命令。

The police **dictated** the driver to get out of the vehicle.

警察**命令**這位駕駛人離開車輛。

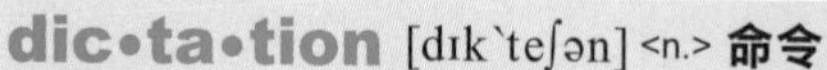

dic•ta•tion [dɪk`teʃən] <n.> 命令

◎☆

動腦這樣想 dictate 去 e 加 ion 為「命令」的名詞。

The general's **dictation** is not questionable.
這位將軍的**命令**是不容置疑的。

dic•ta•tor [`dɪk͵tetɚ] <n.> 獨裁者

◎☆

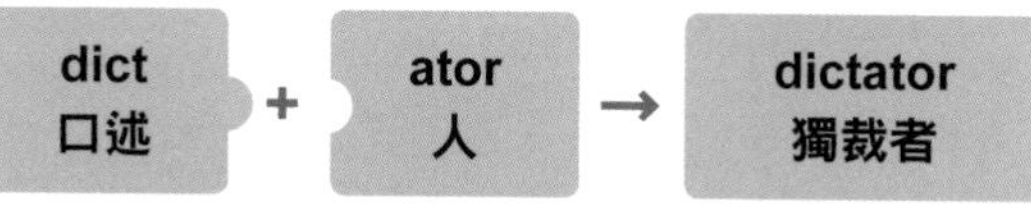

動腦這樣想 單獨**口述**下命令者為獨裁者。

Hitler was a famous **dictator** in the history.
希特勒在歷史上是一位著名的**獨裁者**。

dic•tion•ar•y [`dɪkʃən͵ɛrɪ] <n.> 字典

●★

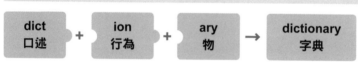

dict 口述 + ion 行為 + ary 物 → dictionary 字典

動腦這樣想 記錄**口述**行為之物為字典。

The **dictionary** is full of mistakes.
這本**字典**裡有很多錯誤。

dis =否定，不

要指「否定，不」，可以把 dis 置於字首。

● 全民英檢初級必備單字　◎ 全民英檢中級必備單字　★ 學科能力測驗範圍　☆ 指定科目考試範圍

dis•a•ble [dɪs`ebḷ] <v.> 使無能力 ◎☆

動腦這樣想 剝奪對方的能力，代表「使無能力」。

To press the button will **disable** the function of the machine.
按下這個按鈕將會**停止**機器的操作。

dis•ad•van•tage [ˏdɪsəd`væntɪdʒ] <n.> 劣勢、缺點 ◎★

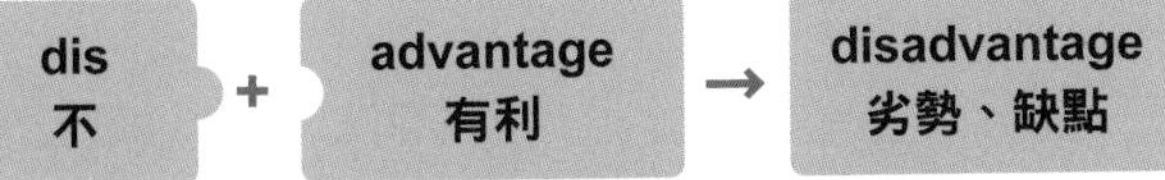

動腦這樣想 不處於有利的情況，意味處於劣勢，或指缺點。

Lacking public speaking skill is my greatest **disadvantage**.
缺乏公眾演說能力是我最大的**缺點**。

dis•a•gree [ˏdɪsə`gri] <v.> 不同意 ◎★

動腦這樣想 「不」加上「同意」為「不同意」。

My parents usually **disagree** with whatever decision I make in my life.
我的父母總是**不同意**我對人生所下的任何決定。

dis•ap•pear [ˏdɪsəˋpɪr] <v.> 消失

●★

dis 不 + appear 出現 → disappear 消失

動腦這樣想 「不」加上「出現」為「不出現」，即指「消失」。

Ann **disappeared** in the crowd.
安**消失**在人群中。

dis•ap•point•ment [ˏdɪsəˋpɔɪntmənt] <n.> 失望

◎★

dis 否定 + appoint 認定 + ment 狀態 → disappointment 失望

動腦這樣想 自己所認定的狀態遭到否定，會感到失望。

Larry's decision put her into **disappointment**.
賴瑞的決定使她**失望**。

dis•ap•prove [ˏdɪsəˋpruv] <v.> 不贊成

◎☆

dis 不 + approve 贊成 → disapprove 不贊成

動腦這樣想 「不」加上「贊成」為「不贊成」。

I **disapproved** my son's request to buy more toys.
我**不贊成**我兒子想買更多玩具的請求。

dis•com•fort [dɪs`kʌmfɚt] <v.> 不舒服 ◎☆

動腦這樣想 「不」加上「舒服」為「不舒服」。

The air in this room has **discomforted** me.
這個房間裡的空氣使我感到**不舒服**。

dis•con•nect [ˌdɪskə`nɛkt] <v.> 切斷 ◎★

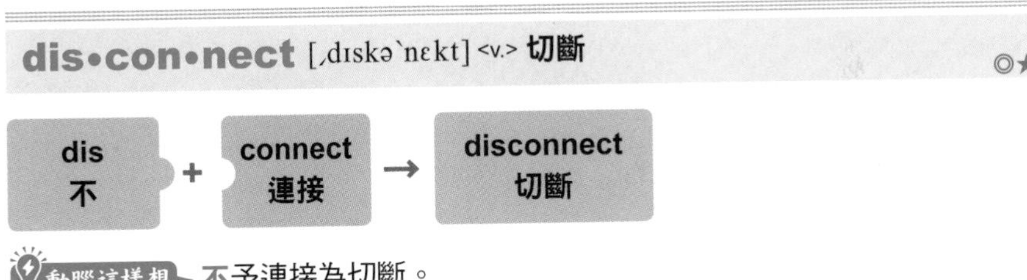

動腦這樣想 不予連接為切斷。

The repairman **disconnected** the Internet before fixing the computer.
修理人員在修理電腦之前先把網路連線**切斷**。

dis•count [`dɪskaʊnt] <v.> <n.> 打折 ◎★

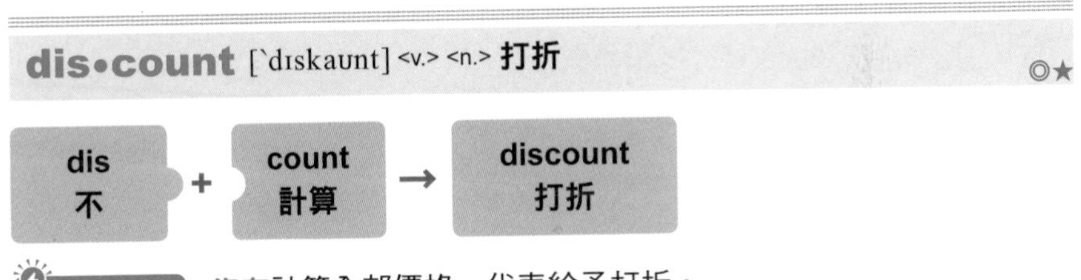

動腦這樣想 **沒有**計算全部價格，代表給予打折。

The department store **discounts** all the men's wear on this weekend.
本週末這家百貨公司的男裝全面**打折**。

dis•cour•age [dɪsˋkɝɪdʒ] <v.> 使洩氣

◎★

dis 否定 + courage 勇氣 → discourage 使洩氣

動腦這樣想 剝奪對方的勇氣，就是使其洩氣。

Don't get **discouraged** by the difficulties that you are facing.
不要因你現在所面臨的困難而**洩氣**。

dis•cov•er•y [dɪˋskʌvərɪ] <n.> 發現

◎★

dis 不 + cover 隱藏 + y < 名 > → discovery 發現

動腦這樣想 使某事不被隱藏為發現。

Columbus's **discovery** of America occurred in 1492.
哥倫布在西元 1492 年**發現**美洲大陸。

dis•grace [dɪsˋgres] <v.> 使丟臉

◎☆

dis 不 + grace 優雅 → disgrace 使丟臉

動腦這樣想 使某人變得不優雅，即是使其丟臉。

Do not do anything illegal to **disgrace** your family.
不要做犯法的事讓家族**蒙羞**。

dis•hon•est [dɪs`ɑnɪst] <adj.> 不誠實的 ●★

→ dishonest 不誠實的

動腦這樣想 「不」加上「誠實」為「不誠實的」。

The child is so **dishonest** that she always lies to her parents, teachers and classmates.
這個孩子非常地**不誠實**，她總是對她的父母、老師及同學說謊。

dis•like [dɪs`laɪk] <v.> 不喜歡 ◎★

動腦這樣想 「不」加上「喜歡」為「不喜歡」。

Ruth **dislikes** her parents nagging all the time.
露絲**不喜歡**父母親總是嘮叨個不停。

dis•please [dɪs`pliz] <v.> 不高興 ◎☆

displease 不高興

動腦這樣想 「不」加上「高興」為「不高興」。

Talking back to your mother has made her very **displeased**.
你對母親頂嘴，讓她非常**不高興**。

dis•re•gard [ˏdɪsrɪˋgɑrd] <v.> 忽視

◎☆

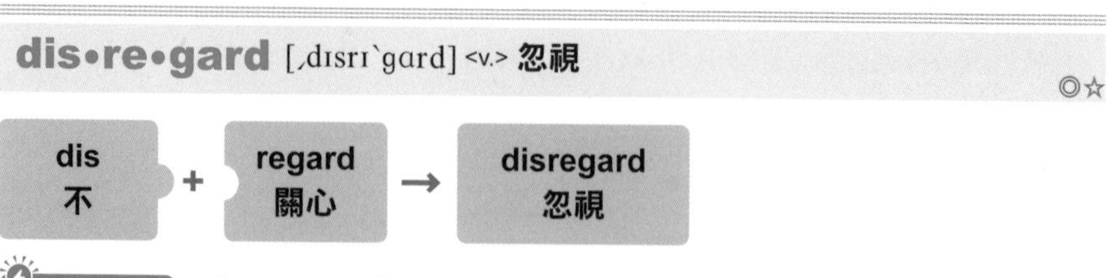

動腦這樣想 「不」加上「關心」為「不關心」，帶有「忽視」之意。

The disadvantaged usually feel **disregarded** in this country.
這個國家的弱勢團體經常覺得被**忽視**。

dis•trust [dɪsˋtrʌst] <v.> 不相信

◎☆

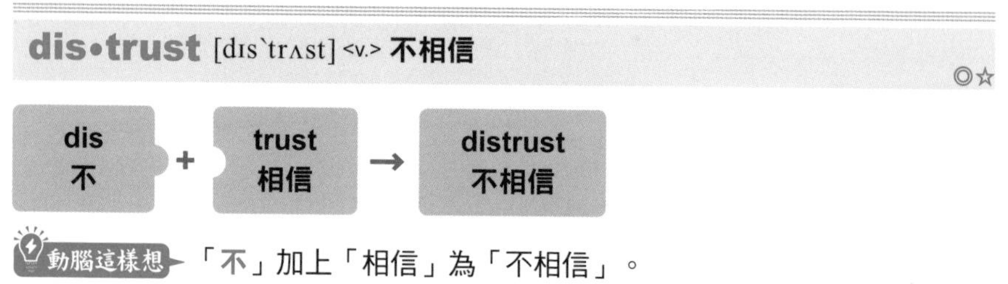

動腦這樣想 「不」加上「相信」為「不相信」。

Andrew **distrusts** his own spouse by doubting her fidelity.
安德魯**不相信**他的配偶，他懷疑她的忠貞。

dis•close [dɪsˋkloz] <v.> 揭露

◎☆

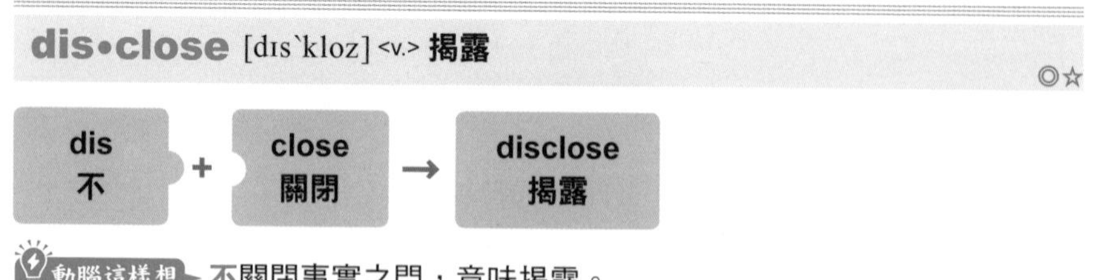

動腦這樣想 不關閉事實之門，意味揭露。

The legislator **disclosed** the scandal of insider trading among the govermment officials and the financial institution.
這位立法委員**揭露**了政府官員和金融機構之間內線交易的醜聞。

dis•as•ter [dɪz`æstɚ] <n.> 災難 ◎★

動腦這樣想 不好的星宿象徵著災難。

The earthquake last week became a huge **disaster** in Indonesia.
上週的地震在印尼造成了重大的**災難**。

dis•be•lief [dɪsbə`lif] <n.> 懷疑、不信 ◎☆

動腦這樣想 「不」加上「相信」為「懷疑」或「不相信」。

John listened to Mary's explanations in **disbelief**.
約翰抱著**懷疑**的態度聽瑪麗的解釋。

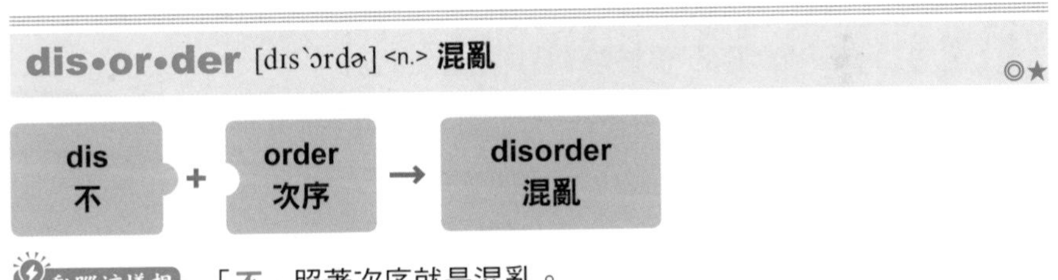

dis•or•der [dɪs`ɔrdɚ] <n.> 混亂 ◎★

動腦這樣想 「不」照著次序就是混亂。

The **disorder** of the society is very dangerous for the nation.
混亂的社會對國家而言非常危險。

dis, di

= 分離

CD-04

除了「否定」，dis 和 di 也有「分離」的意思。

● 全民英檢初級必備單字　◎ 全民英檢中級必備單字　★ 學科能力測驗範圍　☆ 指定科目考試範圍

dis•cuss [dɪ`skʌs] <v.> 討論

●★

dis 分離 + cuss 動搖 → discuss 討論

動腦這樣想 動搖一件事情使其**分離**成幾個部分，有助於「討論」的進行。

Tess tries hard to **discuss** the issue about childcare with her husband.
黛絲努力嘗試和丈夫**討論**孩子教養的問題。

dis•crim•i•nate [dɪ`skrɪmə͵net] <v.> 區別

◎☆

dis 分離 + crimin 辨別 + ate 使 → discriminate 區別

動腦這樣想 使**分離**成為可供辨別的狀態，意指區別。

The quality of customer service **discriminates** good stores from bad stores.
對顧客的服務品質可以**區別**出好與壞的店家。

dis•miss [dɪs`mɪs] <v.> 解散、下課

◎★

dis 分離 + miss 發送 → dismiss 解散、下課

動腦這樣想 讓一群人**分別**離開，稱為解散；用在課堂上即指下課。

Mrs. Leigh always follows the schedule to **dismiss** the class on time.
李老師總是按照時間表準時**下課**。

dis•place [dɪs`ples] <v.> 取代

◎☆

動腦這樣想 使離開原佔有的位置，意指加以取代。

Helen's new boyfriend didn't **displace** the position of her ex-boyfriend in her heart.

海倫的新男友沒有**取代**她前任男友在她心目中的地位。

dis•tract [dɪ`strækt] <v.> 分心

◎☆

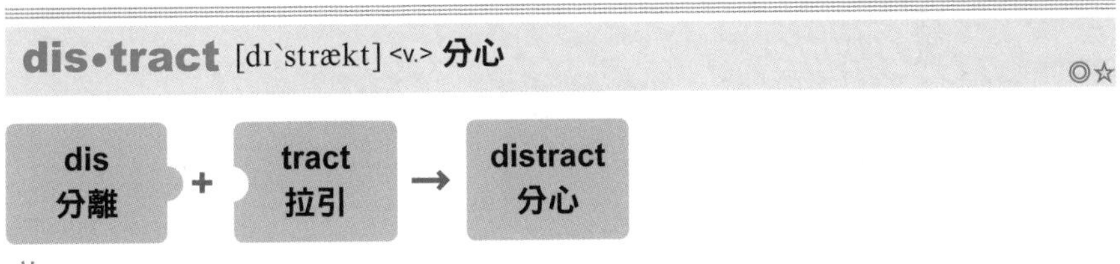

動腦這樣想 注意力因受其他事物吸引而無法專注，稱為分心。

The noises of the roadworks **distract** my attention on reading.

道路施工的噪音使我閱讀時**分心**。

dis•trac•tion [dɪ`strækʃən] <n.> 分心

◎☆

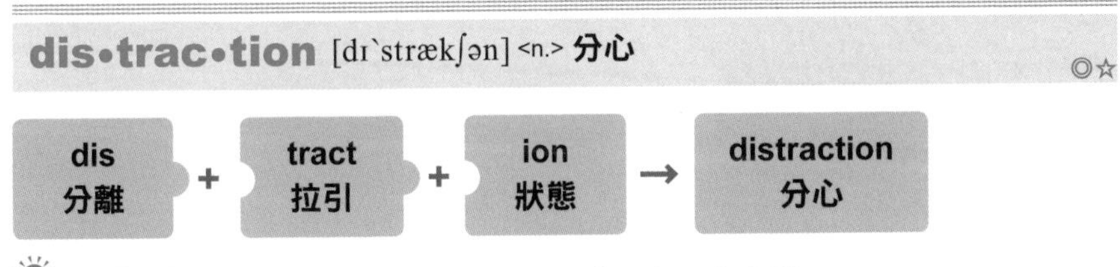

動腦這樣想 distract 字尾加 ion，即為「分心」的名詞。

I can't write anything when there are too many **distractions**.

當有太多令人**分心**的事情時，我寫不出任何東西來。

dis•tant [ˋdɪstənt] <adj.> 疏遠的

●★

di 分離	+	st 站立	+	ant 的	→	distant 疏遠的

動腦這樣想 分開站的遠遠的，表示「疏遠」之意。

Monique showed a **distant** attitude towards her ex-boyfriend.
莫尼卡對其前男友顯現出**疏遠的**態度。

dis•tance [ˋdɪstəns] <n.> 距離

●★

di 分離	+	st 站立	+	ance < 名 >	→	distance 距離

動腦這樣想 distant 去 t 加 ce 為「距離」之意。

What's the **distance** between New York City and Boston?
紐約市和波士頓**距離**多遠？

dis•trib•ute [dɪˋstrɪbjut] <v.> 分配

◎★

dis 分離	+	tribut 給予	+	e < 動 >	→	distribute 分配

動腦這樣想 分離某物給予某人即是分配。

The charity **distributed** a lot of food to the victims of the earthquake.
慈善團體**分配**了很多食物給地震災民。

dis•tri•bu•tion [ˌdɪstrəˋbjuʃən] <n.> 分配 ◎★

dis 分離 + tribut 給予 + ion 狀態 → distribution 分配

動腦這樣想 distribute 字尾去 e 加 ion 為「分配」的名詞。

The **distribution** of the resources is not fair enough among the nations.
國家之間的資源**分配**不夠公平。

dis•turb [dɪˋstɝb] <v.> 干擾 ◎★

dis 分離 + turb 挑動 → disturb 干擾

動腦這樣想 **分離**又挑動平靜的心為干擾。

I don't like to be **disturbed** when I am reading a book.
我看書的時候不喜歡被**干擾**。

dis•turb•ance [dɪˋstɝbəns] <n.> 干擾 ◎☆

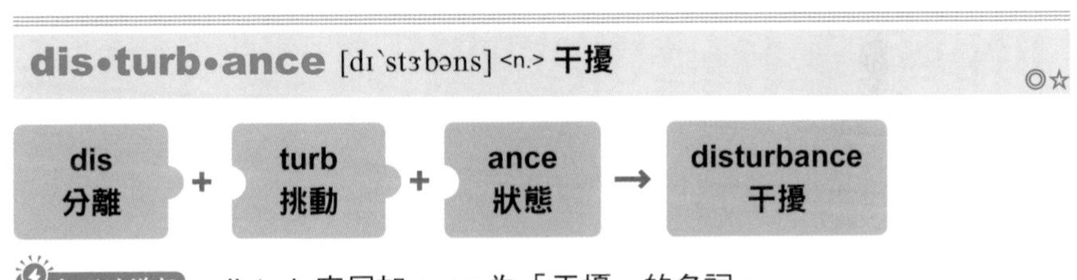

動腦這樣想 disturb 字尾加 ance 為「干擾」的名詞。

The protesters are making a huge **disturbance** to the traffic.
抗議者對交通造成重大的**干擾**。

di•verse [də`vɜs, daɪ`vɜs] <adj.> 多樣的

◎☆

dis 分離 + verse 旋轉 → diverse 多樣的

動腦這樣想 朝向不同方向**分離**旋轉的表示為多樣的。

My interests are **diverse** and change rapidly over time.
我的興趣**多樣**而且隨著時間快速轉變。

di•ver•si•ty [də`vɜsətɪ, daɪ`vɜsətɪ] <n.> 多樣化

◎☆

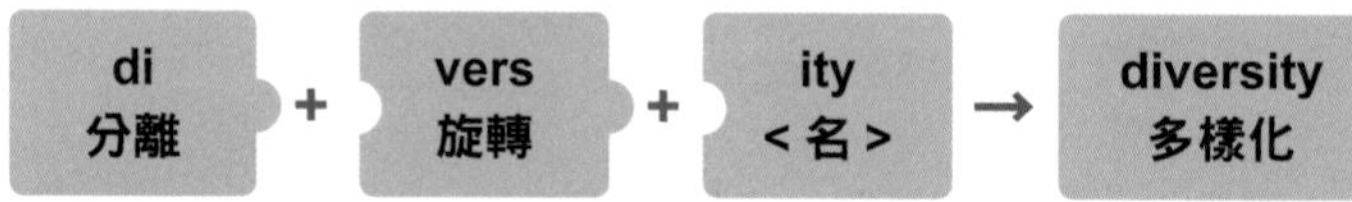

動腦這樣想 diverse 字尾去 e 加 ity 為多樣化。

I'm surprised by the **diversity** of the books I can find here.
我對這裡可以找到的書籍的**多樣化**感到驚訝。

di•vert [də`vɜt, daɪ`vɜt] <v.> 轉移

◎☆

動腦這樣想 **分開**而朝向其他方向旋轉，意指轉移。

A smoke bomb **diverted** the police's attention.
煙霧彈**轉移**了警察的注意。

CD-04

dis = 完全

以 dis 為字首的字還有「完全」的意思。

● 全民英檢初級必備單字 ◎ 全民英檢中級必備單字 ★ 學科能力測驗範圍 ☆ 指定科目考試範圍

dis•creet [dɪ`skrit] <adj.> 謹慎的 ◎☆

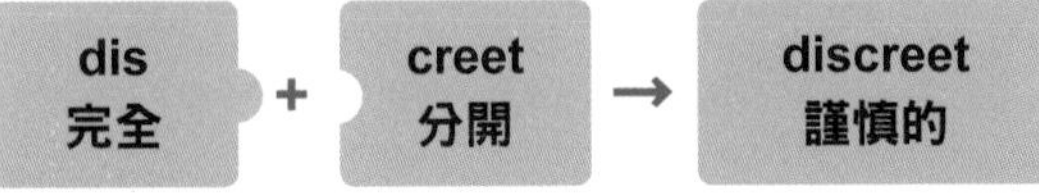

動腦這樣想 一個個完全分開檢視清楚，代表是謹慎的。

Take a **discreet** look at the contract before signing it.
簽合約前，你得**謹慎的**看清楚內容。

dis•solve [dɪ`zɑlv] <v.> 溶解 ◎☆

動腦這樣想 使結塊的固體完全放鬆，意指溶解。

The detergent can **dissolve** any stains away.
這種洗潔劑能將任何髒污**溶解**掉。

dis•tort [dɪs`tɔrt] <v.> 扭曲 ◎☆

出處 tort 源自英文單字 tortile，指「扭轉」。

動腦這樣想 完全扭轉物品的原狀，表示扭曲。

It is said that the movie **distorted** the truth about Jesus.
據說這部電影**扭曲**了有關耶穌基督的真相。

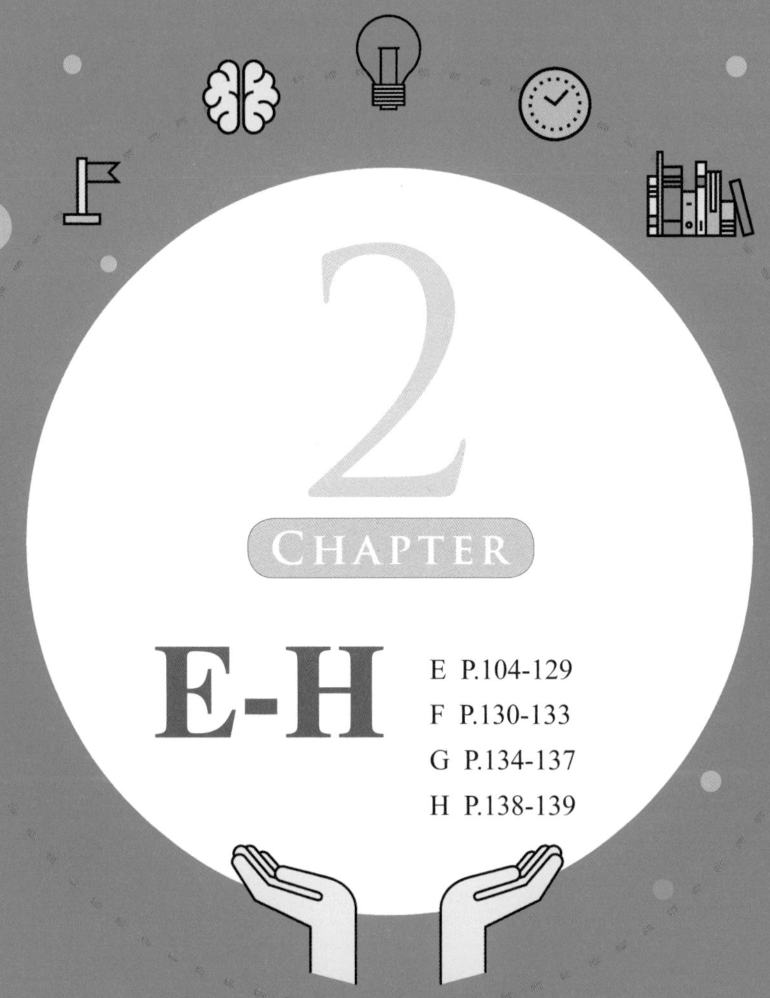

E-H

eco
= 家庭
CD-05
以 eco 為首的單字，指「家庭」，也和「生態（的）；環境（的）」有關。
● 全民英檢初級必備單字 ◎ 全民英檢中級必備單字 ★ 學科能力測驗範圍 ☆ 指定科目考試範圍

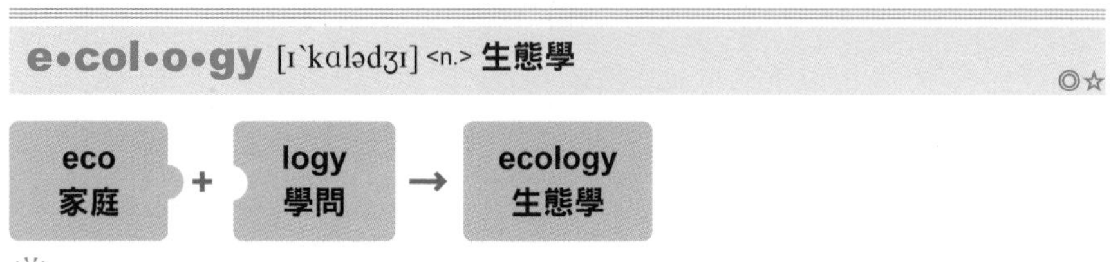

動腦這樣想 研究家庭生活環境的學問，稱為生態學。

Blake is major in **ecology** in college.
布雷克在大學裡主修**生態學**。

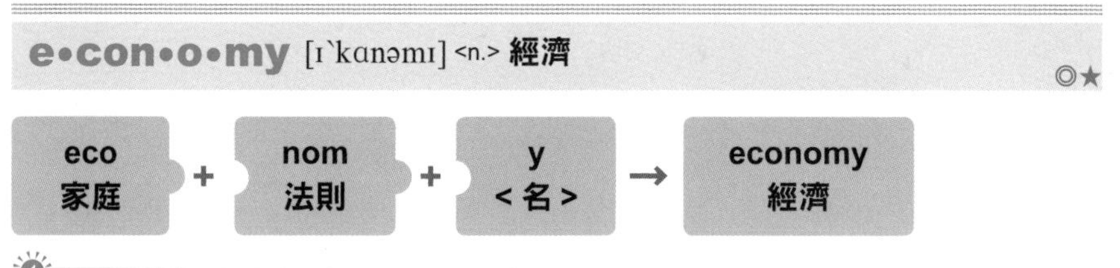

動腦這樣想 家庭的重要法則為經濟。

The **economy** of this country exceeds that of other nations in the same area.
這個國家的**經濟**超越了同一區域的其他國家。

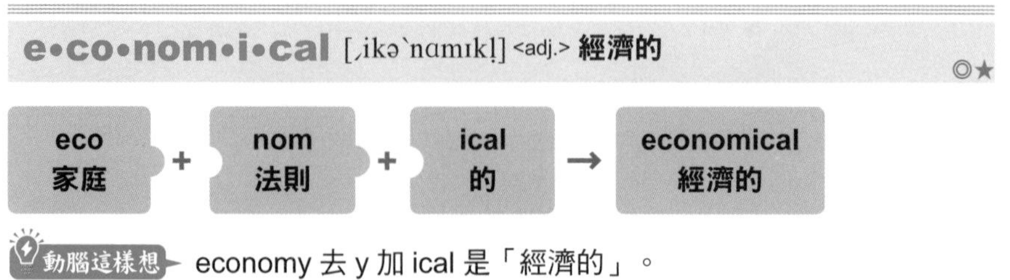

動腦這樣想 economy 去 y 加 ical 是「經濟的」。

Solar cars are **economical** and less polluting.
太陽能汽車很**經濟**而且少污染。

e•co•nom•ic [ˌikəˋnɑmɪk] <adj.> 經濟學的 ◎★

eco 家庭 + nom 法則 + ic 的 → economic 經濟學的

動腦這樣想 economy 去 y 加 ic 是「經濟學的」。

Sustainable **economic** development is crucial to any nation.
永續的**經濟**發展對任何國家都很重要。

e•co•nom•ics [ˌikəˋnɑmɪks] <n.> 經濟學 ◎★

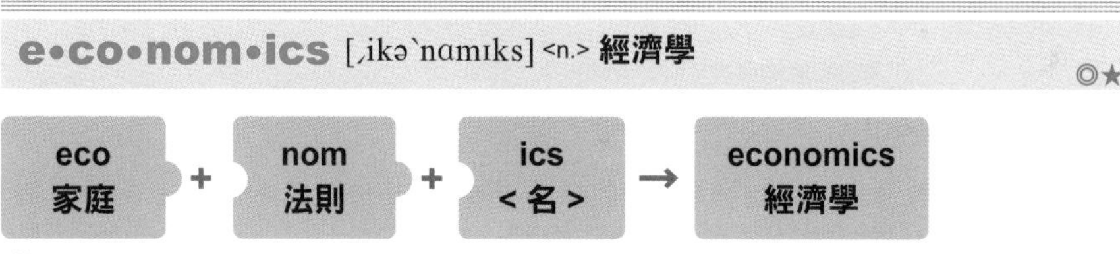

動腦這樣想 economic 字尾加 s 是「經濟學」。

London School of **Economics** and Political Science is a famous college for studying **economics**.
倫敦政經學院是一所以學習**經濟學**聞名的大學。

e•con•o•mist [ɪˋkɑnəmɪst] <n.> 經濟學家 ◎★

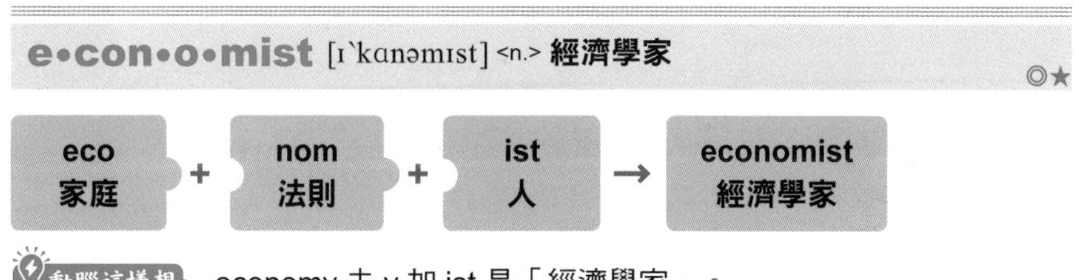

動腦這樣想 economy 去 y 加 ist 是「經濟學家」。

Adam Smith was a famous **economist** for his work *The Wealth of Nations*.
亞當‧史密斯是一位以他的著作《國富論》聞名的**經濟學家**。

e = 向外

CD-05

e 開頭的單字，意思上有「向外」的意味。

● 全民英檢初級必備單字 ◎ 全民英檢中級必備單字 ★ 學科能力測驗範圍 ☆ 指定科目考試範圍

e•lim•i•nate [ɪ`lɪmə,net] <v.t.> 去除、解決 ◎★

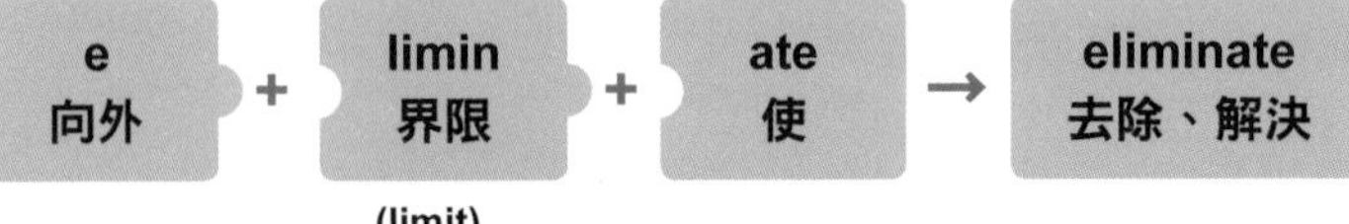

(limit)

出處 limin 源自英文單字 limit，指「界限」。

動腦這樣想 使成為界限外之物，為「去除」之意，也可指「解決」。

The goal of the new mayor is to **eliminate** the problems of pollution in our city.
這位新市長的目標是要**解決**本市的污染問題。

el•o•quence [`ɛləkwəns] <n.> 能言善道 ◎☆

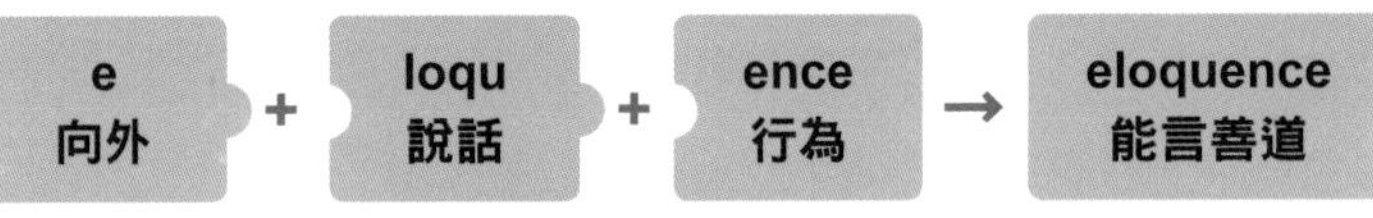

(loquacity)

出處 loqu 源自英文單字 loquacity，指「說話」。

動腦這樣想 **向外**流利說話為能言善道。

The voters were impressed by the candidate's **eloquence**.
選民對這位候選人的**能言善道**印象深刻。

e•merge [ɪ`mɝdʒ] <v.i.> 出現 ◎★

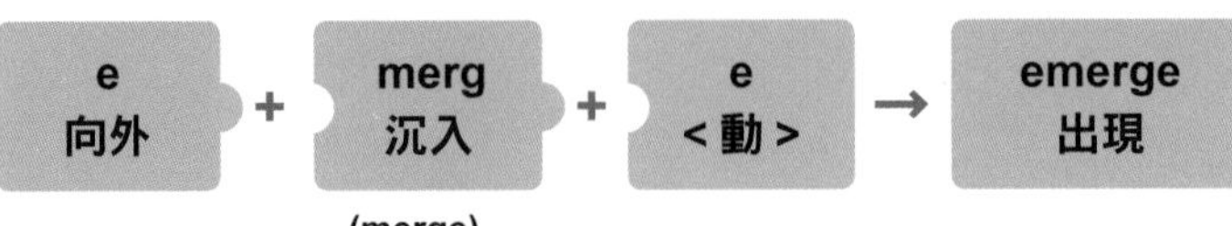

(merge)

出處 merg 源自英文單字 merge，指「沉入」。

動腦這樣想 從沉沒狀態**向外**露出來，意指出現。

The submarine **emerged** from the sea surface. 潛水艦**出現**在海面上。

e•mer•gen•cy [ɪ`mɝdʒənsɪ] <n.> 緊急情況

◎★

e 向外	+	merg 沉入	+	ency 狀態	→	emergency 緊急情況

動腦這樣想 必須從沉入狀態快速向外露出來，就是指緊急情況。

Please call my mom if I'm in an **emergency**.
如果我遇到**緊急情況**，請打電話給我媽媽。

em•i•grant [`ɛməgrənt] <n.> 移民

◎☆

e 向外	+	migr 移動 (migrate)	+	ant 人	→	emigrant 移民

出處 migr 源自英文單字 migrate，指「移動」。

動腦這樣想 向國外移動並定居的人是移民。

The population of **emigrants** in Taiwan is growing rapidly.
台灣的**移民**人口正快速增長。

em•i•grate [`ɛmə͵gret] <v.> 移民

◎☆

e 向外	+	migr 移動	+	ate 使	→	emigrate 移民

動腦這樣想 向國外移動並定居，代表「移民」的動作。

Many people around the world wish to **emigrate** to the United States.
世界上有許多人希望**移民**美國。

em•i•gra•tion [ˌɛmə`greʃən] <n.> 移民

◎☆

e 向外 + migr 移動 + ation 狀態 → emigration 移民

動腦這樣想 向國外移動並定居的狀態，就是指移民。

The policy of **emigration** has been tightened after the 911 incident in the United States.

911 事件發生之後，美國的**移民**政策緊縮了。

e•mo•tion•al [ɪ`moʃənl̩] <adj.> 激動的

◎★

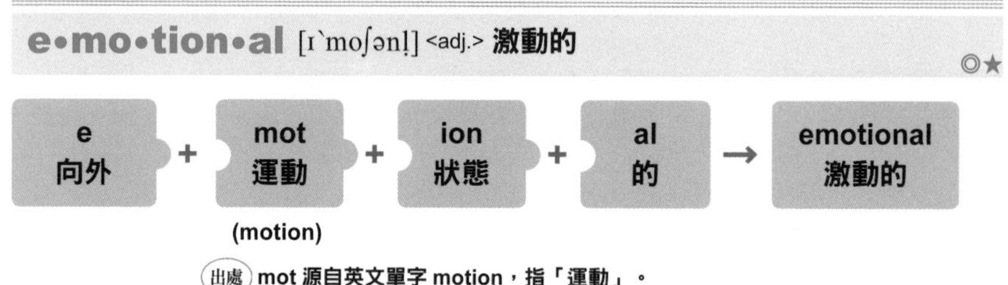

出處 **mot 源自英文單字 motion，指「運動」。**

動腦這樣想 將心中的動盪不安狀態**對外**展現的，即是激動的。

Lorelei was so **emotional** that she smashed a vase on the floor.

蘿芮萊非常**激動**，還把花瓶摔在地上。

e•vac•u•ate [ɪ`vækjuˌet] <v.t.> 撤離

◎☆

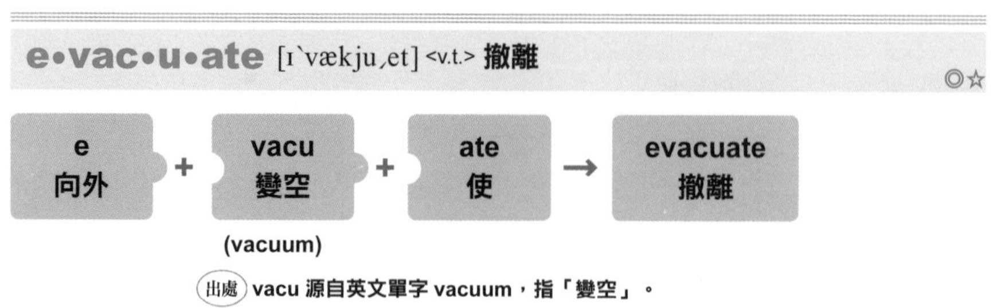

出處 **vacu 源自英文單字 vacuum，指「變空」。**

動腦這樣想 **向外**移動使之淨空，稱為撤離。

We have to learn how to **evacuate** from the building when there is a disaster.

我們要學習如何在災害發生時從建築物內**撤離**。

e•vap•o•rate [ɪˋvæpəˏret] <v.> 蒸發

◎☆

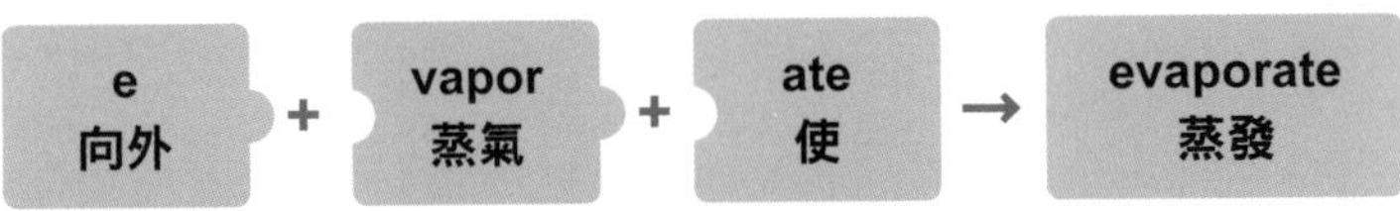

動腦這樣想 使水蒸氣向外發散就是蒸發。

Water is **evaporated** into steam by heat.

水受熱**蒸發**為水蒸氣。

e•ven•tu•al [ɪˋvɛntʃuəl] <adj.> 最終的

◎★

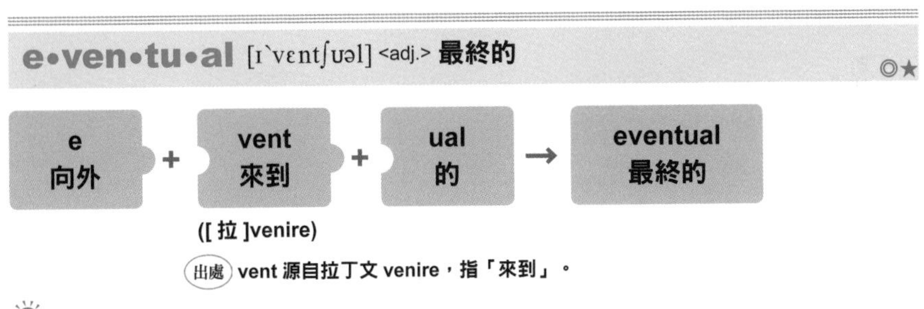

出處 vent 源自拉丁文 venire，指「來到」。

動腦這樣想 向外最後來到的是最終的。

The **eventual** result of the issue can't satisfy everyone.

這個爭議**最終的**結果不能使每個人都滿意。

e•volve [ɪˋvɑlv] <v.> 進化

◎☆

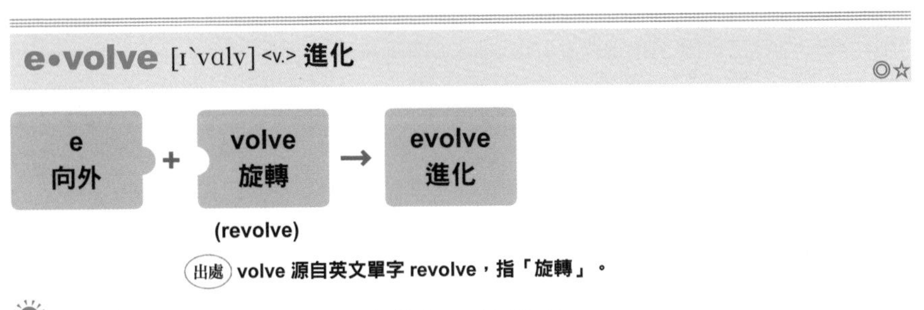

出處 volve 源自英文單字 revolve，指「旋轉」。

動腦這樣想 持續向外旋轉以求進步，就是進化。

Were humans **evolved** from apes?

人類是從人猿**進化**來的嗎？

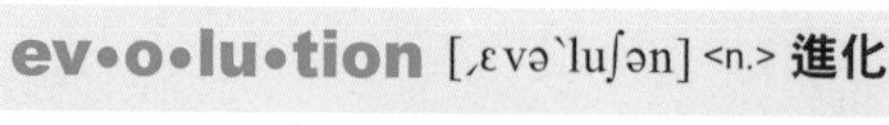

ev•o•lu•tion [ˌɛvəˋluʃən] <n.> 進化

◎☆

動腦這樣想 evolve 去 ve 加 ution 為「進化」的名詞。

Darwin's theory of **evolution** remains controversial in the modern society.
達爾文的**進化**論在近代社會仍具有爭議性。

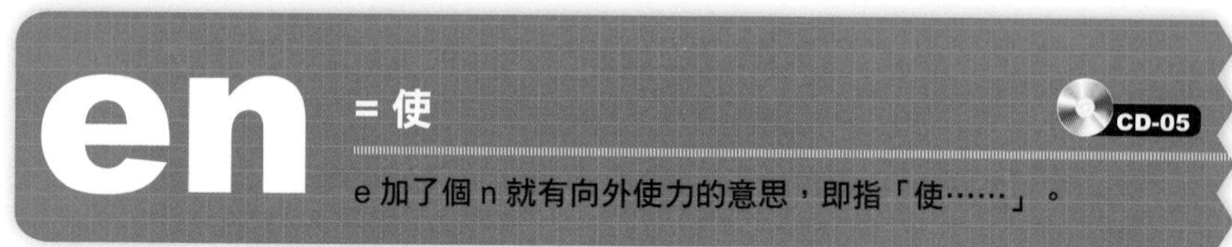

en
= 使
CD-05
e 加了個 n 就有向外使力的意思，即指「使……」。

en•a•ble [ɪnˋebl̩] <v.t.> 使能夠

◎★

en 使 + able 能夠的 → enable 使能夠

動腦這樣想 「使」加上「能夠」為「使能夠」。

The new policy of maternity leave will **enable** an increase in female employment rate.
新的育嬰假政策將**使**婦女就業比率**能夠**上升。

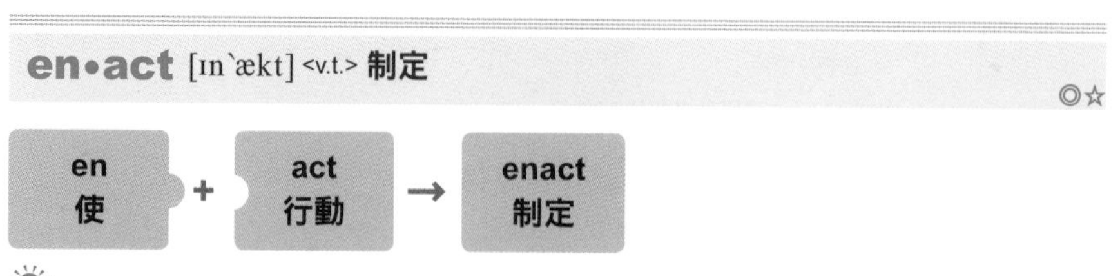

動腦這樣想 使之產生一致行動，就要先「制定」規則。

The government just **enacted** a new immigration policy.
政府剛**制定**了一項新的移民政策。

en•act•ment [ɪn`æktmənt] <n.> 制定 ◎☆

en 使 + act 行動 + ment < 名 > → enactment 制定

動腦這樣想 enact 加 ment 為「制定」的名詞。

The **enactment** of the new educational policy raises a huge debate in Taiwan.
新教育政策的**制定**在台灣引起很大的爭議。

en•cour•age [ɪn`kɝɪdʒ] <v.t.> 鼓勵 ◎★

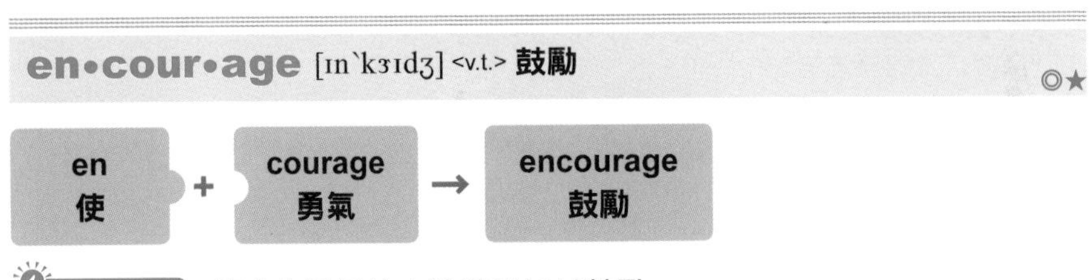

動腦這樣想 使人有勇氣的方法就是加以鼓勵。

I always **encourage** my students to read and write more.
我總是**鼓勵**我的學生多閱讀和寫作。

en•dan•ger [ɪn`dendʒɚ] <v.t.> 危害 ◎★

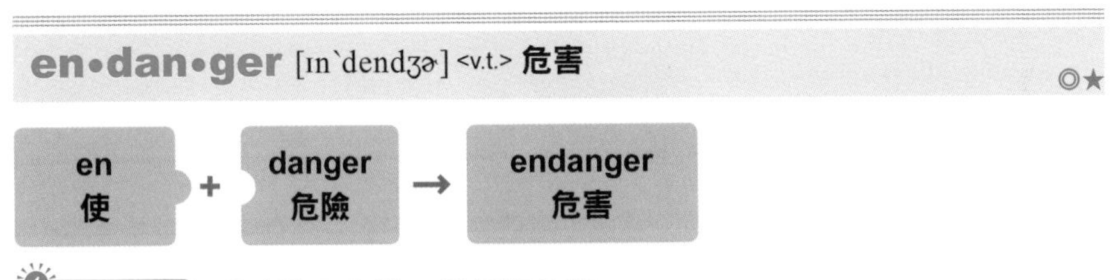

動腦這樣想 使人陷入危險，就是指危害。

The oil spill **endangered** many marine animals in this area.
漏油**危害**許多該區域的海洋動物。

en•dure [ɪn`djur] <v.> 忍耐

◎★

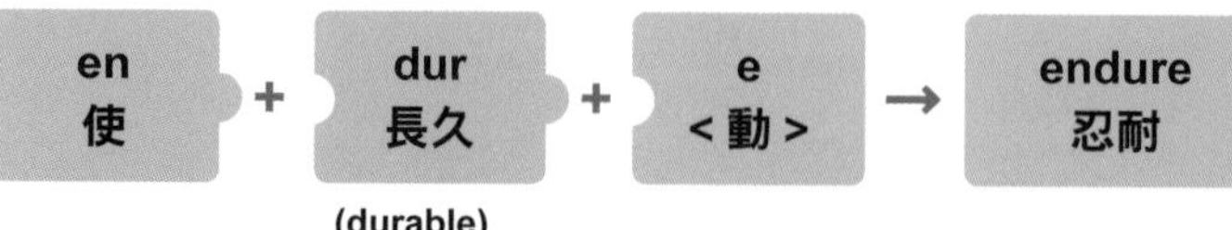

(durable)

出處 dur 源自英文單字 durable，指「長久」。

動腦這樣想 使長久做某事為「忍耐」之意。

He can't **endure** the infidelity of his wife.
他不能再**忍受**妻子的不貞。

en•dur•ance [ɪn`djʊrəns] <n.> 忍耐

◎☆

en 使 + dur 長久 + ance 狀態 → endurance 忍耐

動腦這樣想 endure 去 e 加 ance 為「忍耐」的名詞。

Barbara has a great **endurance** for pain.
芭芭拉對痛的**忍耐**力很大。

en•force [ɪn`fors] <v.t.> 強迫

◎★

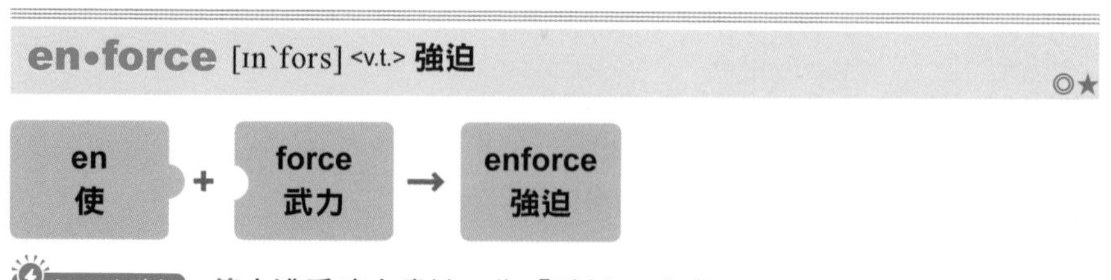

動腦這樣想 使人遭受武力脅迫，為「強迫」之意。

Don't **enforce** your grown-up child to choose certain careers.
不要**強迫**你的成年子女選擇某些職業。

en•gage [ɪn`gedʒ] <v.> 從事 ◎★

en 使 + gage 參與 → engage 從事

動腦這樣想 使某人參與某事，即為「從事」之意。

Even in prison, the mafia continued to **engage** in drug deals.
即使被關在監獄裡，那個黑手黨仍繼續**從事**毒品交易。

en•gage•ment [ɪn`gedʒmənt] <n.> 訂婚 ◎★

en 使 + gage 參與 + ment <名> → engagement 訂婚

動腦這樣想 男女正式結婚前要參與的重要儀式就是訂婚。

I'm writing a card to congratulate Sally on her **engagement**.
我正在寫一張祝賀莎莉**訂婚**的卡片。

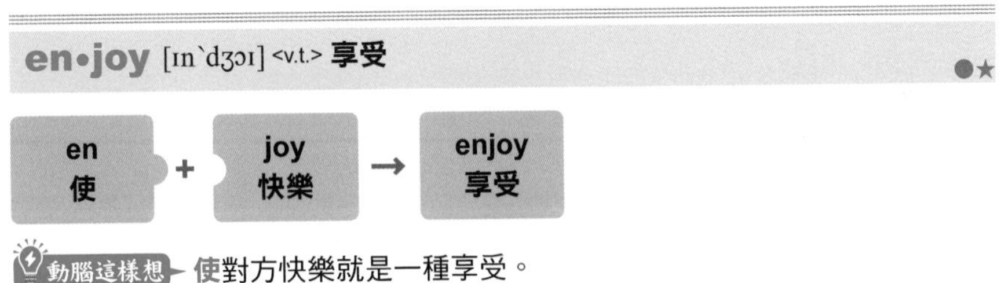

en•joy [ɪn`dʒɔɪ] <v.t.> 享受 ●★

en 使 + joy 快樂 → enjoy 享受

動腦這樣想 使對方快樂就是一種享受。

Enjoy yourself with this delicious feast.
請盡情**享受**這頓美味的大餐。

en•large [ɪn`lɑrdʒ] <v.> 增大、放大

◎★

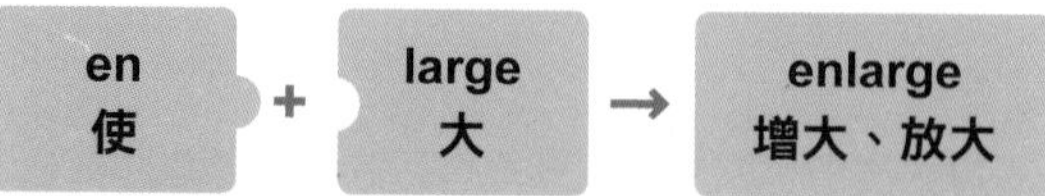

動腦這樣想 使其變大就是「增大、放大」之意。

Please **enlarge** the pictures or people can't see them clearly when they visit the website.

請把圖片**放大**，不然網友們瀏覽這個網站時無法看清楚。

en•light•en [ɪn`laɪtn̩] <v.t.> 啟發

◎☆

動腦這樣想 使人的心靈猶如點亮電燈，表示「啟發」之意。

The story of the artist has **enlightened** my life.

這位藝術家的故事**啟發**了我的人生。

en•rich [ɪn`rɪtʃ] <v.t.> 使豐富

◎☆

動腦這樣想 使其變得富足且多樣，就是指「使豐富」。

Designing this website has **enriched** Coco's life.

設計這個網站**使**可可的生活更**豐富**了。

en•roll [ɪn`rol] <v.> 註冊 ◎☆

動腦這樣想 使前進至新的學期為「註冊」之意。

Tess **enrolled** in the social science course.
黛絲**註冊**了社會學的課程。

en•roll•ment [ɪn`rolmənt] <n.> 註冊 ◎☆

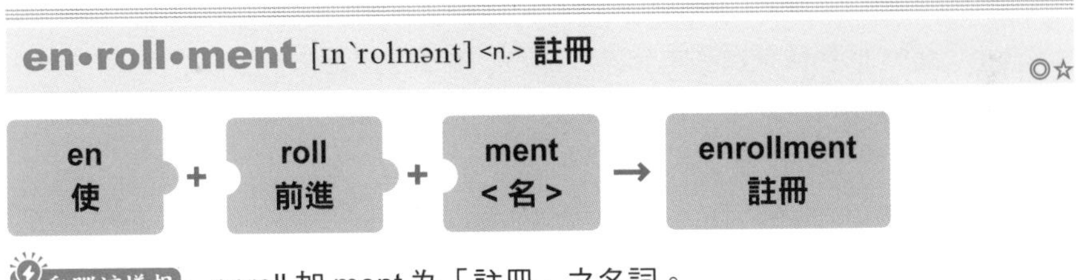

動腦這樣想 enroll 加 ment 為「註冊」之名詞。

The **enrollment** of the students has increased rapidly in this private school.
註冊就讀這所私立學校的學生持續快速增加。

en•ti•tle [ɪn`taɪtl̩] <v.t.> 定名 ◎☆

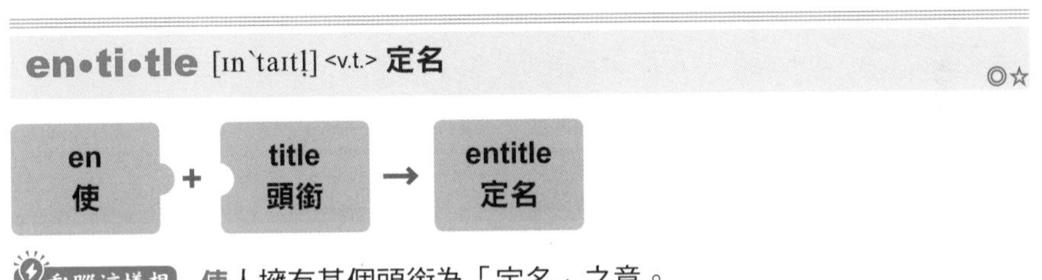

動腦這樣想 使人擁有某個頭銜為「定名」之意。

The book has been **entitled** *The One and Only*.
這本書被**定名**為《獨一無二》。

en, enter

= 在內

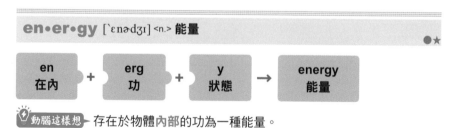

同樣以 en 開頭的字，也有「在內」的意思。

● 全民英檢初級必備單字 ◎ 全民英檢中級必備單字 ★ 學科能力測驗範圍 ☆ 指定科目考試範圍

en•close [ɪn`kloz] <v.t.> 圍住 ◎★

en 在內 + close 關閉 → enclose 圍住

動腦這樣想 把某樣東西關閉在內，代表「圍住」之意。

The movie star is **enclosed** by many fans and paparazzi.
這位影星被很多影迷和狗仔隊**圍住**。

en•clo•sure [ɪn`kloʒɚ] <n.> 圍住 ◎☆

en 在內 + clos 關閉 + ure <名> → enclosure 圍住

動腦這樣想 enclose 去 e 加 ure 為「圍住」的名詞。

The **enclosure** of the street during the construction causes the traffic jam.
施工期間這條街被**圍住**，造成交通阻塞。

en•er•gy [`ɛnɚdʒɪ] <n.> 能量 ●★

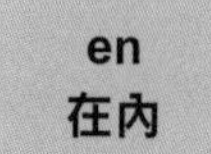

en 在內 + erg 功 + y 狀態 → energy 能量

動腦這樣想 存在於物體**內部**的功為一種能量。

Human beings have to consume **energy** to stay alive.
人類必須攝取**能量**才能存活。

en•er•get•ic [ˌɛnəˋdʒɛtɪk] <adj.> 精力充沛的 ●★

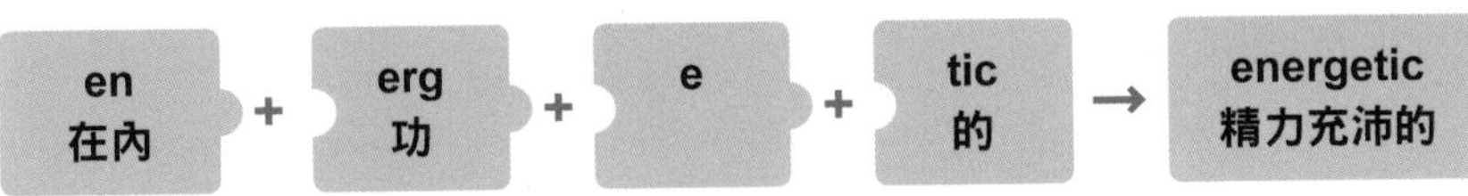

動腦這樣想 身體內充滿了功的能量，代表「精力充沛的」。

Sid is an **energetic** soccer player.
席德是一位**精力充沛的**足球選手。

en•ter•tain [ˌɛntɚˋten] <v.> 娛樂 ◎★

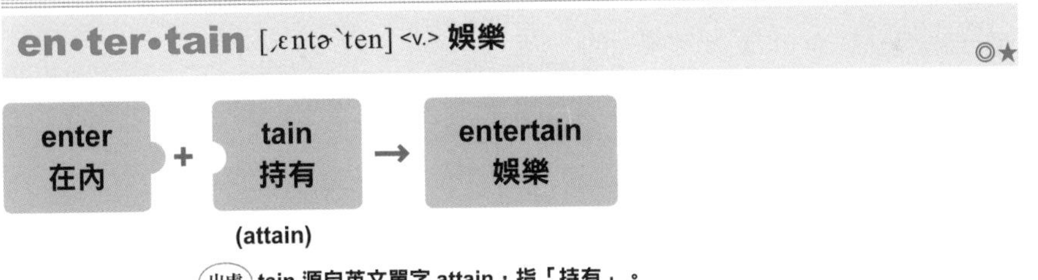

出處 tain 源自英文單字 attain，指「持有」。

動腦這樣想 使人在內心持有愉快意念之方法，是為娛樂。

Joyce sang a song to **entertain** all the guests.
喬依絲唱了一首歌**娛樂**她的賓客們。

en•ter•tain•ment [ˌɛntɚˋtenmənt] <n.> 娛樂 ◎★

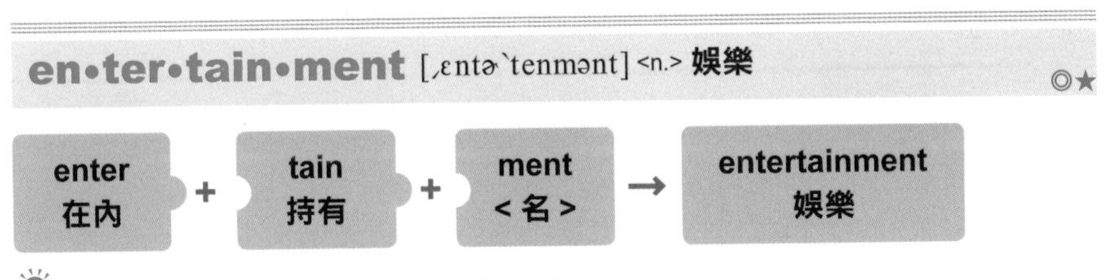

動腦這樣想 entertain 加 ment 為「娛樂」的名詞。

The ways of **entertainment** is getting more and more diverse.
娛樂的方式愈來愈多樣化了。

= 相等，平等

和「相等，平等」有關的字，都和 equ 脫離不了關係。

● 全民英檢初級必備單字 ◎ 全民英檢中級必備單字 ★ 學科能力測驗範圍 ☆ 指定科目考試範圍

e•qual [`ikwəl] <adj.> 相等的

●★

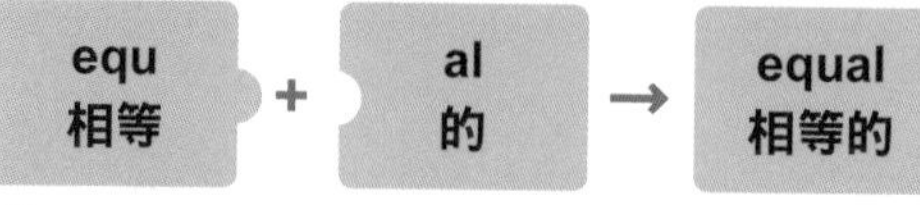

動腦這樣想 equ 加 al 為相等的。

All children in the world ought to have **equal** opportunity to receive education.
世上所有的兒童應當要有**相等的**接受教育的機會。

e•qual•i•ty [ɪ`kwɑlətɪ] <n.> 平等

◎★

出處 ality 源自英文單字 quality，指「性質」。

動腦這樣想 equal 加 ity 為「相等」的名詞，代表「平等」之意。

The song expresses the concept of "I" and the meaning of "**equality**".
這首歌表達了「人」的概念和「**平等**」的真諦。

e•quate [ɪ`kwet] <v.t.> 相等

◎☆

動腦這樣想 使成為**不相上下**的狀態，亦即相等。

"One plus one **equates** to two" is the simplest equation.
「一加一**等於二**」是最簡單的等式。

e•qua•tion [ɪˋkweʃən, ɪˋkweʒən] <n.> 等式

◎☆

equ 相等 + ation 事物 → equation 等式

動腦這樣想 等式的兩端代表相等的事物。

Cloe has difficulties understanding these **equations**.
克蘿伊搞不懂這些**等式**。

e•qua•tor [ɪˋkwetɚ] <n.> 赤道

◎☆

equ 相等 + ator < 名 > → equator 赤道

動腦這樣想 赤道是將地球平分為兩半的線。

Is Taiwan far away from the **equator**?
台灣離**赤道**遠嗎？

e•quiv•a•lent [ɪˋkwɪvələnt] <adj.> 等價的

◎☆

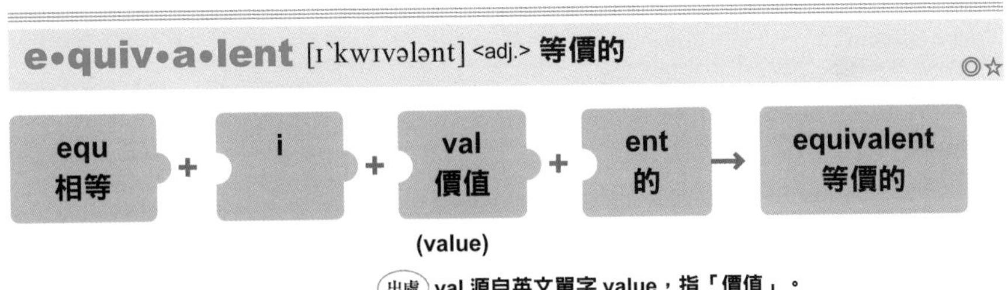

出處 val 源自英文單字 value，指「價值」。

動腦這樣想 具有相等價值的，就是等價的。

The price of the skirt is almost **equivalent** to that shirt.
這件裙子和那件襯衫幾乎**等價**。

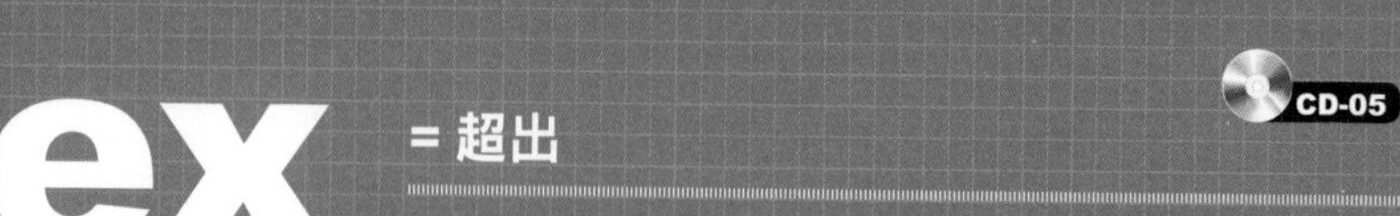

ex = 超出

CD-05

以 ex 為首的單字，帶有「超出」的意思。

● 全民英檢初級必備單字　◎ 全民英檢中級必備單字　★ 學科能力測驗範圍　☆ 指定科目考試範圍

ex•ag•ger•ate [ɪg`zædʒə͵ret] <v.> 誇大 ◎★

ex 超出 + ag 向 + ger 堆 + ate 使 → exaggerate 誇大

動腦這樣想 使之堆積直至超出應有大小，意味誇大。

The advantage of this product has been greatly **exaggerated**.
這項產品的優點被過度**誇大**了。

ex•ag•ger•a•tion [ɪg͵zædʒə`reʃən] <n.> 誇大 ◎☆

ex 超出 + ag 向 + ger 堆 + ation 狀態 → exaggeration 誇大

動腦這樣想 exaggerate 去 e 加 ion 為「誇大」的名詞。

The use of language in this advertisement is full of **exaggeration**.
這個廣告的用語過於**誇大**。

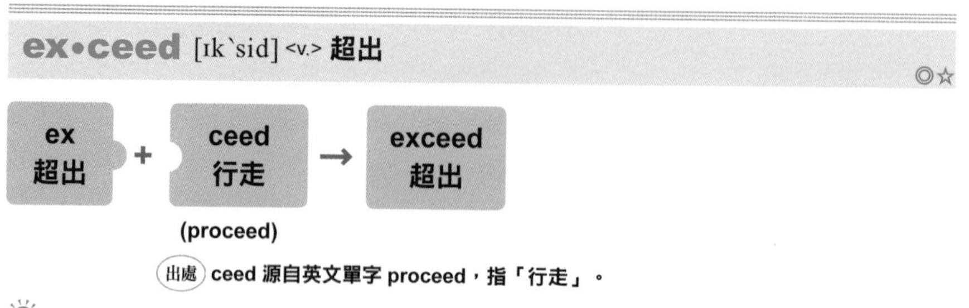

ex•ceed [ɪk`sid] <v.> 超出 ◎☆

ex 超出 + ceed 行走 (proceed) → exceed 超出

出處 ceed 源自英文單字 proceed，指「行走」。

動腦這樣想 超過原本行走的範圍為超出之意。

Debby's work load is **exceeding** her ability.
黛比的工作量**超出**她的能力。

ex•cep•tion [ɪk`sɛpʃən] <n.> 例外

◎★

ex 超出	+	cept 拿取	+	ion 狀態	→	exception 例外

([拉]capere)

出處 cept 源自拉丁文 capere，指「拿取」。

動腦這樣想 超出原本應拿取之範圍，是為例外。

I hope I can work every day, with the **exception** of Saturdays and Sundays.
我希望我能每天工作，但週六和週日**例外**。

ex•cess [ɪk`sɛs] <adj.> 過量的

◎☆

ex 超出	+	cess 走行	→	excess 過量的

動腦這樣想 超出原本應行走的程度，即是指過量。

The **excess** ingestion of food has made her sick.
過量的攝取食物已讓她生病了。

ex•cite [ɪk`saɪt] <v.t.> 使激動

●★

ex 超出	+	cit 驅策	+	e < 動 >	→	excite 使激動

動腦這樣想 超出原本該驅策的程度，就是使其激動。

The crowd was **excited** by the presidential speech.
群眾因總統的演說而**激動**起來。

ex•claim [ɪk`sklem] <v.> 驚叫、大叫

◎☆

動腦這樣想 超出一般宣稱時的音量，代表「驚叫、大叫」之意。

My sister **exclaimed** in astonishment when she saw her phone bill.
我妹妹看到手機帳單後，嚇得**大叫**。

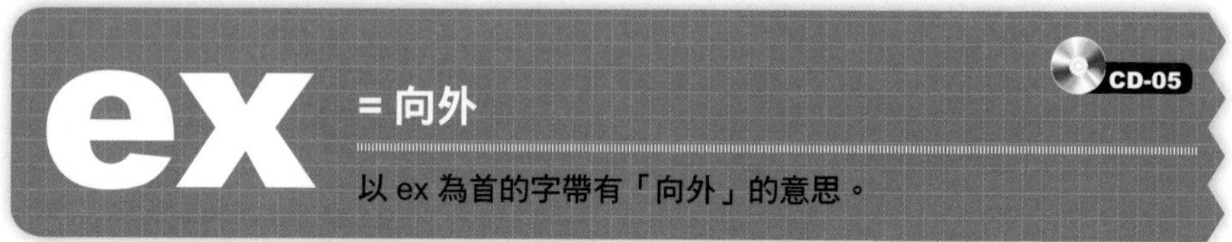

ex
= 向外
以 ex 為首的字帶有「向外」的意思。
CD-05

ex•clude [ɪk`sklud] <v.t.> 排除

◎☆

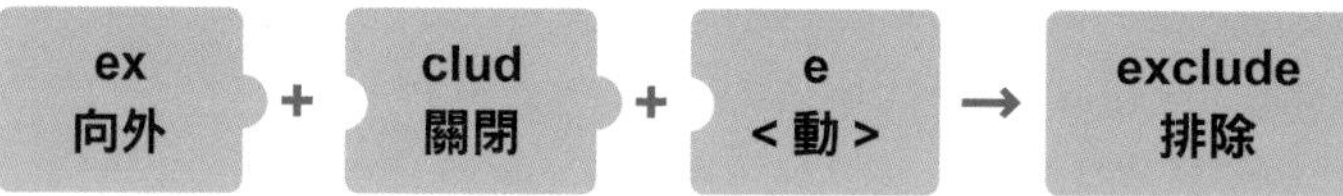

動腦這樣想 把某件事關閉在外，即是指排除。

The police have **excluded** her from this murder case.
警方已把她**排除**在這起謀殺案之外。

ex•clu•sive [ɪk`sklusɪv] <adj.> 排除的、不包含的

◎☆

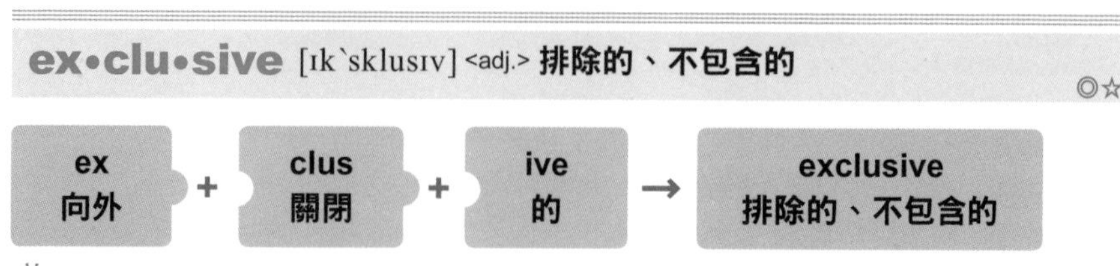

動腦這樣想 exclude 去 de 加 sive 為「排除」的形容詞。

The charge is for accomodation only, **exclusive** of meals.
這些只是住宿費，**不包含**用餐。

ex•e•cute [ˋɛksɪˏkjut] <v.t.> 執行

◎☆

ex 向外 + (s)ecut 跟隨 ([拉]sequil) + e < 動 > → execute 執行

出處 secut 源自拉丁文 sequil，指「跟隨」。

動腦這樣想 向外跟隨目標以達成目的就是執行。

The policeman was having a hard time **executing** his duty.
這位警察在**執行**勤務時遇到困難。

ex•e•cu•tion [ˏɛksɪˋkjuʃən] <n.> 執行

◎☆

ex 向外 + (s)ecut 跟隨 + ion 狀態 → execution 執行

動腦這樣想 execute 去 e 加 ion 為「執行」的名詞。

The **execution** of the policy needs our cooperation.
這個政策的**執行**需要我們的合作。

ex•hib•it [ɪgˋzɪbɪt] <v.> 展示

◎★

ex 向外 + hibit 持有 → exhibit 展示

動腦這樣想 把持有之物向外給別人看為展示之意。

Jamie **exhibited** all her collection of books in her house.
傑美在她家裡**展示**所有她收集的書。

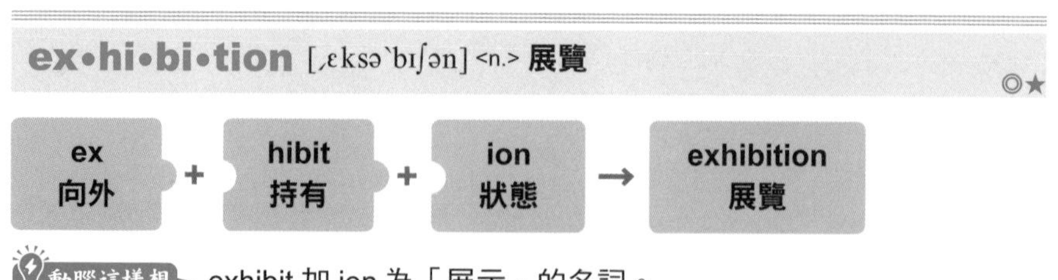

動腦這樣想 exhibit 加 ion 為「展示」的名詞。

The **exhibition** of the art works in the Tang Dynasty was wonderful.
唐朝文物**展覽**真是太棒了。

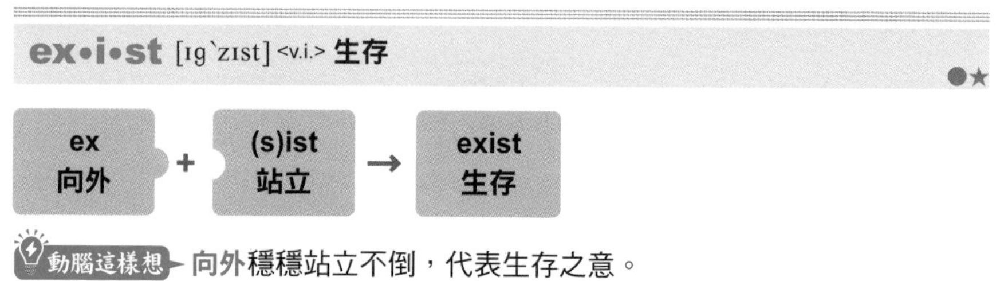

動腦這樣想 **向外**穩穩站立不倒，代表生存之意。

Do you believe that there are lives **exist** on other planets?
你相信有生物**生存**在其他星球上嗎？

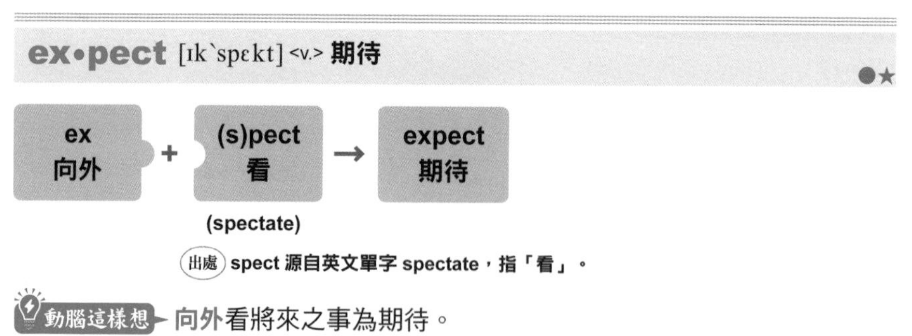

動腦這樣想 **向外**看將來之事為期待。

My manager **expects** me to work overtime.
我的經理**期待**我加班。

ex•pel [ɪk`spɛl] <v.t.> 驅逐、開除

◎☆

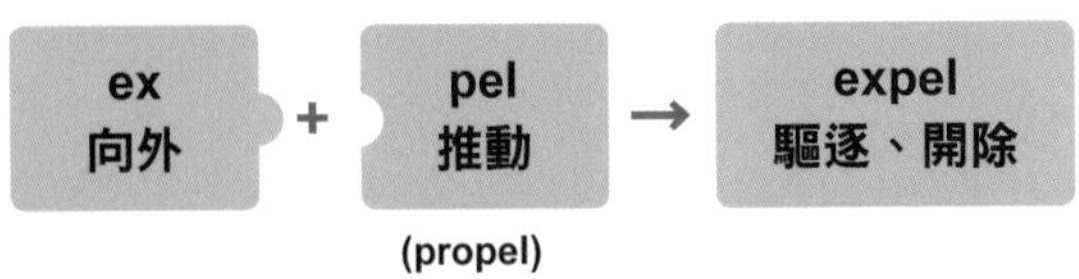

(propel)

出處 pel 源自英文單字 propel，指「推動」。

動腦這樣想 向外推使其不留在裡面為驅逐，或指「開除」。

Tony was **expelled** from his school.
湯尼被他的學校**開除**了。

ex•plain [ɪk`splen] <v.> 解釋

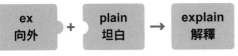

●★

ex 向外	+	plain 坦白	→	explain 解釋

動腦這樣想 向外坦白某件事，意味將其解釋清楚。

Please **explain** my current situation to her.
請向她**解釋**我的近況。

ex•pla•na•tion [ˌɛksplə`neʃən] <n.> 解釋

◎★

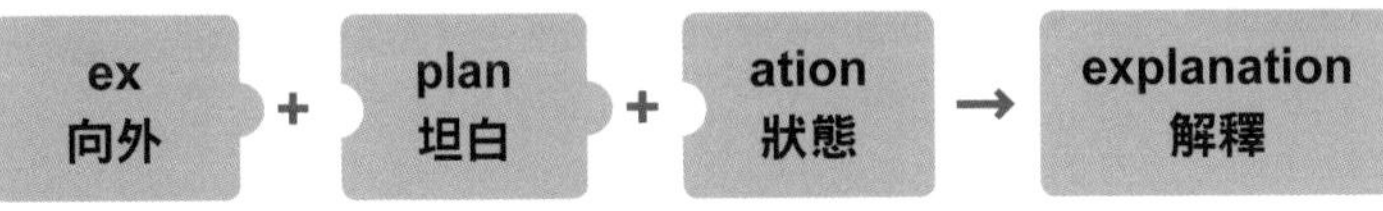

動腦這樣想 explanation 是 explain 的名詞。

I need a clear **explanation** about what's going on here.
關於這裡發生的事，我需要一個明白的**解釋**。

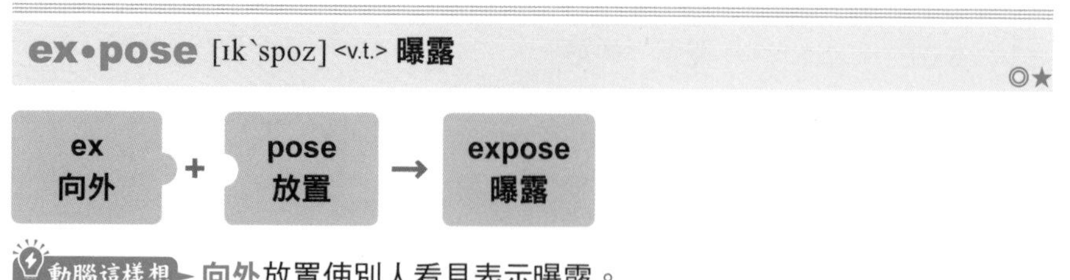

動腦這樣想 向外放置使別人看見表示曝露。

Avoid exposing yourself under the sun for too long.
避免將自己曝露在太陽下太久。

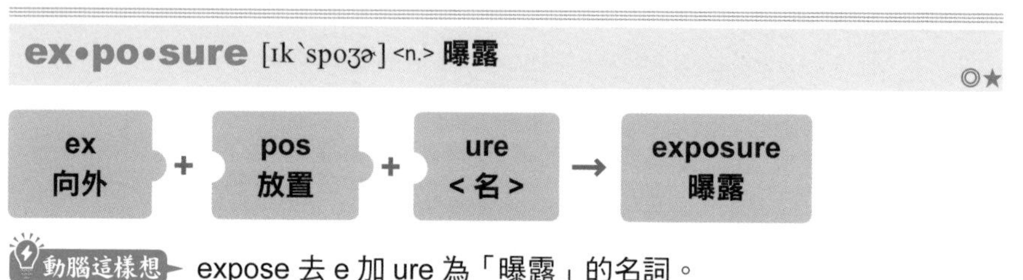

動腦這樣想 expose 去 e 加 ure 為「曝露」的名詞。

Amanda became sick after exposure to the chemicals in the factory.
阿曼達因曝露在工廠的化學物質下而生病。

動腦這樣想 把貨物向外移動到國外，就是指出口。

The depreciation of New Taiwanese Dollors is good for exporting.
台幣貶值利於出口。

ex•press [ɪk`sprɛs] <v.t.> 表達

●★

動腦這樣想 向外人發表自己的意見，表示「表達」之意。

Maria **expressed** her apology for her rudeness.
瑪麗亞對她的無禮**表達**歉意。

ex•pres•sion [ɪk`sprɛʃən] <n.> 表達

◎★

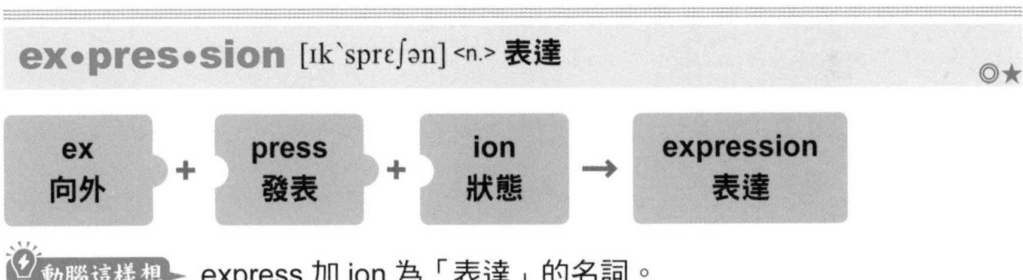

動腦這樣想 express 加 ion 為「表達」的名詞。

Her beauty is beyond verbal **expression**.
她的美貌無法用言語**表達**。

ex•tend [ɪk`stɛnd] <v.> 延伸、擴展

◎★

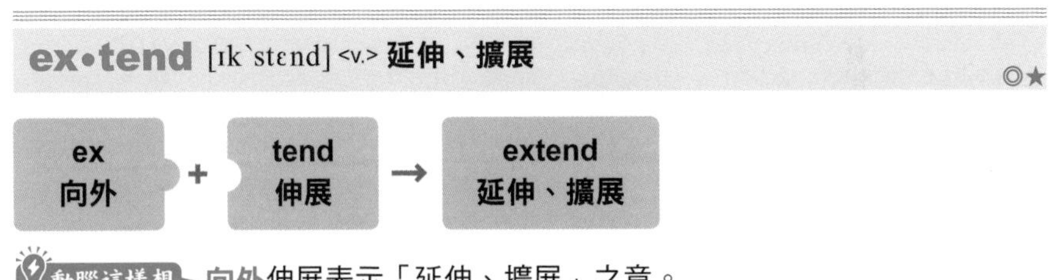

動腦這樣想 向外伸展表示「延伸、擴展」之意。

The company plans to **extend** their business into Europe.
那家公司計畫要將生意**擴展**至歐洲。

ex•ten•sion [ɪkˋstɛnʃən] <n.> 延伸

◎☆

ex	+	tens	+	ion	→	extension
向外		伸展		狀態		延伸

動腦這樣想 extend 字尾去 d 加上 sion，就是「延伸」的名詞。

I played a game with the students as an **extention** activity.
我和學生玩了一個遊戲，當作是**延伸**活動。

ex•te•ri•or [ɪkˋstɪrɪɚ] <adj.> 外部的

◎☆

ex	+	teri	+	or	→	exterior
向外		區域		< 形 >		外部的
		(territory)				

出處 teri 源自英文單字 territory，指「區域」。

動腦這樣想 在某區域外面的就是外部的。

You need to paint **exterior** walls of the house first.
你必須先油漆這房子**外部的**牆壁。

extra
= 超出
CD-05
extra 原指「額外」，當字首就有「超出」的意思。

ex•tract [ɪkˋstrækt] <v.t.> 抽取

◎☆

ex	+	tract	→	extract
超出		拉取		抽取
		([拉]trahere)		

出處 tract 源自拉丁文 trahere，指「拉取」。

動腦這樣想 將想要的東西拉取出來，就是指抽取。

Those pills are **extracted** from grape seeds. 那些藥片是從葡萄籽**抽取**出來的。

ex•tra•cur•ric•u•lar [ˏɛkstrəkəˋrɪkjələ] <adj.> 課外的 ◎☆

extra 超出	+	curricular 課程的	→	extracurricular 課外的

動腦這樣想 超出正規課程範圍的，即為課外的。

Wendy enjoys participating in many **extracurricular** activities after school.
溫蒂喜歡在放學後參與很多**課外**活動。

ex•traor•di•nar•y [ɪkˋstrɔrdn̩ˏɛrɪ] <adj.> 超乎尋常的 ◎☆

extra 超出	+	ordinary 一般的	→	extraordinary 超乎尋常的

動腦這樣想 超出一般的指「超乎尋常的」。

This girl's personality is rather unique and **extraordinary**.
這個女孩的個性相當獨特而且**超乎尋常**。

= 流動

flu 有「流動」的意思。

● 全民英檢初級必備單字 ◎ 全民英檢中級必備單字 ★ 學科能力測驗範圍 ☆ 指定科目考試範圍

flu [flu] <n.> 流行性感冒

●★

flu 流動 → flu 流行性感冒

動腦這樣想 流動的病菌帶來流行性感冒。

If you catch a **flu**, drink more water and take a rest.
如果你得了**流行性感冒**，多喝水並休息。

flu•ent [ˋfluənt] <adj.> 流利的

◎★

flu 流動 + ent 狀態的 → fluent 流利的

動腦這樣想 說話的狀態好像**流動**的水，意味是流利的。

Ashley is **fluent** in both English and French.
艾許莉的英文和法文都很**流利**。

flu•en•cy [ˋfluənsɪ] <n.> 流利

◎☆

flu 流動 + ency 狀態 → fluency 流利

動腦這樣想 fluent 去 t 加 cy 為「流利」的名詞。

The **fluency** of Joe's Italian is not good enough.
喬的義大利文不夠**流利**。

flu•id [\`fluɪd] <n.> 液體、流質

◎☆

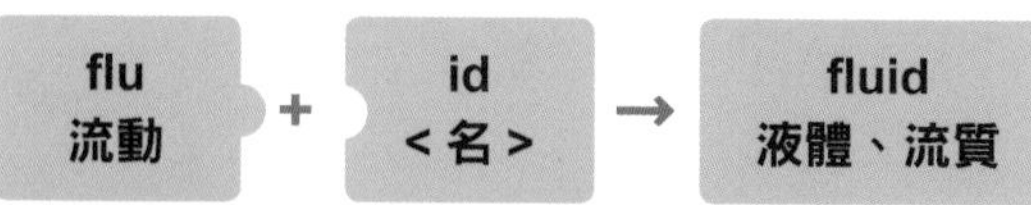

動腦這樣想 流動的東西為液體、流質。

Florence can only ingest **fluids** after she got an upset stomach.
弗蘿倫絲胃痛之後只能攝取**流質**的食物。

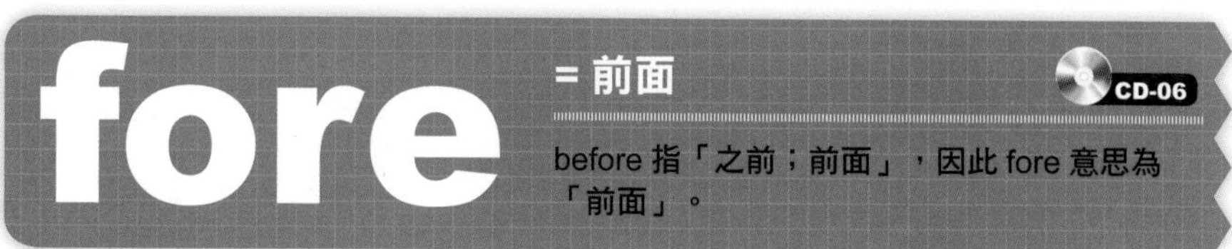

fore
= 前面
CD-06
before 指「之前；前面」，因此 fore 意思為「前面」。

fore•cast [\`for,kæst] <v.> <n.> 預測

◎★

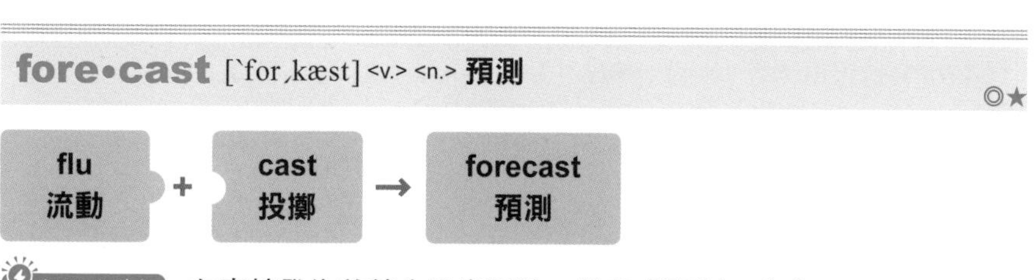

動腦這樣想 在事情發生前就先丟出評論，代表「預測」之意。

The weatherman **forecasted** that it will rain tomorrow.
氣象預報員**預測**明天會下雨。

fore•head [\`fɔr,hɛd] <n.> 前額

◎★

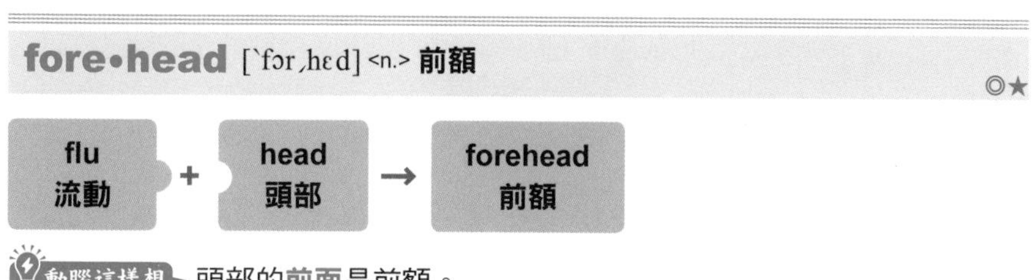

動腦這樣想 頭部的**前面**是前額。

Ann's **forehead** is bleeding after she hit the wall by accident.
安意外撞到牆壁後，她的**額頭**正在流血。

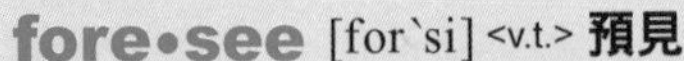

◎☆

fore 前面	+	see 看見	→	foresee 預見

動腦這樣想 在事情發生前就看見，意指預見。

The economist can **foresee** the future trend of the world economy.
這位經濟學家可**預見**世界經濟的未來趨勢。

form
= 形狀，形式
CD-06
form 本身就有「形狀，形式」的意思。

for•mal [`fɔrml̩] <adj.> 正式的

●★

form 形狀	+	al 的	→	formal 正式的

動腦這樣想 形狀符合規定的，即為正式的。

You should learn to write **formal** letters.
你應該學學怎麼寫**正式的**書信。

for•mat [`fɔrmæt] <n.> 形式

◎☆

form 形狀	+	at < 名 >	→	format 形式

動腦這樣想 有特定模式的形狀為形式。

We should confirm the **format** of the research paper before turning in to the professor.
把這份研究報告交給教授以前，我們必須確定它的**形式**。

for•ma•tion [fɔr`meʃən] <n.> 形成

◎★

form 形狀 + ation 成為 → formation 形成

動腦這樣想 成為某種特定**形狀**，是為「形成」的名詞

The **formation** of the chemical depends on temperature and pressure.
該化學物質的**形成**視溫度及壓力而定。

for•mu•la [`fɔrmjələ] <n.> 配方

◎★

form 形狀 + ula < 名 > → formula 配方

動腦這樣想 形成某種**形式**的組成為配方。

The **formula** of the medicine is proved to be safe.
此藥的**配方**被證實是安全的。

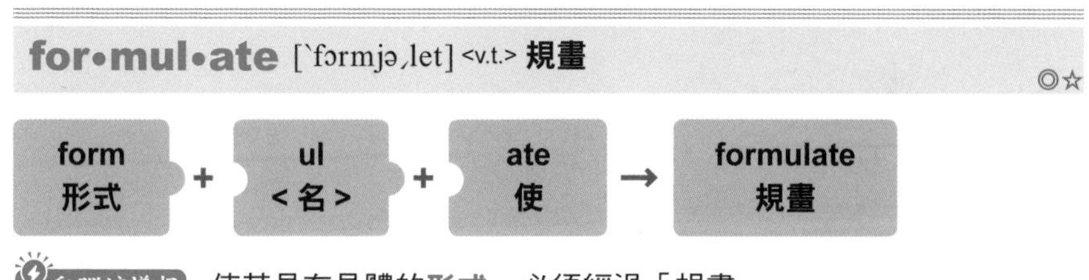

動腦這樣想 使其具有具體的**形式**，必須經過「規畫」。

They **formulated** a new strategy.
他們**規畫**了一個新的對策。

CD-06
gen
= 生產
以 gen 為首的字，意思上帶有「生產」的意味。

● 全民英檢初級必備單字 ◎ 全民英檢中級必備單字 ★ 學科能力測驗範圍 ☆ 指定科目考試範圍

gene [dʒin] <n.> 基因 ◎★

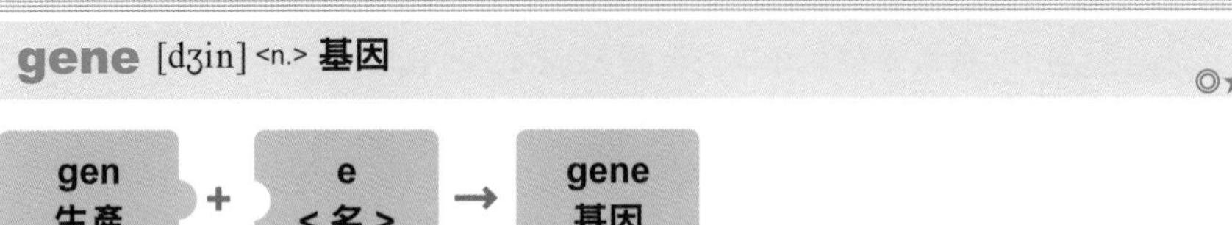

動腦這樣想 母親透過生產傳給子女的重要物質就是基因。

I may have the gene for diabetes because both my grandmother and father have the disease.

我也許帶有糖尿病的基因，因為我的祖母和父親兩人都有此疾病。

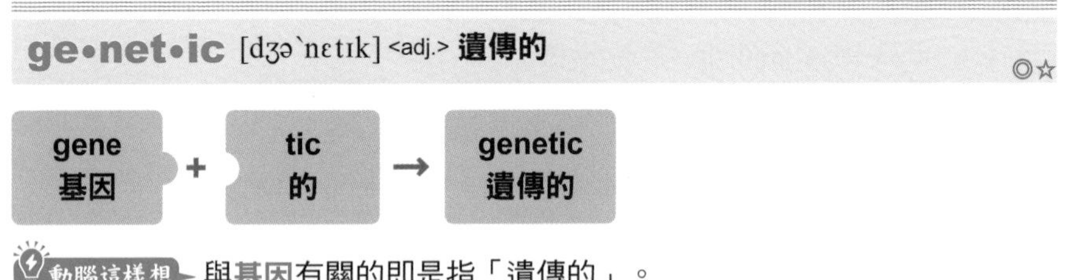

ge•net•ic [dʒəˋnɛtɪk] <adj.> 遺傳的 ◎☆

動腦這樣想 與基因有關的即是指「遺傳的」。

This child was born with the genetic disease.

這個孩子生來就帶著該遺傳疾病。

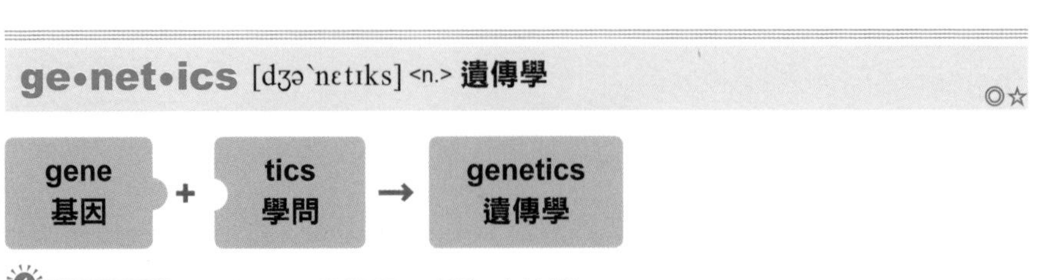

ge•net•ics [dʒəˋnɛtɪks] <n.> 遺傳學 ◎☆

動腦這樣想 研究基因的學問，稱為遺傳學。

The genetics progressed a lot in the twentieth century.

遺傳學於二十世紀時突飛猛進。

gen•er•ous [ˋdʒɛnərəs] <adj.> 慷慨的 ●★

gen 生產 + ous 的 → generous 慷慨的

動腦這樣想 大量生產以與他人分享的，意味是「慷慨的」。

Steven is the most **generous** man I have ever seen.
史蒂芬是我所見過最**慷慨的**人了。

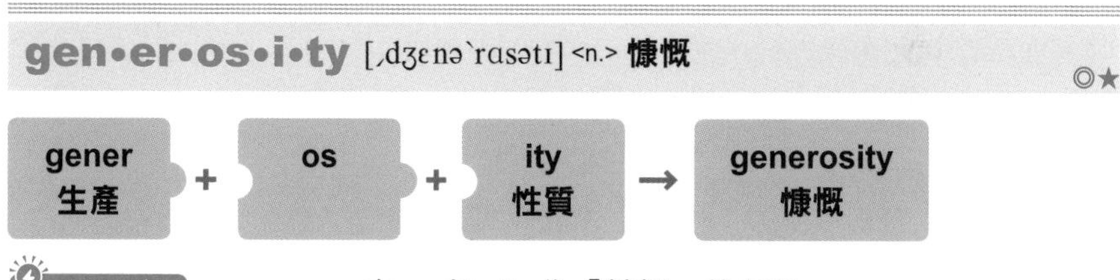

gen•er•os•i•ty [ˏdʒɛnəˋrɑsətɪ] <n.> 慷慨 ◎★

gener 生產 + os + ity 性質 → generosity 慷慨

動腦這樣想 generous 去 us 加 sity 為「慷慨」的名詞。

Generosity is one of the characters I like most.
慷慨是我最喜歡的個性之一。

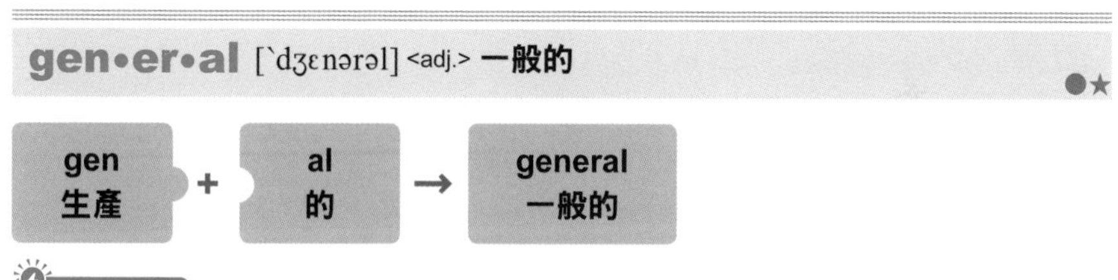

gen•er•al [ˋdʒɛnərəl] <adj.> 一般的 ●★

gen 生產 + al 的 → general 一般的

動腦這樣想 大量生產的東西多屬一般的。

The **general** public has a bad impression of that movie star.
一般大眾對那位電影明星存有壞印象。

gen•er•a•lize [ˋdʒɛnərəl͵aɪz] <v.> 一般化、通用

◎☆

gen 生產 + alize 使……化 → generalize 一般化、通用

動腦這樣想 使生產出共同的性質，稱為一般化、通用。

This method cannot be **generalized** to the whole country.
這個方法無法**通用**於整個國家。

gen•er•ate [ˋdʒɛnə͵ret] <v.t.> 產生

◎☆

gen 生產 + ate 使 → generate 產生

動腦這樣想 使之進行生產，就會產生某種事物。

The sun can be used to **generate** energy.
太陽可以用來**產生**能量。

gen•er•a•tion [͵dʒɛnəˋreʃən] <n.> 產生

◎★

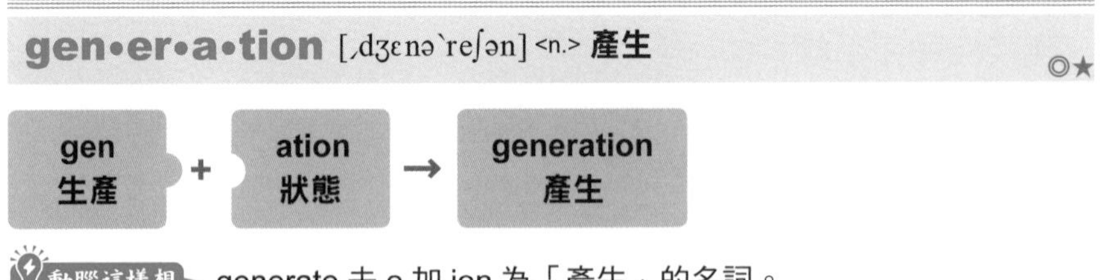

動腦這樣想 generate 去 e 加 ion 為「產生」的名詞。

That big waterfall can be used for the **generation** of electricity.
那個大瀑布可以用來**產生**電能。

gen, gent

= 天生

CD-06

gen 除了有「生產」的意思，也指「天生」的。

● 全民英檢初級必備單字 ◎ 全民英檢中級必備單字 ★ 學科能力測驗範圍 ☆ 指定科目考試範圍

gen•ius [`dʒinjəs] <n.> 天才 ●★

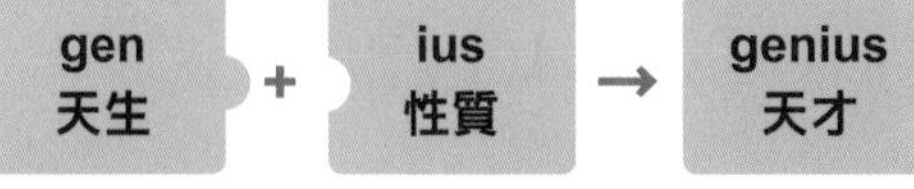

動腦這樣想 天生就具有聰明特質的人稱為天才。

Gloria is a **genius** in music.
葛瑞亞是位音樂**天才**。

gen•tle [`dʒɛntḷ] <adj.> 溫和的 ●★

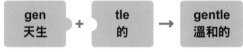

gen 天生 + tle 的 → gentle 溫和的

動腦這樣想 人天生的性情應該是溫和的。

Zelda's temper is not as **gentle** as her sister's.
瑞兒塔的脾氣不像她姊姊那樣**溫和**。

gen•u•ine [`dʒɛnjʊɪn] <adj.> 真正的、純的 ◎★

動腦這樣想 天生未經琢磨的性質，即是指真正的、純的。

This pair of earrings are made of **genuine** silver.
這對耳環是**純**銀做的。

hu•man [`hjumən] <adj.> 人的 ●★

動腦這樣想 與人有關的，即是人的。

Seeking for security is a basic **human** need.
尋找安全感是一個基本的**人類**需求。

hu•man•i•ty [hju`mænətɪ] <n.> 人性 ◎★

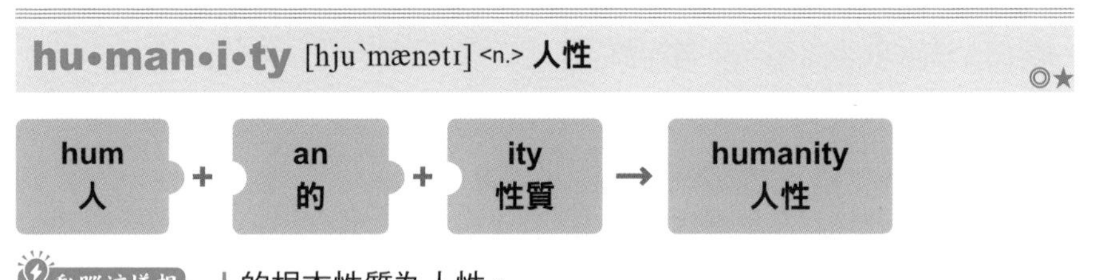

動腦這樣想 人的根本性質為人性。

Dr. Phil always treats his patients with **humanity**.
斐爾醫師總是**人性**地對待他的病人。

hu•man•i•tar•i•an [hju͵mænə`tɛrɪən] <n.> 人道主義者 ◎☆

動腦這樣想 人性主義即為人道主義。

This **humanitarian** advocates to abolish death penalty.
這位**人道主義者**提倡廢除死刑。

hum

= 地面

CD-06

除了指「人」，hum 也帶有「地面」的意思。

● 全民英檢初級必備單字 ◎ 全民英檢中級必備單字 ★ 學科能力測驗範圍 ☆ 指定科目考試範圍

hum•ble [ˋhʌmbl̩] <adj.> 卑微的

◎★

動腦這樣想 接近**地面**的態度是卑微的。

The servant was born **humble**.
這位僕人出身**卑微**。

hu•mid [ˋhjumɪd] <adj.> 潮濕的

●★

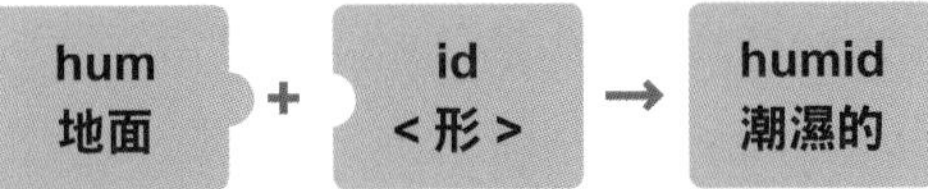

動腦這樣想 接近**地面**濕氣重，故是潮濕的。

The atmosphere is so **humid** that I can hardly breathe.
空氣**潮濕**到讓我幾乎無法呼吸。

hu•mil•i•ate [hjuˋmɪlɪˏet] <v.t.> 羞辱

◎☆

動腦這樣想 使某人接近**地面**，代表加以羞辱。

My father yelled at me in the public and made me feel **humiliated**.
我的父親在公共場所對我吼叫，讓我覺得很**羞辱**。

I-L

imag, imagin

= 形象

CD-07

以 imag、imagin 為首的字，都有「形象」的意思。

● 全民英檢初級必備單字 ◎ 全民英檢中級必備單字 ★ 學科能力測驗範圍 ☆ 指定科目考試範圍

im•age [ˋɪmɪdʒ] <n.> 形象

◎★

imag 形象 + e < 名 > → image 形象

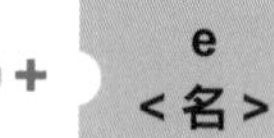

動腦這樣想 形象的名詞為 image。

What can we do to improve the **image** of our school?
我們如何改善本校的**形象**呢？

i•mag•i•na•ble [ɪˋmædʒɪnəbl̩] <adj.> 可想像的

◎★

imag 形象 + able 可……的 → imaginable 可想像的

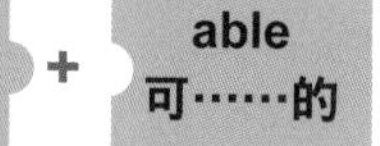

動腦這樣想 可變成形象的為「可想像的」。

Frankenstein is probably the most ugly person **imaginable**.
科學怪人大概是**可以想像的**最醜的人。

i•mag•i•nar•y [ɪˋmædʒəˏnɛrɪ] <adj.> 虛構的

◎★

imag 形象 + ary 的 → imaginary 虛構的

動腦這樣想 非真實形象的就是虛構的。

This story is totally **imaginary**.
這個故事完全是**虛構的**。

i•mag•i•na•tion [ɪˏmædʒə`neʃən] <n.> 想像力 ◎★

imag 形象 + ation 狀態 → imagination 想像力

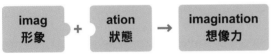

動腦這樣想 在腦中構築形象的能力，稱為想像力。

The best way to inspire children's **imagination** is encouraging them to read a lot.
啟發兒童**想像力**最好的方式是鼓勵他們多閱讀。

i•mag•i•na•tive [ɪ`mædʒəˏnetɪv] <adj.> 想像力豐富的 ◎★

imag 形象 + ative 的 → imaginative 想像力豐富的

動腦這樣想 容易在腦中構築形象的，為想像力豐富的。

Nancy is more **imaginative** than anyone else in the class.
南西比班上其他人更**具有豐富的想像力**。

i•mag•ine [ɪ`mædʒɪn] <v.> 想像 ●★

imag 形象 + e <動> → imagine 想像

動腦這樣想 imagin 加 e 為「想像」的動詞。

I can't **imagine** the day you become a bride.
我無法**想像**妳成為新娘的那一天。

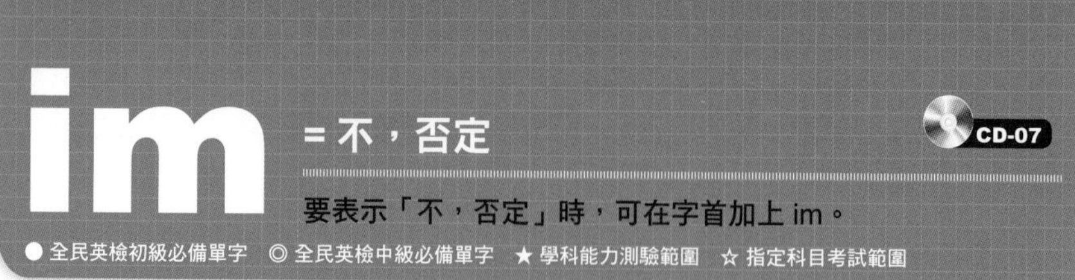

im•pos•si•ble [ɪm`pɑsəbl̩] <adj.> 不可能的 ◎★

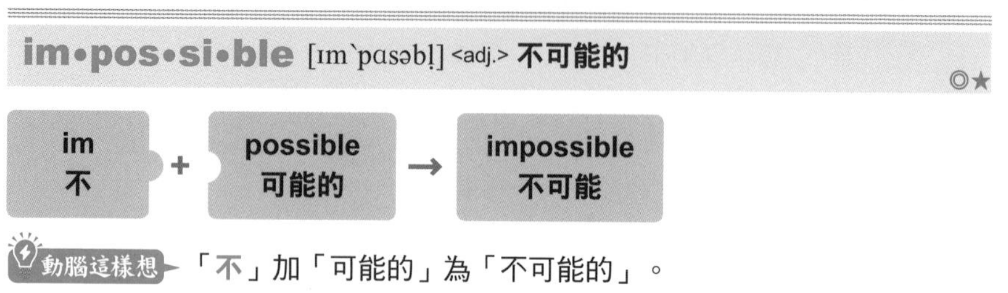

動腦這樣想 「不」加「可能的」為「不可能的」。

To do homework for you is **impossible**.
替你做功課是**不可能的**。

im•mor•tal [ɪ`mɔrtl̩] <adj.> 不朽的 ◎☆

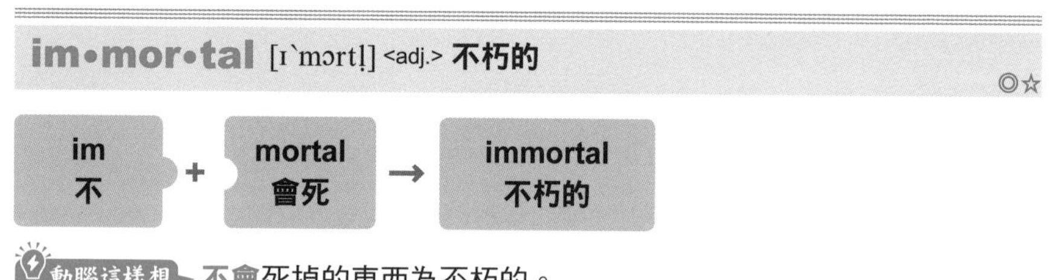

動腦這樣想 **不會**死掉的東西為不朽的。

The king longs to be **immortal**.
那位國王渴望**長生不死**。

im•mune [ɪ`mjun] <adj.> 免疫的 ◎☆

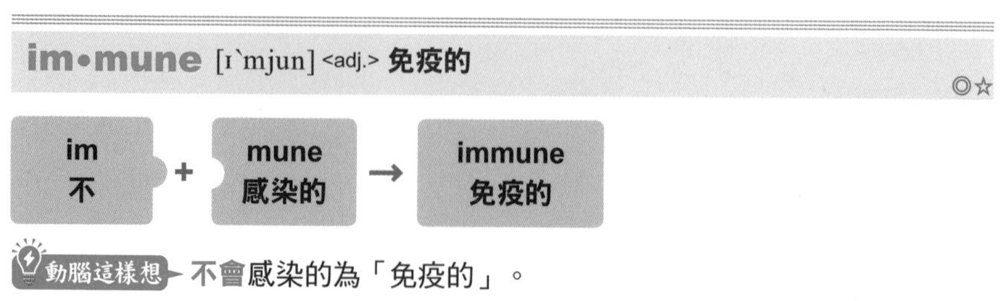

動腦這樣想 **不會**感染的為「免疫的」。

Your baby will be **immune** to the infection after the shot.
注射過後，你的寶寶會對此傳染病**免疫**。

im = 向內

CD-07

除了用於否定，im 也指「向內」。

● 全民英檢初級必備單字 ◎ 全民英檢中級必備單字 ★ 學科能力測驗範圍 ☆ 指定科目考試範圍

im•pli•ca•tion [ˌɪmplɪˋkeʃən] <n.> 暗示 ◎☆

(plicate)

出處 plic 源自英文單字 plicate，指「折疊」。

動腦這樣想 向內間接以曲折方式表明其意，代表暗示。

The implication from the boss made Fran anxious.
老闆的暗示令弗蘭感到焦慮。

im•plic•it [ɪmˋplɪsɪt] <adj.> 暗示的 ◎☆

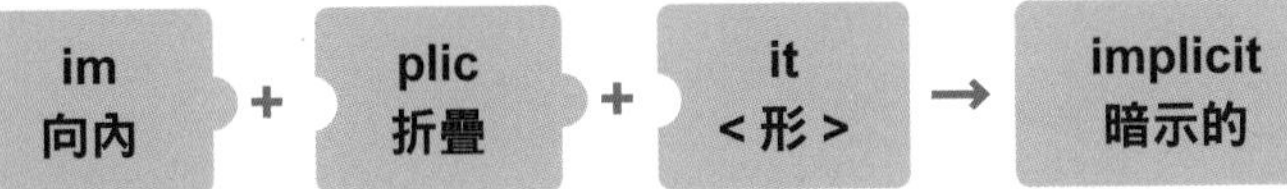

動腦這樣想 向內間接以曲折方式表達的，即為暗示的。

Do you understand the implicit meaning behind the fable?
你了解此寓言背後隱含的意義嗎？

im•port [ˋɪmpɔrt] <n.> 進口 ◎★

(portage)

出處 port 源自英文單字 portage，指「攜帶」。

動腦這樣想 把貨物攜帶到國內，稱為進口。

Kevin's mother is a businesswoman who imports cosmetics.
凱文的母親是一位進口化妝品的商人。

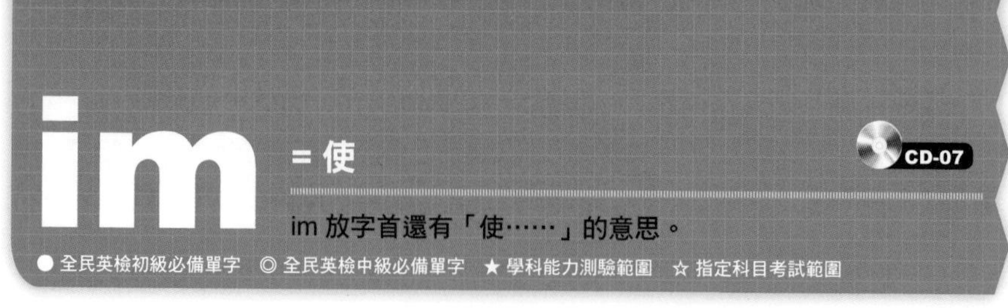

im•mi•grate [ˋɪmə͵gret] <v.> 移民

◎★

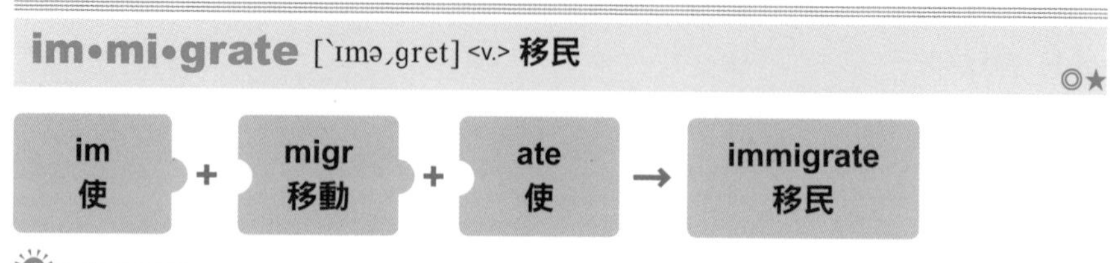

動腦這樣想 使居民移動住所稱為移民。

In order to **immigrate** to another country, you have to learn the language they use.

要**移民**到另一個國家，你就得學會他們的語言。

im•mi•grant [ˋɪməgrənt] <n.> 移民者

◎★

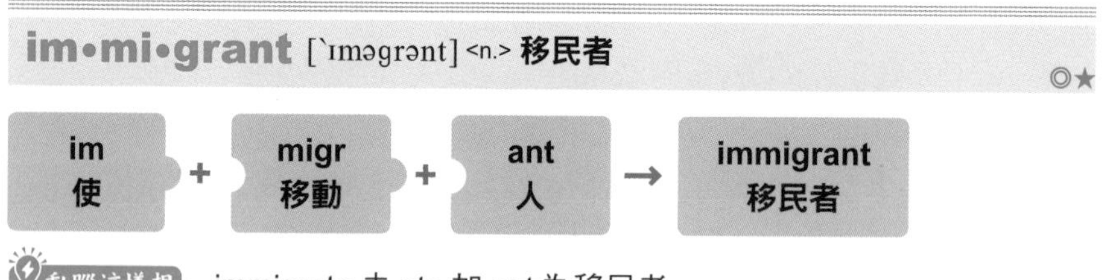

動腦這樣想 immigrate 去 ate 加 ant 為移民者。

The majority of the American people are **immigrants**.

大部分的美國人都是**移民者**。

im•mi•gra•tion [͵ɪməˋgreʃən] <n.> 移民

◎★

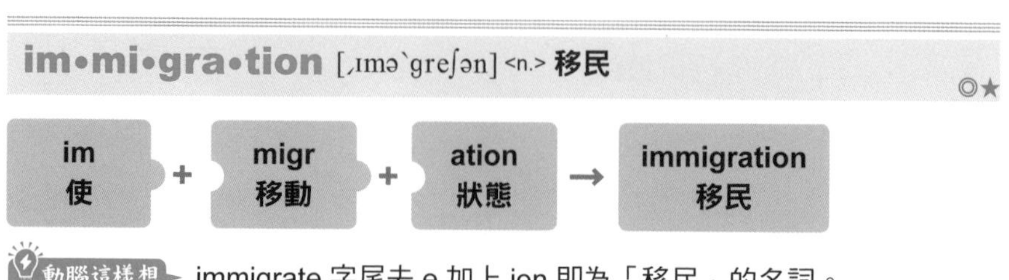

動腦這樣想 immigrate 字尾去 e 加上 ion 即為「移民」的名詞。

This **immigration** law is outdated.

此**移民**法已過時了。

im•pose [ɪmˋpoz] <v.> 施加

◎☆

動腦這樣想 使某人被放置在某種狀況為「施加」。

Stop **imposing** more pressure on Wally.
不要再對華利**施加**壓力了。

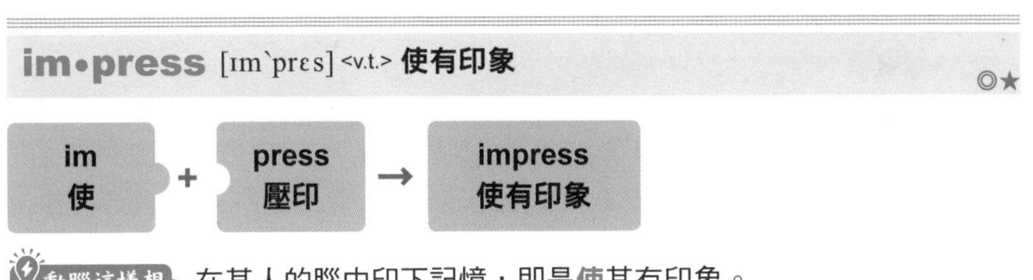

im•press [ɪmˋprɛs] <v.t.> 使有印象

◎★

動腦這樣想 在某人的腦中印下記憶，即是使其有印象。

Rick **impressed** me by his coldness.
瑞克的冷酷令我對他**留下了印象**。

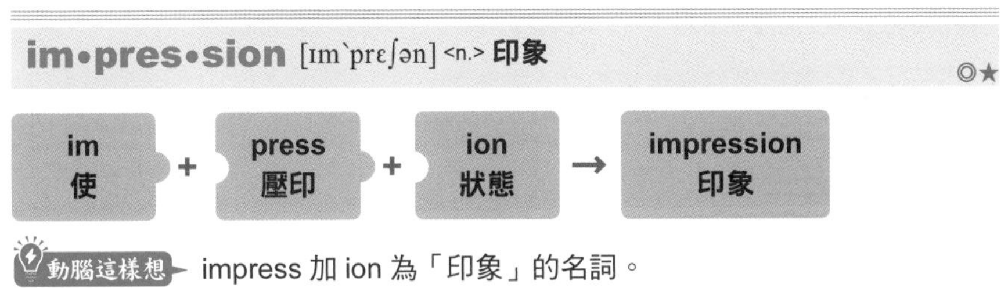

im•pres•sion [ɪmˋprɛʃən] <n.> 印象

◎★

動腦這樣想 impress 加 ion 為「印象」的名詞。

Emma gave me a strong **impression** the first time I saw her.
當我第一次見到艾瑪時，她令我留下了很深的**印象**。

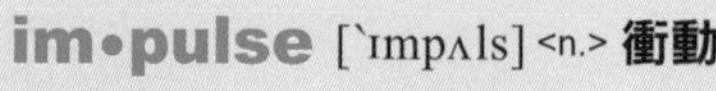

im•pulse [ˋɪmpʌls] <n.> 衝動

◎☆

動腦這樣想 使其處於強烈驅動狀態，亦即衝動。

It's very difficult for Bruce to control his own **impulse**.
控制自己的**衝動**對布魯斯來說很困難。

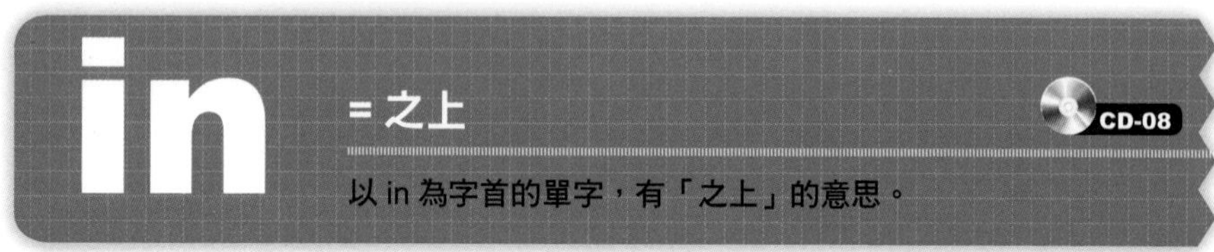

in
= 之上
CD-08
以 in 為字首的單字，有「之上」的意思。

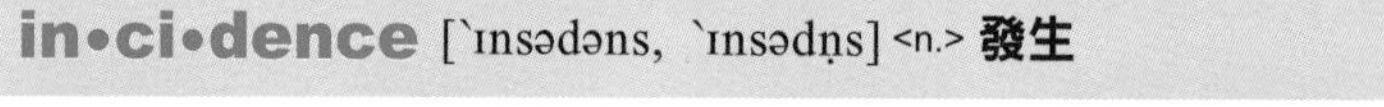

in•ci•dence [ˋɪnsədəns, ˋɪnsədn̩s] <n.> 發生

◎★

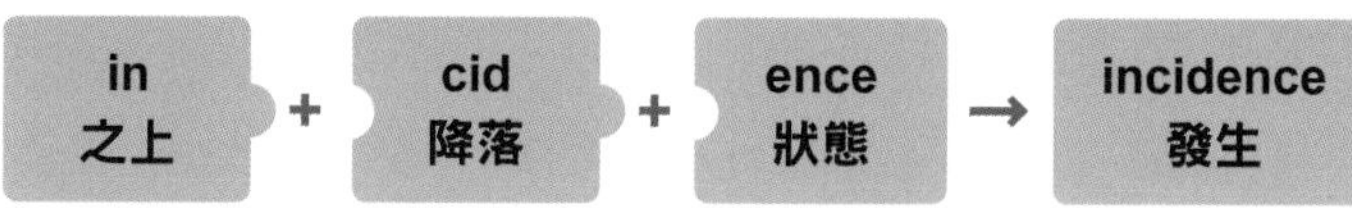

動腦這樣想 某事剛好落在某點**之上**為發生。

The **incidence** of kidney disease is very high in Taiwan.
在台灣，腎臟病的**發生率**很高。

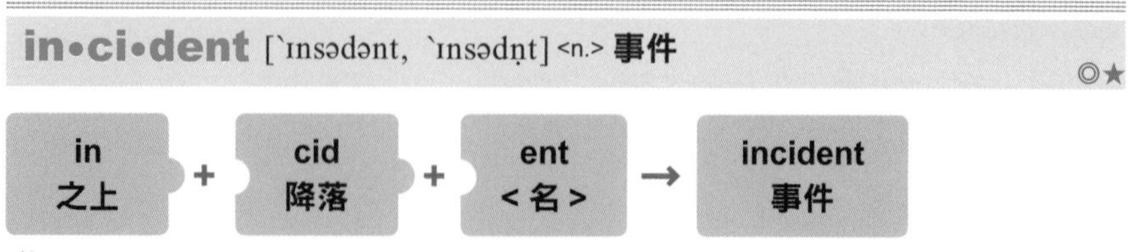

in•ci•dent [ˋɪnsədənt, ˋɪnsədn̩t] <n.> 事件

◎★

動腦這樣想 剛好落在某點**上**之事為事件。

The **incident** was unforgettable for Ron.
榮恩難以忘記這起**事件**。

in•ci•den•tal [ˌɪnsəˋdɛntḷ] <adj.> 偶然發生的

◎☆

in 之上 + cid 降落 + ent 結果 + al 的 → incidental 偶然發生的

動腦這樣想 湊巧落在某點上的為「偶然發生的」。

The incidental anger of Mary makes her husband confused.
瑪麗偶然的發怒令她的丈夫感到困惑。

in•cense [ˋɪnsɛns] <v.> 激怒

◎☆

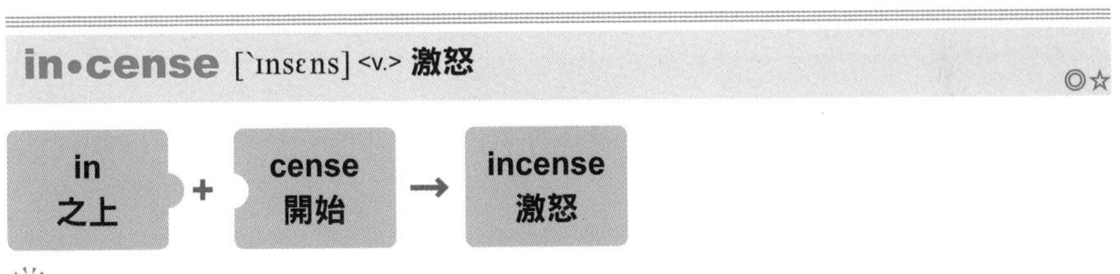

動腦這樣想 使某人的脾氣開始超出正常之上，就是指激怒。

Dianne's mock incensed her boyfriend.
黛安的嘲笑激怒了她的男友。

in•cen•tive [ɪnˋsɛntɪv] <n.> 動機

◎☆

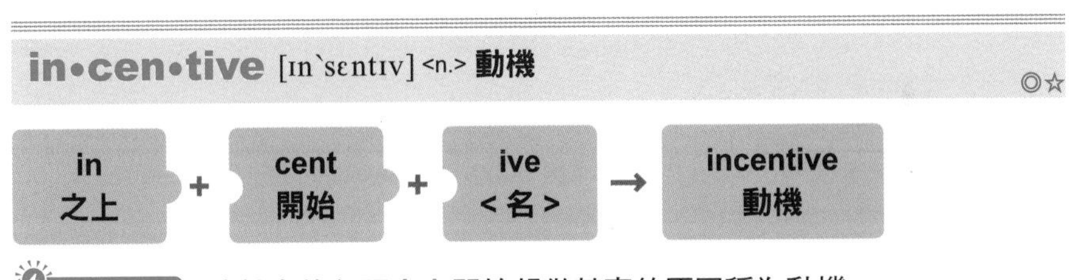

動腦這樣想 使某人的心頭之上開始想做某事的原因稱為動機。

Traveling around the world is an incentive for him to work hard.
環遊世界的目標成為他努力工作的動機。

in = 向

CD-08

除了「之上」，in 還可用於表示「向」的意思。

● 全民英檢初級必備單字 ◎ 全民英檢中級必備單字 ★ 學科能力測驗範圍 ☆ 指定科目考試範圍

in•cline [ɪn`klaɪn] <v.> 使傾斜

◎☆

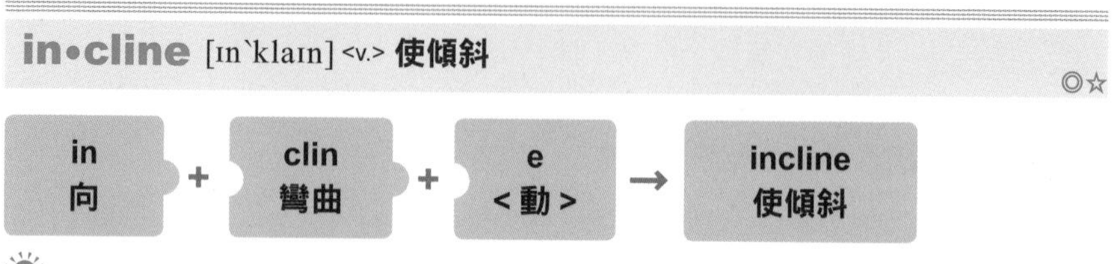

動腦這樣想 使某事向某處彎曲即為使其傾斜。

I choose not to **incline** to any political party. 我選擇不**傾向**任何政黨。

in•di•cate [`ɪndə͵ket] <v.> 表明、指示

●★

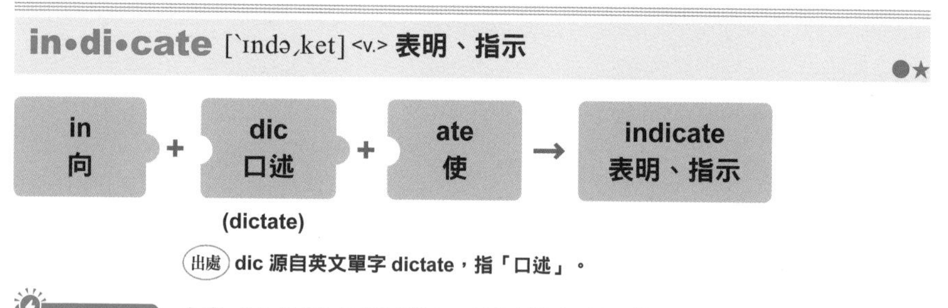

出處 dic 源自英文單字 dictate，指「口述」。

動腦這樣想 向他人口述自己的想法，即是指表明、指示。

The warning sign **indicates** that no smoking is allowed.
這個警告標語**指示**不准吸菸。

in•duce [ɪn`djus] <v.t.> 導致

◎☆

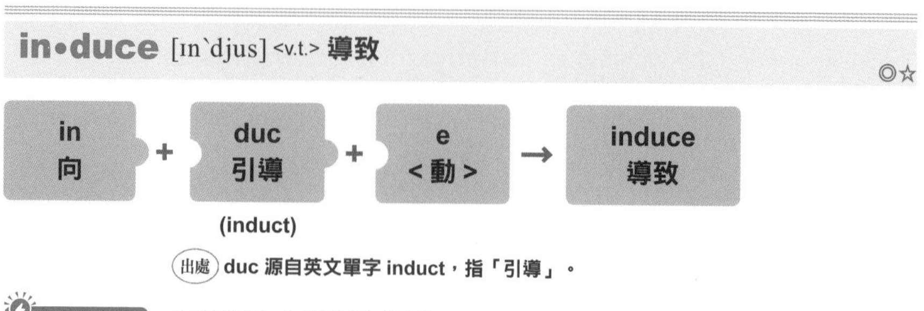

出處 duc 源自英文單字 induct，指「引導」。

動腦這樣想 向某個方向引導為導致。

My tiredness was **induced** by overwork. 我的疲勞是因超時工作而**導致**的。

in•her•ent [ɪn`hɪrənt] <adj.> 天生的

◎☆

in 向 + her 繼承 + ent 的 → inherent 天生的

(heritage)

出處 her 源自英文單字 heritage，指「繼承」。

動腦這樣想 向老天繼承的為天生的。

Julie's sense of beauty is **inherent**.

茱莉的美感是**天生的**。

in•her•it [ɪn`hɛrɪt] <v.> 繼承

◎☆

in 向 + her 繼承 + it < 動 > → inherit 繼承

動腦這樣想 向長輩繼承，為「繼承」的動詞。

Larry **inherited** a lot of estate from his father.

賴瑞**繼承**父親很多的財產。

in•tend [ɪn`tɛnd] <v.t.> 打算

◎★

in 向 + tend 延伸 → intend 打算

動腦這樣想 意念向某個方向延伸，表示打算做某事。

I **intend** to move out to live alone.

我**打算**搬出去自己住。

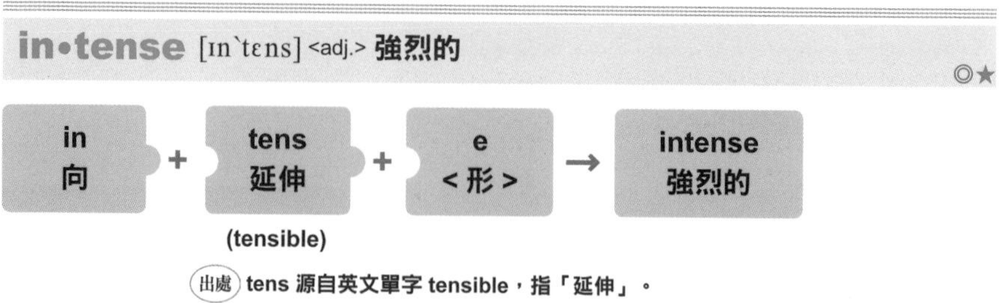

出處 tens 源自英文單字 tensible，指「延伸」。

動腦這樣想 向某個方向努力延伸的，表示為「強烈的」。

The **intense** feeling of loss made Lilly sad.
強烈的失落感令莉莉感到傷心。

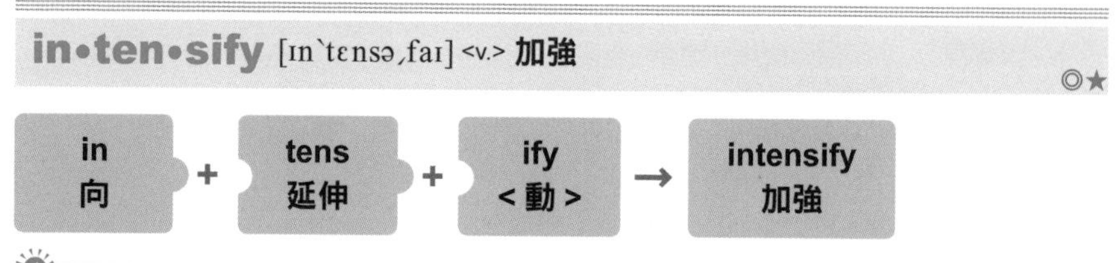

動腦這樣想 intense 去 e 加 ify 表示加強的動作。

Jane's anger was **intensified** by her husband's slander.
珍的丈夫的誹謗更**加強**了她的怒氣。

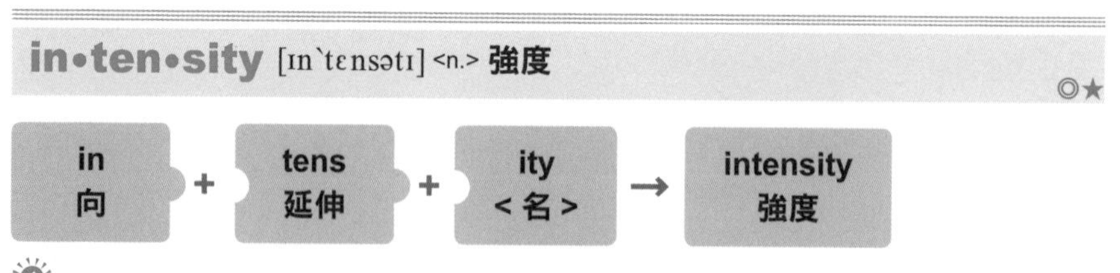

動腦這樣想 intense 去 e 加 ity 為名詞，表示強度。

The **intensity** of the earthquake was so strong that many buildings collapsed.
地震的**強度**很大，使很多建築物倒塌了。

in•ten•sive [ɪn`tɛnsɪv] <adj.> 密集的

◎★

in 向	+	tens 延伸	+	ive 的	→	intensive 密集的

動腦這樣想 intense 去 e 加 ive 為密集的。

I have to take an **intensive** French course this summer.
今夏我得上**密集的**法語課程。

in•tent [ɪn`tɛnt] <adj.> 熱切的

◎☆

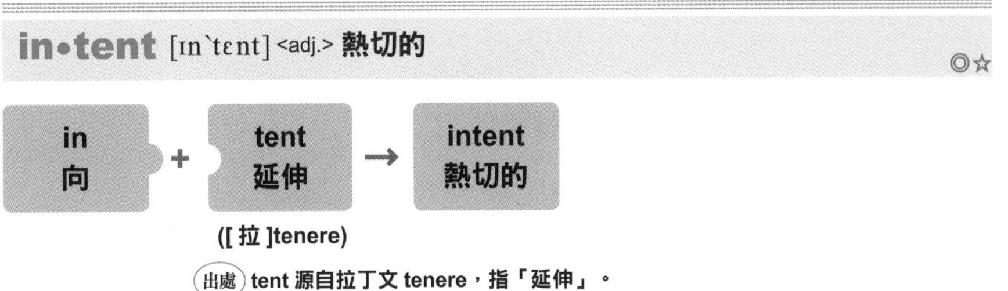

出處 **tent 源自拉丁文 tenere，指「延伸」。**

動腦這樣想 向某個想法努力延伸意念，代表為熱切的。

The doctor is **intent** on finding ways to cure cancers.
這位醫生**熱切**希望找到治療癌症的方法。

in•ten•tion [ɪn`tɛnʃən] <n.> 意圖

◎★

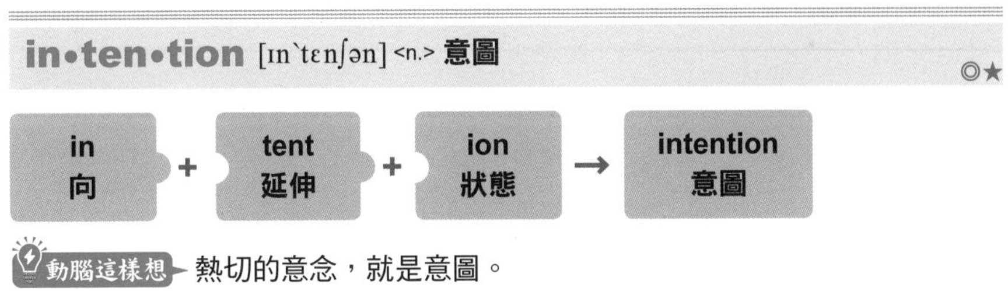

動腦這樣想 熱切的意念，就是意圖。

My good **intention** of helping people was distorted by them.
我幫助他人的良善**意圖**被他們曲解了。

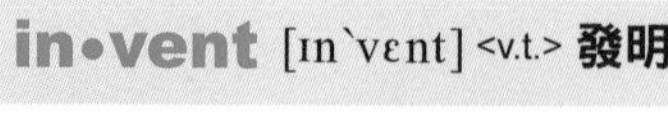

in•vent [ɪn`vɛnt] <v.t.> 發明

●★

([拉]venire)

出處 vent 源自拉丁文 venire，指「來到」。

動腦這樣想 向內使某新事物來到世界上為發明。

Do you know who invented the steam engine?
你知道是誰**發明**蒸汽機的嗎？

in•ven•tion [ɪn`vɛnʃən] <n.> 發明

◎★

in 向	+	vent 來到	+	ion 狀態	→	invention 發明

動腦這樣想 invent 加 ion 為「發明」的名詞。

Telephone is Alexander Bell's great **invention**.
電話是亞歷山大・貝爾偉大的**發明**。

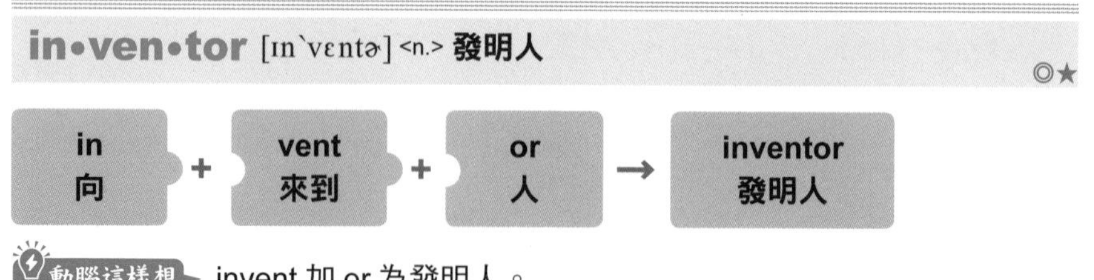

in•ven•tor [ɪn`vɛntɚ] <n.> 發明人

◎★

動腦這樣想 invent 加 or 為發明人。

The **inventor** of light bulbs is Thomas Edison.
愛迪生是燈泡的**發明人**。

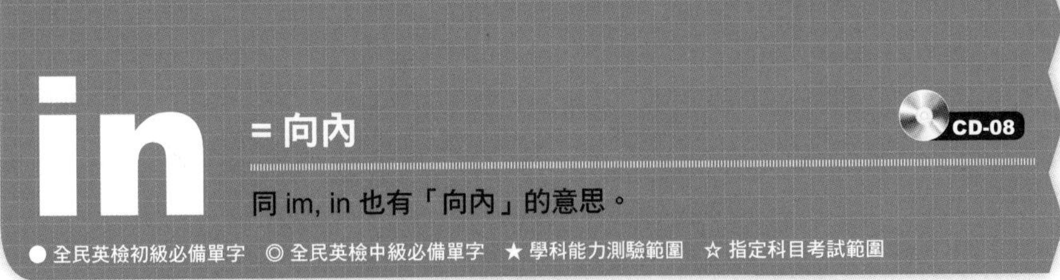

in = 向內

CD-08

同 im, in 也有「向內」的意思。

● 全民英檢初級必備單字 ◎ 全民英檢中級必備單字 ★ 學科能力測驗範圍 ☆ 指定科目考試範圍

in•clude [ɪn`klud] <v.> 包含 ●★

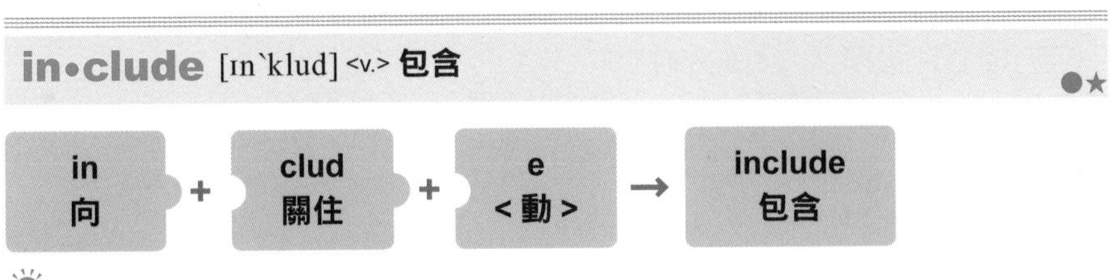

動腦這樣想 向內關住某事為包含。

Bridget's guest list didn't **include** me.
布麗姬的賓客名單中沒有**包含**我。

in•clud•ing [ɪn`kludɪŋ] <prep.> 包含的 ◎★

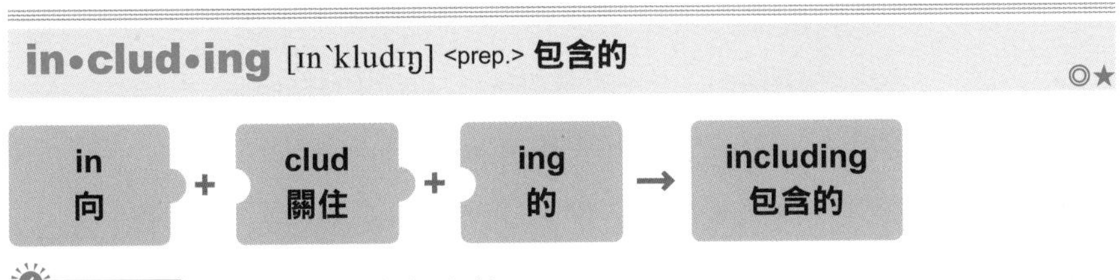

動腦這樣想 向內關住的為包含的。

The types of books I like **including** history, art, drama and literature.
我喜愛的書籍類型**包含**歷史、藝術、戲劇和文學。

in•clu•sive [ɪn`klusɪv] <adj.> 包括的 ◎☆

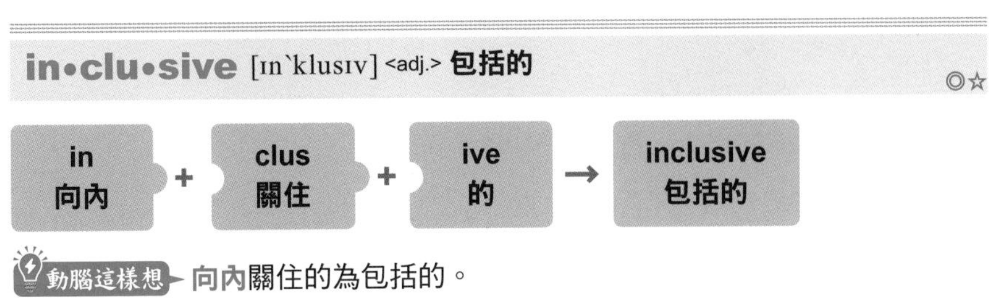

動腦這樣想 向內關住的為包括的。

My parents joined an **inclusive** tour in China.
我的父母在大陸參加一個費用全部**包括的**旅行。

in•door [ˋɪn͵dor] <adj.> 室內的

◎★

動腦這樣想 房門之內的為室內的。

I prefer **indoor** swimming pool.
我比較喜歡**室內**游泳池。

in•fect [ɪnˋfɛkt] <v.t.> 傳染

◎★

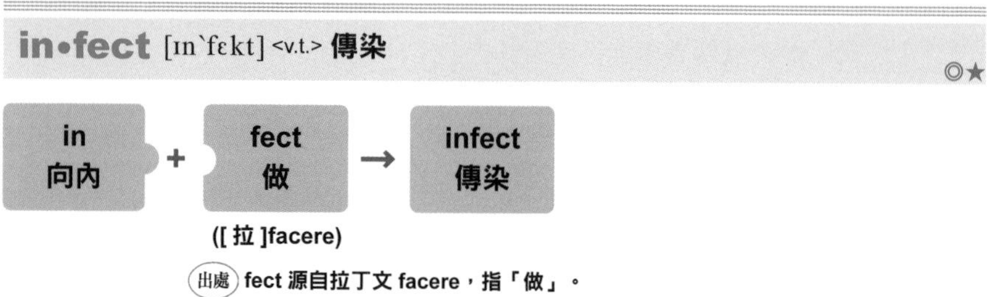

出處 fect 源自拉丁文 facere，指「做」。

動腦這樣想 病菌向人體內部做的不良影響為傳染。

My little brother was **infected** with chicken pox.
我的小弟弟被**傳染**了水痘。

in•fec•tion [ɪnˋfɛkʃən] <n.> 傳染

◎★

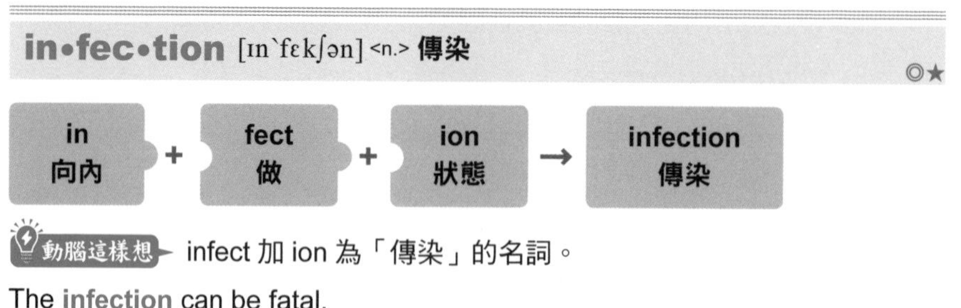

動腦這樣想 infect 加 ion 為「傳染」的名詞。

The **infection** can be fatal.
此種**傳染**可能致命。

in•fec•tious [ɪn`fɛkʃəs] <adj.> 傳染的 ◎☆

in 向內 + fect 做 + ious 的 → infectious 傳染的

動腦這樣想 infect 加 ious 為「傳染」的形容詞。

Betty's laughter is **infectious**.
貝蒂的笑聲很有**傳染力**。

in•fer [ɪn`fɝ] <v.> 推斷 ◎☆

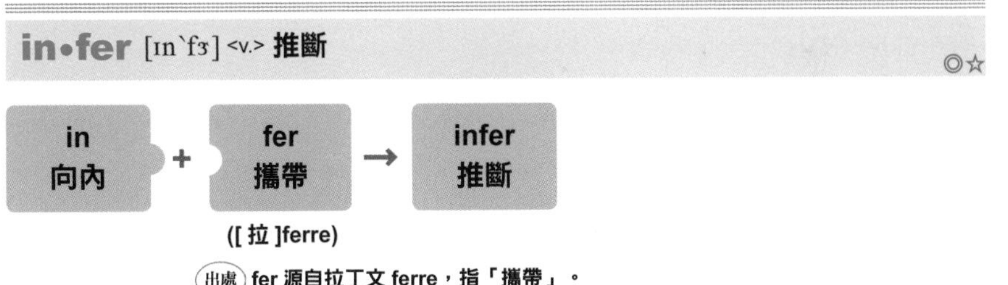

([拉]ferre)

出處 fer 源自拉丁文 ferre，指「攜帶」。

動腦這樣想 **向內**攜帶以明事理為推斷。

It is **inferred** from the data that the population is not growing any more.
依數據**推斷**，人口已不再成長。

in•fer•ence [`ɪnfərəns] <n.> 推斷 ◎☆

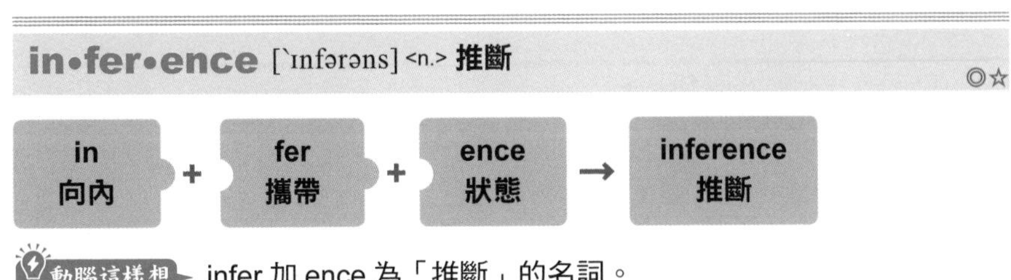

動腦這樣想 infer 加 ence 為「推斷」的名詞。

The scholars' **inference** about the trends of the world are not always right.
學者們對世界趨勢的**推斷**不一定都是正確的。

in•flate [ɪn`flet] <v.> **使膨脹、漲價**

◎★

in 向內 + flat 充氣 + e < 動 > → inflate 使膨脹、漲價

動腦這樣想 向內充氣就使其膨脹，也可指物品漲價。

The prices of vegetables and fruits have **inflated** after thunderstorms.
暴風雨過後蔬菜和水果都**漲價**了。

in•fla•tion [ɪn`fleʃən] <n.> **通貨膨脹**

◎★

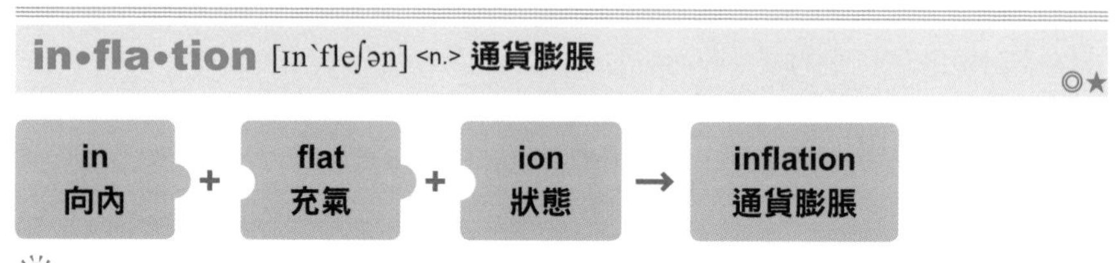

動腦這樣想 inflate 去 e 加 ion 即為名詞，常引伸為「通貨膨脹」之意。

A curb was not taken efficiently for the current **inflation** in the market.
最近市場上的**通貨膨脹**沒有受到有效地抑制。

in•flu•ence [`ɪnfluəns] <n.> **影響**

◎★

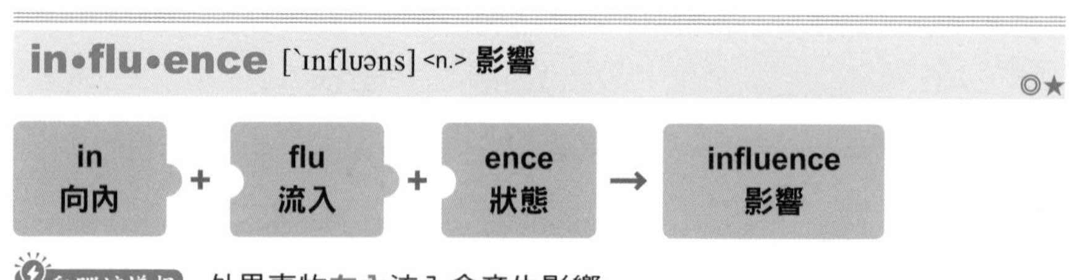

動腦這樣想 外界事物向內流入會產生影響。

Abraham Lincoln has a significant **influence** on the American history.
亞伯拉罕・林肯對美國歷史有重大的**影響**。

in•flu•ential [ˌɪnfluˋɛnʃəl] <adj.> 有影響力的 ◎★

in 向內 + flu 流入 + ential 的 → influential 有影響力的

動腦這樣想 外界事物向內流入，即成為有影響力的。

Do you know any **influential** friends that can get me a good job?
你認識任何**具有影響力**又能幫我找到一份好工作的朋友嗎？

in•form [ɪnˋfɔrm] <v.> 通知 ◎★

in 向內 + form 成形 → inform 通知

動腦這樣想 向內形成資訊表示通知。

You should **inform** your manager about your sick leave.
有關你的病假，你必須**通知**你的經理。

in•for•ma•tion [ˌɪnfɚˋmeʃən] <n.> 消息 ●★

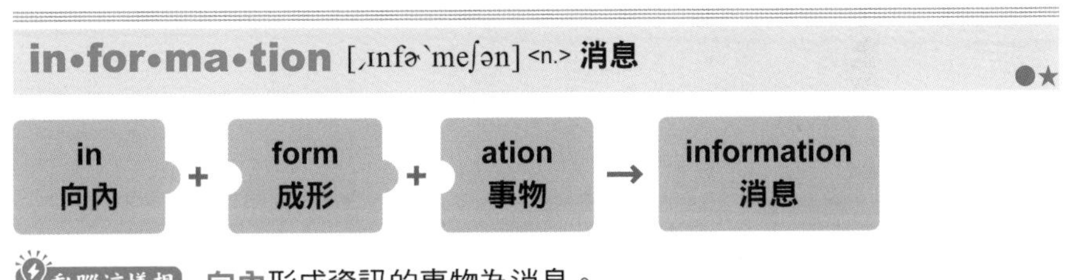

動腦這樣想 向內形成資訊的事物為消息。

The police still got no **information** about the missing child.
警方尚無該走失兒童的**消息**。

in•form•a•tive [ɪn`fɔrmətɪv] <adj.> 消息的、訊息的

◎★

in 向內 + form 成形 + ative 的 → informative 消息的、訊息的

動腦這樣想 向內形成資訊的為消息的。

This TV show is quite **informative** for most audience.
這個電視節目對大部分的觀眾而言**提供**了相當多**訊息**。

in•hab•it [ɪn`hæbɪt] <v.t.> 居住

◎☆

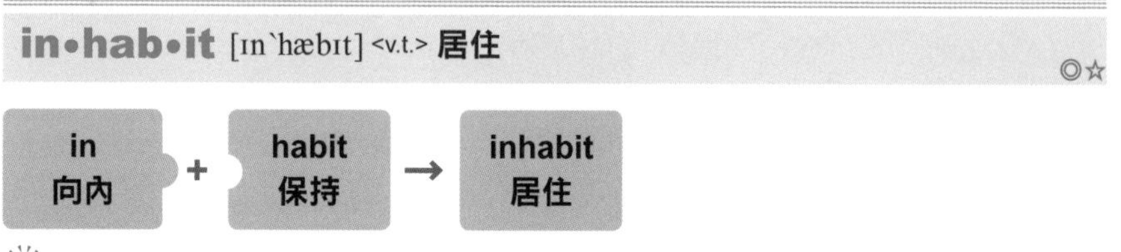

動腦這樣想 在家中向內保持舒適狀態為居住。

Before immigrants migrating from Europe, only Indians **inhabited** in America.
歐洲移民遷移之前，只有印第安人**居住**在美洲。

in•hab•itant [ɪn`hæbətənt] <n.> 居住者、居民

◎☆

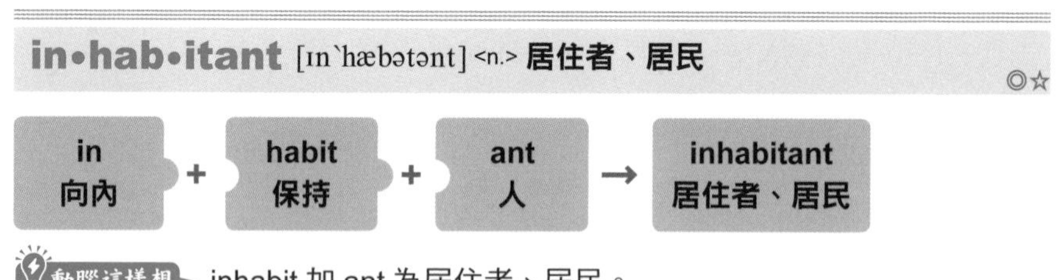

動腦這樣想 inhabit 加 ant 為居住者、居民。

The number of **inhabitants** of the small town is rapidly decreasing.
這座小鎮的**居民**人數快速地減少。

i•ni•tial [ɪ`nɪʃəl] <adj.> 開始的

◎★

in 向內 + it 行走 + ial 的 → initial 開始的

動腦這樣想 向內行走啟動的為開始的。

Their **initial** plan was to send their son to a private school miles away.
他們一**開始的**計畫是要送他們的兒子到偏遠的私立學校。

i•ni•ti•ate [ɪ`nɪʃɪˏet] <v.t.> 開始、發起

◎☆

動腦這樣想 initial 去 al 加 ate 為「開始」的動詞。

Arwen was the one who **initiated** the whole project.
亞雯是**最先發起**這整個專案的人。

i•ni•ti•a•tive [ɪ`nɪʃɪˏetɪv] <n.> 主動權

◎☆

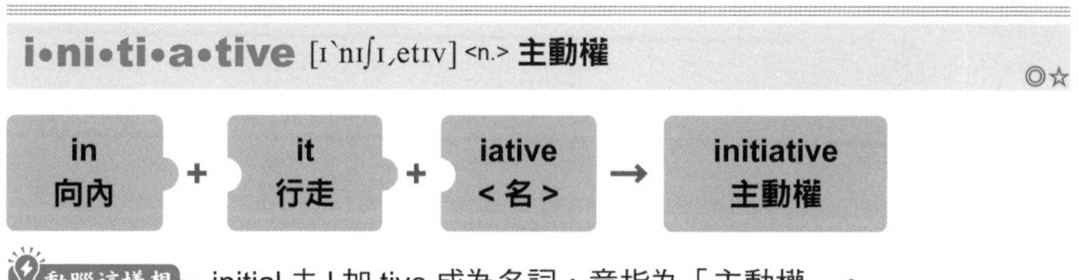

動腦這樣想 initial 去 l 加 tive 成為名詞，意指為「主動權」。

The opposition party has lost the **initiative**.
反對黨喪失了**主動權**。

in•ject [ɪn`dʒɛkt] <v.t.> 注射、打針

◎☆

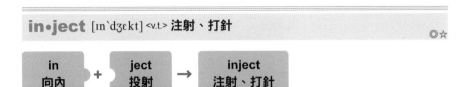

(project)

出處 ject 源自英文單字 project，指「投射」。

動腦這樣想 向體內投射某種物質，即為注射、打針之意。

The baby started crying after she was **injected** with a shot.
這個嬰兒**打針**後就開始哭泣。

in•land [`ɪnlənd] <adj.> 內陸的

◎☆

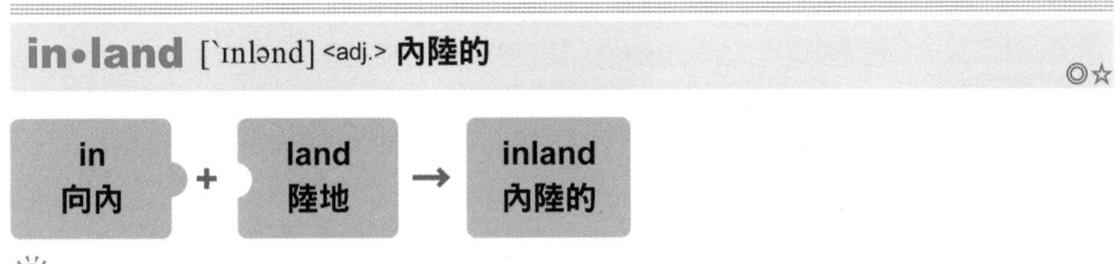

動腦這樣想 內部陸地的為內陸的。

The **inland** inhabitants usually don't have fish in their diet.
內陸居民平時很少吃魚。

in•put [`ɪn͵put] <v.t.> 輸入

◎★

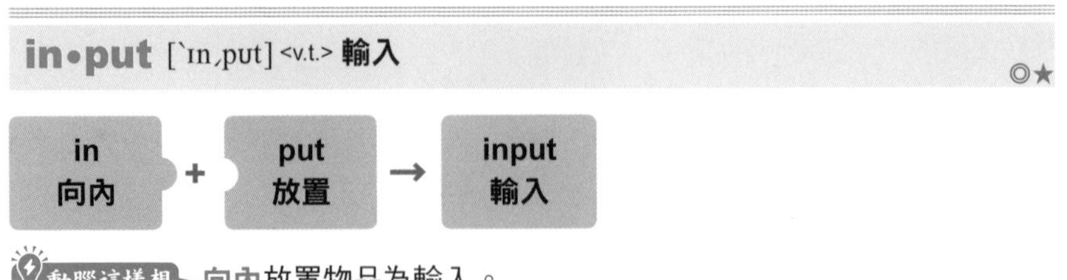

動腦這樣想 向內放置物品為輸入。

I need a student to help me **input** some data into my computer.
我需要一位學生幫我把一些數據**輸入**電腦裡。

in•quire [ɪn`kwaɪr] <v.> 調查

◎☆

in 向內 + quir 詢問 + e <動> → inquire 調查

(query)

出處 quir 源自英文單字 query，指「詢問」。

動腦這樣想 向內詢問為「調查」之意。

The police are **inquiring** about the accident just happened on the freeway.
警察正在**調查**剛在公路上發生的車禍。

in•quir•y [`ɪnkwərɪ] <n.> 調查

◎☆

in 向內 + quir 詢問 + y <名> → inquiry 調查

動腦這樣想 inquire 去 e 加 y 為「調查」的名詞。

They decided to hold an **inquiry** into the case.
他們決定著手**調查**這案件。

in•sert [ɪn`sɝt] <v.t.> 插入、投入

◎★

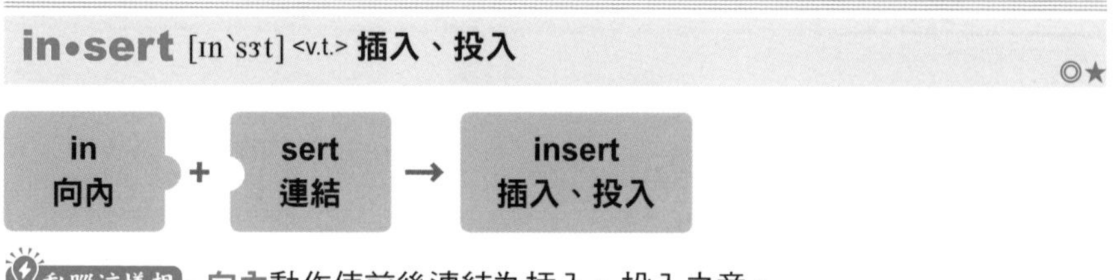

動腦這樣想 向內動作使前後連結為插入、投入之意。

You need to **insert** two coins to start the game.
你必須要**投入**兩枚硬幣才能開始玩這個遊戲。

in•sight [ˋɪn͵saɪt] <n.> 洞察

◎☆

in 向內	+	sight 看見	+	insight 洞察

動腦這樣想 向內仔細觀察為洞察。

Julia has **insight** into other's emotions.
茱莉能**洞察**他人內心的情感。

in•spire [ɪnˋspaɪr] <v.> 激勵

●★

in 向內	+	spir 呼吸 (respire)	+	e <動>	→	inspire 激勵

出處 spir 源自英文單字 respire，指「呼吸」。

動腦這樣想 使人**從內心**積極呼吸，為激勵某人之意。

My professor in the college **inspired** me to be an educator.
我的大學教授**激勵**我成為一位教育工作者。

in•spi•ra•tion [͵ɪnspəˋreʃən] <n.> 激勵

◎★

in 向內	+	spir 呼吸	+	ation 狀態	→	inspiration 激勵

動腦這樣想 inspire 去 e 加 ation 為「激勵」的名詞。

Her story is an **inspiration** to us all.
她的故事對我們全體是一個**激勵**。

in•struct [ɪn`strʌkt] <v.t.> 指導

◎★

in 向內	+	struct 建立	→	instruct 指導

(structure)

出處 struct 源自英文單字 structure，指「建立」。

動腦這樣想 使某人向內建立準則為指導某人。

You will be **instructed** of what to do soon after you reach there.
你抵達那裡之後就有人**指導**你該做些甚麼。

in•struc•tion [ɪn`strʌkʃən] <n.> 指導

◎☆

in 向內	+	struct 建立	+	ion 狀態	→	instruction 指導

動腦這樣想 instruct 加 ion 為「指導」的名詞。

Miss Chen's **instruction** in English is of great help to me.
陳老師的英文**指導**對我幫助很大。

in•stru•ment [`ɪnstrəmənt] <n.> 儀器、器械

◎★

in 向內	+	stru 建立	+	ment 物體	→	instrument 儀器、器械

動腦這樣想 專門用來向內建立的物體，稱為儀器、器械。

The doctor took out several **instruments**.
醫生拿出幾把**器械**。

in•trude [ɪn`trud] <v.> 侵入

◎☆

in 向內 + trud 推擠 + e <動> → intrude 侵入

動腦這樣想 向內推擠造成侵入。

The security system can prevent robbers from **intruding** the house.
這個安全系統能防止強盜**侵入**。

in•tro•duce [ˌɪntrə`djus] <v.t.> 介紹

●★

intro 向內 + duc 引導 (induct) + e <動> → introduce 介紹

出處 duc 源自英文單字 induct，指「引導」。

動腦這樣想 向內引導某陌生人或事物為介紹。

I **introduced** my new girlfriend to my parents.
我把新女友**介紹**給父母認識。

in•volve [ɪn`vɑlv] <v.t.> 介入

◎★

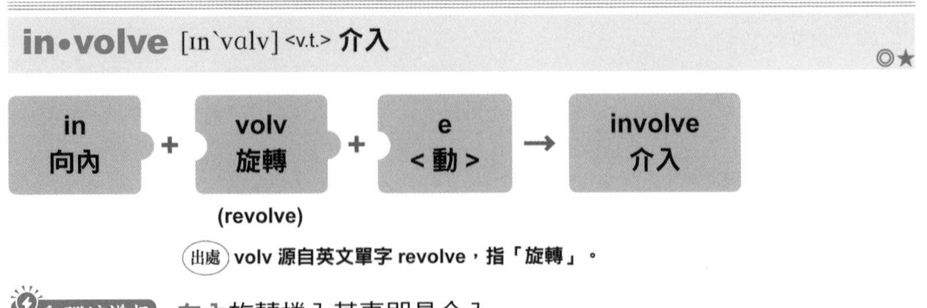

出處 volv 源自英文單字 revolve，指「旋轉」。

動腦這樣想 向內旋轉捲入某事即是介入。

Kris is **involved** in Mr. and Mrs. Frey's marriage.
克莉絲**介入**了弗瑞夫婦的婚姻。

in = 不，否定

CD-08

in 當字首還有「不，否定」的意思。

● 全民英檢初級必備單字 ◎ 全民英檢中級必備單字 ★ 學科能力測驗範圍 ☆ 指定科目考試範圍

in•dis•pen•sa•ble [ˌɪndɪˋspɛnsəbl̩] <adj.> 不可缺少的 ◎☆

in 不	+	dispensable 非必要的	→	indispensable 不可缺少的

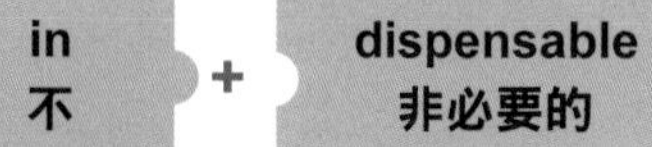

動腦這樣想 不是非必要的，意味是不可缺少的。

Water is **indispensable** for human beings.
水是人類所**不可缺少的**。

in•fant [ˋɪnfənt] <n.> 嬰兒 ◎★

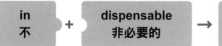

in 不	+	fant 說話	→	infant 嬰兒

動腦這樣想 不會說話的是嬰兒。

Taking care of **infants** needs patience.
照顧**嬰兒**要有耐心。

in•fi•nite [ˋɪnfənɪt] <adj.> 無限的 ◎☆

in 不	+	finite 有限的	→	infinite 無限的

動腦這樣想 不有限的即指無限的。

The love of mothers is **infinite**.
母愛是**無限的**。

in•jus•tice [ɪn`dʒʌstɪs] <n.> 不公正

◎☆

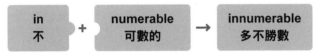

in 不	+	justice 公正	→	injustice 不公正

動腦這樣想 「不」加上「公正」為「不公正」。

The judge vowed to avoid any **injustice**.

該法官發誓要避免任何**不公正**的事。

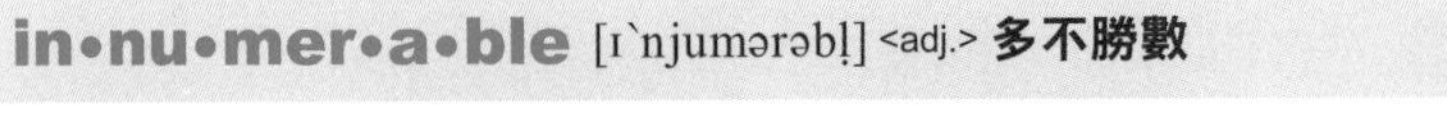

in•nu•mer•a•ble [ɪ`njumərəbl̩] <adj.> 多不勝數

◎☆

in 不	+	numerable 可數的	→	innumerable 多不勝數

動腦這樣想 「不」加上「可數的」為「不可數的」，即指「多不勝數」。

The stars in the sky are **innumerable**.

天上的星星**多不勝數**。

in•tact [ɪn`tækt] <adj.> 完好無損的

◎☆

in 不	+	tact 接觸的 (contact)	→	intact 完好無損的

出處 **tact 源自英文單字 contact，指「接觸的」。**

動腦這樣想 不接觸的方式，保持物品完好無損。

Thank God! The package arrived **intact**.

幸好包裹**完好無損的**送達。

in

in = 加強

CD-08

in 擁有許多種意思，還可當「加強」用。

● 全民英檢初級必備單字 ◎ 全民英檢中級必備單字 ★ 學科能力測驗範圍 ☆ 指定科目考試範圍

in•crease [ɪn`kris] <v.> 增加

●★

in 加強	+	creas 成長 ([拉]crescere)	+	e < 動 >	→	increase 增加

出處 creas 源自拉丁文 crescere，指「成長」。

動腦這樣想 加強使事物成長就是增加。

Travel can **increase** your knowledge of the world.
旅行可以**增加**你對世界的了解。

in•no•vate [`ɪnə,vet] <v.> 創新

◎☆

in 加強	+	nov 新穎 (novel)	+	ate 使	→	innovate 創新

出處 nov 源自英文單字 novel，指「新穎」。

動腦這樣想 使某物加強新穎性就是創新。

Patty **innovated** a new way to style her hair. 派蒂**發明**了整理髮型的新方法。

in•no•va•tion [,ɪnə`veʃən] <n.> 創新

◎☆

in 加強	+	nov 新穎	+	ation 狀態	→	innovation 創新

動腦這樣想 innovate 去 e 加 ion 為「創新」的名詞。

There are pros and cons of the **innovation** of technology.
對於科技上的**創新**，贊成與反對的觀點參半。

in•sist [ɪn`sɪst] <v.> 堅持

●★

動腦這樣想 加強站立狀態就是堅持到底。

I **insist** on your taking the action immediately.
我**堅持**你即刻行動。

in•sis•tence [ɪn`sɪstəns] <n.> 堅持

◎☆

in 加強 + sist 站立 + ence 狀態 → insistence 堅持

動腦這樣想 insist 加 ence 為「堅持」的名詞。

Hanna's **insistence** on quality has made her business growing.
漢娜對品質的**堅持**使她的生意大幅成長。

in•spect [ɪn`spɛkt] <v.> 檢查

◎★

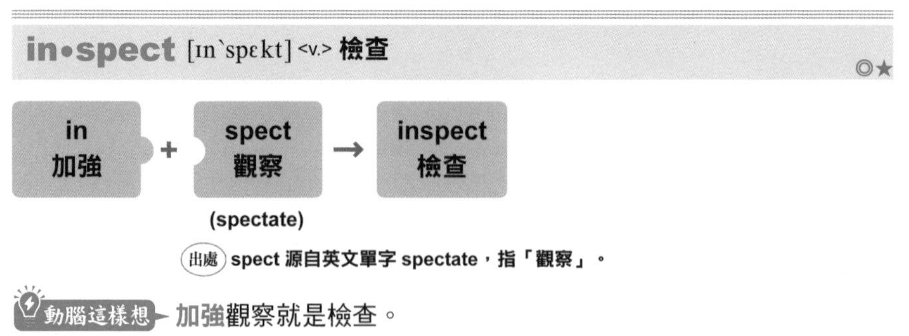

出處 **spect 源自英文單字 spectate，指「觀察」。**

動腦這樣想 加強觀察就是檢查。

The police is **inspecting** Bill's ID card.
警察正在**檢查**比爾的身分證。

in•spec•tion [ɪn`spɛkʃən] <n.> 檢查 ◎★

in 加強 + spect 觀察 + ion 狀態 → inspection 檢查

動腦這樣想 inspect 加 ion 為「檢查」的名詞。

I'm going to take my car for **inspection** on the weekend.
我週末會把我的車子送去**檢查**。

in•spec•tor [ɪn`spɛktɚ] <n.> 檢查員 ◎★

in 加強 + spect 觀察 + or 人 → inspector 檢查員

動腦這樣想 inspect 加 or 為檢查員。

Jerry is an **inspector** at the Custom of the airport.
傑瑞是機場海關的**檢查員**。

in•sti•tute [`ɪnstə͵tjut] <n.> 組織 ◎☆

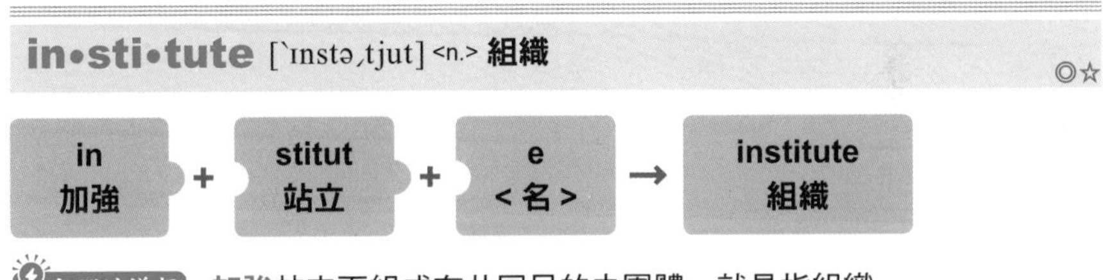

動腦這樣想 **加強**站立而組成有共同目的之團體，就是指組織。

Only legal **institutes** can receive grants from the government.
只有合法**組織**才能獲得政府撥款。

in•sure [ɪn`ʃʊr] <v.t.> 確保

◎☆

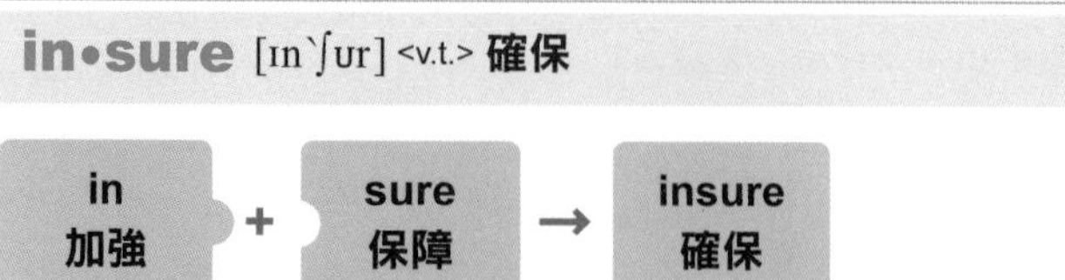

動腦這樣想 加強保障的動作，就是為了確保某件事情。

I'm doing so to **insure** you from making more mistakes.
我所做的是為了**確保**你不要犯更多錯誤。

in•sur•ance [ɪn`ʃʊrəns] <n.> 保險

◎★

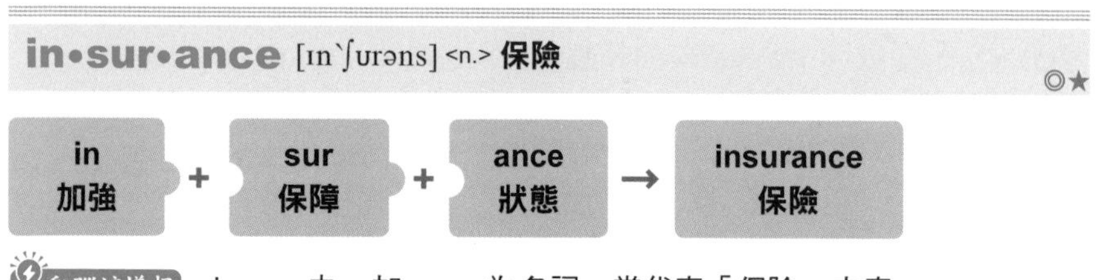

動腦這樣想 insure 去 e 加 ance 為名詞，常代表「保險」之意。

Jacob forgot to buy **insurance** before going abroad.
雅各出國前忘記買**保險**。

inter = 之間

CD-08

要表示「（人、事、物）之間」，可用 inter 當字首。

in•ter•act [ˏɪntɚ`ækt] <v.> 互動

◎★

動腦這樣想 兩者**之間**相互的動作為互動。

Sitting in front of the computer all day without **interacting** with other people is not the job I'm looking for.
整天坐在電腦前面，不與他人**互動**的工作不是我想要的。

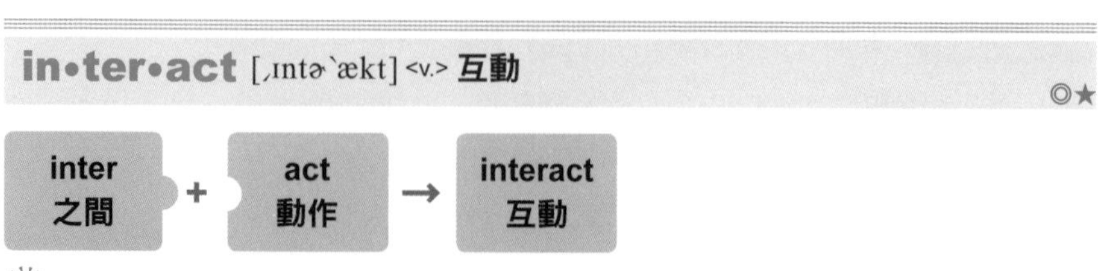

in•ter•ac•tion [ˌɪntɚˋækʃən] <n.> 互動 ◎★

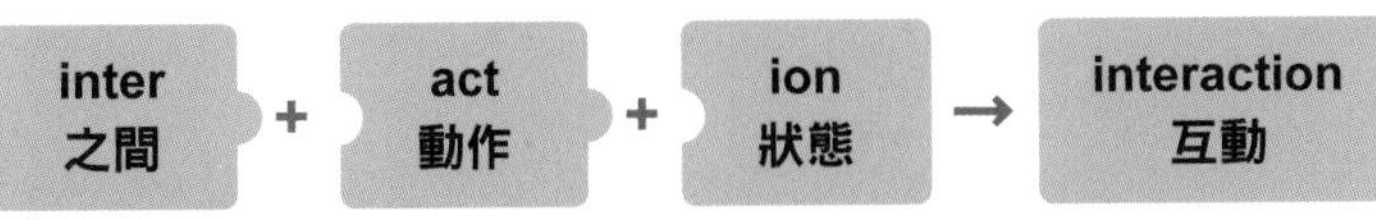

動腦這樣想 interact 加 ion 為「互動」的名詞。

The **interaction** between Paula and her students is harmonious.
寶拉和她學生之間的**互動**很和諧。

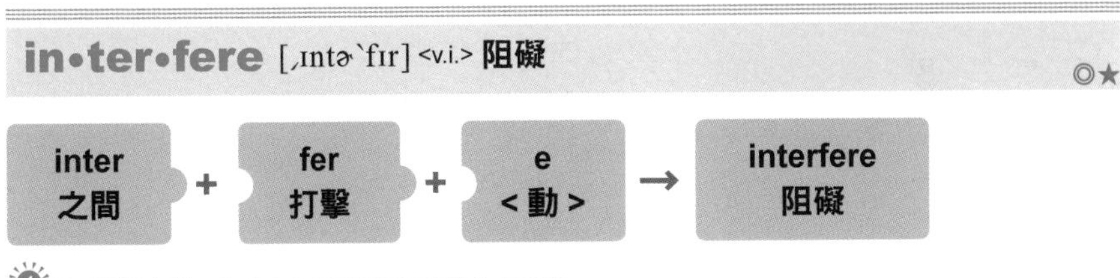

in•ter•fere [ˌɪntɚˋfɪr] <v.i.> 阻礙 ◎★

動腦這樣想 內部**之間**相互打擊為阻礙。

Josh's insistence has **interfered** with my original plan for the project.
賈許的堅持**阻礙**了我對專案原本的計畫。

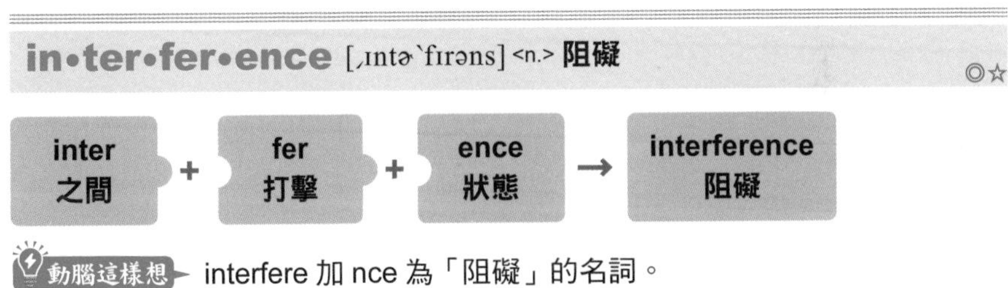

in•ter•fer•ence [ˌɪntɚˋfɪrəns] <n.> 阻礙 ◎☆

動腦這樣想 interfere 加 nce 為「阻礙」的名詞。

Do not mind the **interference** from outsiders.
不要理會局外人的**阻礙**干擾。

in•ter•nal [ɪn`tɝnl̩] <adj.> 內部的

◎★

動腦這樣想 同一團體**之間**的即是內部的。

The **internal** communication does not open to the public.
內部的通訊是不對外開放的。

in•ter•na•tion•al [ˌɪntɚ`næʃənl̩] <adj.> 國際的

●★

inter 之間 + nation 國家 + al 的 → international 國際的

動腦這樣想 國家**之間**的為國際的。

Jolin is major in **international** commerce at the university.
裘琳在大學裡主修**國際**貿易。

in•ter•net [`ɪntɚˌnɛt] <n.> 網際網路

●★

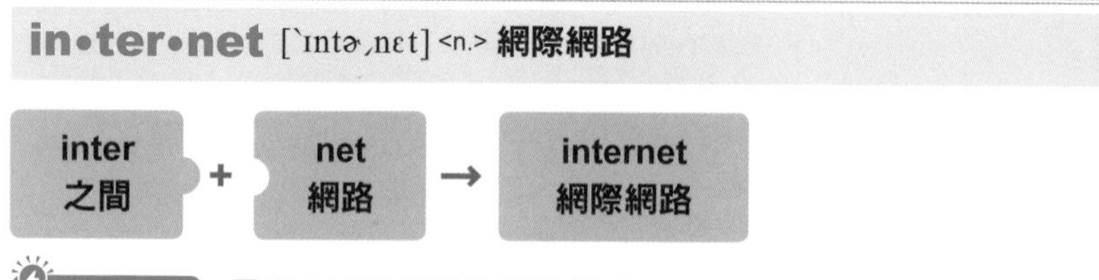

動腦這樣想 電腦**之間**的網路為網際網路。

I can't live without **internet**.
沒有**網際網路**，我會活不下去。

in•ter•rupt [ˌɪntəˋrʌpt] <v.> 中斷、打斷 ●★

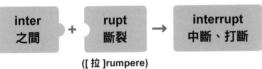

inter 之間 + rupt 斷裂 → interrupt 中斷、打斷

([拉]rumpere)

出處 rupt 源自拉丁文 rumpere，指「斷裂」。

動腦這樣想 東西或事務之間斷裂為中斷，或指打斷。

It's not polite to **interrupt** in the middle of the class.
上課中**打斷**講課是不禮貌的。

in•ter•val [ˋɪntɚvḷ] <n.> 間隔 ◎☆

inter 之間 + val <名> + interval 間隔

動腦這樣想 隔在兩個東西之間的事物為間隔。

She suddenly ran out of the classroom and returned after an **interval** of 15 minutes.
她突然跑出教室，**間隔**了 15 分鐘後才回來。

in•ter•vene [ˌɪntɚˋvin] <v.i.> 干涉 ◎☆

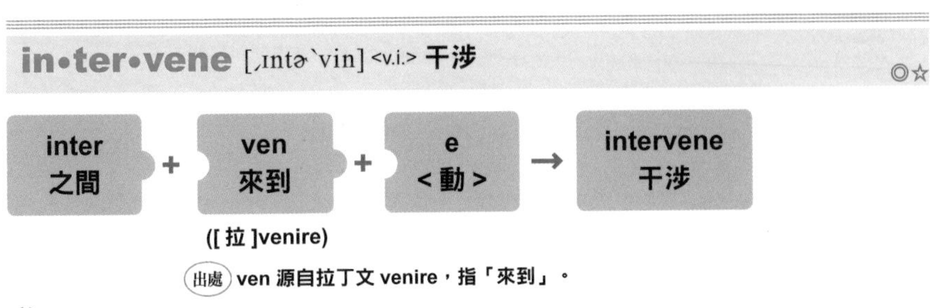

([拉]venire)

出處 ven 源自拉丁文 venire，指「來到」。

動腦這樣想 來到某人或某事之間造成干涉。

The Taiwan Bank had been **intervening** in foreign exchange market.
台灣銀行過去一直在**干涉**貨幣市場。

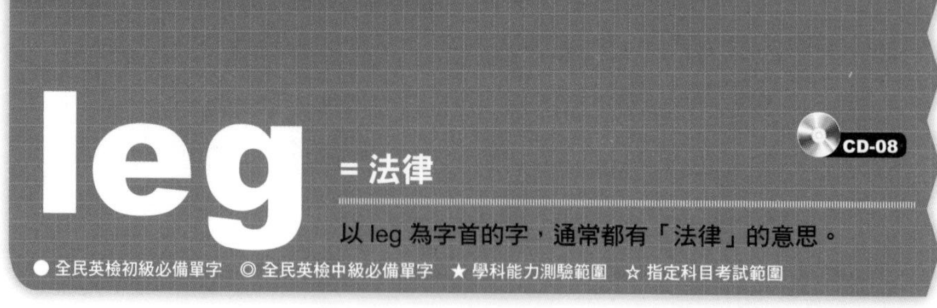

leg = 法律

以 leg 為字首的字，通常都有「法律」的意思。

● 全民英檢初級必備單字 ◎ 全民英檢中級必備單字 ★ 學科能力測驗範圍 ☆ 指定科目考試範圍

CD-08

le•gal [`ligḷ] <adj.> 法律的 ◎★

動腦這樣想 leg 加 al 為法律的。

Paul decided to take **legal** action this time.
保羅這次決定採取**法律**行動。

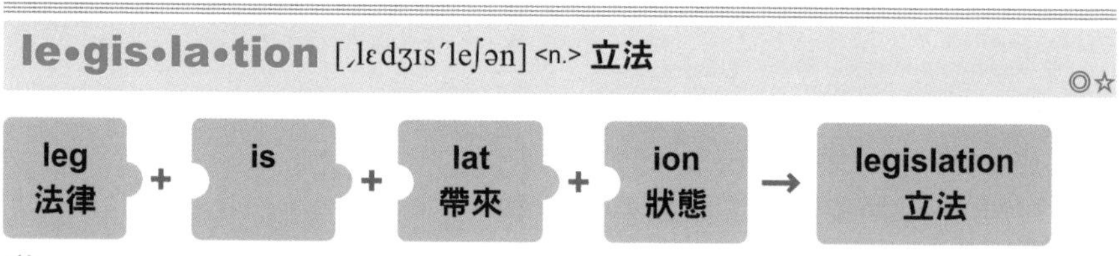

le•gis•la•tion [ˌlɛdʒɪs`leʃən] <n.> 立法 ◎☆

動腦這樣想 帶來**法律**的安定狀態，需要經過「立法」來規範。

The process of **legislation** has been intervened by one of the parties.
立法程序被其中一個政黨所干涉。

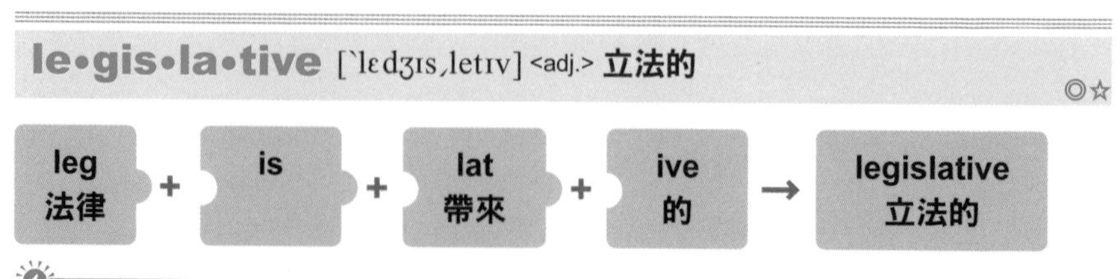

le•gis•la•tive [`lɛdʒɪsˌletɪv] <adj.> 立法的 ◎☆

動腦這樣想 帶來**法律**的為立法的。

The **legislative** policy still has a lot of room for improvement.
立法的政策還有很多需要改進的空間。

le•gis•la•tor [ˋlɛdʒɪsˏletɚ] <n.> 立法委員

◎☆

leg 法律 + is + lat 帶來 + or 人 → legislator 立法委員

動腦這樣想 帶來法律的人為立法委員。

The election for **legislators** will be held next year.
立法委員選舉將於明年舉行。

le•gis•la•ture [ˋlɛdʒɪsˏletʃɚ] <n.> 立法機關

◎☆

leg 法律 + is + lat 帶來 + ure <名> → legislature 立法機關

動腦這樣想 帶來法律的機構為立法機關。

The **legislature** should not be a place for spreading rumors.
立法機關不應是一個傳播謠言的地方。

le•git•i•mate [lɪˋdʒɪtəmət] <adj.> 合法的

◎☆

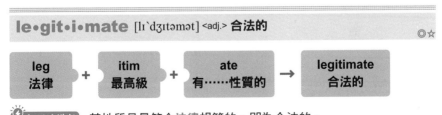

leg 法律 + itim 最高級 + ate 有……性質的 → legitimate 合法的

動腦這樣想 其性質是最符合法律規範的，即為合法的。

He becomes the **legitimate** heir to the property.
他成為這筆財產的**合法**繼承人。

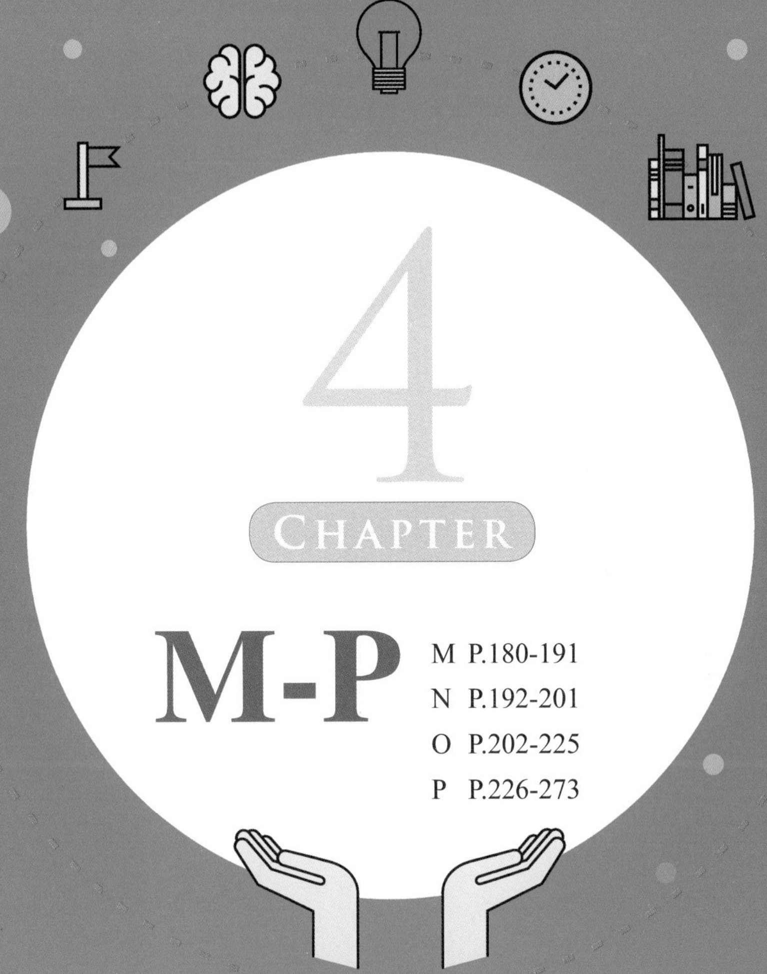

4 Chapter

M-P

man

= 手

man 本身有「人類」的意思，人類的行動大都和手有關，因此以 man 為首的字有「手」的意思。

● 全民英檢初級必備單字 ◎ 全民英檢中級必備單字 ★ 學科能力測驗範圍 ☆ 指定科目考試範圍

man•age [ˈmænɪdʒ] <v.> 管理

◎★

man 手 + age 行為 → manage 管理

動腦這樣想 著手以行動控管某事，即是指管理。

Mr. Anderson is responsible for **managing** one of the branch companies.
安德森先生負責**管理**其中一家分公司。

man•age•ment [ˈmænɪdʒmənt] <n.> 管理

◎★

man 手 + age 行為 + ment 狀態 → management 管理

動腦這樣想 manage 加 ment 為「管理」的名詞。

The book about strategic **management** is one of the best sellers.
這本關於策略**管理**的書是其中一本暢銷書。

man•ag•er [ˈmænɪdʒɚ] <n.> 經理人

●★

man 手 + ager 行為人 → manager 經理人

動腦這樣想 manage 字尾加 r 即成為經理人。

Daniel was promoted to be the **manager** of the financial department.
丹尼爾被升為財務部門的**經理**。

man•i•fest [ˈmænə͵fɛst] <v.> 顯示

◎☆

動腦這樣想 用手敲打明示為顯示。

The evidence **manifested** the truth behind the murder.
此證據**顯示**了這起兇殺案背後的真相。

ma•nip•u•late [məˋnɪpjə͵let] <v.t.> 操縱

◎☆

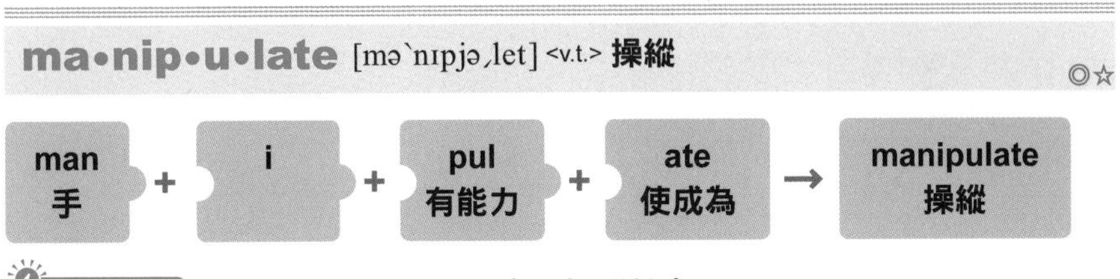

動腦這樣想 使手成為有能力做某事為操縱某事。

Olivia uses her charm to **manipulate** her lovers.
奧莉維亞用她的魅力去**操縱**她的情人們。

man•i•pu•la•tion [mə͵nɪpjəˊleʃən] <n.> 操縱

◎☆

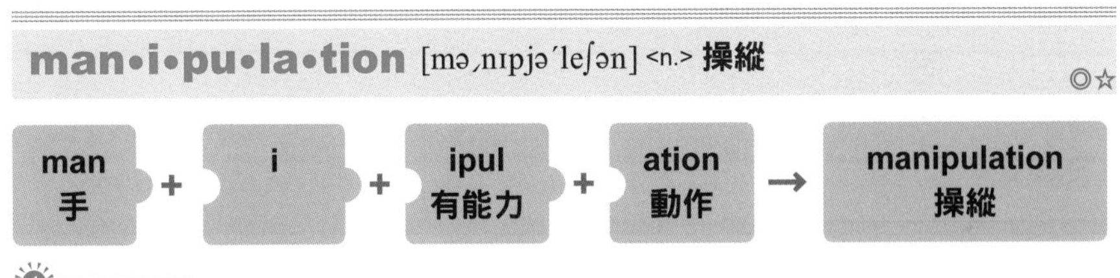

動腦這樣想 manipulate 去 e 加 ion 為「操縱」的名詞。

His conviction is **manipulation** of the stock market.
他的罪名是**操縱**股票市場。

man•u•al [ˈmænjuəl] <adj.> 用手的、手排的

◎★

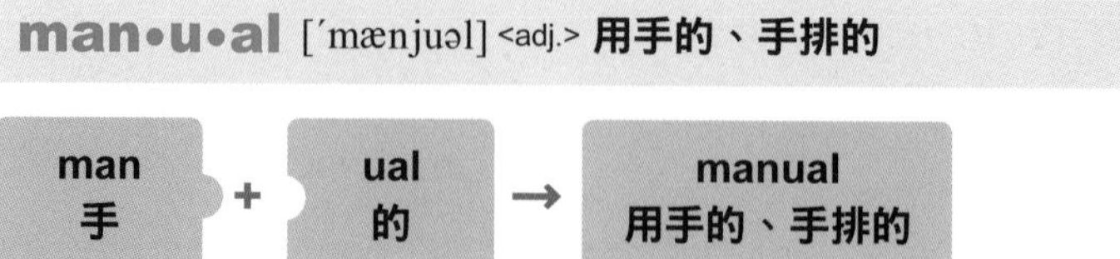

動腦這樣想 man 加 ual 為用手的，亦為手排的。

I don't know how to drive a car with **manual** transmission.
我不知道如何駕駛一輛**手排**車。

man•u•fac•ture [ˌmænjəˈfæktʃɚ] <v.> 製造

◎★

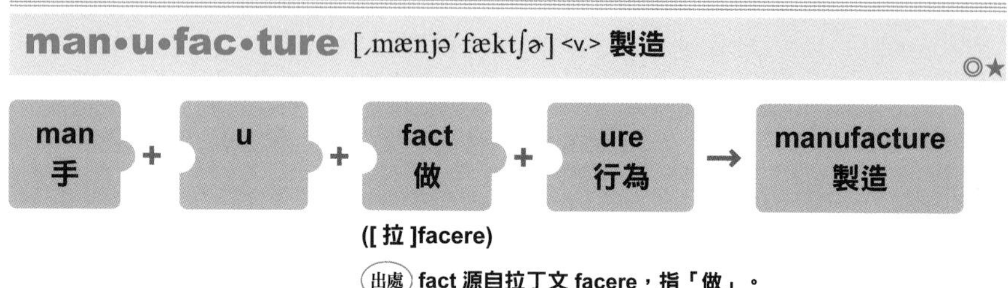

動腦這樣想 用手做出某物為製造某物。

Mr. and Mrs. Spears own a factory that **manufactures** cars.
皮爾斯夫婦擁有一間**製造**汽車的工廠。

man•u•script [ˈmænjəˌskrɪpt] <n.> 手稿

◎☆

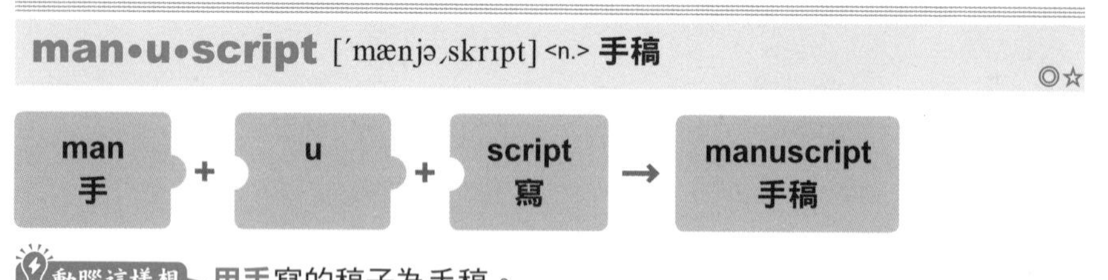

動腦這樣想 用手寫的稿子為手稿。

The king's **manuscript** is a priceless treasure at the auction.
國王的**手稿**在拍賣會上是一件無價珍寶。

mi•cro•phone [ˈmaɪkrə͵fon] <n.> 麥克風 ◎★

動腦這樣想 顯微電話就是麥克風。

With the attachment of the **microphone**, you can talk to your friends via a computer.

裝上**麥克風**後，你就能透過電腦和你的朋友交談。

mi•cro•scope [ˈmaɪkrə͵skop] <n.> 顯微鏡 ◎★

動腦這樣想 用來觀察細小東西的是顯微鏡。

The bacteria can be seen under the **microscope**.

這些細菌在**顯微鏡**底下可被看見。

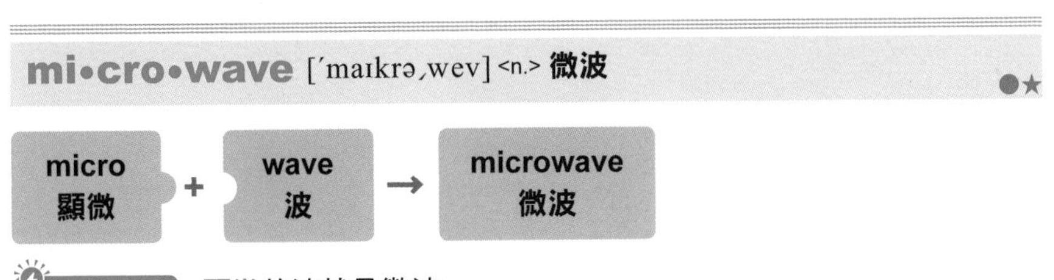

mi•cro•wave [ˈmaɪkrə͵wev] <n.> 微波 ●★

動腦這樣想 顯微的波就是微波。

Microwave oven is convenient for cooking but harmful to your health if you don't use it properly.

用**微波**爐來烹調食物很方便，但使用不當會對健康造成傷害。

min, mini

= 小，少

CD-09

要形容「小的，少的」，可用 min、mini 當字首。

● 全民英檢初級必備單字　◎ 全民英檢中級必備單字　★ 學科能力測驗範圍　☆ 指定科目考試範圍

min•i•a•ture [ˋmɪnɪətʃɚ] <n.> 縮影、小模型

◎☆

動腦這樣想 使變成**小型**的事物為縮影，或是小模型。

He likes to collect **miniatures** of all kinds of buildings.
他喜歡收集各式建築物的**小模型**。

min•i•mize [ˊmɪnəˌmaɪz] <v.t.> 最小化

◎☆

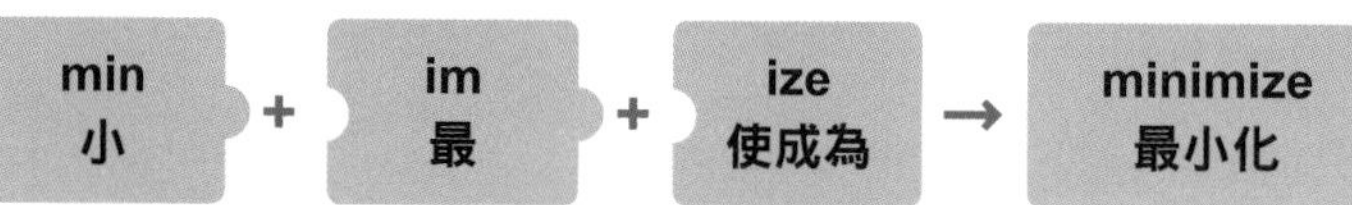

動腦這樣想 使其成為最**小**，亦即最小化。

Helen is trying to **minimize** the loss due to bankruptcy.
海倫正試著將破產造成的損失減到**最小**。

min•i•mum [ˊmɪnəməm] <n.> 最小值、最少

◎★

動腦這樣想 最**小**的程度為最小值。

You must exercise for a **minimum** of 30 minutes each day.
你每天**最少**要運動 30 分鐘。

min•is•ter [ˈmɪnɪstɚ] <n.> 部長

◎★

動腦這樣想 部長是公僕，是為人民服務的小人物。

The **minister** stepped down from his position after the scandal.
部長在醜聞爆發後便下台了。

mi•nor [ˈmaɪnɚ] <adj.> 較小的

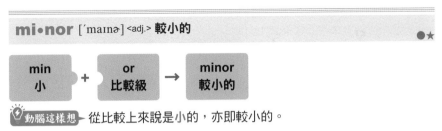

●★

min 小 + or 比較級 → minor 較小的

動腦這樣想 從比較上來說是小的，亦即較小的。

The superstar only took a **minor** role in this movie.
這位超級巨星在此部電影中只擔任**小**角色。

mi•nor•i•ty [maɪˈnɔrətɪ] <n.> 少數

◎★

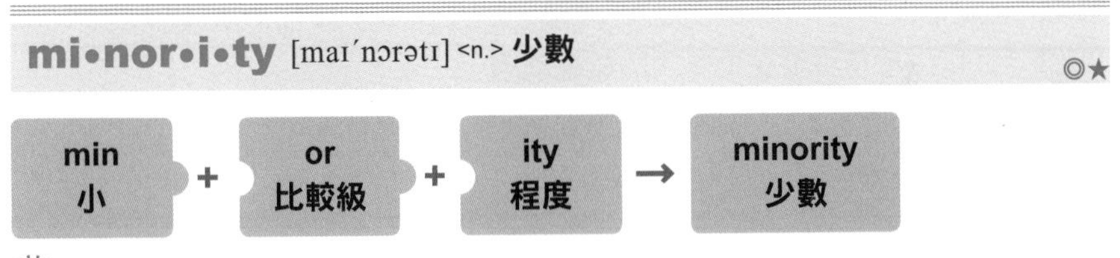

動腦這樣想 從程度上來比較是偏小的，代表是少數。

The **minority** of the citizens don't support the new policy on pulic health.
少數的國民不支持新的公共衛生政策。

mis = 不，否定

CD-09

mis 有「不，否定」的意思。

● 全民英檢初級必備單字　◎ 全民英檢中級必備單字　★ 學科能力測驗範圍　☆ 指定科目考試範圍

mis•for•tune [mɪsˈfɔrtʃən] <n.> 不幸

◎★

動腦這樣想 不幸運即是不幸。

James had the **misfortune** to get injured in a car accident.
詹姆士在車禍中受傷真是**不幸**。

mis•lead [mɪsˈlid] <v.t.> 誤導

◎★

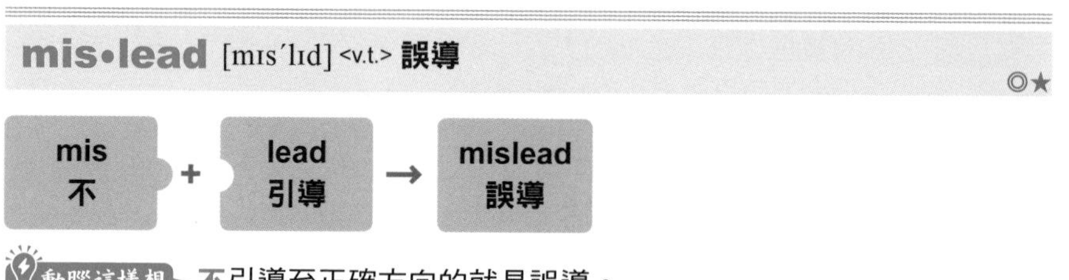

動腦這樣想 不引導至正確方向的就是誤導。

Susan's improper way of education will **mislead** her children.
蘇珊的不當管教方式將**誤導**她的孩子。

mis•un•der•stand [ˌmɪsʌndɚˈstænd] <v.t.> 誤解

◎★

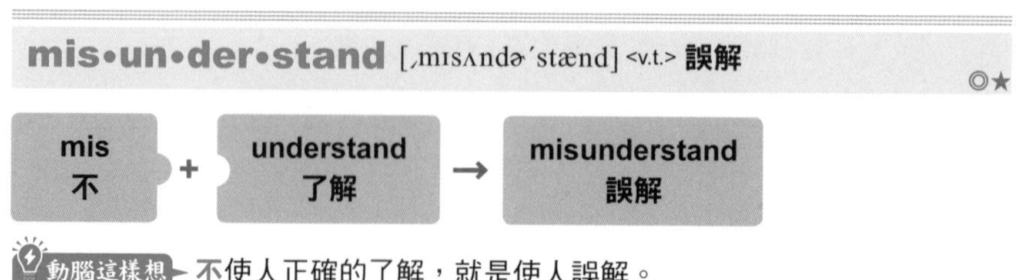

動腦這樣想 不使人正確的了解，就是使人誤解。

His motives were **misunderstood** by most of his friends.
大部分的朋友都**誤解**他的動機。

mot = 運動

mot 有「行動、運動」的涵義，當字首即指「運動」。

● 全民英檢初級必備單字 ◎ 全民英檢中級必備單字 ★ 學科能力測驗範圍 ☆ 指定科目考試範圍

mot•ion [ˈmoʃən] <n.> 運動、動作 ●★

mot 運動 + ion 狀態 → motion 運動、動作

動腦這樣想 運動狀態，為「運動」之名詞，也指「動作」。

The actress is acting out the role in a slow **motion**.
這位女演員正用慢**動作**演出這個角色。

mo•ti•vate [ˈmotə͵vet] <v.t.> 激勵 ◎★

mot 運動 + iv + ate 使成為 → motivate 激勵

動腦這樣想 使某人想要積極**行動**，表示激勵之意。

I **motivated** my students to write a book on their own.
我**激勵**我的學生自己寫一本書。

mo•ti•va•tion [͵motəˈveʃən] <n.> 激勵 ◎★

mot 運動 + iv + ation 行為 → motivation 激勵

動腦這樣想 motivate 字尾去 e 加 ion，就是「激勵」的名詞。

For Eddie, pay is his main **motivation** for working.
對艾迪來說，薪水才是**激勵**他工作的主要因素。

mo•tive [ˊmotɪv] <n.> 動機

◎☆

動腦這樣想 使人心裡動念想做某件事情的原因，稱為動機。

He did so out of vicious **motives**.
他如此做是出於邪惡的**動機**。

mo•tor [ˊmotɚ] <n.> 馬達

◎★

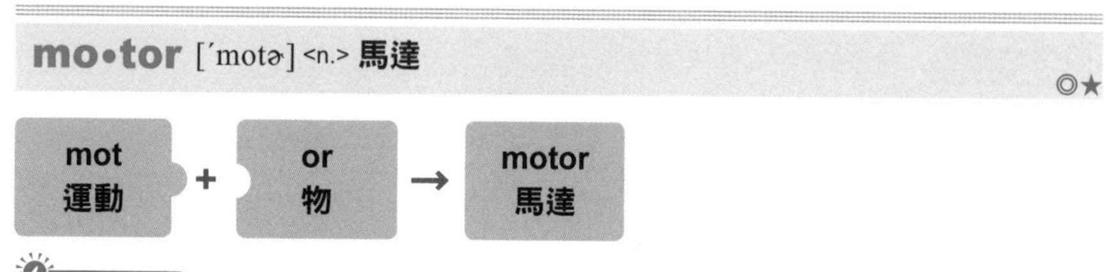

動腦這樣想 讓機器運轉之物為馬達。

The **motor** of the machine has the problem of electric leakage.
這個機器的**馬達**有漏電的問題。

mo•nop•o•ly [mə'nɑplɪ] <n.> 獨佔

◎☆

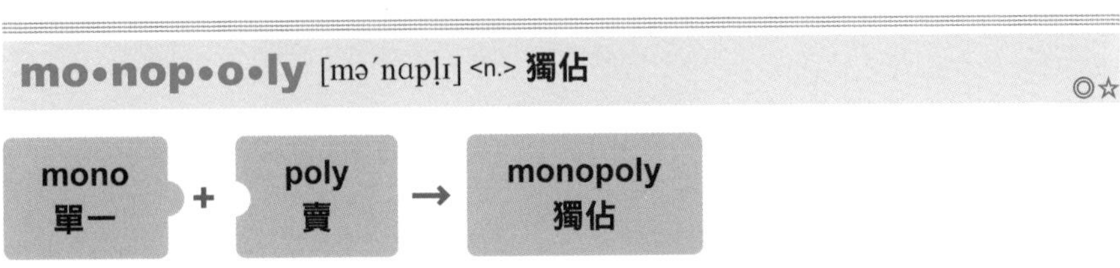

動腦這樣想 在市場上唯一具有買賣權力，表示獨佔之意。

The two companies are competing for the **monopoly** of steel trading.
這兩家公司正在爭取鋼鐵的**獨佔**買賣權。

mo•not•o•nous [mə'nɑtṇəs] <adj.> 單調的

◎☆

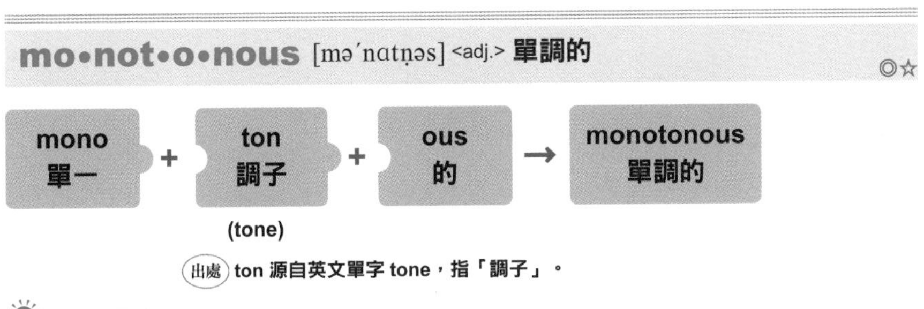

出處 **ton 源自英文單字 tone，指「調子」。**

動腦這樣想 只有單一調子的為單調的。

The professor always lectures in a **monotonous** voice.
那位教授總是用**單調的**口氣授課。

mo•not•o•ny [mə'nɑtṇɪ] <n.> 單調

◎☆

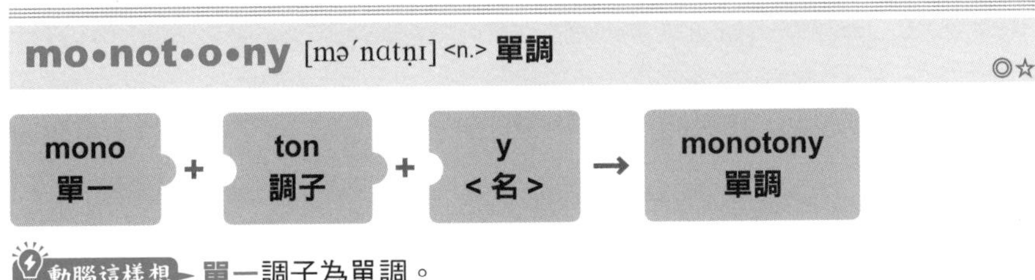

動腦這樣想 單一調子為單調。

She sang in a voice of **monotony** and it couldn't touch my heart.
她**單調**的歌聲無法打動我的心。

music

= 音樂

CD-09

music 即是「音樂」，以其為字首的字當然和音樂脫離不了關係。

● 全民英檢初級必備單字 ◎ 全民英檢中級必備單字 ★ 學科能力測驗範圍 ☆ 指定科目考試範圍

mu•si•cal [ˊmjuzɪkḷ] <adj.> 音樂的

◎★

music 音樂 + al 的 → musical 音樂的

動腦這樣想 music 之後加 al 是音樂的。

Dorothy has a pair of **musical** ears. 桃樂絲有一對**通曉音律的**耳朵。

mu•si•cian [mjuˋzɪʃən] <n.> 音樂家

●★

music 音樂 + ian 人 → musician 音樂家

動腦這樣想 專心從事**音樂**工作的人是音樂家。

Beethoven is a great **musician** recognized by the whole world.
貝多芬是一位被世人公認的偉大**音樂家**。

myst, myth

= 神祕

myst, myth 都有「神祕」的意思。

mys•te•ry [ˊmɪstərɪ] <n.> 神祕、謎

◎★

myst 神祕 + ery <名> → mystery 神祕、謎

動腦這樣想 具有**神祕**感的事物即為神祕、謎。

The fact behind his death has remained as a **mystery**.
有關他的死亡真相仍是一個**謎**。

mys•te•ri•ous [mɪsˊtɪrɪəs] <adj.> 神祕的 ◎★

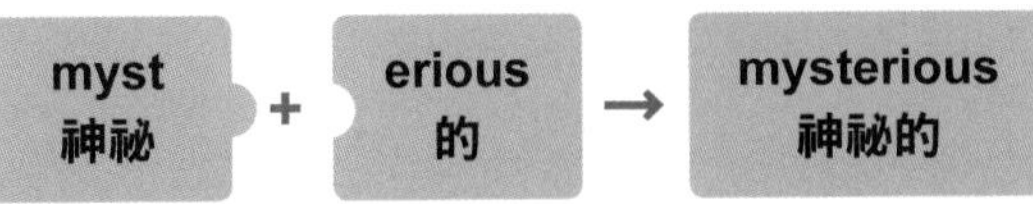

動腦這樣想 mystery 字尾去 y 加上 ious 即成為形容詞，意味為神祕的。

The **mysterious** woman in the story makes the novel more interesting.
故事中的**神祕**女郎讓這本小說更有趣了。

my•thol•o•gy [mɪˊθɑlədʒɪ] <n.> 神話 ◎☆

動腦這樣想 訴說**神祕**的故事，就是神話。

The stories of the Greek **mythology** are my favorite.
希臘**神話**故事是我最喜歡的。

nat = 出生

以 nat 為字首的單字有「出生」的意思。

● 全民英檢初級必備單字 ◎ 全民英檢中級必備單字 ★ 學科能力測驗範圍 ☆ 指定科目考試範圍

na•tive [ˊnetɪv] <adj.> 天生的 ◎★

動腦這樣想 一出生就有的，代表是天生的。

Catherine has excellent **native** ability in comprehension.
凱薩琳**天生**就擁有絕佳的理解能力。

na•ture [ˊnetʃɚ] <n.> 自然 ●★

動腦這樣想 出生即呈現的狀態，就是自然。

Air pollution is detrimental to the **nature**.
空氣污染對**自然界**有害。

nat•u•ral [ˊnætʃərəl] <adj.> 自然的 ●★

nat 出生 + ur 狀態 + al 的 → natural 自然的

動腦這樣想 nature 的字尾改為 al，就是「自然」的形容詞。

People from the city enjoy the **natural** scenery of this farm.
都市人很喜愛這個農場的**自然**風光。

nation

= 國家

nation 本身就指「國家」，以其為字首的字自然和國家有關。

● 全民英檢初級必備單字 ◎ 全民英檢中級必備單字 ★ 學科能力測驗範圍 ☆ 指定科目考試範圍

na•tion•al [ˊnæʃənl̩] <adj.> 國家的、全國性的 ●★

nation 國家 + al 的 → national 國家的、全國性的

動腦這樣想 nation 加上 al，即是「國家」的形容詞。

Mrs. Jefferson's good deed has received **national** attention.
傑佛遜太太的善行已受**全國**矚目。

na•tion•al•ity [ˏnæʃənˋæləti] <n.> 國籍 ◎★

nation 國家 + al 的 + ity <名> → nationality 國籍

動腦這樣想 一個人歸屬於某一**國家**，即擁有該國的國籍。

He has dual **nationalities**.
他擁有雙重**國籍**。

na•tion•al•is•m [ˊnæʃənl̩ɪzəm] <n.> 國家主義 ◎☆

nation 國家 + al 的 + ism 主義 → nationalism 國家主義

動腦這樣想 以**國家**為根本的主義，即為國家主義。

Nationalism was strongly emphasized during the war.
國家主義在戰爭期間強烈地受到重視。

nav = 船

naval 即指「海軍的，船的」，因此以 nav 為字首的字帶有「船」的意思。

● 全民英檢初級必備單字 ◎ 全民英檢中級必備單字 ★ 學科能力測驗範圍 ☆ 指定科目考試範圍

nav•i•gate [ˊnævəˏget] <v.> 航行

◎☆

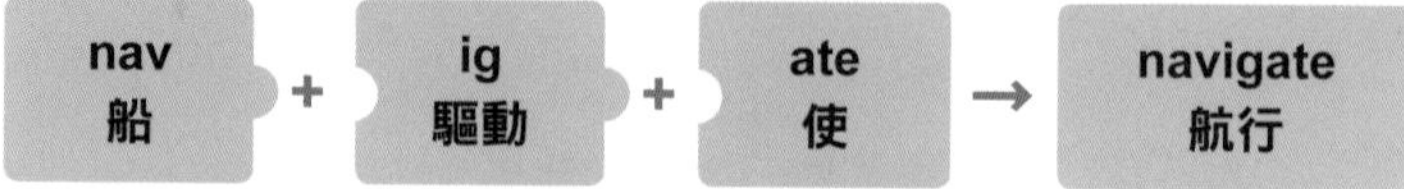

動腦這樣想 驅動**船隻**使其前進，就是航行。

Cheng-Ho **navigated** all over the world from 1405 to 1433.
鄭和於 1405 至 1433 年間**航行**世界各地。

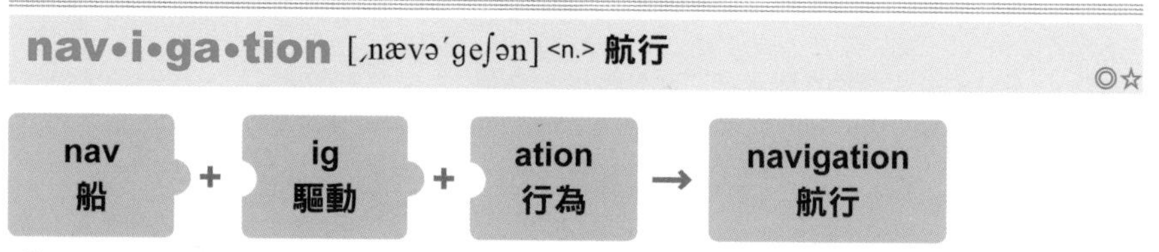

nav•i•ga•tion [ˏnævəˊgeʃən] <n.> 航行

◎☆

動腦這樣想 navigate 字尾去 e 加 ion，就是「航行」的名詞。

Cheng-Ho's **navigation** to Africa was eighty years earlier than that of Vasco da Gama.
鄭和比達伽瑪早了八十年**航行**到非洲。

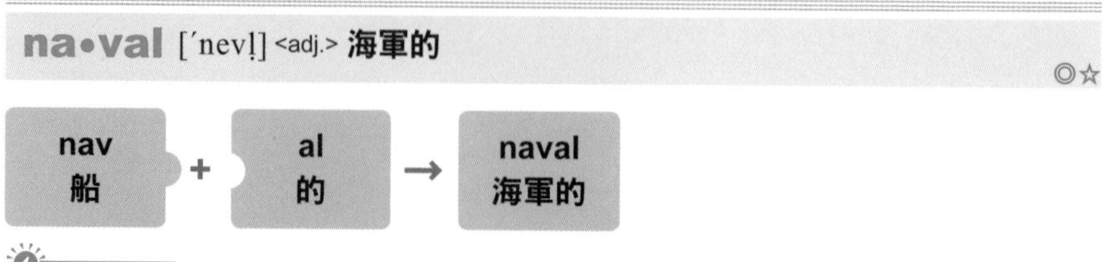

na•val [ˊnevḷ] <adj.> 海軍的

◎☆

動腦這樣想 與駕**船**之海軍有關的，就是海軍的。

The **naval** fleet led by Cheng-Ho was the strongest in the world at that time.
鄭和所率領的**海軍**艦隊當時是全世界最強大的。

neg = 否定

neg 為字首的字帶有「否定」的意思。

● 全民英檢初級必備單字 ◎ 全民英檢中級必備單字 ★ 學科能力測驗範圍 ☆ 指定科目考試範圍

neg•a•tive [ˋnɛgətɪv] <adj.> 否定的 ●★

neg 否定 + ative 有……性質的 → negative 否定的

動腦這樣想 有否定性質的，就是否定的。

We shouldn't have **negative** attitudes toward the performance of our children.
對孩子的表現不要抱持**否定的**態度。

ne•glect [nɪgˋlɛkt] <v.t.> 忽略 ◎★

neg 否定 + lect 挑選 (select) → neglect 忽略

出處 lect 源自英文單字 select，指「挑選」。

動腦這樣想 故意不予挑選，即為忽略的意思。

The mom was too busy shopping that she **neglected** her son.
這位媽媽忙著購物而**忽略**了她的兒子。

neg•li•gi•ble [ˋnɛglədʒəbl̩] <adj.> 可忽略的 ◎☆

動腦這樣想 可以不予綁在一起的，代表是可以忽略的。

The loss this year is so small that it is **negligible**.
今年的損失小到**可以被忽略**。

news = 新聞

news 本身就指「新聞」，以其為字首的字就和新聞有關。

● 全民英檢初級必備單字 ◎ 全民英檢中級必備單字 ★ 學科能力測驗範圍 ☆ 指定科目考試範圍

news•cast [ˈnjuzˌkæst] <n.> 新聞播報 ◎☆

news 新聞 + cast 投送 → newscast 新聞播報

動腦這樣想 向大眾傳送新聞消息，就是新聞播報。

The non-stop **newscast** in Taiwan is not common in the world.
台灣不停播放的**新聞播報**在世界上是不多見的。

news•cast•er [ˈnjuzˌkæstɚ] <n.> 新聞播報員 ◎☆

news 新聞 + cast 投送 + er 人 → newscaster 新聞播報員

動腦這樣想 負責播報新聞的人，就是新聞播報員。

I don't think **newscasters** must be young and beautiful.
我認為**新聞播報員**不一定要年輕美麗。

news•pa•per [ˈnjuzˌpepɚ] <n.> 報紙 ●★

news 新聞 + paper 紙 → newspaper 報紙

動腦這樣想 專門用來登載新聞的紙，就是報紙。

More and more gossips can be found on the **newspaper**.
報紙上的八卦愈來愈多。

nomin

= 名字

以 nomin 為字首的單字，帶有「名字」的意思。

● 全民英檢初級必備單字 ◎ 全民英檢中級必備單字 ★ 學科能力測驗範圍 ☆ 指定科目考試範圍

nom•i•nal [ˈnɑmən!] <adj.> 名義上的 ◎☆

nomin 名字 + al 的 → nominal 名義上的

動腦這樣想 與名字有關的，就是名義上的。

The **nominal** president of the company had retired.
這家公司的**名義**總裁已經退休了。

nom•i•nate [ˈnɑmə͵net] <v.t.> 提名 ◎☆

nomin 名字 + ate 使 → nominate 提名

動腦這樣想 提出某人名字使擔任某項任務，就是提名。

Ted was **nominated** to be the representative of the committee.
泰德被**提名**為委員會的代表。

nom•i•nee [͵nɑməˈni] <n.> 被提名者 ◎☆

nomin 名字 + ee 人 → nominee 被提名者

動腦這樣想 某人的名字被他人提出，就是被提名者。

The three **nominees** are competing for the best supporting actor award.
三位**被提名者**將角逐最佳男配角獎。

norm = 常態，標準

norm 本身有「基準，規範」的意思。以 norm 為首的單字就指「常態，標準」。

● 全民英檢初級必備單字 ◎ 全民英檢中級必備單字 ★ 學科能力測驗範圍 ☆ 指定科目考試範圍

nor•mal [ˊnɔrml̩] <adj.> 正常的 ◎★

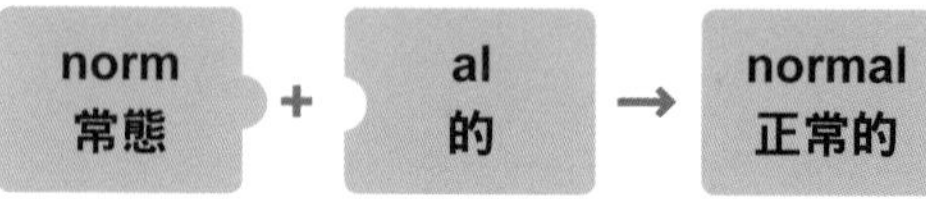

動腦這樣想 符合常態的，代表是正常的。

The **normal** temperature of the human body is around 36.5℃ .
人體的**正常**溫度約為攝氏 36.5 度。

nor•mal•ize [ˊnɔrml̩ˏaɪz] <v.t.> 正常化 ◎☆

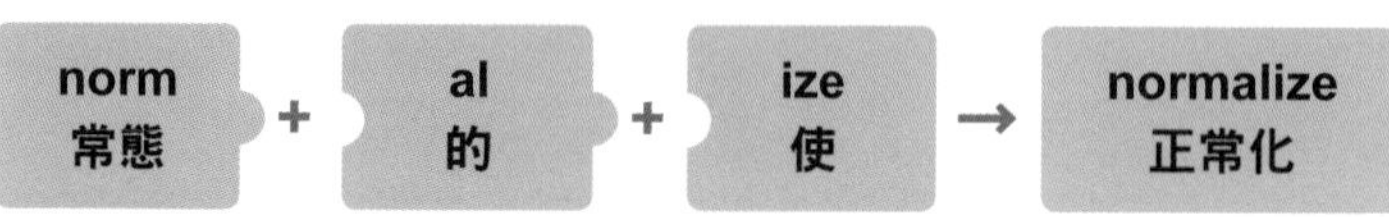

動腦這樣想 使成為**正常狀態**，就是正常化。

Janet thinks it's difficult to **normalize** her relationship with her ex-boyfriend.
珍娜認為要和她的前男友恢復**正常**關係很難。

nor•mal•iz•a•tion [ˏnɔrml̩əˋzeʃən] <n.> 正常化 ◎☆

動腦這樣想 normalize 字尾去 e 加 ation，就是「正常化」的名詞。

The **normalization** of relations between South Korea and North Korea will be a tough task.
南北韓關係的**正常化**將會是一項艱難的任務。

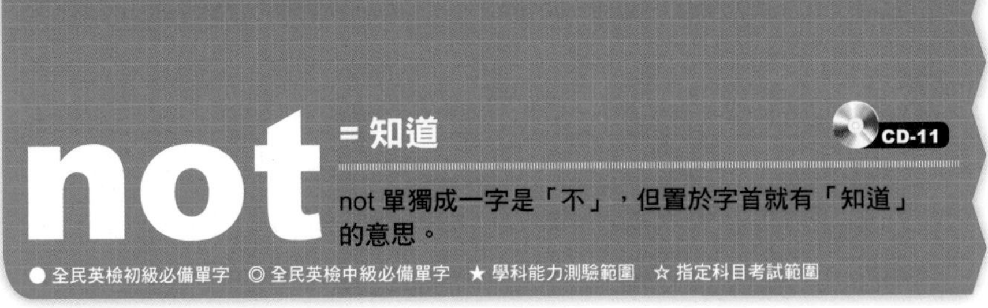

not = 知道

not 單獨成一字是「不」，但置於字首就有「知道」的意思。

● 全民英檢初級必備單字 ◎ 全民英檢中級必備單字 ★ 學科能力測驗範圍 ☆ 指定科目考試範圍

no•tice [ˈnotɪs] <v.> 注意 ●★

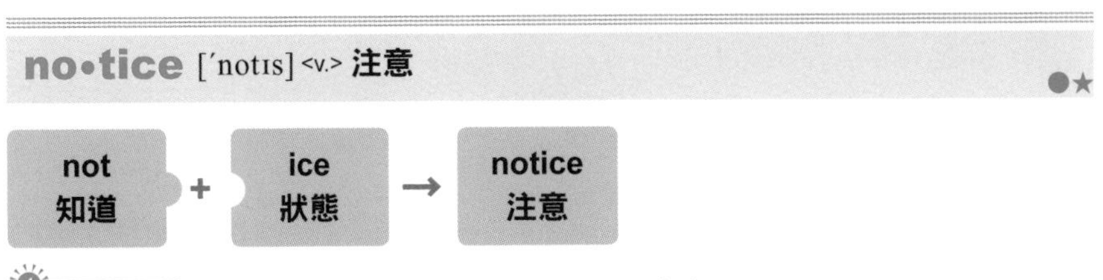

動腦這樣想 要知道某件事的狀態，就是要注意它。

Did you **notice** the glaring ring she wears on her finger?
你有**注意**到她手上那枚耀眼的戒指嗎？

no•tice•a•ble [ˈnotɪsəbl̩] <adj.> 顯而易見的 ◎☆

動腦這樣想 一看就可知道其狀態的，代表是顯而易見的。

The flaw on the painting is **noticeable**.
這幅畫上的瑕疵是**顯而易見的**。

no•ti•fy [ˈnotəˌfaɪ] <v.t.> 告知 ◎☆

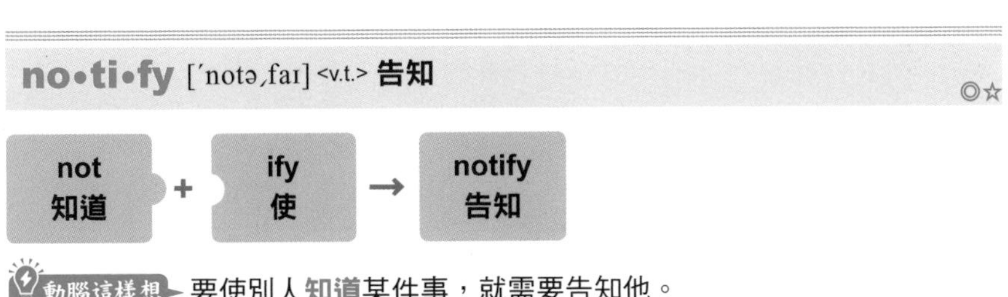

動腦這樣想 要使別人知道某件事，就需要告知他。

The boss just **notified** Frank of his promotion.
老闆剛剛**告知**法蘭克他的升職消息。

number, numer

= 數

number 本身有「數字」的意思，以其為字首的字自然和數字脫離不了關係。

● 全民英檢初級必備單字 ◎ 全民英檢中級必備單字 ★ 學科能力測驗範圍 ☆ 指定科目考試範圍

num•ber•less [ˈnʌmbəlɪs] <adj.> 無數的

◎☆

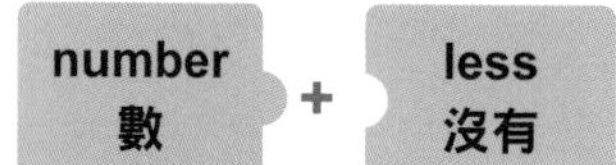

動腦這樣想 多到沒有辦法數清的，代表為無數的。

Numberless ants are moving a piece of crumb.
無數的螞蟻正在搬運一片麵包屑。

num•er•able [ˈnjumərəbl̩] <adj.> 可數的

◎☆

動腦這樣想 可以數清楚的，代表是可數的。

Panda is an endangered species and their number is **numerable**.
大熊貓是一種瀕臨絕種的動物，他們的數量**屈指可數**。

nu•me•rous [ˈnumərəs] <adj.> 眾多的

◎★

動腦這樣想 數目很多，就是「眾多」的意思。

The park is planted with **numerous** flowers.
這座公園種植了**眾多的**花草。

nutri

= 營養

以 nutri 為字首的字，帶有「營養」的意思。

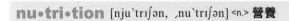

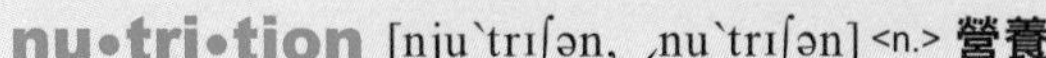

nu•tri•tion [njuˋtrɪʃən, ˏnuˋtrɪʃən] <n.> 營養

◎☆

nutri 營養	+	tion <名>	→	nutrition 營養

動腦這樣想 nutri 加 tion，就是「營養」的名詞。

My family values **nutrition** in our diet.
我的家庭很重視飲食**營養**。

nu•tri•tious [njuˋtrɪʃəs, nuˋtrɪʃəs] <adj.> 營養的

◎☆

nutri 營養	+	tious 充滿的	→	nutritious 營養的

動腦這樣想 充滿**營養**的東西，必定是很營養的。

The snack is not only **nutritious** but also delicious.
這個點心不但有**營養**而且美味。

nu•tri•ent [ˋnjutrɪənt, ˋnutrɪənt] <n.> 營養素

◎☆

nutri 營養	+	ent 做……動作之物	→	nutrient 營養素

動腦這樣想 提供**營養**之物，就是營養素。

Vitamin D is an important **nutrient**.
維生素 D 是一個重要的**營養素**。

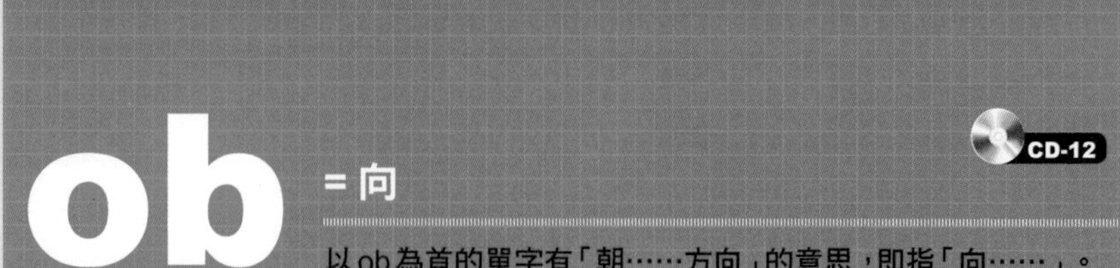

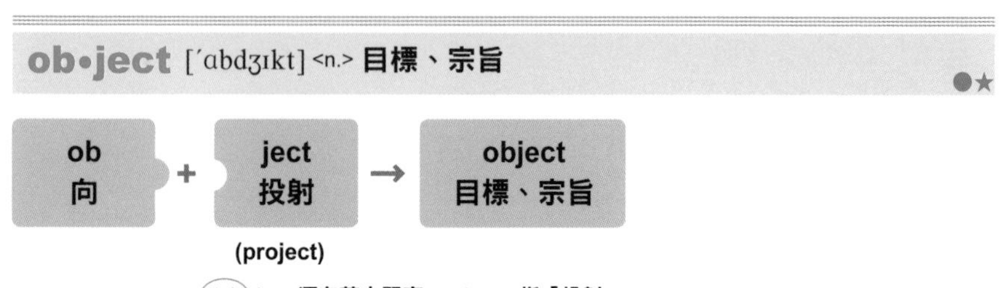

(project)

出處 ject 源自英文單字 project，指「投射」。

動腦這樣想 會讓人想努力向其投射的對象，就是自己的目標。

What's the object of your association?
你的協會的宗旨是什麼？

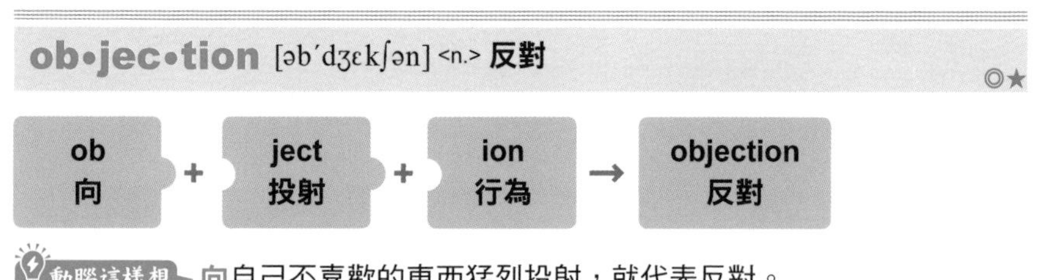

動腦這樣想 向自己不喜歡的東西猛烈投射，就代表反對。

The defense counsel shouted "Objection!" in the court.
辯護律師在法庭上大喊「反對！」。

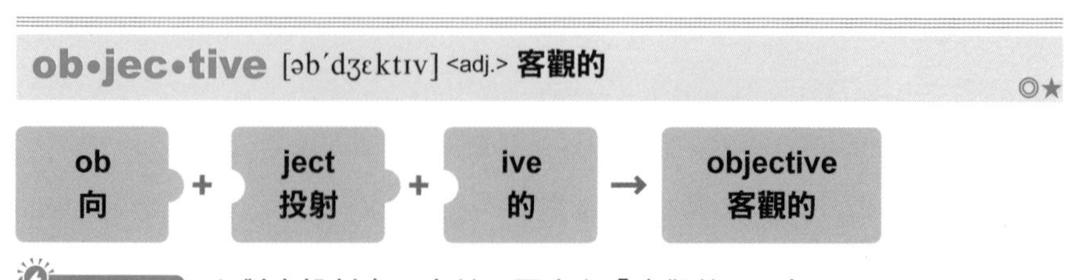

動腦這樣想 向對方投射東西之前，要先有「客觀的」分析。

As a member of the jury, you must be absolutely objective.
身為陪審團的一員，你必須絕對客觀。

ob•li•gate [ˈɑbləˌget] <v.t.> 負有責任 ◎☆

ob 向 + lig 綁 (ligate) + ate 使 → obligate 負有責任

出處 lig 源自英文單字 ligate，指「綁」。

動腦這樣想 使自己被什麼事物綁住了，就代表你要負起責任。

Young men are **obligated** to serve in the army in Taiwan.
台灣的年輕男子**有**當兵的**義務**。

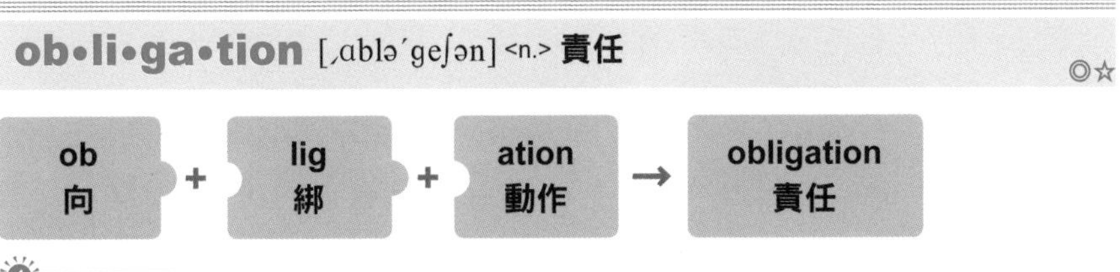

ob•li•ga•tion [ˌɑbləˈgeʃən] <n.> 責任 ◎☆

動腦這樣想 自己願意被綁住的事物，就是指責任。

Parents have **obligation** for their children's education.
父母親對孩子的教育負有**責任**。

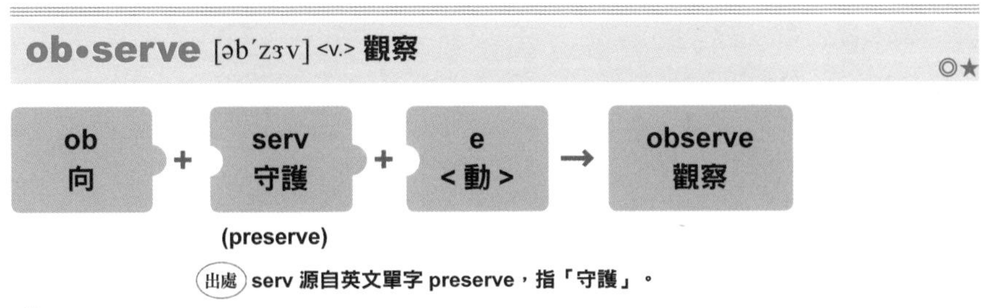

ob•serve [əbˈzɝv] <v.> 觀察 ◎★

出處 serv 源自英文單字 preserve，指「守護」。

動腦這樣想 努力想為什麼人守護，就必須認真的觀察。

I encourage my students to **observe** the growth of flowers.
我鼓勵我的學生**觀察**花的生長。

ob•ser•va•tion [ˌɑbzɚˈveʃən] <n.> 觀察

◎★

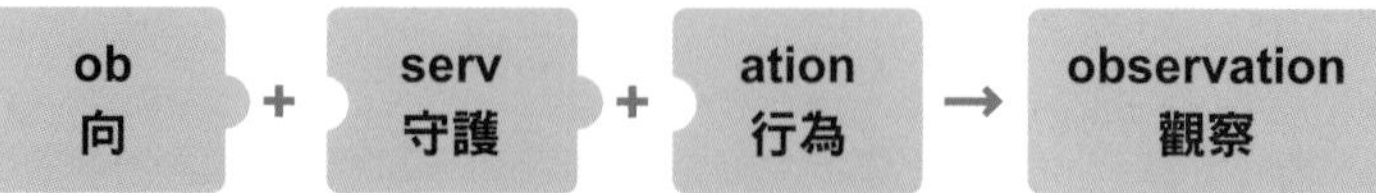

動腦這樣想 observe 字尾去 e 加上 ation，就是「觀察」的名詞。

The patient has been moved into Intensive Care Unit for **observation**.
這名病人已被送進加護病房接受**觀察**。

ob•serv•er [əbˈzɝvɚ] <n.> 觀察者

◎☆

動腦這樣想 observe 字尾去 e 加上 er，就是觀察者。

Jeff was sent to the desert as an **observer**.
傑夫被派往沙漠地區擔任**觀察員**。

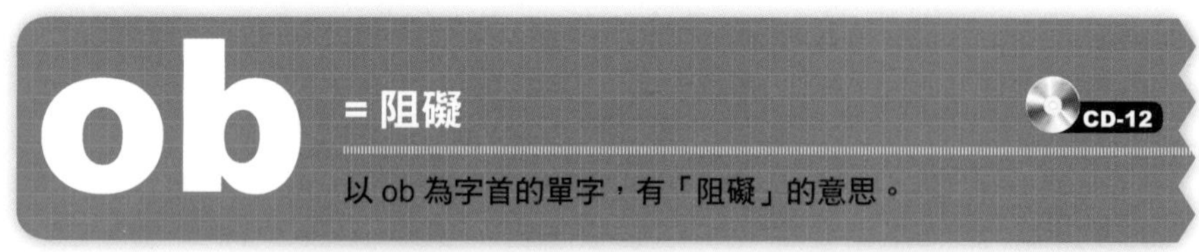

ob
= 阻礙
CD-12
以 ob 為字首的單字，有「阻礙」的意思。

ob•sta•cle [ˋɑbstəkl̩] <n.> 障礙物

◎★

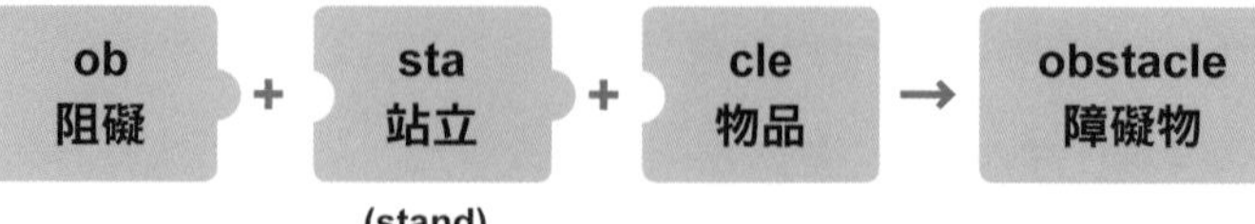

(stand)

出處 **sta 源自英文單字 stand，指「站立」。**

動腦這樣想 站立在中間**阻礙**通行的物品，稱為障礙物。

There are too many **obstacles** on the race track.
這條跑道上有太多**障礙物**。

= 向

oc 置字首有「向……」的意思。

● 全民英檢初級必備單字 ◎ 全民英檢中級必備單字 ★ 學科能力測驗範圍 ☆ 指定科目考試範圍

oc•ca•sion [əˈkeʒən] <n.> 時機

◎★

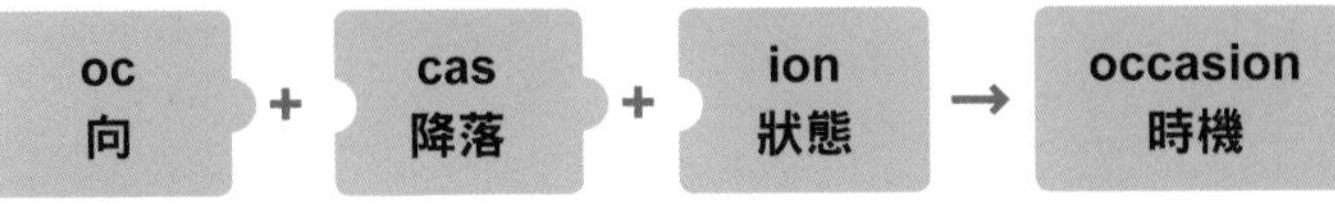

動腦這樣想 突然向什麼人降落的狀態，就是指時機。

This is the best occasion to invest in real estate.
這是一個投資房地產最好的時機。

oc•ca•sion•al [əˈkeʒənḷ] <adj.> 偶爾的

◎★

動腦這樣想 在適當時機才發生的，意指是偶爾的。

The occasional visits of the grandchildren make the old couple happy.
孫子孫女偶爾的拜訪讓老夫婦覺得開心。

of = 向

CD-12

同 oc，以 of 為字首的單字也有「向……」的意思。

● 全民英檢初級必備單字　◎ 全民英檢中級必備單字　★ 學科能力測驗範圍　☆ 指定科目考試範圍

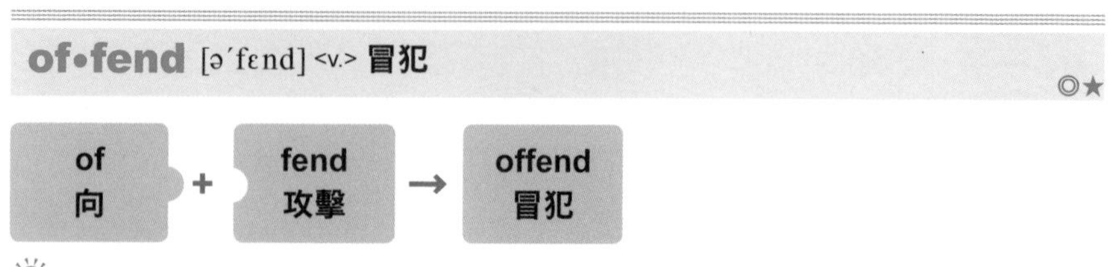

of•fend [ə'fɛnd] <v.> 冒犯

◎★

動腦這樣想 以言語或動作向別人攻擊，就代表冒犯。

I didn't intend to **offend** her.

我沒有**冒犯**她的意思。

of•fense [ə'fɛns] <n.> 冒犯

◎★

出處 fense 源自英文單字 fend，指「攻擊」。

動腦這樣想 Offend 字尾去 d 加 se，即成為「冒犯」的名詞。

Gary's mock was an **offense** to all the women in the party.

蓋瑞的嘲諷**冒犯**了派對上所有的女士。

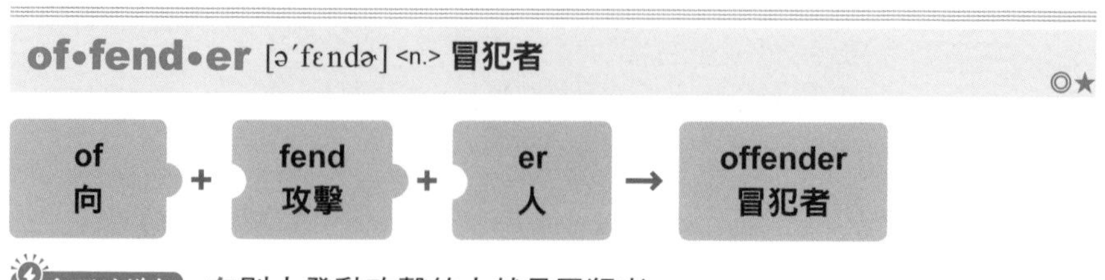

of•fend•er [ə'fɛndɚ] <n.> 冒犯者

◎★

動腦這樣想 向別人發動攻擊的人就是冒犯者。

The **offender** apologized to the person he offended.

這個**冒犯者**對他所冒犯的人道歉。

of•fen•sive [ə'fɛnsɪv] <adj.> 冒犯的 ◎★

of 向	+	fens 攻擊	+	ive 的	→	offensive 冒犯的

動腦這樣想 offense 字尾去 e 加 ive，就是「冒犯」的形容詞。

Vincent's critism of the minority was very **offensive**.
文森對少數民族的批評帶有**冒犯的**意味。

of•fer ['ɔfɚ] <v.> 提供 ●★

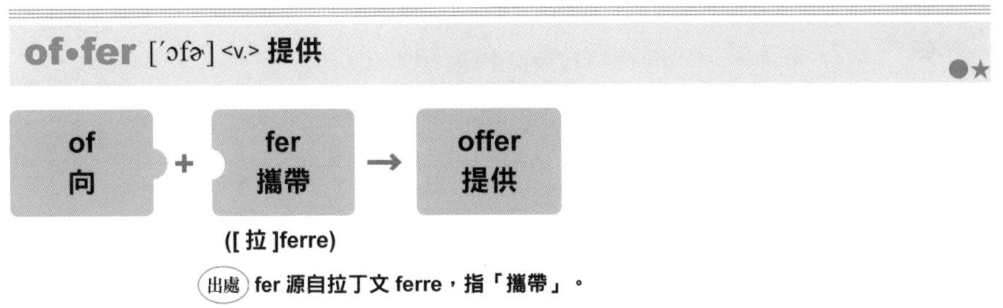

出處 **fer 源自拉丁文 ferre，指「攜帶」。**

動腦這樣想 把某物帶**向**某人，就是指提供。

I **offer** my best service to every customer who comes to our store.
我對每一位來店的顧客**提供**我最好的服務。

of•fer•ing ['ɔfərɪŋ] <n.> 贈品 ◎☆

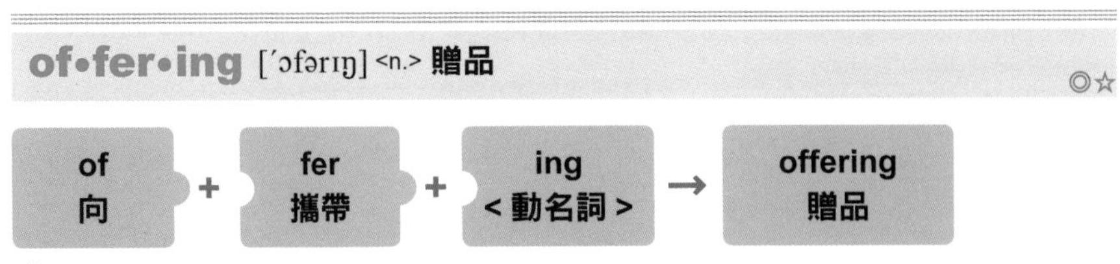

動腦這樣想 自願帶**向**他人的物品，就是贈品。

Some women buy cosmetics for getting those free **offerings**.
一些女人買化妝品是為了得到那些免費的**贈品**。

oper = 工作

字首為 oper 的單字有「工作」的意思。

● 全民英檢初級必備單字 ◎ 全民英檢中級必備單字 ★ 學科能力測驗範圍 ☆ 指定科目考試範圍

op•e•rate [ˊɑpə͵ret] <v.> 操作

◎★

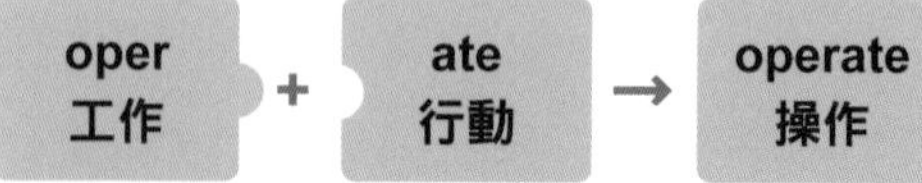

動腦這樣想 為完成工作而採取行動，就必須動手操作。

Please take extra precaution while **operating** this machine.
操作此台機器時請特別小心。

op•e•ra•tion [͵ɑpəˊreʃən] <n.> 操作

◎★

動腦這樣想 operate 字尾去 e 加 ion，就是「操作」的名詞。

The trainer is very proficient in the **operation** of the machine.
訓練者對機器的**操作**很熟練。

op•e•ra•tor [ˊɑpə͵retɚ] <n.> 操作者

◎★

動腦這樣想 為工作而採取行動的人，就是操作者。

We need to hire another computer **operator** for this project.
我們必須聘請另一位電腦**操作員**來做這個專案。

op = 相反

要表示「相反」的，可在字首加 op。

● 全民英檢初級必備單字 ◎ 全民英檢中級必備單字 ★ 學科能力測驗範圍 ☆ 指定科目考試範圍

op•pose [ə'poz] <v.> 反對、相左 ◎★

動腦這樣想 把自己的意見放在與對方相反的方向，就代表反對、相左。

My political standpoint opposes my husband's.
我的政治立場與我丈夫的（立場）相左。

op•po•site ['ɑpəzɪt] <adj.> 相反的 ◎★

動腦這樣想 放置在相反方向的東西，就是在相反的位置。

The two countries have opposite views on the ending of the cold war.
兩國對於終止冷戰之事抱持著相反的意見。

op•po•si•tion [ˌɑpə'zɪʃən] <n.> 反對 ◎☆

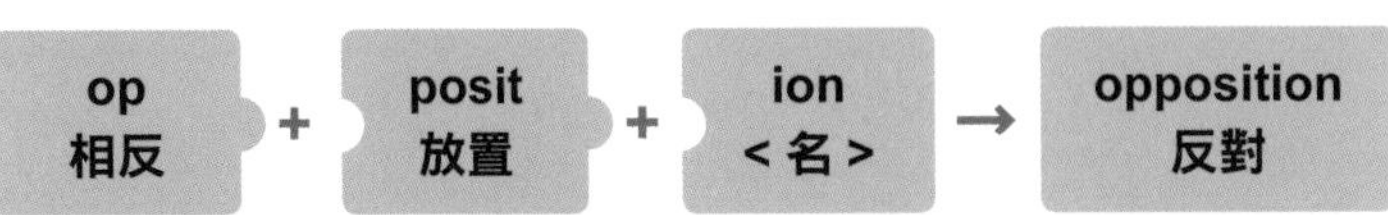

動腦這樣想 oppose 字尾去 e 加 ition，就是「反對」的名詞。

The opposition party is impelling the deposition of the president.
反對黨正在推動罷免總統。

opt = 希望

CD-13

以 opt 為首的單字，帶有「希望」的意思。

● 全民英檢初級必備單字 ◎ 全民英檢中級必備單字 ★ 學科能力測驗範圍 ☆ 指定科目考試範圍

op•ti•mis•m [ˈɑptəˌmɪzəm] <n.> 樂觀主義

◎☆

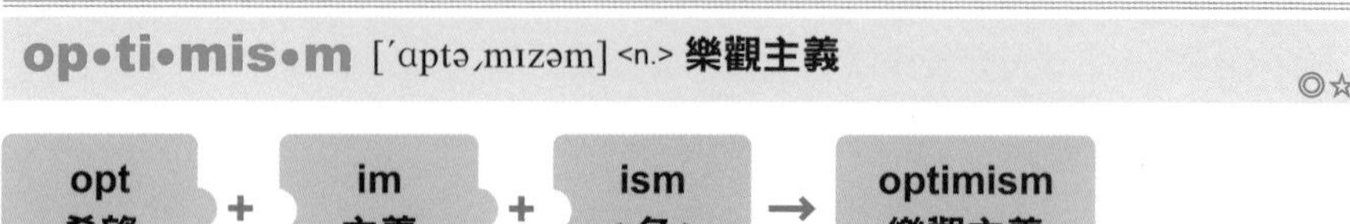

動腦這樣想 認為**希望**永遠存在的主義，就是指樂觀主義。

The chairman expresses **optimism** about the merger between the two companies.

董事長對這兩家公司的合併表示**樂觀**。

op•ti•mist [ˈɑptəmɪst] <n.> 樂觀主義者

◎★

動腦這樣想 永遠懷抱著**希望**的人，就是樂觀主義者。

I regard myself as an **optimist**.

我認為我自己是一個**樂觀主義者**。

op•ti•mis•tic [ɑptəˈmɪstɪk] <adj.> 樂觀的

◎★

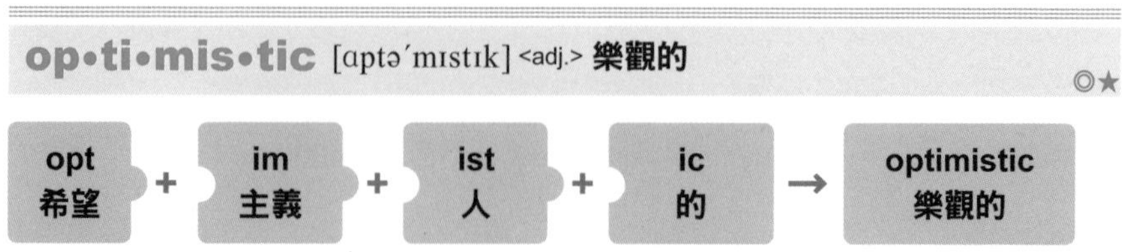

動腦這樣想 樂觀主義者的心情狀態，常常是樂觀的。

Connie is not **optimistic** about the year-end sales.

康妮對年度銷售抱持著不太**樂觀的**想法。

op•ti•mize [ˈɑptəˌmɪz] <v.> 使樂觀 ◎☆

opt 希望 + im 主義 + ize 使 → optimize 使樂觀

動腦這樣想 使某人燃起希望，就是使其樂觀。

I am a person who likes to keep others **optimized**.
我是一個喜歡**使**別人**樂觀**向上的人。

op•tion [ˈɑpʃən] <n.> 選擇 ◎☆

opt 希望 + ion < 名 > → option 選擇

動腦這樣想 仍有希望時，代表還有選擇的餘地。

At the Happy Ice-Cream Bar, you will have many **options** to choose from.
在「快樂冰淇淋吧」裡，有很多**選擇**任你挑選。

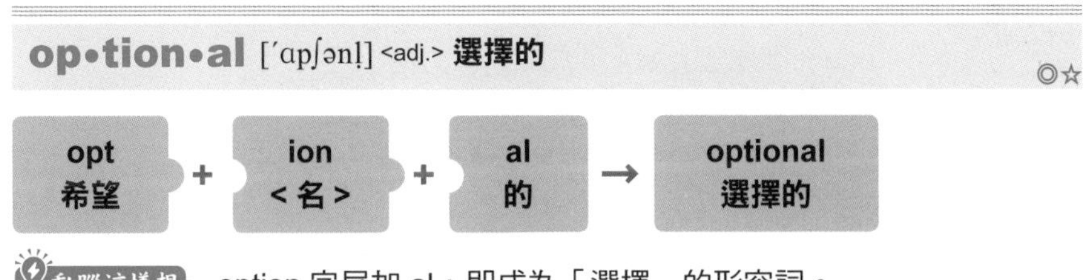

op•tion•al [ˈɑpʃənl̩] <adj.> 選擇的 ◎☆

opt 希望 + ion < 名 > + al 的 → optional 選擇的

動腦這樣想 option 字尾加 al，即成為「選擇」的形容詞。

It's **optional** for you to give her a present or not.
送不送禮物給她是你的**選擇**。

orient

= 升起

orient 有「（太陽）升起」的意思。以其為字首的字有「升起」的意思。

● 全民英檢初級必備單字　◎ 全民英檢中級必備單字　★ 學科能力測驗範圍　☆ 指定科目考試範圍

o•ri•ent [ˈorɪənt] <n.> 東方

◎☆

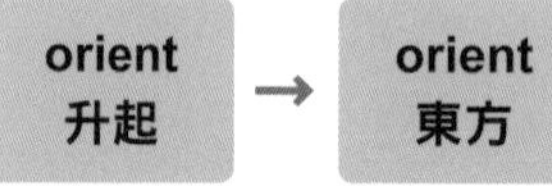

動腦這樣想 因太陽由東方升起，所以 orient 代表東方。

The Westerners usually have some wrong impressions of the **Orient**.
西方人通常對**東方**國家存有一些錯誤的印象。

o•ri•en•tal [ˌorɪˈɛntl̩] <adj.> 東方的

◎☆

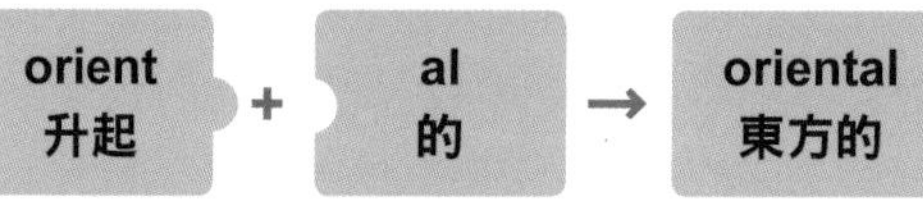

動腦這樣想 orient 字尾加上 al，即成為「東方的」。

The **oriental** food is becoming more and more popular.
東方食物愈來愈受歡迎了。

o•ri•en•tate [ˈorɪɛnˌtet] <v.> 適應

◎☆

動腦這樣想 原表示使朝向東方，後引伸為「使適應（特定事物）」。

It didn't take long for William to get **orientated** towards the life at the dormitory.
威廉沒有花很多時間就**適應**了宿舍的生活。

origin

= 升起

origin 本身指「起源」，以其為字首的字有「升起」的意思。

● 全民英檢初級必備單字　◎ 全民英檢中級必備單字　★ 學科能力測驗範圍　☆ 指定科目考試範圍

or•i•gin [ˈɔrədʒɪn] <n.> 起源 ◎★

origin 升起 → origin 起源

動腦這樣想 某事或某物**升起**的地方，便是它的起源。

The **origin** of the tradition came from an old myth.
此傳統的**起源**是一個古老的神話。

o•rig•i•nal [əˈrɪdʒənl̩] <adj.> 起源的、原來的 ◎★

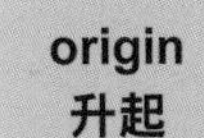

origin 升起 + al 的 → original 起源的、原來的

動腦這樣想 origin 字尾加上 al 是「起源」的形容詞。

Lulu prefers the **original** story to the revised one.
露露喜歡**原來的**故事勝過改編版本。

o•rig•i•nal•i•ty [əˌrɪdʒəˈnælətɪ] <n.> 原創性 ◎☆

origin 升起 + ality 狀態 → originality 原創性

動腦這樣想 某件事物首次產生，代表有獨特的原創性。

I love stories with **originality**.
我喜歡有**原創性**的故事。

= 向外，超越

out 本身指「在外，出外」。以其為字首就有「向外，超越」的意思。

● 全民英檢初級必備單字　◎ 全民英檢中級必備單字　★ 學科能力測驗範圍　☆ 指定科目考試範圍

out•break [ˈautˌbrek] <n.> 爆發

◎☆

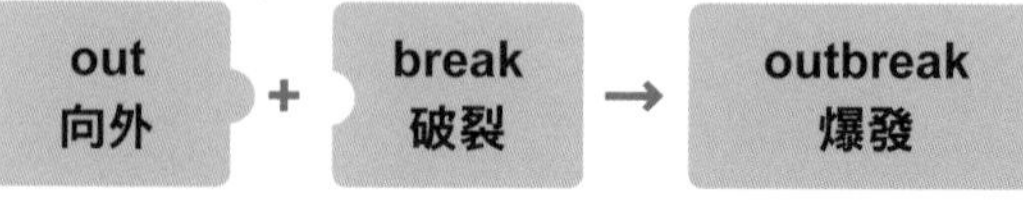

動腦這樣想 因承受不了向外膨脹的力量而破裂，代表呈現爆發狀態。

The outbreak of Chinese Civil War took place in 1945.
中國內戰於 1945 年爆發。

out•come [ˈautˌkʌm] <n.> 結果

◎★

動腦這樣想 向外發展而得來的，就是你努力後的結果。

The outcome of my research was quite satisfying.
我的研究結果相當令人滿意。

out•do [autˈdu] <v.t.> 勝過

◎★

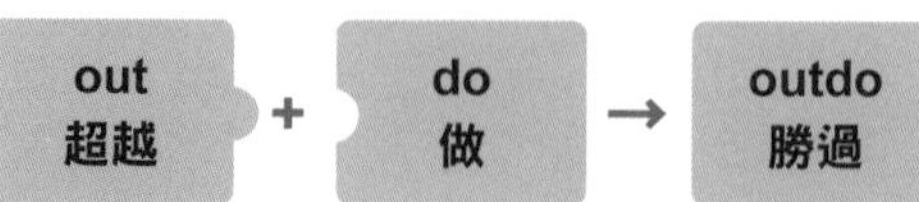

動腦這樣想 你所做的事超出他人的能力之外，就代表勝過他。

This candidate outdid the others in the interview.
這位應試者在面試中的表現勝過其他人。

out•door [ˈaʊt͵dor] <adj.> 戶外的 ◎★

動腦這樣想 在大門之外，就是指戶外的。

Outdoor activities are more popular in summer.
夏天時戶外活動盛行。

out•doors [ˈaʊt͵dorz] <adv.> 戶外地 ◎★

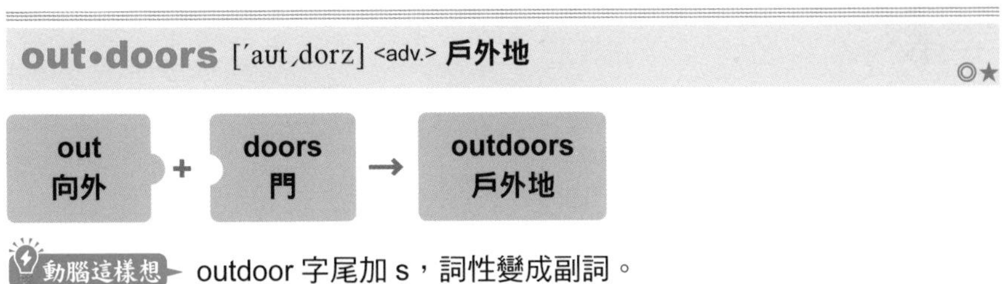

動腦這樣想 outdoor 字尾加 s，詞性變成副詞。

Sam likes to play outdoors and Rose prefers shopping indoors.
山姆喜歡戶外活動，而蘿絲比較喜歡在室內逛街。

out•going [ˈaʊt͵goɪŋ] <adj.> 外向的 ◎☆

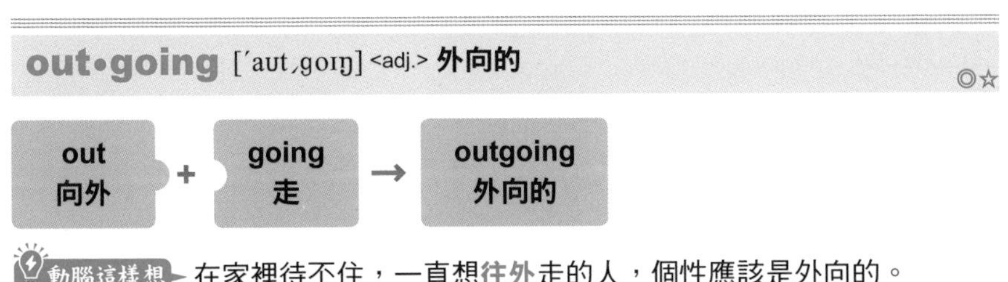

動腦這樣想 在家裡待不住，一直想往外走的人，個性應該是外向的。

Paul is an active and outgoing person.
保羅是一個主動、外向的人。

out•ing [ˈaʊtɪŋ] <n.> 遊玩

◎☆

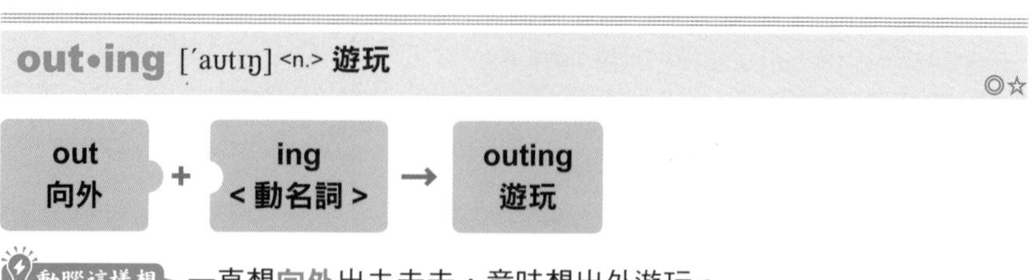

動腦這樣想 一直想向外出去走走，意味想出外遊玩。

The company has planned an **outing** for the employees.
公司為員工安排了**旅遊**。

out•law [ˈaʊt͵lɔ] <n.> 不法份子

◎☆

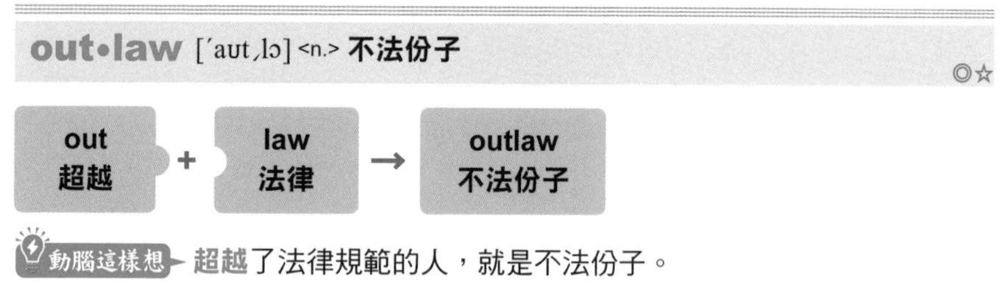

動腦這樣想 **超越**了法律規範的人，就是不法份子。

The **outlaws** are more likely to take actions at late night.
不法份子傾向在深夜活動。

out•let [ˈaʊt͵lɛt] <n.> 出口

◎☆

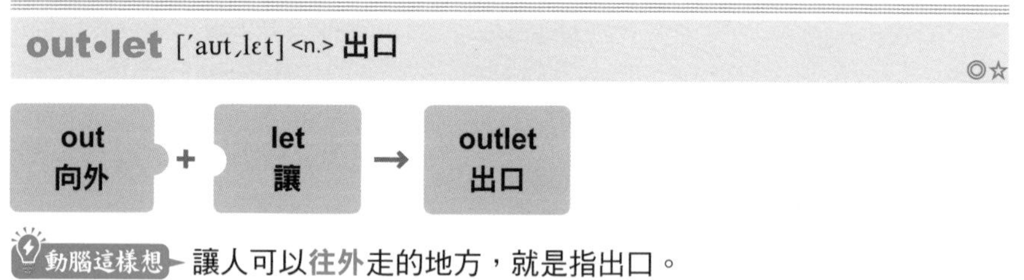

動腦這樣想 讓人可以**往外**走的地方，就是指出口。

It will be dangerous if the **outlet** for steam is blocked.
如果蒸汽的**排氣口**阻塞將造成危險。

out•line [ˈaut͵laɪn] <n.> 輪廓

◎★

動腦這樣想 事物的外部線條，即是指輪廓。

We can see only the **outlines** of the skyscrapers from here.
我們在這裡只能看到摩天大樓的**輪廓**。

out•look [ˈaut͵luk] <n.> 看法

◎★

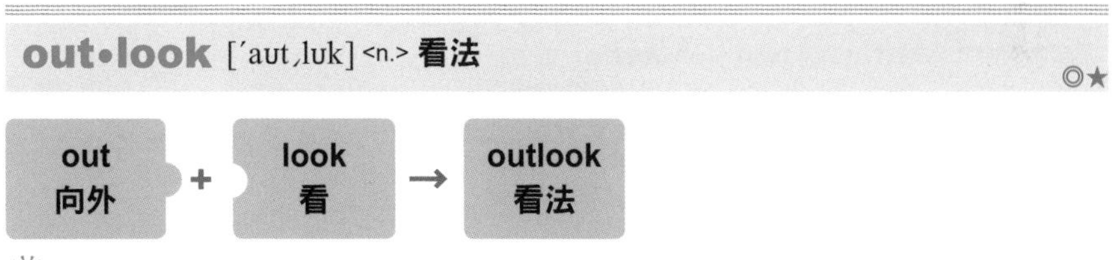

動腦這樣想 向外仔細觀看狀況，有助於建立正確的看法。

The experience of breaking up with her boyfriend has changed her **outlook** on love.
與男朋友分手的經驗改變了她對愛情的**看法**。

out•num•ber [autˈnʌmbɚ] <v.t.> 比……多

◎☆

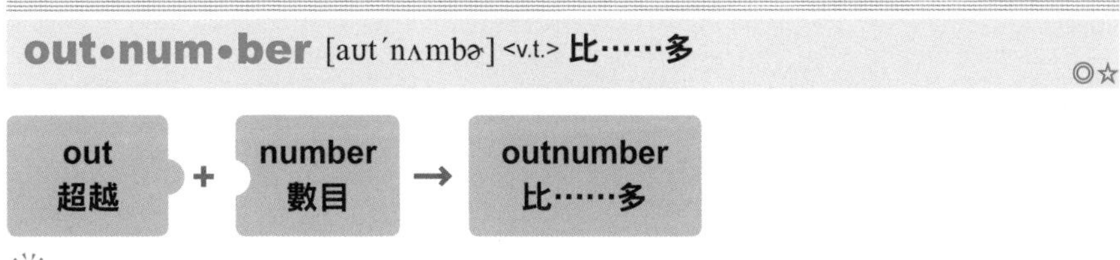

動腦這樣想 超越某個數目，代表比該數目多。

The enrollment of the students last year **outnumbered** the records in the past.
去年註冊的學生人數**比**以往的**多**。

out•put [ˈautˌput] <n.> 產出

◎☆

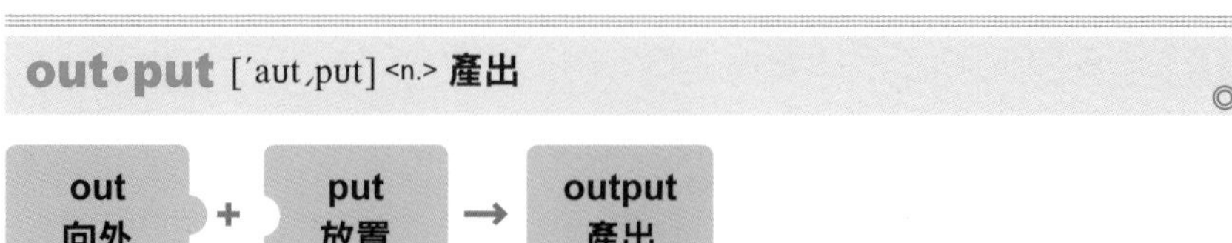

動腦這樣想 有東西可供往外放置，代表有所產出。

The **output** of the motherboards has doubled this year.
今年主機板的**產量**加倍。

out•rage [ˈautˌredʒ] <n.> 暴行

◎☆

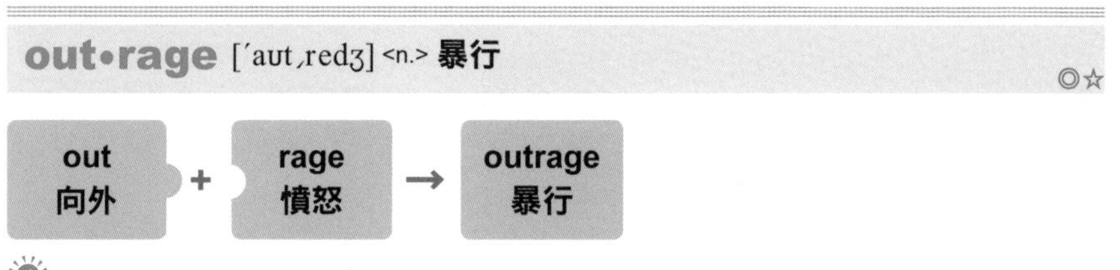

動腦這樣想 **向外**發洩自己心中的憤怒，便容易產生粗暴的行為。

The criminal committed **outrages** on his victims.
該名罪犯對他的被害人施以**暴行**。

out•ra•geous [autˈredʒəs] <adj.> 粗暴的、暴力的

◎☆

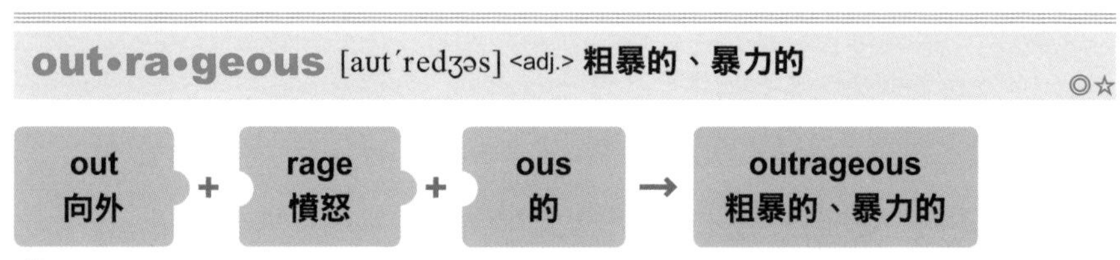

動腦這樣想 outrage 字尾加 ous 就是形容詞，意指為粗暴的、暴力的。

The robbers were so **outrageous** that they burned the cars in the street.
強盜們很**暴力**，他們把街上的車都燒了。

out•right [ˈaʊtˌraɪt] <adj.> 坦率的

◎☆

out 向外 + right 正確的 → outright 坦率的

動腦這樣想 勇敢向外界說出正確的事實，代表為坦率的。

Please give me an **outright** answer or I won't leave.

請給我一個**坦率的**答案，要不然我不會離開。

out•sid•er [aʊtˈsaɪdɚ] <n.> 局外人

◎☆

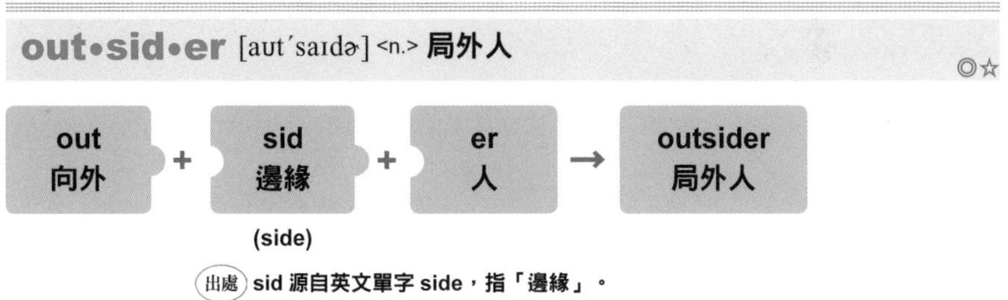

出處 sid 源自英文單字 side，指「邊緣」。

動腦這樣想 在邊緣之外的人，代表是局外人。

As an **outsider**, I have no right to say anything.

作為一個**局外人**，我沒有權利說什麼。

out•skirts [ˈaʊtˌskɝts] <n.> 郊區

◎☆

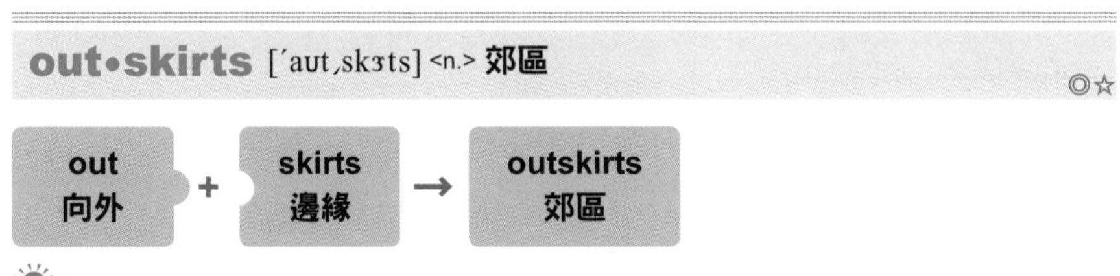

動腦這樣想 在城市邊緣之外的地帶，就是指郊區。

More and more people choose to move to the **outskirts**.

愈來愈多人選擇搬到**郊區**。

out•stand•ing [aʊt′stændɪŋ] <adj.> 傑出的

◎★

out 超越 + standing 站立 → outstanding 傑出的

動腦這樣想 你所站立的位置**超越**其他人，代表你是傑出的。

Nani is an **outstanding** student at school.
納莉在學校是一位**傑出的**學生。

out•ward [′aʊtwɚd] <adj.> 向外的

◎☆

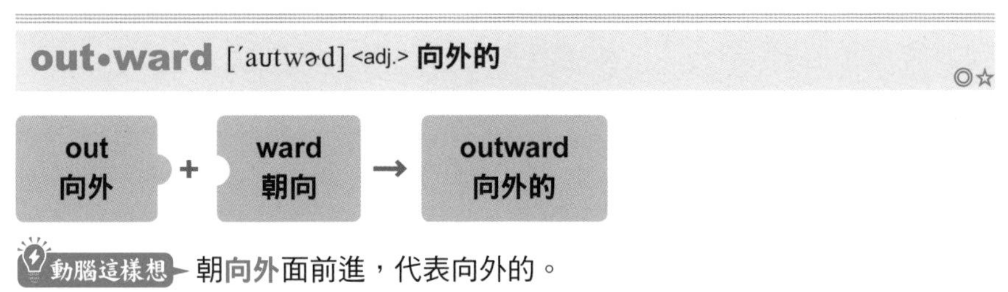

動腦這樣想 朝**向外**面前進，代表向外的。

Helen showed no **outward** sign of her sorrow.
海倫沒有把悲傷表現**於外**。

out•wards [′aʊtwɚdz] <adv.> 向外地

◎☆

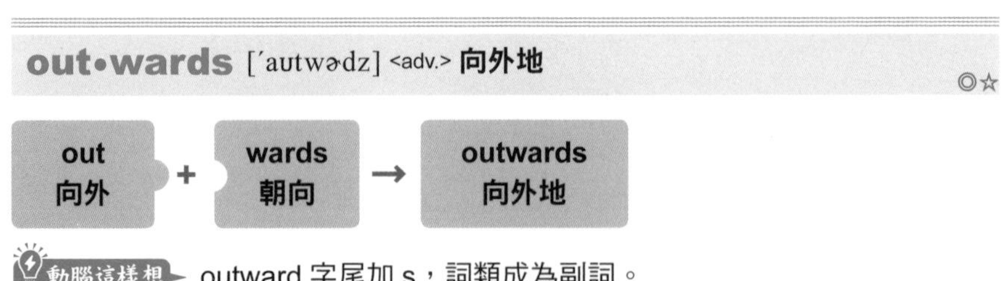

動腦這樣想 outward 字尾加 s，詞類成為副詞。

The inhabitants of the small town are moving **outwards**.
小鎮的居民持續**向外**遷移。

over = 過度，之上，超過

over本身就有「過度，之上，超過」的意思。

● 全民英檢初級必備單字　◎ 全民英檢中級必備單字　★ 學科能力測驗範圍　☆ 指定科目考試範圍

o•ver•all [ˈovɚ͵ɔl] <adj.> 全面性的

◎☆

over 之上 + all 全體 → overall 全面性的

動腦這樣想 站在全體之上往下看，就會有全面性的了解。

Deka has an **overall** understanding of the educational system.
黛加對該教育體系有一個**全面性的**了解。

o•ver•come [͵ovɚˈkʌm] <v.> 克服

◎★

over 超過 + come 來 → overcome 克服

動腦這樣想 **超越**了迎面而來的難關，就是克服的意思。

In order to **overcome** the challenges I'm facing, I have to bring my talents into full play.
若要**克服**我現在面臨的挑戰，我必須充分發揮我的才華。

o•ver•do [ˈovɚˈdu] <v.> 做過頭

◎☆

over 超過 + do 做 → overdo 做過頭

動腦這樣想 所做的事**超過**了應有的分際，就是指做過頭。

Don't **overdo** the steak or it will become too dry.
別把牛排煎**過頭**，不然會變得太乾硬。

o•ver•eat [ˈovəˈit] <v.> 吃過多

◎☆

動腦這樣想 吃的量超出負荷，代表吃過多。

Overeating is harmful to your stomach.
飲食過量對你的胃不好。

o•ver•flow [ˌovəˈflo] <v.> 滿出來

◎☆

動腦這樣想 多到超過最大容量而流出來，意指滿出來。

The crowd overflowed the stadium to see the superstar.
想看這位超級巨星的人群擠得滿到體育館外面。

o•ver•head [ˈovəˌhɛd] <adj.> 頭頂上的

◎☆

動腦這樣想 超過了頭的位置，代表在頭頂上。

Please turn on the overhead lights.
請將頭頂上的吊燈點亮。

o•ver•hear [ˌovɚˈhɪr] <v.> 無意中聽到

◎☆

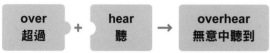

over 超過 + hear 聽 → overhear 無意中聽到

動腦這樣想 超過原本應聽到的內容，就是指「無意中聽到」。

I **overheard** the secret about their breakup.
我**無意中聽到**有關他們分手的秘密。

o•ver•lap [ˌovɚˈlæp] <v.> 重疊

◎☆

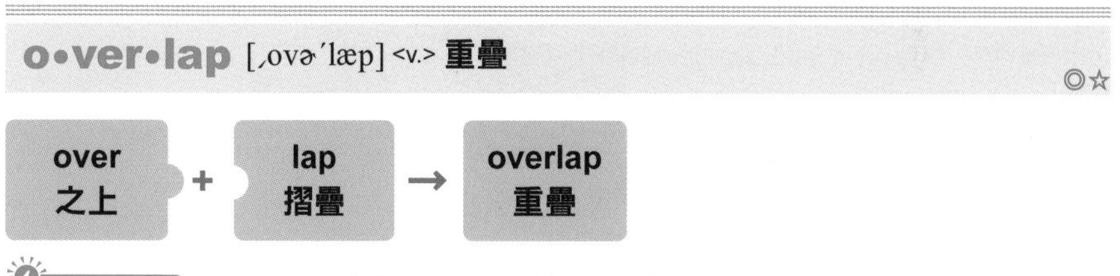

動腦這樣想 一層一層堆疊在上面，就是指重疊。

Your second and third paragraphs **overlap** in content.
你第二段的內容與第三段**重覆**。

o•ver•look [ˌovɚˈlʊk] <v.t.> 俯視

◎★

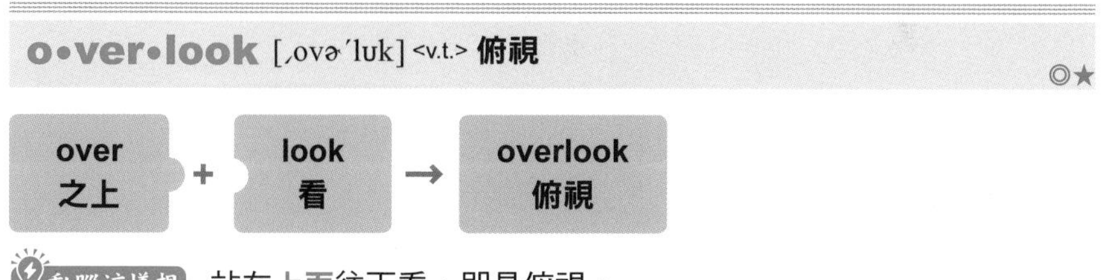

動腦這樣想 站在上面往下看，即是俯視。

I **overlooked** the entire city from the tallest building.
我從最高的建築物上**俯視**整座城市。

o•ver•sleep [ˈovəˈslip] <v.> 睡過多

◎☆

動腦這樣想 睡得**超過**限度，就是睡過多。

I have a headache after **oversleeping**.
我**睡太多**以後覺得頭痛。

o•ver•take [ˌovəˈtek] <v.t.> 追上、超越

◎★

動腦這樣想 **超越**某人而拿到勝利，代表追上某人。

The young man's performance **overtook** that of his manager in three months.
這位年輕人在三個月內的表現就**超越**了他的經理。

o•ver•throw [ˌovəˈθro] <v.t.> 推翻

◎★

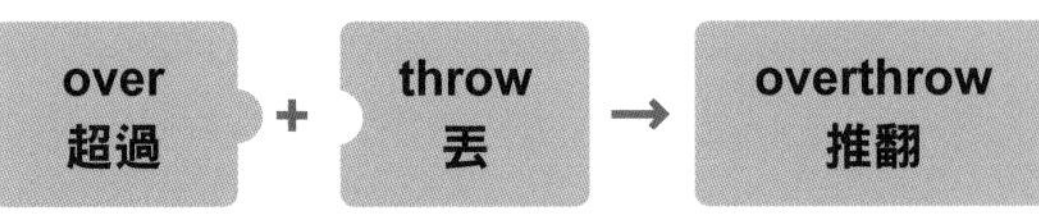

動腦這樣想 把東西丟到圍牆**之外**，引伸為「推翻」政權或決議的意思。

The citizens of the country **overthrew** the government.
此國人民**推翻**了他們的政府。

o•ver•turn [ˏovəˈtɝn] <v.> 翻覆

◎☆

動腦這樣想 過度的翻轉，便容易導致翻覆。

The tour bus **overturned** and fell from the mountain after the accident.
意外發生後，遊覽車**翻覆**掉到山下。

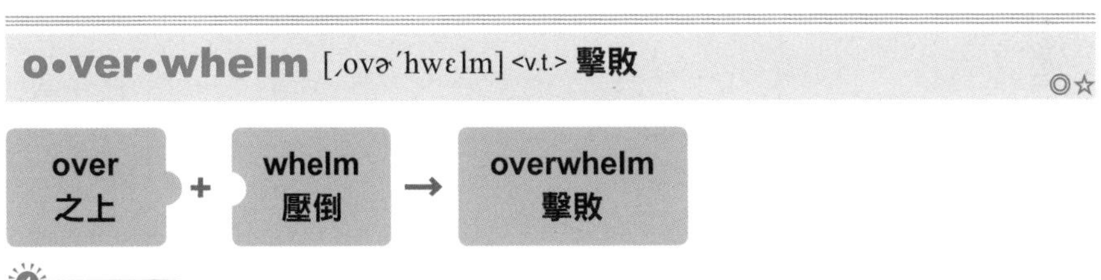

o•ver•whelm [ˏovəˈhwɛlm] <v.t.> 擊敗

◎☆

動腦這樣想 把對手壓倒後騎在他**之上**，表示擊敗了對手。

The grand master **overwhelmed** other players.
這位大師**擊敗**了其他選手。

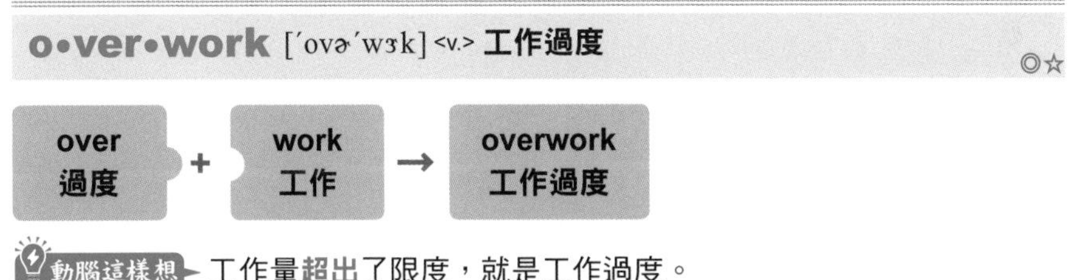

o•ver•work [ˈovəˈwɝk] <v.> 工作過度

◎☆

動腦這樣想 工作量**超出**了限度，就是工作過度。

The mom asked her son not to **overwork**.
這位母親要求她的兒子不要**工作過度**。

para = 並列

以 para 為首的字有「並列」的意思。

● 全民英檢初級必備單字　◎ 全民英檢中級必備單字　★ 學科能力測驗範圍　☆ 指定科目考試範圍

par•a•graph [ˈpærə͵græf] <n.> 段落 ◎★

動腦這樣想 一段整齊**並列**的文稿，就成為一個段落。

I am writing a composition of four **paragraphs**.
我正在寫一篇有四個**段落**的作文。

par•al•lel [ˈpærə͵lɛl] <adj.> 平行的 ◎☆

動腦這樣想 整齊地**並列**，代表是平行的。

May Avenue is **parallel** to Johnson Road.
五月大道**平行**於強森路。

par•al•yze [ˈpærə͵laɪz] <v.t.> 使麻痺 ◎☆

動腦這樣想 使四肢**並列**無法動彈，即是指麻痺。

He is **paralyzed** from the waist down.
他從腰部以下全部**癱瘓麻痺**了。

part = 部分

part 本身就有「部分」的意思，以其為首的單字自然也有「部分」的意思。

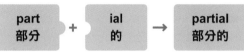

● 全民英檢初級必備單字　◎ 全民英檢中級必備單字　★ 學科能力測驗範圍　☆ 指定科目考試範圍

par•tial [ˈpɑrʃəl] <adj.> 部分的 ◎★

part 部分 + ial 的 → partial 部分的

動腦這樣想 part 字尾加上 ial，就是「部分」的形容詞。

Only the **partial** work can be done this week.
本週只有**部分的**工作能完成。

par•tic•i•pate [pɑrˈtɪsəˌpet] <v.> 參加 ◎★

動腦這樣想 採取行動以拿取其中一**部分**，就是指參加。

Participating in the game makes the shy boy active.
那位害羞的男孩因為**參加**遊戲而變活潑了。

par•tic•i•pa•tion [pɑrˌtɪsəˋpeʃən] <n.> 參加 ◎★

動腦這樣想 participate 字尾去 e 加 ion，即是「參加」的名詞。

The **participation** of the exam has doubled this year.
今年**參加**考試的人數多了一倍。

par•tic•i•pant [pɑr'tɪsəpənt] <n.> 參加者

◎☆

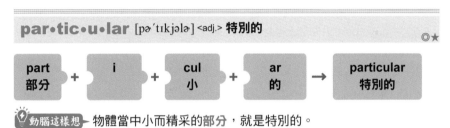

part 部分 + i + cip 拿 + ant 人 → participant 參加者

動腦這樣想 拿取整體當中一**部分**的人，即是參加者。

The **participants** of the contest come from all kinds of background.
這個比賽的**參加者**來自各種不同的背景。

par•tic•u•lar [pə'tɪkjələ] <adj.> 特別的

◎★

part 部分 + i + cul 小 + ar 的 → particular 特別的

動腦這樣想 物體當中小而精采的**部分**，就是特別的。

Some politicians showed **particular** concern for their own interest.
有些政客**特別**在意他們自己的利益。

part•ner ['pɑrtnə] <n.> 合夥人

●★

動腦這樣想 參與群體成為其中一**部分**的人，即是合夥人。

I have a close relationship with my **partner**.
我與我**合夥人**的關係是密切的。

part•ner•ship [ˈpɑrtnɚˌʃɪp] <n.> 合夥關係

◎★

part 部分	+	ner 人	+	ship 關係	→	partnership 合夥關係

動腦這樣想 參與群體成為其中一**部分**的人，其關係即是合夥關係。

A company has ended the long term **partnership** with B company.
A 公司終止了與 B 公司長久的**合夥關係**。

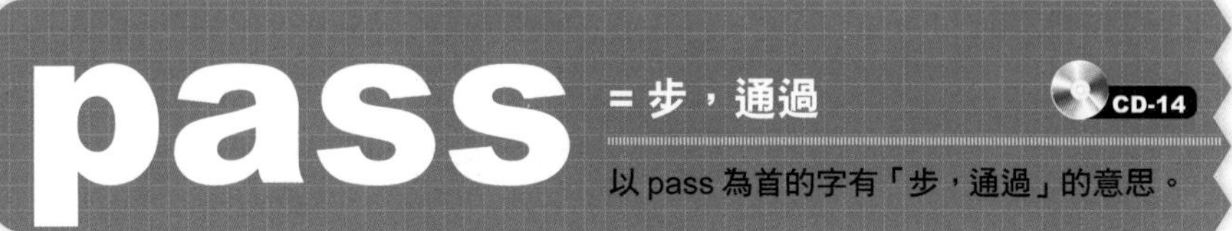

pass
= 步，通過
CD-14
以 pass 為首的字有「步，通過」的意思。

pas•sage [ˈpæsɪdʒ] <n.> 經過

◎★

pass 步	+	age 行為	→	passage 經過

動腦這樣想 **步行**通過的行為，即是經過。

The alley is too narrow to allow **passage** of big trucks.
這條巷子太窄了，大卡車無法**通過**。

pas•sen•ger [ˈpæsn̩dʒɚ] <n.> 乘客

●★

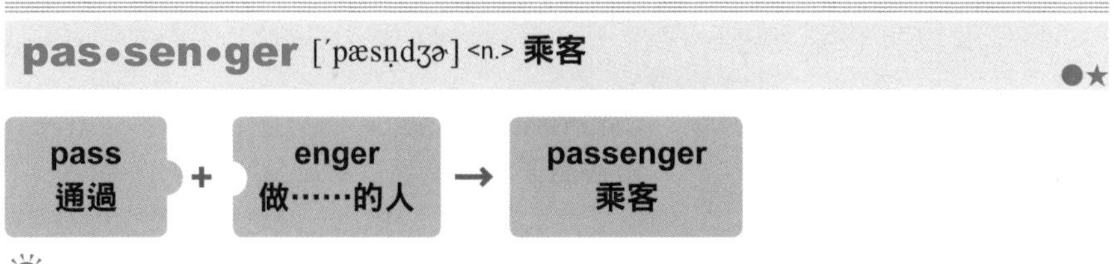

動腦這樣想 坐在交通工具上**通過**某地的人，就是指乘客。

No **passengers** were injured in this car accident.
這起車禍中沒有**乘客**受傷。

pass

= 感情，忍受

以 pass 為首的字也有「感情」或是「忍受」的意思。

● 全民英檢初級必備單字　◎ 全民英檢中級必備單字　★ 學科能力測驗範圍　☆ 指定科目考試範圍

pas•sion [ˈpæʃən] <n.> 熱情、酷愛

◎★

動腦這樣想 充滿豐沛感情的狀態，即是指熱情、酷愛。

Ross has a great **passion** for that girl.
羅斯強烈地**愛著**那個女孩。

pas•sion•ate [ˈpæʃənɪt] <adj.> 熱情的

◎☆

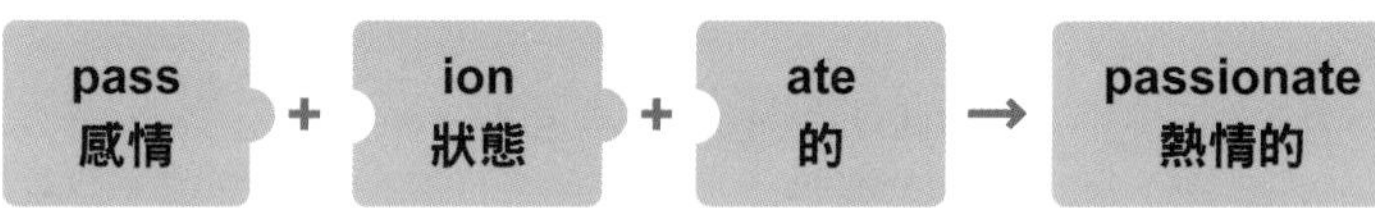

動腦這樣想 passion 字尾加 ate 成為形容詞，意指是熱情的。

The poet is both **passionate** and innocent.
這位詩人相當**熱情**並且純真。

pas•sive [ˈpæsɪv] <adj.> 消極的

◎★

動腦這樣想 只是一昧**忍受**而沒有積極作為，代表是消極的。

Many people around Chris criticize him for being too **passive** and negative.
克里斯身邊的許多人都批評他，認為他太**消極**和負面了。

patr = 祖國，父親

以 patr 為字首的字，帶有「祖國」或「父親」的意思。

● 全民英檢初級必備單字　◎ 全民英檢中級必備單字　★ 學科能力測驗範圍　☆ 指定科目考試範圍

pat•ri•ot [`petrɪət] <n.> 愛國者

◎☆

動腦這樣想 以祖國為重的人，就是一個愛國者。

The **patriots** were praised particularly during the war.
愛國者在戰爭期間特別受到表揚。

pat•ri•ot•ic [ˌpetrɪˊɑtɪk] <adj.> 愛國的

◎☆

動腦這樣想 具有祖國為重之觀念的人，都是愛國的。

Edward was **patriotic** because he refused to help the enemy during the war.
愛德華很**愛國**，因為戰爭時他拒絕幫助敵人。

pa•tron [ˊpetrən] <n.> 贊助者

◎☆

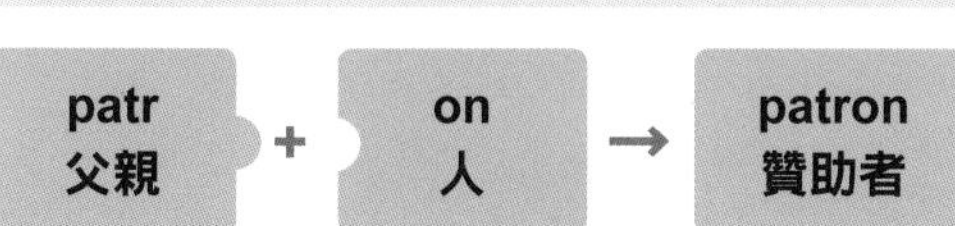

動腦這樣想 像父親一般支持你的人，即是贊助者。

The most important **patron** of the film festival will give a speech at the ceremony.
此影展最重要的**贊助者**將會在典禮上致詞。

pat•ron•ize [ˈpetrən͵aɪz] <v.t.> 贊助

◎☆

patr 父親 + on 人 + ize <動> → patronize 贊助

動腦這樣想 像**父親**一般以行動來支持你，引伸為「贊助」之意。

William **patronized** the charity with part of his salary.
威廉以他部分的薪水**贊助**慈善機構。

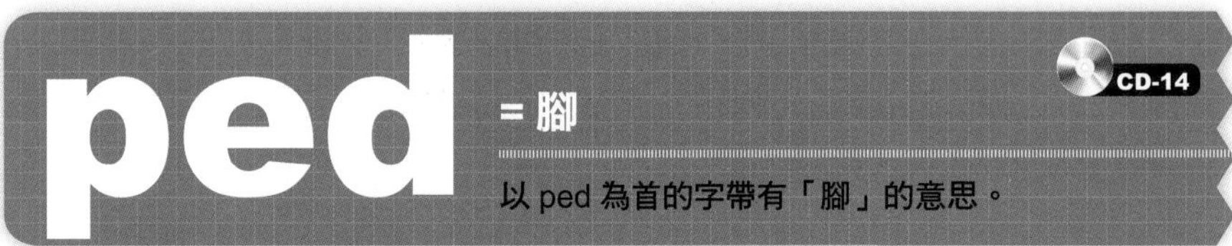

ped
= 腳
以 ped 為首的字帶有「腳」的意思。
CD-14

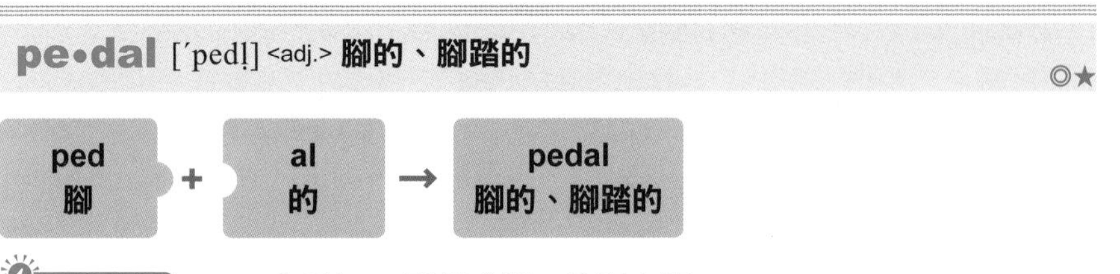

pe•dal [ˈpedḷ] <adj.> 腳的、腳踏的

◎☆

動腦這樣想 ped 字尾加 al 即是「腳」的形容詞。

He has no idea how to navigate the **pedal** boat.
他不知道如何操控這艘**腳踏**船。

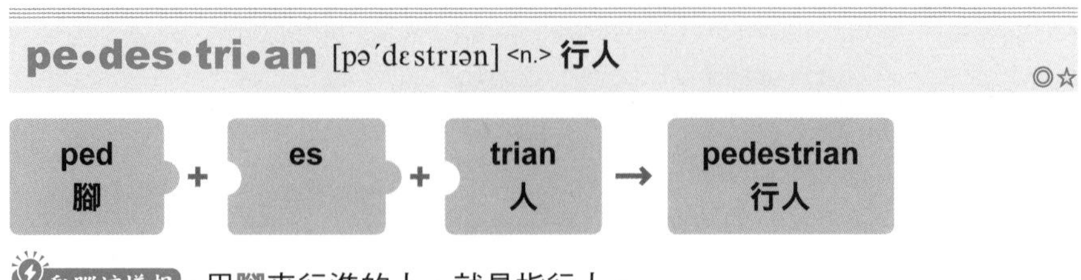

pe•des•tri•an [pəˈdɛstrɪən] <n.> 行人

◎☆

動腦這樣想 用**腳**來行進的人，就是指行人。

Drivers ought to pay extra attention to the **pedestrians**.
車輛的駕駛人要對**行人**特別留意。

per = 完全，全面

CD-15

要表示「完全，全面」的意思，字首可用 per。

● 全民英檢初級必備單字 ◎ 全民英檢中級必備單字 ★ 學科能力測驗範圍 ☆ 指定科目考試範圍

per•ceive [pɚˈsiv] <v.t.> 洞察 ◎☆

動腦這樣想 完整取得事物的全貌，代表可洞察事理。

Mr. Miller **perceived** a minor change in Mary's attitude towards him.
米勒先生**洞察**到瑪麗對他的態度有微妙的改變。

per•cep•tion [pɚˈsɛpʃən] <n.> 洞察力 ◎☆

([拉]capere)

出處 cept 源自拉丁文 capere，指「拿」。

動腦這樣想 處於能完全掌握事情的狀態，即是具有洞察力。

It takes great **perception** to solve this problem.
需要很好的**洞察力**才能解決這個問題。

per•cep•tive [pɚˈsɛptɪv] <adj.> 具洞察力的 ◎☆

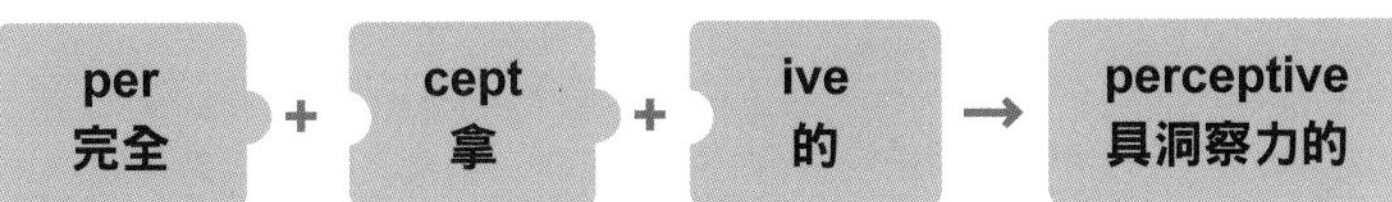

動腦這樣想 perception 字尾去 ion 改為 ive，就成為「洞察力」的形容詞。

She gave highly **perceptive** comments on this issue.
她對於這個議題提出非常**具有洞察力的**意見。

per•fect [ˈpɜfɪkt] <adj.> 完美的

●★

per 完全 + fect 做 → perfect 完美的

([拉]facere)

出處 fect 源自拉丁文 facere，指「做」。

動腦這樣想 把一件事情做到完全沒有瑕疵，就是完美的。

He is a **perfect** man with kindness and gentleness.
他是一個好心又溫柔的**完美**男人。

per•fec•tion [pɚˈfɛkʃən] <n.> 完美

◎★

per 完全 + fect 做 + ion 狀態 → perfection 完美

動腦這樣想 perfect 字尾加 ion，就是「完美」的名詞。

He often feels anxious when things are not done in **perfection**.
他常會因為事情沒有做到**完美**而覺得焦慮。

per•mit [pɚˈmɪt] <v.> 同意、允許

◎★

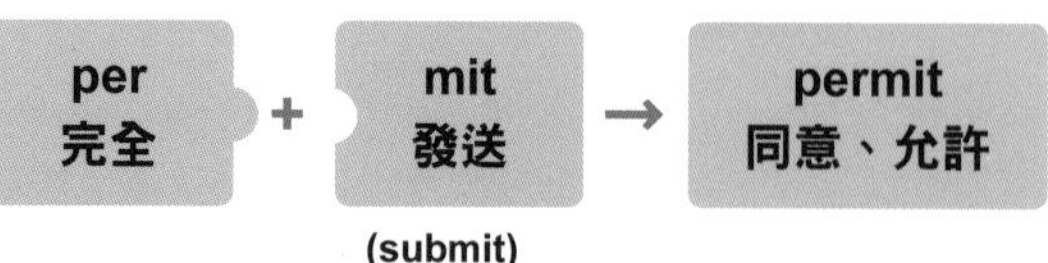

(submit)

出處 mit 源自英文單字 submit，指「發送」。

動腦這樣想 完全允許發送，即指同意、允許。

She can't **permit** her son to be mean to others.
她不能**允許**她的兒子欺負別人。

per•mis•sion [pɚˋmɪʃən] <n.> 同意、允許

◎★

per 完全 + miss 發送 + ion 狀態 → permission 同意、允許

([拉]mittere)

出處 miss 源自拉丁文 mittere，指「發送」。

動腦這樣想 Permit 字尾去 t 加上 ssion，即是「同意、允許」的名詞。

He took someone's belongings without **permission**.
他沒有經過別人的**同意**就取走了東西。

per•mis•si•ble [pɚˋmɪsəbḷ] <adj.> 同意的、允許的

◎☆

per 完全 + miss 發送 + ible 可……的 → permissible 同意的、允許的

動腦這樣想 **完全**允許發送的，代表是同意的、允許的。

It's **permissible** to eat and drink in the teachers' lounge.
在教師休息室裡是**允許**吃喝的。

per•se•vere [͵pɝsəˋvɪr] <v.i.> 堅持不懈

◎☆

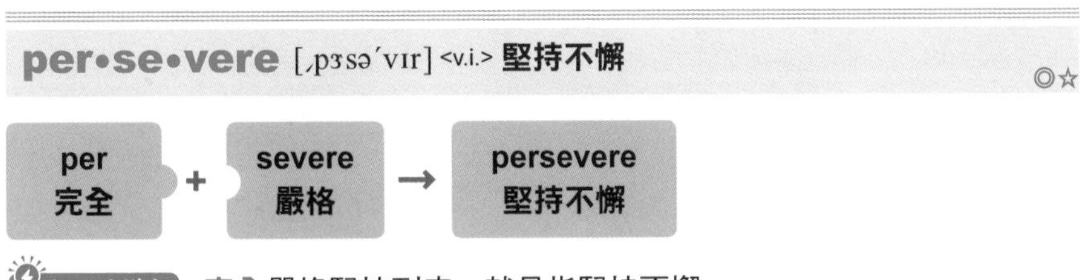

動腦這樣想 **完全**嚴格堅持到底，就是指堅持不懈。

In spite of all the discouragement from others, Bob **perseveres** with his research.
儘管其他人加以勸阻，鮑伯還是在研究上**堅持不懈**。

per•se•ver•ance [͵pɝsə`vɪrəns] <n.> 堅持不懈

◎☆

動腦這樣想 persevere 字尾去 e 加 ance，就是「堅持不懈」的名詞。

To finish this work requires **perseverance** and hard-working.
要完成這項工作需要**堅持不懈**並努力工作。

per•sist [pɚ´zɪst] <v.> 堅持

◎☆

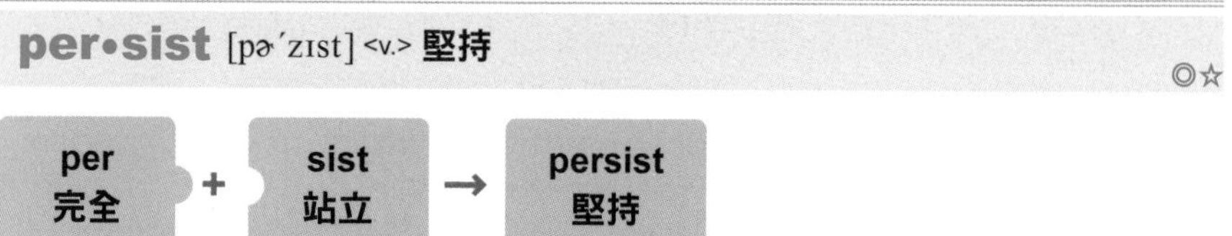

動腦這樣想 **全程**挺立站直不動就代表堅持。

Rick **persists** on going to London alone.
瑞克**堅持**要一個人去倫敦。

per•sis•tent [pɚ´zɪstənt] <adj.> 堅持的

◎☆

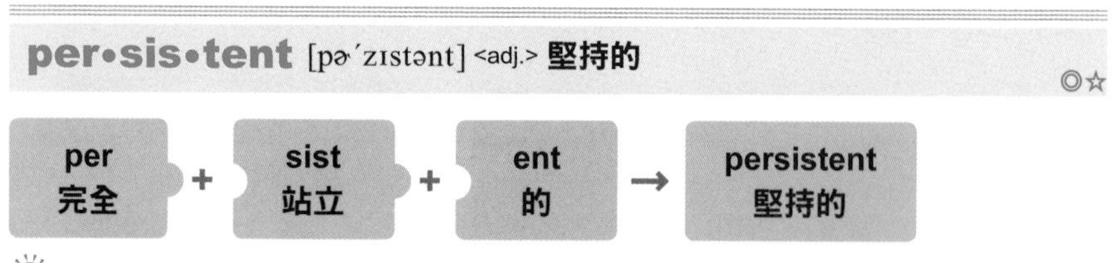

動腦這樣想 persist 字尾加 ent，就成為「堅持」的形容詞。

George is not as **persistent** as you think because I just talked him into changing his mind.
喬治沒有你所想得那麼**堅持**，因為我剛說服他改變了心意。

per•sis•tence [pɚ`zɪstəns] <n.> 堅持 ◎☆

per 完全 + sist 站立 + ence <名> → persistence 堅持

動腦這樣想 persist 字尾加 ence，就成為「堅持」的名詞。

In order to preserve this artist's work, I shall work on it with **persistence**.
為了要保存這位藝術家的作品，我應該要**堅持**在這方面的努力。

per•spec•tive [pɚ'spɛktɪv] <n.> 看法 ◎☆

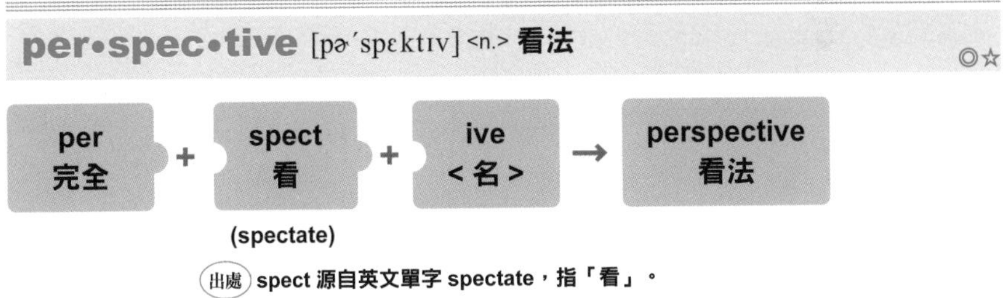

出處 spect 源自英文單字 spectate，指「看」。

動腦這樣想 **完全**看懂某事後，就會產生看法。

The boss had wrong **perspectives** on the economic trend.
老闆對於經濟趨勢的**看法**有誤。

per•suade [pɚ'swed] <v.> 勸說、說服 ◎★

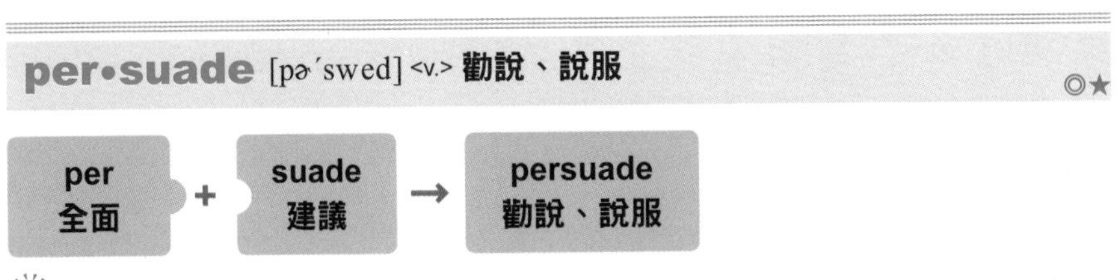

動腦這樣想 給對方**全面**性的建議，目的就是要向他勸說、說服他。

In order to **persuade** the customers, you should let them know the benefits of using these products.
為了要**說服**顧客，你必須讓他們知道使用這些產品會獲得什麼好處。

per•sua•sive [pɚˈswesɪv] <adj.> 勸說的、說服力的

◎★

per 全面	+	suas 建議	+	ive 的	→	persuasive 勸說的、說服力的

動腦這樣想 persuade 字尾去 de 加 sive，便成為「勸說、說服」的形容詞。

Tuss is very **persuasive** that he can be a great salesman.
塔斯很**有說服力**，他可以成為一位很棒的銷售員。

per•sua•sion [pɚˈsweʒən] <n.> 勸說

◎★

per 全面	+	suas 建議	+	ion 行為	→	persuasion 勸說

動腦這樣想 persuade 字尾去 de 加 sion，即是「勸說」的名詞。

Elaine finally made her decision after the **persuasion** of others.
經過別人的**勸說**後，以琳終於下了決定。

person
= 人
CD-15
person 指「人」，以其為首的字自然和人有關。

per•son•al [ˈpɝsn̩l] <adj.> 個人的、私人的

●★

person 人	+	al 的	→	personal 個人的、私人的

動腦這樣想 person 字尾加 al，就是「個人」的形容詞。

Avoid asking **personal** questions when you first meet someone.
當你初識一個人時，要避免詢問**私人的**問題。

per•son•al•i•ty [ˌpɝsn̩ˈælətɪ] <n.> 個性 ◎★

person 人 + al 的 + ity 性質 → personality 個性

動腦這樣想 每個人所擁有特殊的性質，就是指個性。

Dorris doesn't usually express her true **personality** when she is with strangers.

當和陌生人相處時，多莉絲通常不會表現出她的真正**個性**。

per•son•nel [ˌpɝsn̩ˈɛl] <n.> 人員、員工 ◎☆

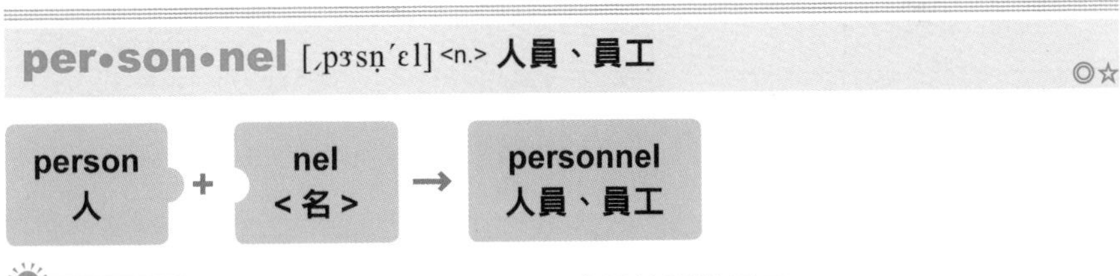

動腦這樣想 一群特定的人，意指公司或單位裡的員工。

This room is for **personnel** only.

這個房間只有**員工**才能進入。

philoso
= 哲學
CD-15
以 philoso 為首的字帶有「哲學」的意思。

phi•los•o•phy [fəˈlɑsəfɪ] <n.> 哲學 ◎★

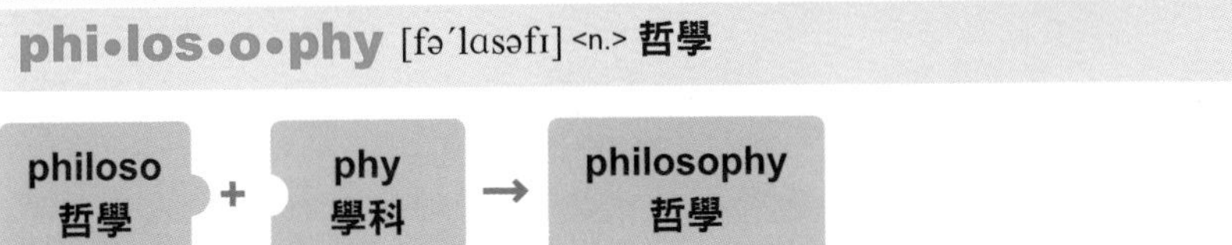

動腦這樣想 研究**哲理**的學問，就是哲學。

The undergraduate program of University of St. Thomas requires twelve credits in **philosophy**.

聖湯瑪斯大學的大學部要求必修十二個**哲學**學分。

phi•los•o•pher [fəˈlɑsəfɚ] <n.> 哲學家

◎★

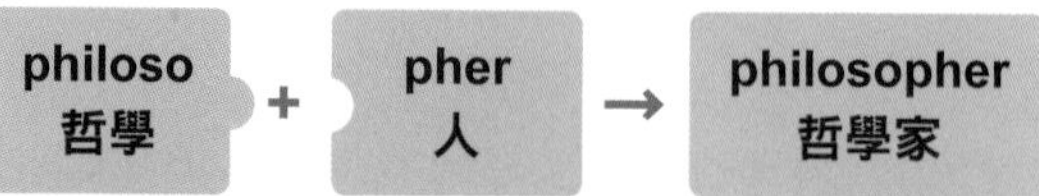

動腦這樣想 專門研究哲學的人，就是哲學家。

I like to read books about Greek **philosophers**.
我喜歡閱讀有關希臘**哲學家**的書。

phil•o•soph•i•cal [ˌfɪləˈsɑfɪkl̩] <adj.> 哲學的

◎★

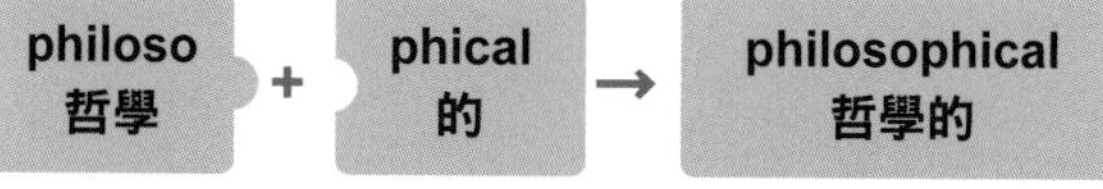

動腦這樣想 philosophy 字尾去 y 加 ical，就是「哲學」的形容詞。

The **philosophical** theories have influenced the way we think logically.
這些**哲學**理論已影響了我們邏輯思考的方式。

photo
= 光
CD-15
以 photo 為首的字，有「光」的意思。

pho•to•graph [ˈfotəˌgræf] <n.> 照片

●★

動腦這樣想 經感**光**而形成的圖片，就是指照片。

More and more people use digital cameras to take **photographs**.
愈來愈多人用數位相機拍攝**照片**。

pho•tog•ra•pher [fəˈtɑgrəfɚ] <n.> 攝影師 ◎★

photo 光 + graph 圖片 + er 人 → photographer 攝影師

動腦這樣想 專門以感光法來製造圖片〈照片〉的人是攝影師。

Walter is a talented **photographer** specialized in scenery photos.
華特是一位擅長拍風景照的天才**攝影師**。

pho•tog•ra•phy [fəˈtɑgrəfɪ] <n.> 攝影 ◎★

photo 光 + graph 圖片 + y <名> → photography 攝影

動腦這樣想 以感光法來製造圖片〈照片〉的行為即是攝影。

Rosie is taking a **photography** course at the community college.
蘿西正在社區大學裡修習**攝影**課。

pho•to•graph•ic [ˌfotəˈgræfɪk] <adj.> 攝影的 ◎☆

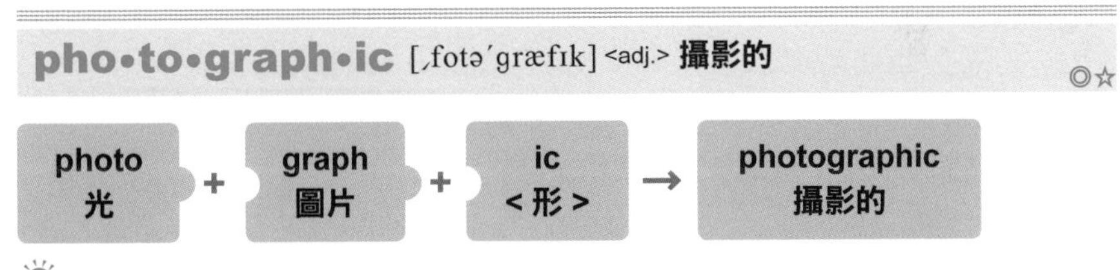

動腦這樣想 photography 字尾去 y 加 ic，就是「攝影」的形容詞。

With his brand new **photographic** equipment, Raymond came back with many beautiful photographs.
有了全新的**攝影**器材，瑞蒙帶回許多美麗的照片。

physic

= 物理

以 physic 為首的字，有「物理」的意思。

● 全民英檢初級必備單字 ◎ 全民英檢中級必備單字 ★ 學科能力測驗範圍 ☆ 指定科目考試範圍

phys•i•cal [ˊfɪzɪkl̩] <adj.> 物理的 ◎★

physic 物理 + al 的 → physical 物理的

動腦這樣想 physic 字尾加上 al，就是「物理」的形容詞。

The **physical** properties of this substance are still unknown.
此種物質的**物理**性質仍屬未知。

phy•si•cian [fəˊzɪʃən] <n.> 醫生 ◎★

physic 物理 + ian 人 → physician 醫生

動腦這樣想 以研究**物理**學的精神來檢視人體的人，就是指醫生。

I was talking to the **physician** to try to understand my father's illness.
我和**醫生**談話以試著了解我爸爸的病情。

phys•i•cist [ˊfɪzəsɪst] <n.> 物理學家 ◎★

physic 物理 + ist 人 → physicist 物理學家

動腦這樣想 專精於**物理**學的人，即是指物理學家。

Peter wants to become a **physicist** when he grows up.
彼得長大後想成為一位**物理學家**。

polic, polit

= 政治

CD-16

當 polic 置於字首時，有「政治」的意思。

● 全民英檢初級必備單字　◎ 全民英檢中級必備單字　★ 學科能力測驗範圍　☆ 指定科目考試範圍

pol•i•cy [ˋpɑləsɪ] <n.> 政策

◎★

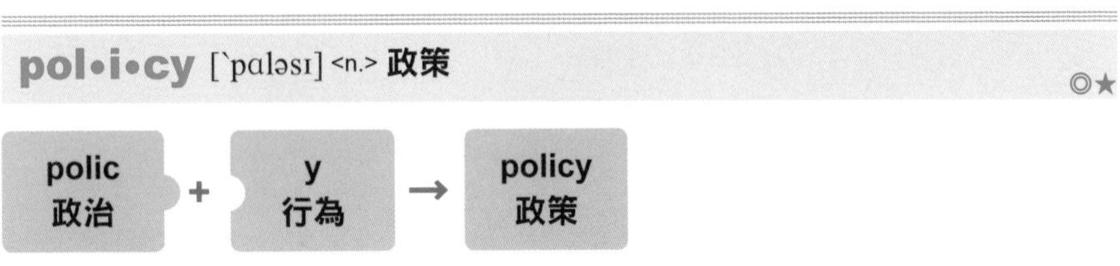

動腦這樣想 一個國家在政治上要有所作為，必須先制定出「政策」。

The **policy** needs to be amended.
此**政策**需要修正。

po•lit•i•cal [pəˊlɪtɪkḷ] <adj.> 政治的

◎★

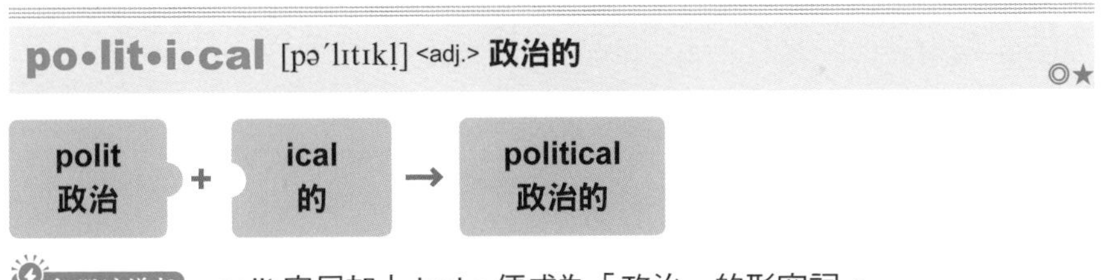

動腦這樣想 polit 字尾加上 ical，便成為「政治」的形容詞。

It's wise to avoid talking about **political** issues in some parties.
在某些宴會上，不談論**政治的**話題是聰明的。

pol•i•ti•cian [ˌpɑləˊtɪʃən] <n.> 政治家

◎★

動腦這樣想 以**政治**為業的人，就是政治家。

Politicians belonging to different parties have different views about politics.
不同黨派的**政治家**對政治有不同的見解。

popul

= 大眾

popul 為首的字帶有「大眾」的意思。

● 全民英檢初級必備單字　◎ 全民英檢中級必備單字　★ 學科能力測驗範圍　☆ 指定科目考試範圍

pop•u•lar [ˈpɑpjələ] <adj.> 大眾的

●★

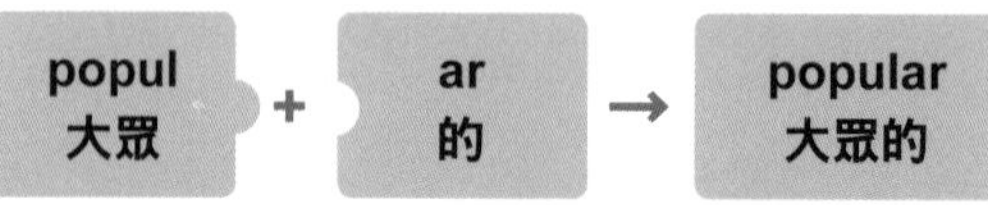

動腦這樣想 popul 字尾加 ar，即成為「大眾」的形容詞。

The emphasis of this policy is **popular** education.
此政策的重點在於**民眾**教育。

pop•u•lar•i•ty [ˌpɑpjəˈlærətɪ] <n.> 大眾化

◎★

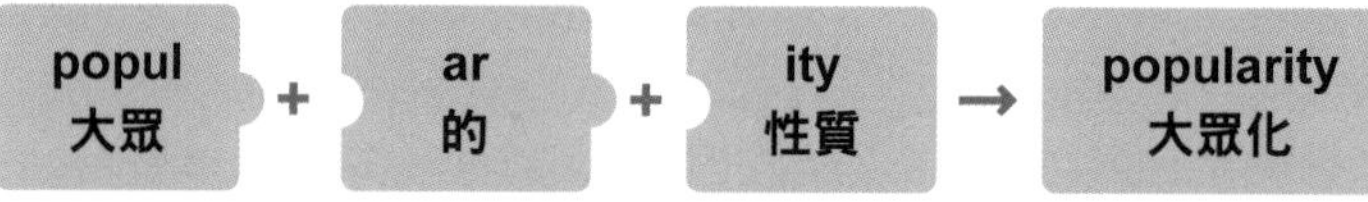

動腦這樣想 具有受到**大眾**歡迎的特質，代表該事物屬於大眾化。

High cost prevents the **popularity** of golf.
高昂的費用使得高爾夫球運動無法**大眾化**。

pop•u•late [ˈpɑpjəˌlet] <v.> 居住於

◎☆

動腦這樣想 使**大眾**落腳之處，意指居住於某處。

There aren't many people **populate** on this small island.
很少人**居住**在這座小島上。

CD-16

port = 帶，運

要表示「帶，運（送）」，字首可用 port。

● 全民英檢初級必備單字 ◎ 全民英檢中級必備單字 ★ 學科能力測驗範圍 ☆ 指定科目考試範圍

port [port] <n.> 港口 ◎★

動腦這樣想 攜帶或運進貨品及旅客的地方，引伸成為港口。

The port has become a place for sightseeing rather than for goods.
此港口已變成一個觀光勝地而非貨運場所。

por•ta•ble [ˈportəbḷ] <adj.> 可攜帶的 ◎★

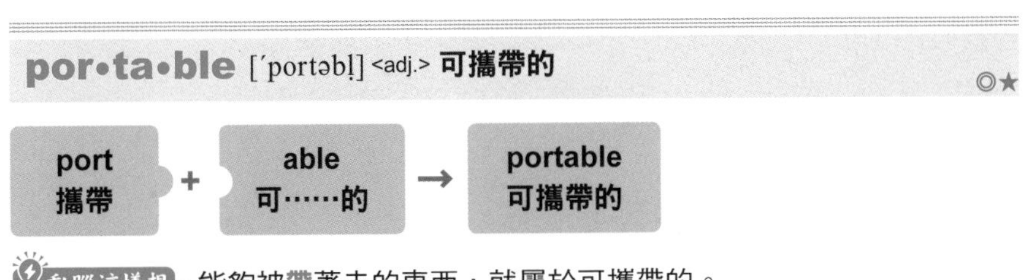

動腦這樣想 能夠被帶著走的東西，就屬於可攜帶的。

Portable computers are more convenient than desktop computers.
可攜式電腦比桌上型電腦更方便。

port•age [ˈportɪdʒ] <n.> 搬運 ◎☆

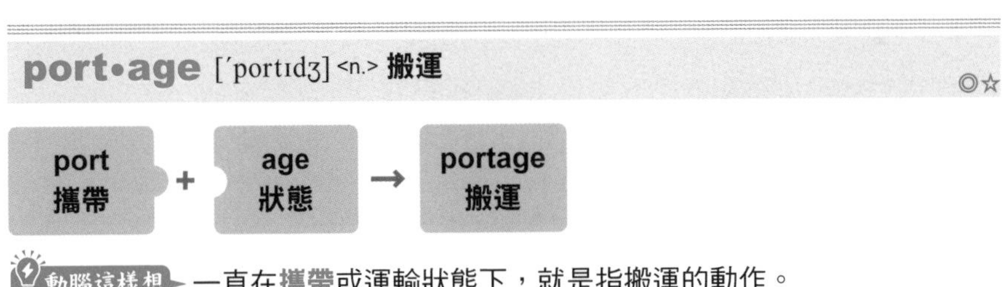

動腦這樣想 一直在攜帶或運輸狀態下，就是指搬運的動作。

The cost of portage of these cargos hasn't been paid.
這些貨物的搬運費用尚未付清。

por•ter [ˈportɚ] <n.> 搬運工

◎★

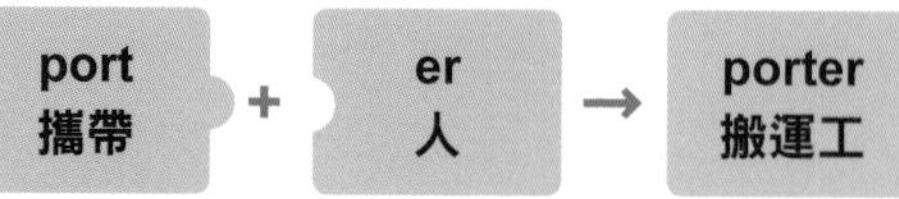

動腦這樣想 負責**攜帶**或搬運貨品的人，即是指搬運工。

The **porters** at the port work very hard to transfer goods.
港口的**搬運工**很努力地搬運貨物。

post = 放置

CD-16

字首為 post 的單字有「放置」的意思。

po•si•tion [pəˈzɪʃən] <n.> 位置

◎★

動腦這樣想 **放置**物品的落腳處，就是指其位置。

The lamp used to be in this **position** the last time I saw it.
我上次看到這盞燈是放在這個**位置**。

post•age [ˈpostɪdʒ] <n.> 郵資

◎★

動腦這樣想 將物品**放置**至目的地所需的費用，即為郵資。

You didn't pay enough **postage** for the package.
你沒有付足夠的**郵費**寄這個包裹。

post•card [ˈpost͵kɑrd] <n.> 明信片 ●★

post 放置 + card 卡片 → postcard 明信片

動腦這樣想 用來**放置**問候詞句的卡片，就是明信片。

I will send a **postcard** to you whenever I visit a new place.
每當我拜訪一個新地方時，我會寄一張**明信片**給你。

post•er [ˈpostɚ] <n.> 海報 ◎★

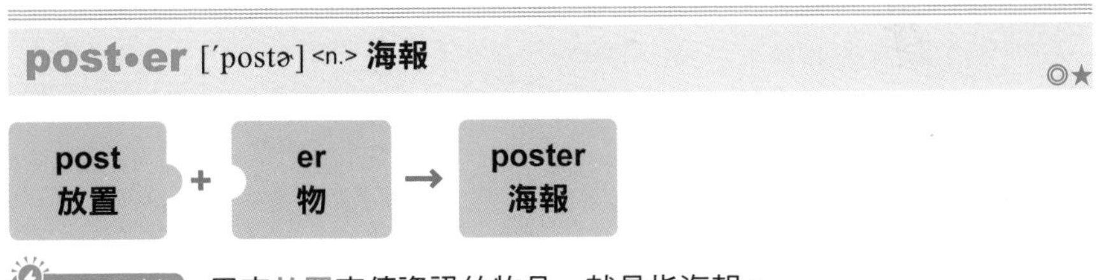

動腦這樣想 用來**放置**宣傳資訊的物品，就是指海報。

We need to design a **poster** for the film festival.
我們要為影展設計**海報**。

pos•ture [ˈpɑstʃɚ] <n.> 姿勢 ◎☆

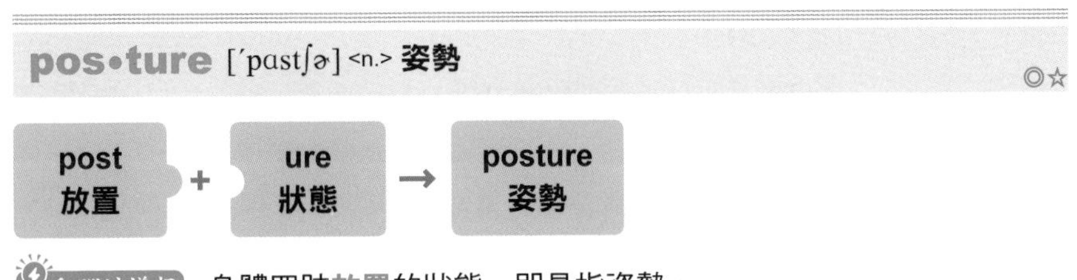

動腦這樣想 身體四肢**放置**的狀態，即是指姿勢。

Movie stars know how to take **postures** in front of cameras very well.
電影明星很懂得如何在攝影機前擺**姿勢**。

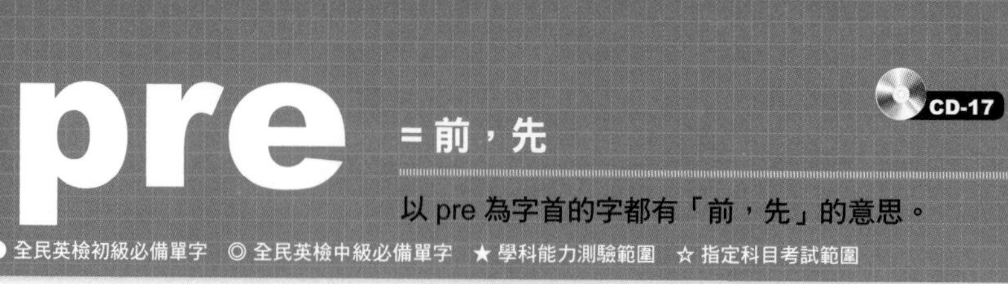

pre
CD-17
= 前，先
以 pre 為字首的字都有「前，先」的意思。
● 全民英檢初級必備單字 ◎ 全民英檢中級必備單字 ★ 學科能力測驗範圍 ☆ 指定科目考試範圍

pre•cau•tion [prɪˊkɔʃən] <n.> 預防

◎☆

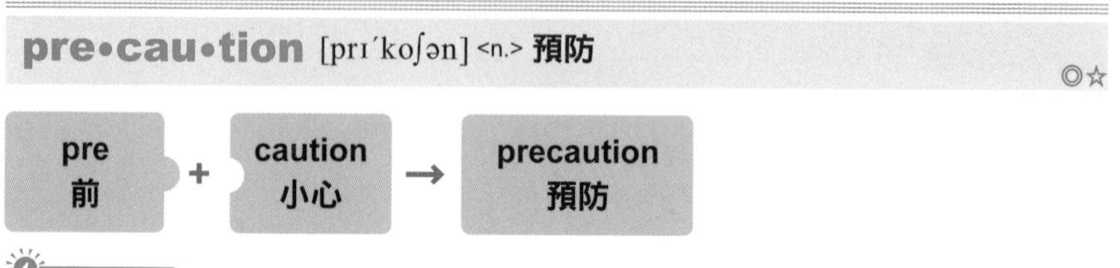

動腦這樣想 在**事前**便小心避免出差錯，代表有所預防。

They didn't take necessary **precaution** against fire.
他們沒有採取必要的火災**預防**措施。

pre•cede [prɪˋsid] <v.> 優於

◎☆

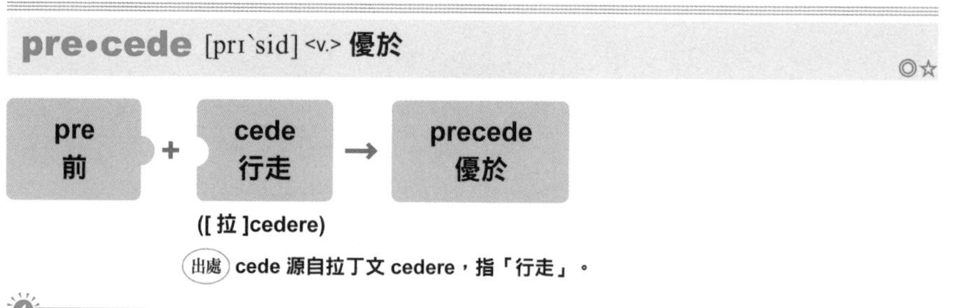

動腦這樣想 走在某人或某事**之前**，代表勝過或優於的意思。

John's speaking skills **precede** his writing skills.
約翰的演說能力**優於**寫作能力。

pre•ce•dent [ˊprɛsədənt] <n.> 先例

◎☆

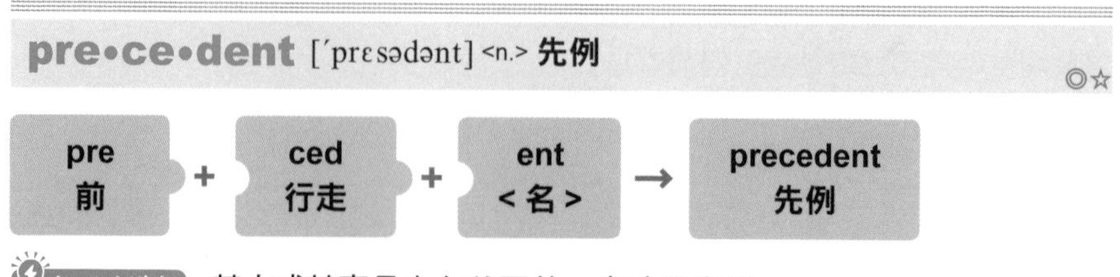

動腦這樣想 某人或某事是走在**前面**的，意味是先例。

There was no **precedent** for this type of cases.
此類案件沒有**先例**。

pre•de•ces•sor [ˋprɛdɪˏsɛsɚ] <n.> 前任、前輩

◎☆

pre 前 + de 下 + cessor 人 → predecessor 前任、前輩

動腦這樣想 曾在你之前擔任職位的人，代表是前任、前輩。

Tom sees Mr. Clark, his **predecessor**, as his mentor.
湯姆將他的**前輩**克拉克先生視為他的良師益友。

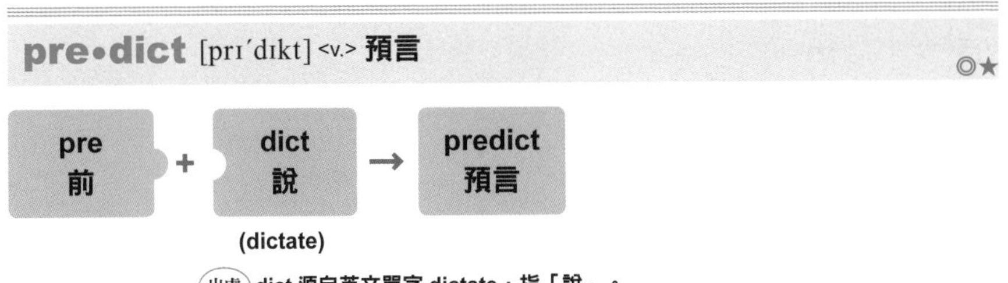

出處 dict 源自英文單字 dictate，指「說」。

動腦這樣想 在事前就說出來，代表預言。

Fortune tellers always say they can help people by **predicting** their future.
算命師總是說他們可以藉由**預言**命運來幫助人們。

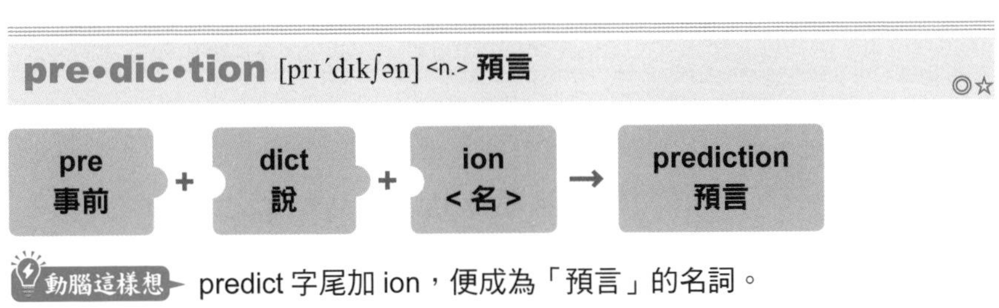

動腦這樣想 predict 字尾加 ion，便成為「預言」的名詞。

Predictions of the future can be found in Bible.
聖經裡可以找到對未來的**預言**。

pre•cise [prɪˈsaɪs] <adj.> 精確的

◎★

動腦這樣想 事前將含糊不清的部分切割掉，代表是精確的。

The timing has to be very **precise** during the launch of the space shuttle.
太空梭發射時，計時必須極為**精確**。

pre•ci•sion [prɪˈsɪʒən] <n.> 精確、精密

◎☆

pre 事前 + cis 切割 + ion < 名 > → precision 精確、精密

動腦這樣想 precise 字尾去 e 加 ion，成為「精確、精密」的名詞。

Mr. Chen requests that all the products are produced with great **precision**.
陳先生要求所有產品的製造必須非常**精密**。

pre•face [ˈprɛfɪs] <n.> 序言

◎☆

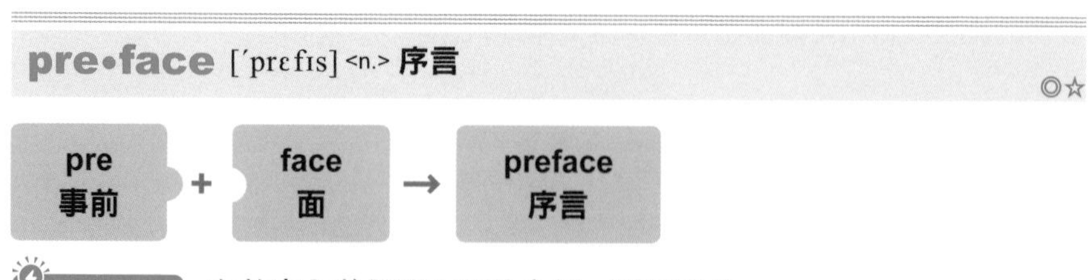

動腦這樣想 在故事全貌登場**之前**的介紹，就是序言。

The **preface** is interesting and catchy to the readers.
此**序言**很有趣，很容易吸引到讀者們的注意。

pre•fer [prɪ′fɜ] <v.t.> 更喜歡

◎★

pre 事前 + fer 攜帶 → prefer 更喜歡

([拉]ferre)

出處 fer 源自拉丁文 ferre，指「攜帶」。

動腦這樣想 把東西拿到比較前面，意味比較喜歡。

I **prefer** rice to noodles.
和麵食比起來，我**更喜歡**米飯。

pref•e•ra•ble [′prɛfrəbl̩] <adj.> 更喜歡的

◎★

動腦這樣想 可以讓人拿到比較前面，表示是更受喜愛的。

Sodas are **preferable** to juices for most children.
和果汁比起來，大多數孩童**更喜歡**汽水。

pref•e•rence [′prɛfrəns] <n.> 喜好

◎

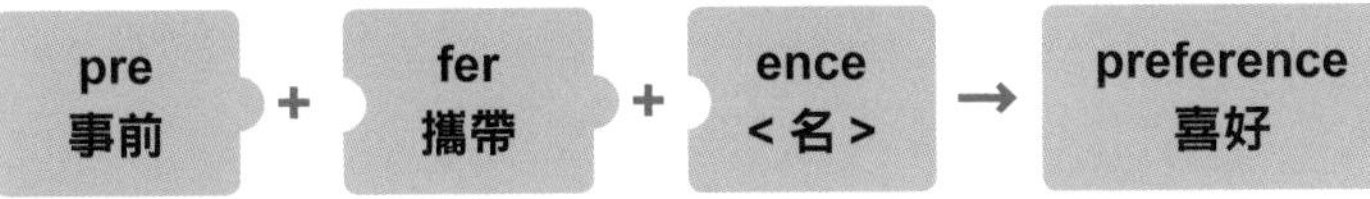

動腦這樣想 prefer 字尾加 ence，即是「喜好」的名詞。

I chose my mom's birthday gift by my own **preference**.
我以自己的**喜好**挑選我媽媽的生日禮物。

pre•his•tor•ic [ˏprihɪsˊtɔrɪk] <adj.> **史前的**

◎☆

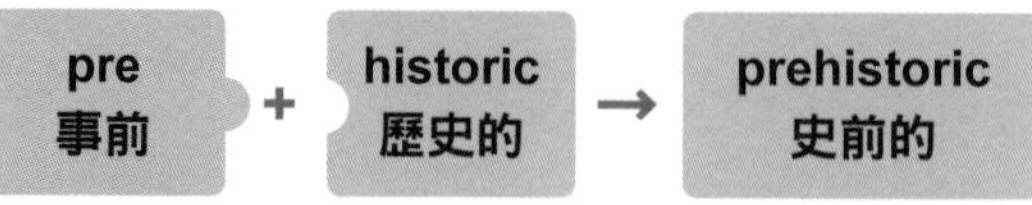

動腦這樣想 在歷史有記載**之前**發生的事，就是屬於史前的。

The museum is having an exhibition of **prehistoric** animals.
博物館正有一個關於**史前**動物的展覽。

prej•u•dice [ˊprɛdʒədɪs] <n.> **偏見**

◎☆

動腦這樣想 在**事前**就未審先判，有先入為主的觀念，代表有所偏見。

To eliminate **prejudice** among different races is almost impossible.
要消除種族之間的**偏見**幾乎是不可能的。

pre•ma•ture [ˏprɪməˋtjur] <adj.> **未成熟的**

◎☆

動腦這樣想 尚在成熟**之前**，代表是未成熟的。

Silvia gave birth to a **premature** baby last night.
席薇亞昨晚生下了一名**早產**兒。

pre•pare [prɪˈpɛr] <v.> 準備

●★

pre 事前 + pare 準備 → prepare 準備

動腦這樣想 在**事前**先有所準備就是準備。

Claire is always well **prepared** before going to the class.
去上課以前，克瑞兒總是**準備**好了。

prep•a•ra•tion [ˌprɛpəˈreʃən] <n.> 準備

◎★

pre 事前 + para 準備 + tion < 名 > → preparation 準備

動腦這樣想 prepare 字尾去 e 加 ation，即為「準備」的名詞。

We need to arrive there early to do some **preparation**.
我們得提早到達那裡好做一些**準備**。

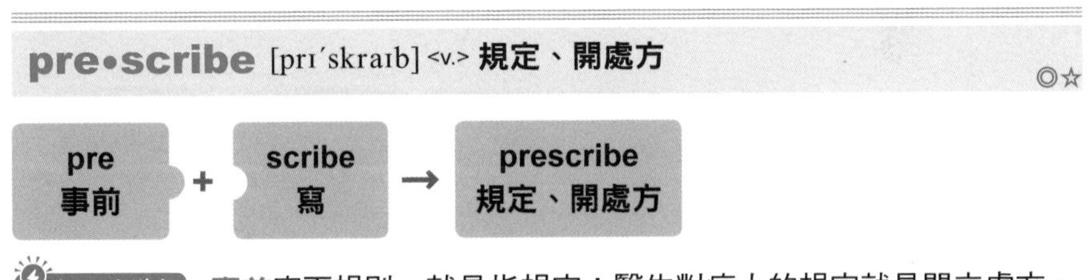

動腦這樣想 **事前**寫下規則，就是指規定；醫生對病人的規定就是開立處方。

My physician **prescribed** some medicine for my stomach.
我的醫生為我的胃**開**了一些**處方**藥。

pre•scrip•tion [prɪˈskrɪpʃən] <n.> 規定、處方

◎☆

pre 事前 + script 寫 + ion <名> → prescription 規定、處方

動腦這樣想 事前寫出的即為規定；醫生在先前為病人寫的是處方。

Please take this medicine according to doctor's **prescription**.
請按照醫生的**處方**服用此藥。

pre•serve [prɪˈzɝv] <v.t.> 保存

◎★

pre 事前 + serve 保留 (reserve) → preserve 保存

出處 serve 源自英文單字 reserve，指「保留」。

動腦這樣想 預先保護起來，表示予以保存。

People in the ancient time **preserved** their food in winter.
古人在冬天時將食物**保存**起來。

pres•er•va•tion [ˌprɛzɚˈveʃən] <n.> 保存

◎★

pre 事前 + serv 保留 + ation <名> → preservation 保存

動腦這樣想 preserve 字尾去 e 加 ation，即成為「保存」的名詞。

Without proper **preservation**, the antiques will become rotten soon.
若沒有好好地**保存**，這些古物很快就會腐朽了。

pre•vent [prɪˈvɛnt] <v.> 預防 ◎★

([拉]venire)

出處 vent 源自拉丁文 venire，指「來到」。

動腦這樣想 事發之前即來到定點準備，代表有所預防。

People sprayed alcohol to **prevent** the spread of SARS virus.
人們噴灑酒精以**預防** SARS 病毒的擴散。

pre•ven•tion [prɪˈvɛnʃən] <n.> 預防 ◎★

pre 事前 + vent 來到 + ion <名> → prevention 預防

動腦這樣想 prevent 字尾加 ion，就是「預防」的名詞。

The **prevention** of forest fire is crucial for reducing air pollution.
預防發生森林火災對於降低空氣污染很重要。

pre•ven•tive [prɪˈvɛntɪv] <adj.> 預防的 ◎

pre 事前 + vent 來到 + ive 的 → preventive 預防的

動腦這樣想 prevent 字尾加 ive，就成為「預防」的形容詞。

It is important to follow the **preventive** steps when fighting against any contagious diseases.
當對抗傳染病時，遵照**預防的**步驟是很重要的。

pre•view [ˋpriˏvju] <n.> 預演

◎☆

動腦這樣想 事前在正式演出之前先看的即是預演。

Only a few people have the opportunity to see the **preview** of this musical.
只有少數人有機會欣賞這齣音樂劇的**預演**。

pre
= 前
CD-17
pre 除了有「事前」的意思，置於字首時也指方向「前面」。

pre•side [prɪˊzaɪd] <v.i.> 主持

◎☆

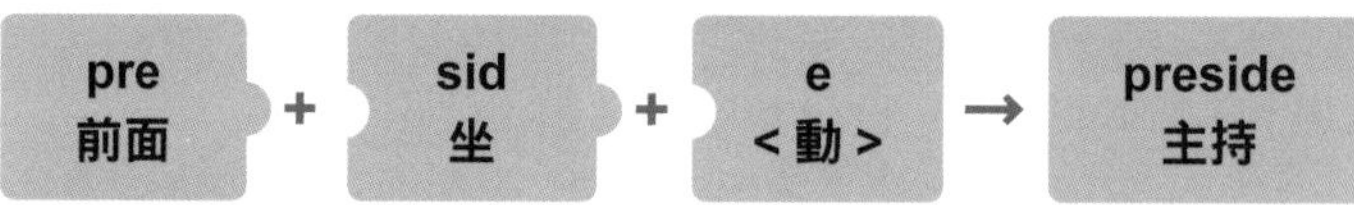

動腦這樣想 坐在最前面的人多半是在主持會議。

The president is going to **preside** at the meeting today.
今天總裁將要**主持**會議。

pres•i•den•cy [ˊprɛzədənsɪ] <n.> 總統職位

◎☆

pre 前面 + sid 坐 + ency 職位 → presidency 總統職位

動腦這樣想 坐在全國最前面的位置，即是指總統職位。

Bill Clinton still enjoyed great popularity during the last few months of his **presidency**.
柯林頓總統在擔任**總統職位**的最後幾個月仍廣受歡迎。

pres•i•dent [ˈprɛzədənt] <n.> 總統、總裁

●★

pre 前面 + sid 坐 + ent 人 → president 總統

動腦這樣想 坐在全國最**前面**位置的人，就是指總統。

The **president** of this country is going to give a speech tonight.
這個國家的**總統**今晚將發表演說。

pres•i•den•tial [ˌprɛzəˈdɛnʃəl] <adj.> 總統的

◎☆

pre 前面 + sid 坐 + ent 人 + ial 的 → presidential 總統的

動腦這樣想 president 字尾加 ial，即為「總統」的形容詞。

Presidential election will be held two years later.
總統大選將在兩年後舉行。

pre•tend [prɪˈtɛnd] <v.> 假裝

◎★

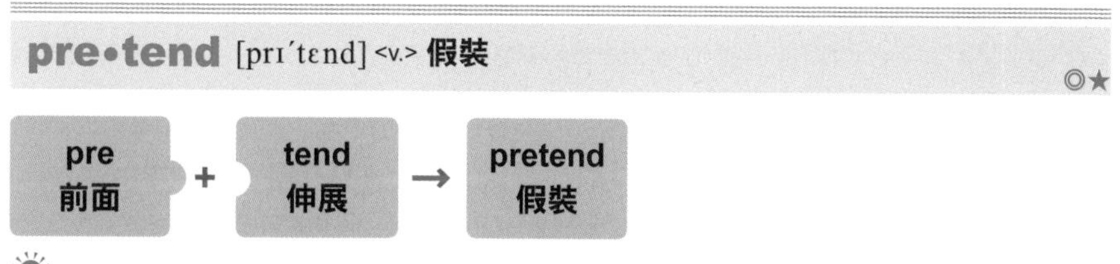

動腦這樣想 在眾人**前面**不自然伸展的就是假裝。

Michelle always **pretends** to be a princess when playing dollhouses with her friends.
蜜雪兒在和朋友玩家家酒時，她總是**假裝**成一位公主。

prim = 第一

以 prim 為首的單字有「第一」的意思。

● 全民英檢初級必備單字 ◎ 全民英檢中級必備單字 ★ 學科能力測驗範圍 ☆ 指定科目考試範圍

prime [praɪm] <adj.> 首要的 ◎★

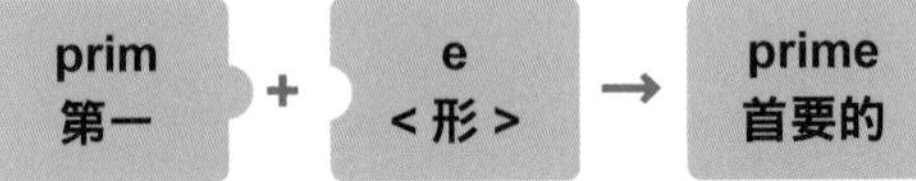

動腦這樣想 列於第一位的，就是首要的。

The **prime** need of this country is solving economic problems.
這個國家最**首要的**需求是解決經濟問題。

prim•i•tive [ˈprɪmətɪv] <adj.> 原始的 ◎★

動腦這樣想 第一個開始產生之事物都是原始的狀態。

That project is originated from a **primitive** idea of mine.
那個專案源自於我的一個**原始**構想。

pri•ma•ry [ˈpraɪˌmɛrɪ] <adj.> 首要的 ●★

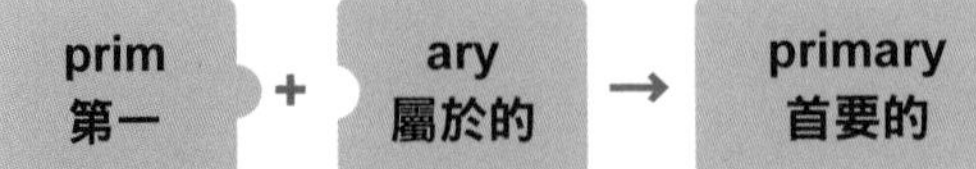

動腦這樣想 屬於首位階級的，就是首要的。

The **primary** problem of that country is corruption.
那個國家**首要的**問題是貪污。

priv = 私人

和「私人」有關的，都與 priv 脫離不了關係。

● 全民英檢初級必備單字 ◎ 全民英檢中級必備單字 ★ 學科能力測驗範圍 ☆ 指定科目考試範圍

pri•vate [ˈpraɪvɪt] <adj.> 私人的

●★

priv 私人 + ate 與……有關 → private 私人的

動腦這樣想 與私人有關的事物，即指私人的。

My parents keep interfering with my **private** matters.
我的父母不斷干涉我的**私人**事務。

priv•a•cy [ˈpraɪvəsɪ] <n.> 隱私

◎★

priv 私人 + acy 事物 → privacy 隱私

動腦這樣想 私人沒有公開的資訊，即是指隱私。

Please don't mind people's **privacy**. 請不要干涉他人的**隱私**。

priv•i•lege [ˈprɪvḷɪdʒ] <n.> 特權

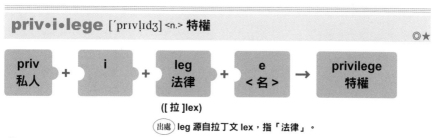

◎★

([拉]lex)

出處 leg 源自拉丁文 lex，指「法律」。

動腦這樣想 授予私人特別的法律權利，稱為特權。

The government officials shall not have the **privileges** to excuse from parking tickets.
政府官員不應有不繳違規停車罰款的**特權**。

prob = 試驗

字首為 prob 的單字和「試驗」有關。

● 全民英檢初級必備單字　◎ 全民英檢中級必備單字　★ 學科能力測驗範圍　☆ 指定科目考試範圍

prob•a•ble [ˈprɑbəbḷ] <adj.> 可能的 ◎★

動腦這樣想 試驗性的事物，都是有可能性的事物。

Louise is one of the **probable** candidates for the teaching position.
路易絲是該教職**可能的**候選人之一。

prob•a•bil•i•ty [ˌprɑbəˈbɪlətɪ] <n.> 可能性 ◎☆

動腦這樣想 試驗的目的是檢視可能成真的能力，亦即檢視其可能性。

The **probability** for Mark to cause the accident is minimal.
這個意外因馬克而引起的**可能性**微乎其微。

probe [prob] <v.> 探索 ◎☆

動腦這樣想 採取行動進行試驗，目的是「探索」究竟。

The prosecutor is **probing** into the evidences of the serial killings.
檢察官正在**探索**這起連環殺人案的證據。

pro = 向前

要形容「向前」，可在字首加上 pro。

● 全民英檢初級必備單字 ◎ 全民英檢中級必備單字 ★ 學科能力測驗範圍 ☆ 指定科目考試範圍

pro•ceed [prəˈsid] <v.i.> 行進

◎★

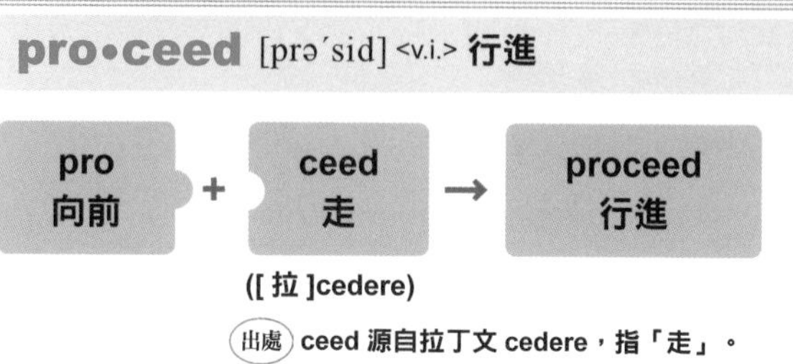

([拉]cedere)

出處 ceed 源自拉丁文 cedere，指「走」。

動腦這樣想 向前行走，代表行進。

I was **proceeding** along the Fifth Avenue when I ran into Michael Jackson.
我遇見邁可傑克森的當下正沿著第五大道**行進**。

pro•cess [ˈprɑsɛs] <n.> 過程

◎★

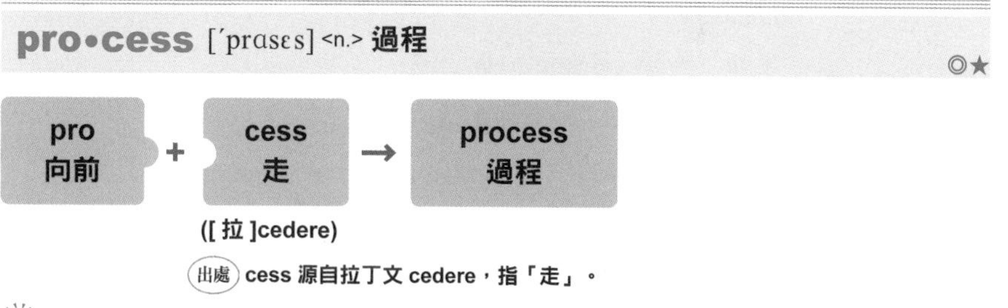

([拉]cedere)

出處 cess 源自拉丁文 cedere，指「走」。

動腦這樣想 向前走所經過的路程，即是過程。

The **process** of writing is both painful and joyful. 寫作的**過程**是痛苦又喜悅的。

pro•ces•sion [prəˈsɛʃən] <n.> 行列

◎☆

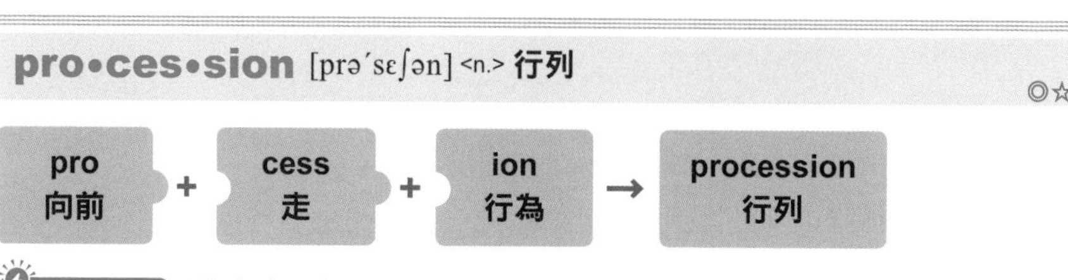

動腦這樣想 許多人以相同的模式向前行走，就構成一個行列。

Most of the workers joind the protesting **procession** in front of that factory.
大部分的員工加入在那個工廠前的抗議**行列**。

prod•uce [prə'djus] <v.> 製造 ●★

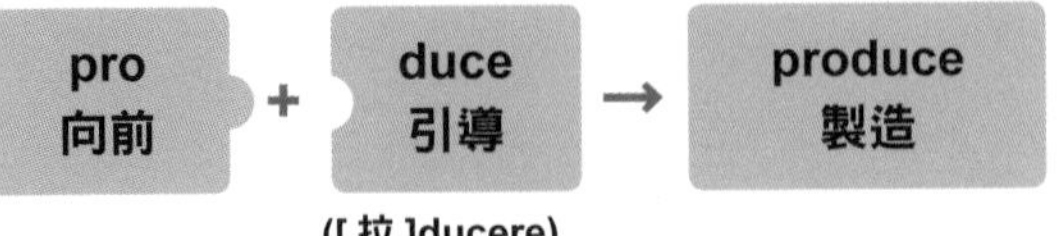

([拉]ducere)

出處 duce 源自拉丁文 ducere，指「引導」。

動腦這樣想 向前引導做出新事物，即稱為製造。

ASUS is famous for **producing** computers and motherboards.

華碩以**製造**電腦和主機板聞名。

prod•uct ['prɑdəkt, 'prɑdʌkt] <n.> 產品 ◎★

pro 向前 + duct 引導 → product 產品

([拉]ducere)

出處 duct 源自拉丁文 ducere，指「引導」。

動腦這樣想 向前引導的成果，就是被製造出的產品。

The manufacturers will be fined for over-wrapping their **products**.

那些過度包裝**產品**的製造商將受罰。

pro•duc•tion [prə'dʌkʃən] <n.> 製造 ●★

pro 向前 + duct 引導 + ion 行為 → production 製造

動腦這樣想 produce 字尾去 e 加 tion，即是「製造」的名詞。

Quality shouldn't be compromised during mass **production**.

大量**製造**不應犧牲了品質。

pro•duc•tiv•i•ty [ˌprodʌkˈtɪvətɪ] <n.> 製造力

◎☆

product 製造 + ivity 能力 → productivity 製造力

動腦這樣想 生產產品的能力稱為製造力。

The **productivity** of the computer industry has boomed this year.
今年電腦產業的生產**製造力**激增。

pro•fes•sion [prəˈfɛʃən] <n.> 職業

◎★

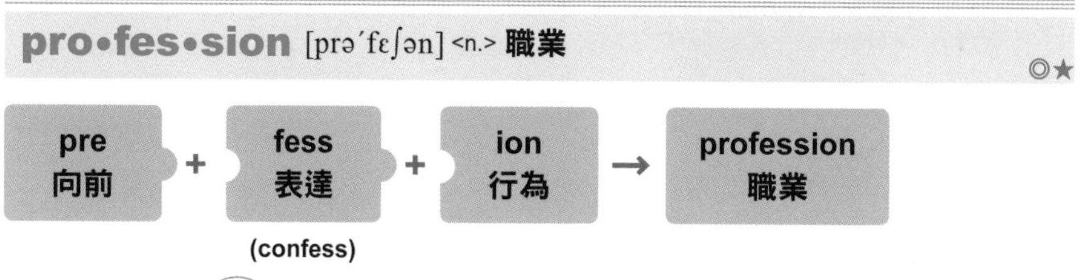

出處 fess 源自英文單字 confess，指「表達」。

動腦這樣想 在眾人前專業表達的事情為職業。

Hank hasn't made up his mind on choosing his **profession**.
漢克尚未決定好他想選擇的**職業**。

pro•fes•sion•al [prəˈfɛʃənḷ] <adj.> 職業的

◎★

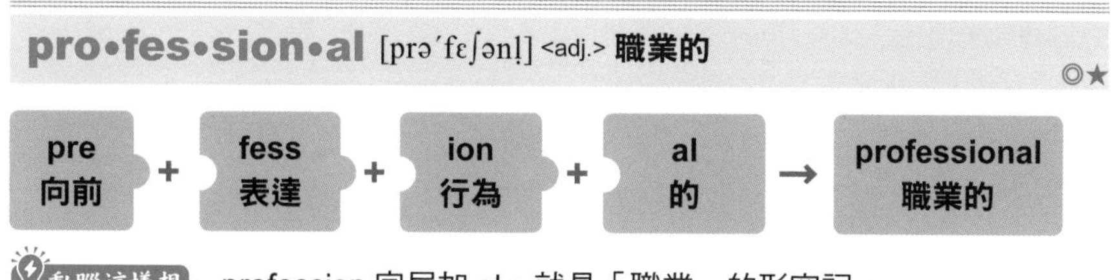

動腦這樣想 profession 字尾加 al，就是「職業」的形容詞。

There are many excellent **professional** football players in Brazil.
巴西有許多傑出的**職業**足球選手。

pro•fes•sor [prəˈfɛsɚ] <n.> 教授 ●★

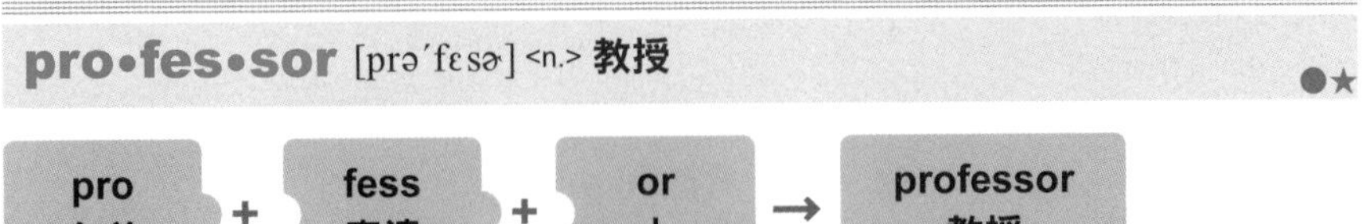

動腦這樣想 在眾人面前傳達其專業知識的人，稱為教授。

Mr. and Mrs. Kao are both **professors** teaching at different universities.
高先生和高太太兩人都是**教授**，但在不同的大學裡任教。

pro•fi•cien•cy [prəˈfɪʃənsɪ] <n.> 精通 ◎☆

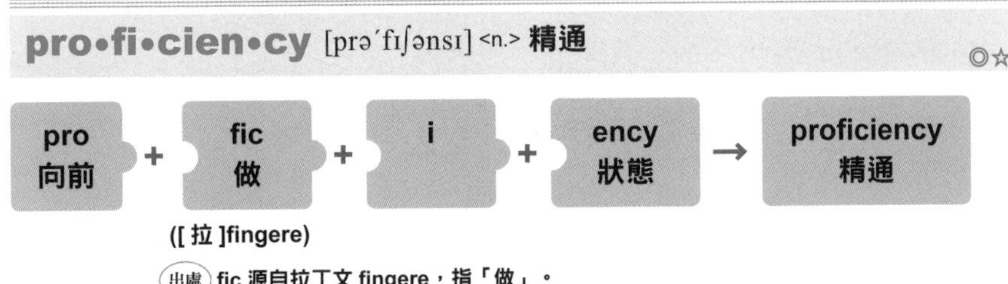

出處 fic 源自拉丁文 fingere，指「做」。

動腦這樣想 越向前做，越做越熟練，就會變得精通。

More and more companies are looking for employees with language **proficiencies**. 越來越多的公司在尋找**精通**語言的員工。

prof•it [ˈprɑfɪt] <n.> 利益、營利 ◎★

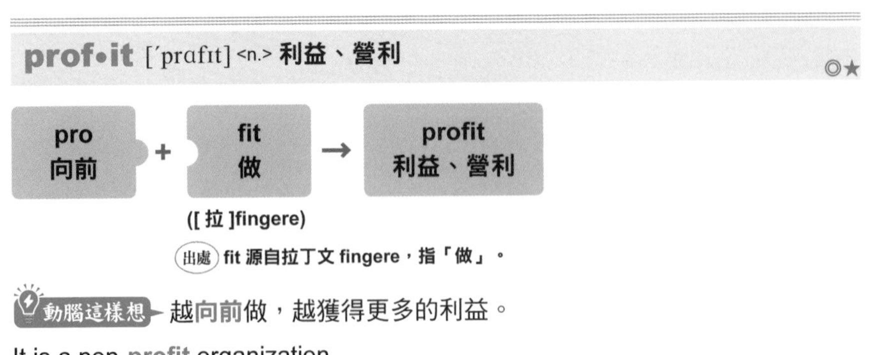

出處 fit 源自拉丁文 fingere，指「做」。

動腦這樣想 越向前做，越獲得更多的利益。

It is a non-**profit** organization.
這是一個非**營利**組織。

prof•i•ta•ble [ˈprɑfɪtəbḷ] <adj.> 可獲利的

◎★

pro 向前 + fit 做 + able 可……的 → profitable 可獲利的

動腦這樣想 profit 字尾加 able 成為形容詞，意指可獲利的。

The LCD industry has been highly **profitable** in recent years.
液晶面板產業這幾年**獲利**甚高。

pro•gress [ˈprɑgrɛs, ˈprogrɛs] <n.> 進步

●★

pro 向前 + gress 行走 → progress 進步

([拉]gradus)

出處 gress 源自拉丁文 gradus，指「行走」。

動腦這樣想 **向前**行走推進，代表有所進步。

Becky has made a lot of **progress** in making Italian cuisine.
貝姬在義大利菜的烹飪上有很大的**進步**。

pro•gres•sive [prəˈgrɛsɪv] <adj.> 進步的

◎☆

動腦這樣想 progress 字尾加 ive，即成為「進步」的形容詞。

It makes me surprised that this city has become so modern and **progressive**.
令我驚訝的是這個城市變得那麼現代化和**進步**。

pro•mote [prə΄mot] <v.t.> 促進

◎★

pro 向前 + mote 運動 → promote 促進

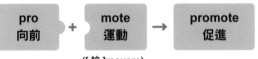

([拉]movere)

出處 mote 源自拉丁文 movere，指「運動」。

動腦這樣想 向前推動某事或某物，代表促進。

Raymond's apology to his wife has **promoted** their relationship.
瑞門對妻子的道歉**促進**了兩人的關係。

pro•pel [prə΄pɛl] <v.t.> 推進、驅策

◎☆

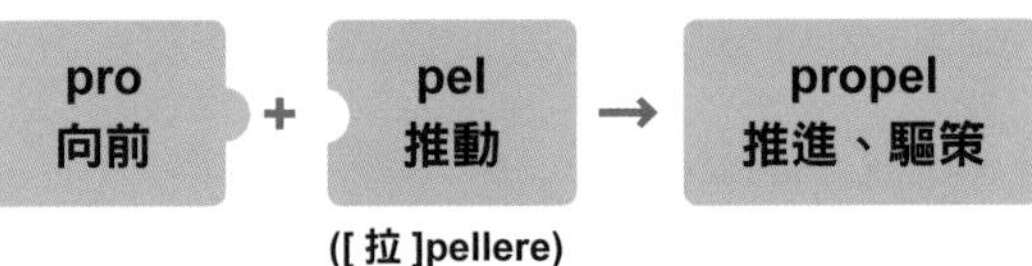

([拉]pellere)

出處 pel 源自拉丁文 pellere，指「推進」。

動腦這樣想 向前施力以推動某物，即是推進、驅策之意。

He doesn't want to be a man **propelled** by ambition.
他不想成為一個為野心所**驅策**的人。

pro•pel•ler [prə΄pɛlɚ] <n.> 推進器

◎☆

動腦這樣想 推動東西向前進的物體，稱為推進器。

The **propeller** of this plane is rusty and needs to be replaced.
這架飛機的**推進器**已經鏽蝕了，得換個新的了。

pro•pose [prə'poz] <v.> 提議

◎★

pro 向前	+	pose 放置	→	propose 提議

([拉]ponere)

出處 pose 源自拉丁文 ponere，指「放置」。

動腦這樣想 將意見往前放置在大家面前，就是提議。

Liz **proposed** a children's reading program to the local library.
麗茲向地方圖書館**提議**推動一個兒童閱讀計畫。

prop•o•si•tion [ˌprɑpə'zɪʃən] <n.> 提議

◎☆

pro 向前	+	posit 放置	+	ion 行為	→	proposition 提議

動腦這樣想 propose 字尾去 e 加 ition，即是「提議」的名詞。

This **proposition** will be voted during the election.
這個**提議**將於本次選舉中表決。

pros•pect ['prɑspɛkt] <n.> 前景

◎☆

pro 向前	+	spect 看	→	prospect 前景

(spectate)

出處 spect 源自英文單字 spectate，指「看」。

動腦這樣想 向前看所看到的景象，引伸為「前景」之意。

I don't think it is wise to take a job that has no **prospects**.
我認為從事沒有**前景**的工作是不智之舉。

pro•spec•tive [prəˊspɛktɪv] <adj.> 預期的、未來的

◎☆

動腦這樣想 向前往遠方看的，引伸為「預期的、未來的」。

You have to give good service to the current customers as well as the **prospective** ones.

你必須要對現在的客戶及**未來的**客戶提供良好的服務。

pro•tect [prəˊtɛkt] <v.t.> 保護

●★

動腦這樣想 向前蓋住以避免危險，即是保護。

Most parents want to **protect** their children.

大部分的父母都會**保護**他們的孩子。

pro•tec•tion [prəˊtɛkʃən] <n.> 保護

◎★

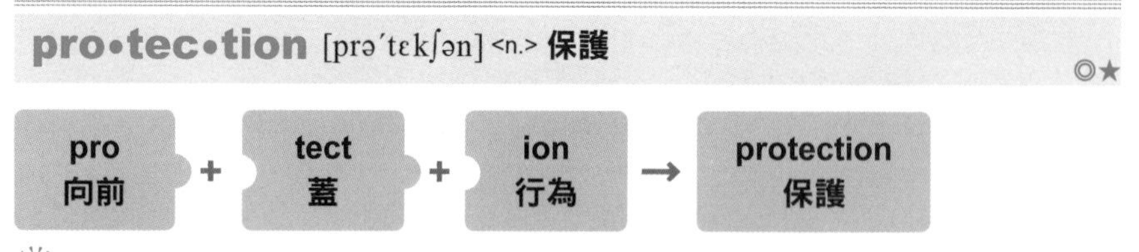

動腦這樣想 protect 字尾加 ion，就是「保護」的名詞。

Over **protection** by the parents will make the children less competitive in the society.

父母的過度**保護**會使孩子在社會上較無競爭力。

pro = 贊成

pro 本身就有「贊成」的意思。

● 全民英檢初級必備單字　◎ 全民英檢中級必備單字　★ 學科能力測驗範圍　☆ 指定科目考試範圍

prom•ise [ˈprɑmɪs] <v.> 允諾、答應 ●★

pro 贊成 + mise 發送 → promise 允諾、答應

([拉]mittere)　出處 mise 源自拉丁文 mittere，指「發送」。

動腦這樣想 贊成發送獎金前，必須先得到老闆的允諾。

Promise me that you never give up! 答應我，你永遠不會放棄！

prom•is•ing [ˈprɑmɪsɪŋ] <adj.> 有前途的 ◎★

pro 贊成 + mis 發送 + ing 的 → promising 有前途的

([拉]mittere)　出處 mis 源自拉丁文 mittere，指「發送」。

動腦這樣想 眾人均贊成向外發送消息的，應該是很有前途的事。

This young man is accepted by Mandy's parents because he seems very promising. 這個年輕男人被曼蒂的父母接受了，因為他看起來很有前途。

prop = 適當

CD-18

以 prop 為首的單字有「適當」的意思。

prop•er [ˈprɑpɚ] <adj.> 適當的 ◎★

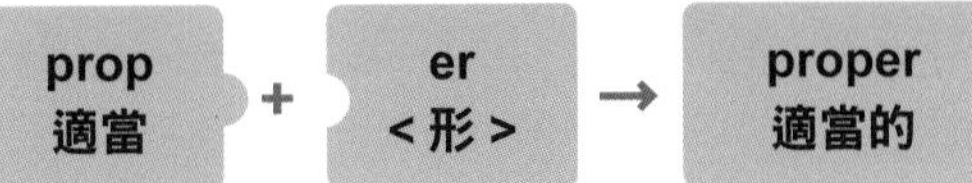

動腦這樣想 符合適當條件的都是適當的。

Lina is the proper one to take the secretarial position.
麗娜是擔任秘書的適當人選。

prop•er•ty [ˊprɑpətɪ] <n.> 財產

◎★

prop 適當	+	er 的	+	ty <名>	→	property 財產

動腦這樣想 屬於自己適當的東西，就是財產。

Their family went to the court to fight over their **property**.
他們一家人到法庭去爭取他們的**財產**。

publ
= 公眾
CD-18
字首為 publ 的單字帶有「公眾」的意思。

pub•lic [ˊpʌblɪk] <adj.> 公眾的

●★

publ 公眾	+	ic 的	→	public 公眾的

動腦這樣想 涉及公眾的事務，即為公眾的。

Public opinions should be highly valued by the policy makers.
制定政策者必須高度重視**公眾的**意見。

pub•li•cize [ˊpʌblɪˏsaɪz] <v.t.> 宣傳

◎★

publ 公眾	+	ic 的	+	ize 使	→	publicize 宣傳

動腦這樣想 要使公眾都知道，就需要「宣傳」。

The superstar's new movie was well **publicized** in all major newspapers.
各大報都大肆**宣傳**這位超級巨星的新電影。

pub•li•ca•tion [ˌpʌblɪˈkeʃən] <n.> 出版

◎★

publ 公眾 + ic 的 + ation 行為 → publication 出版

動腦這樣想 將作品向公眾發表的行為，就是指出版。

The publication of the original novel has made more and more people interested in this movie.

隨著原著小說的出版，愈來愈多人對這部電影有興趣。

pub•lish [ˈpʌblɪʃ] <v.> 出版

◎★

動腦這樣想 向大眾公開文字作品就是出版。

Joy has published three novels so far.

到目前為止，喬伊已出版了三本小說。

pub•lish•er [ˈpʌblɪʃɚ] <n.> 出版者

◎★

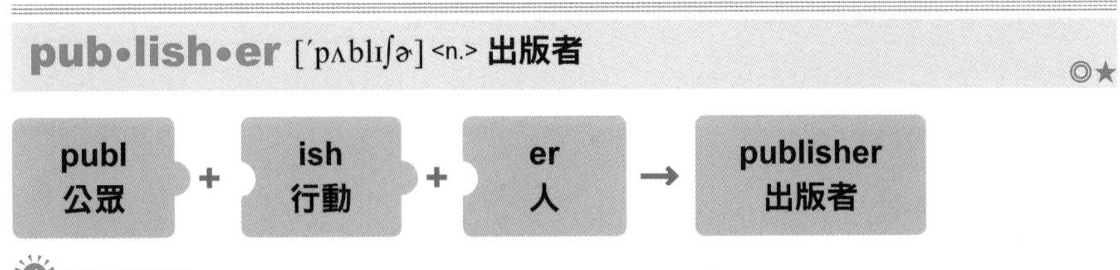

動腦這樣想 向大眾公開文字作品的人稱為出版者。

Several publishers are competing for Ella's newest book.

好幾家出版商競相爭取艾拉的最新著作。

pur = 純淨

和「純淨的」有關的單字，多以 pur 為字首。

● 全民英檢初級必備單字 ◎ 全民英檢中級必備單字 ★ 學科能力測驗範圍 ☆ 指定科目考試範圍

pu•ri•ty [ˈpjʊrətɪ] <n.> 純淨 ◎☆

動腦這樣想 純淨 pure 字尾去 e 加 ity，即成為「純淨」的名詞。

Irene still keeps her **purity** in mind after she grows up.
愛倫長大後仍然保持著內心的**純淨**。

pu•ri•fy [ˈpjurəˌfaɪ] <v.> 淨化 ◎☆

動腦這樣想 使某物變得**純淨**，就是將其淨化。

To **purify** the water, first we have to clean up the water tower.
將水**淨化**的第一步是清理水塔。

psych = 心靈

字首為 psych 的單字，帶有「心靈」的意思。

psy•chol•o•gy [saɪˈkɑlədʒɪ] <n.> 心理學 ◎★

動腦這樣想 專門研究**心靈**的學科，就是心理學。

Psychology is one of my favorite subjects in college.
心理學是我在大學時最喜歡的科目之一。

psy•cho•log•i•cal [ˌsaɪkəˈlɑdʒɪkḷ] <adj.> 心理學的 ◎★

psych 心靈 + olog 學科 + ical 的 → psychological 心理學的

動腦這樣想 有關於心靈學科研究的，就是有關心理學的。

This course requires students to do **psychological** research on depression.
這堂課要求學生做有關憂鬱症**心理學的**研究。

psy•chol•o•gist [saɪˈkɑlədʒɪst] <n.> 心理學家 ◎★

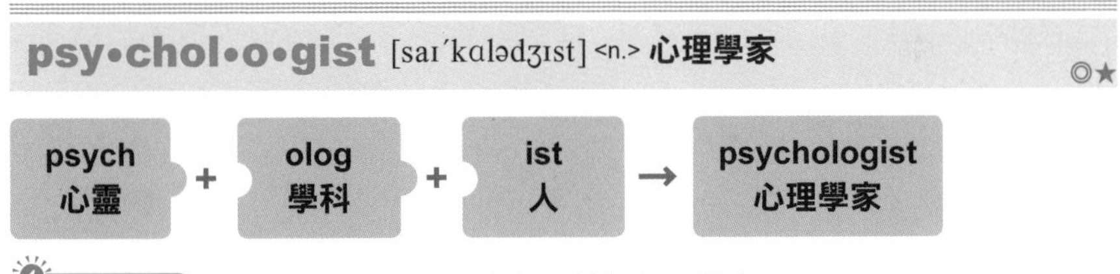

動腦這樣想 專門研究心靈學科的人，稱為心理學家。

Psychologists in our country are not as common as in the United States.
心理學家在我國不如在美國普及。

psy•chol•o•gize [saɪˈkɑlədʒaɪz] <v.> 做心理研究 ◎

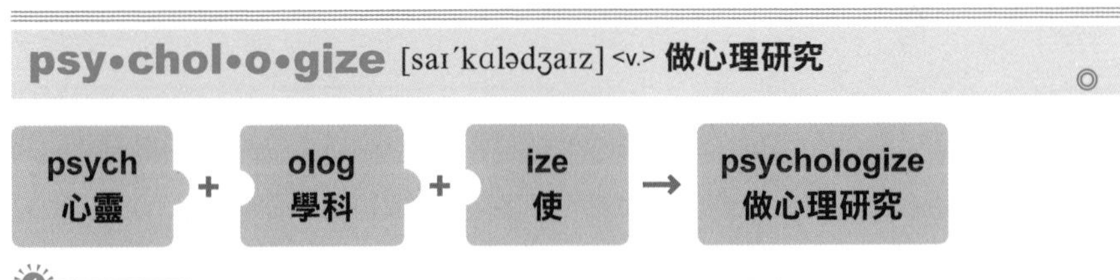

動腦這樣想 使對方的心靈為你所知，就要做心理研究。

For patients to be **psychologized**, a psychologist needs to have good relationship with them.
為了對病患**做心理研究**，心理學家必須和他們建立良好的關係。

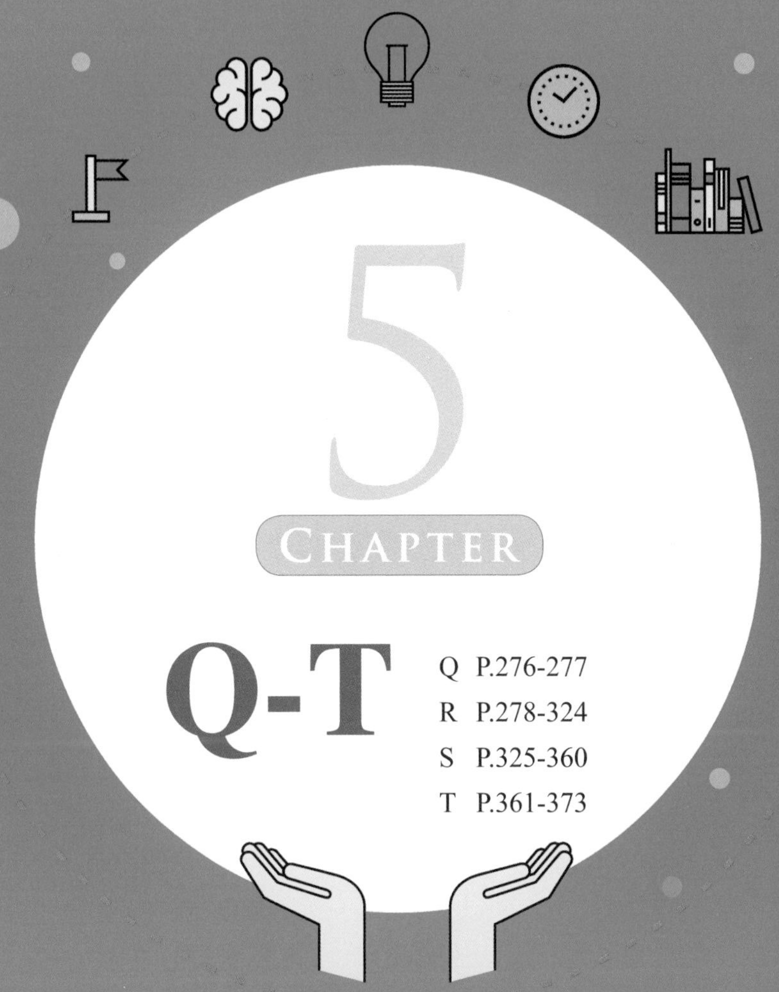
5
CHAPTER
Q-T

qual = 品質

以 qual 為字首的字，意思上和「品質」有關。

● 全民英檢初級必備單字 ◎ 全民英檢中級必備單字 ★ 學科能力測驗範圍 ☆ 指定科目考試範圍

qual•i•fy [ˈkwɑləˌfaɪ] <v.> 合格化 ◎☆

qual 品質 + ify 使……化 → qualify 合格化

動腦這樣想 使品質符合規定，意指使合格化。

I'm sorry to tell you that you are not **qualified** for this position.
很抱歉，你不夠**合格**擔任這項職務。

qual•i•fi•ca•tion [ˌkwɑləfəˈkeʃən] <n.> 合格 ◎☆

qual 品質 + ifi 使……化 + cation <名> → qualification 合格

動腦這樣想 qualify 字尾去 y 加 ication，即成為「合格」的名詞。

It's not that difficult to meet the **qualifications** for this job.
要**符合**擔任這項工作的**資格**沒那麼困難。

quer, quest

= 詢問

CD-19

quer 源自拉丁文 quaerere，有「詢問」的意思。

● 全民英檢初級必備單字 ◎ 全民英檢中級必備單字 ★ 學科能力測驗範圍 ☆ 指定科目考試範圍

que•ry [ˈkwɪrɪ] <n.> 疑問 ◎☆

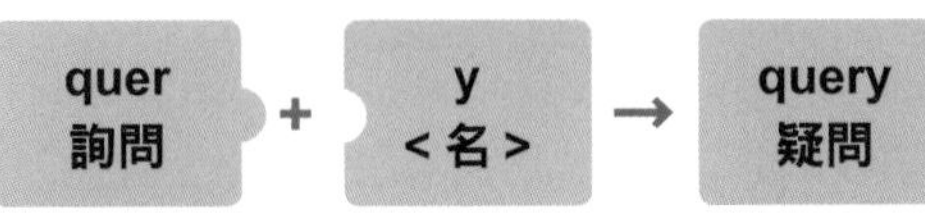

動腦這樣想 會開口**詢問**，心中必有疑問。

My youngest son has a lot of **queries** in his mind about the nature.
我最小的兒子對大自然有很多的**疑問**。

quest [kwɛst] <n.> 尋求 ◎☆

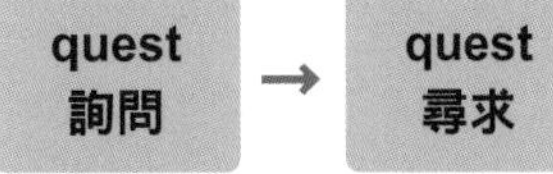

動腦這樣想 對某件事不斷地**詢問**，代表是「尋求」的目標。

Julie is the kind of person who never stop the **quest** for knowledge.
茱莉是屬於不斷**追求**新知的那一種人。

ques•tion [ˈkwɛstʃən] <n.> 問題 ●★

動腦這樣想 要**詢問**事物的真相，就要提出問題。

Now, we can open up three **questions** for the audience.
現在，我們開放三個**問題**讓觀眾提問。

rad(i) = 發光

以 rad(i) 為首的單字，意思上和「發光」有關。

● 全民英檢初級必備單字 ◎ 全民英檢中級必備單字 ★ 學科能力測驗範圍 ☆ 指定科目考試範圍

ra•dar [ˈredɑr] <n.> 雷達 ◎★

動腦這樣想 在螢幕上發出光點以偵測位置的就是雷達。

The radar can warn the drivers whenever there is a speed detector ahead of them.

雷達可以警告駕駛人前面有超速偵測器。

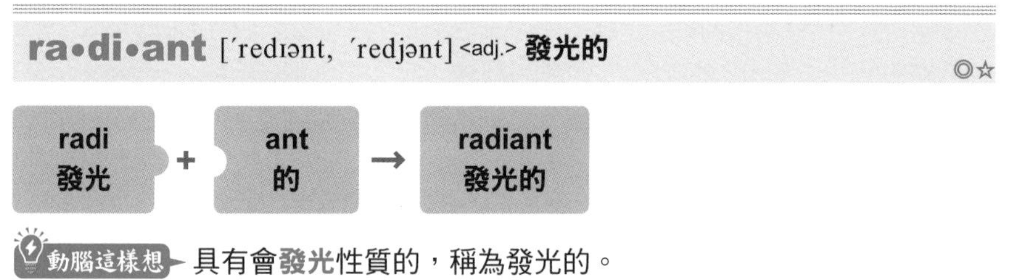

ra•di•ant [ˈredɪənt, ˈredjənt] <adj.> 發光的 ◎☆

動腦這樣想 具有會發光性質的，稱為發光的。

The moon itself is not radiant.

月球自己不會發光。

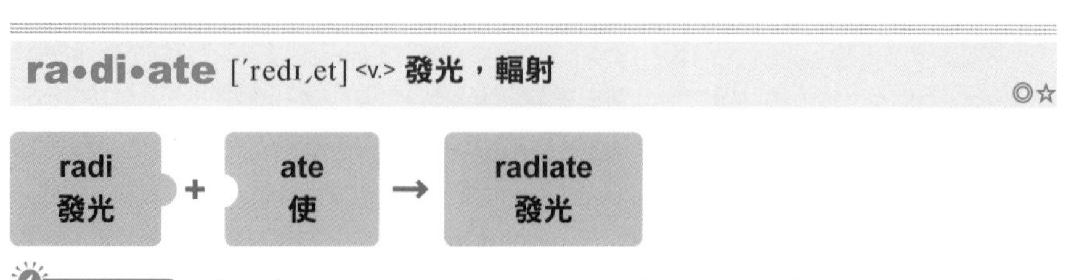

ra•di•ate [ˈredɪˌet] <v.> 發光，輻射 ◎☆

動腦這樣想 會使人看到發光現象的物品，本身多有發光功能。

The sun radiates heat and light to support numerous creatures on earth.

太陽發射出的光與熱讓地球上的無數生物得以存活。

ra•di•a•tion [ˌrediˈeʃən] <n.> 發光，輻射 ◎☆

radi 發光 + ation 動作 → radiation 發光

動腦這樣想 radiate 字尾去 e 加 ion，就是「發光」或「輻射」的名詞。

The **radiation** of sun is so strong in summer.
夏天的太陽**光**多麼的強。

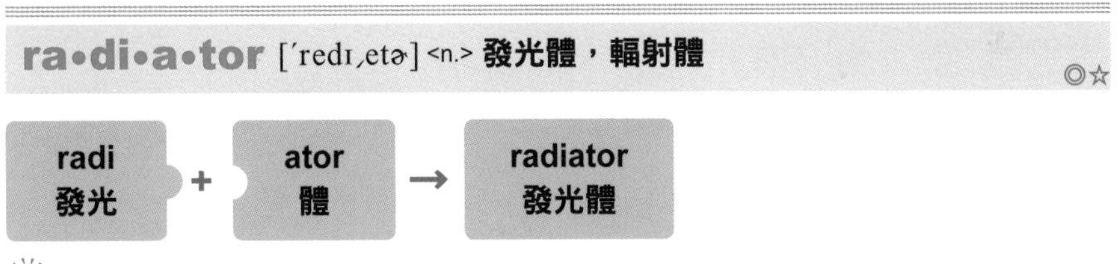

ra•di•a•tor [ˈredɪˌetɚ] <n.> 發光體，輻射體 ◎☆

動腦這樣想 會**發出光**芒或輻射的物體，便稱為發光體或輻射體。

The sun is the biggest **radiator** in the solar system.
太陽是太陽系中最大的**發光體**。

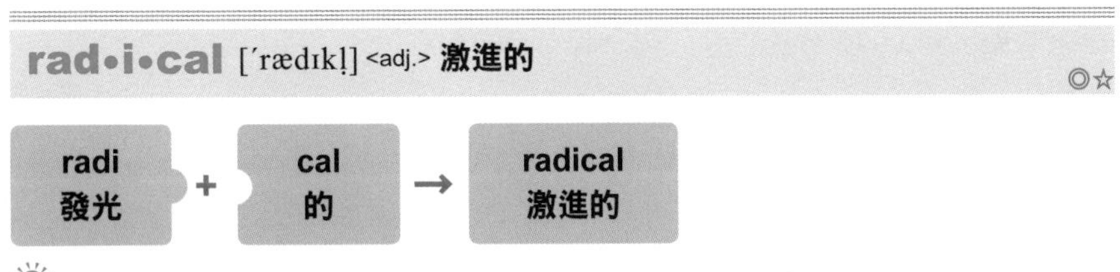

rad•i•cal [ˈrædɪkl̩] <adj.> 激進的 ◎☆

動腦這樣想 談到政治就眼睛彷彿會**發光**的人，多半有「激進」的立場。

I don't want to marry a guy who is either too **radical** or too traditional.
我不要和一個太**激進**或太傳統的男人結婚。

rat = 估價

CD-20

以 rat 為首的字，意思上和「估價」有關。

● 全民英檢初級必備單字 ◎ 全民英檢中級必備單字 ★ 學科能力測驗範圍 ☆ 指定科目考試範圍

ra•ti•o [ˈreʃo] <n.> 比例

◎☆

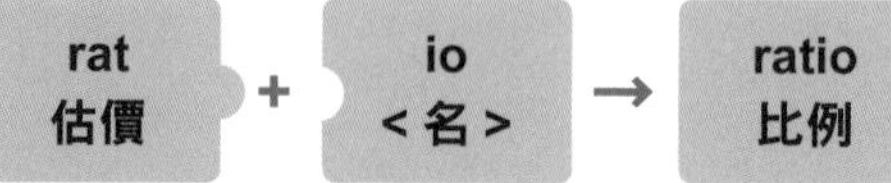

動腦這樣想 估價的高低，決定於東西的優缺點「比例」。

The ratio of students to professors is 30:1. 學生和教授的比例是 30 比 1。

ra•tion•al [ˈræʃənl̩] <adj.> 理性的

◎☆

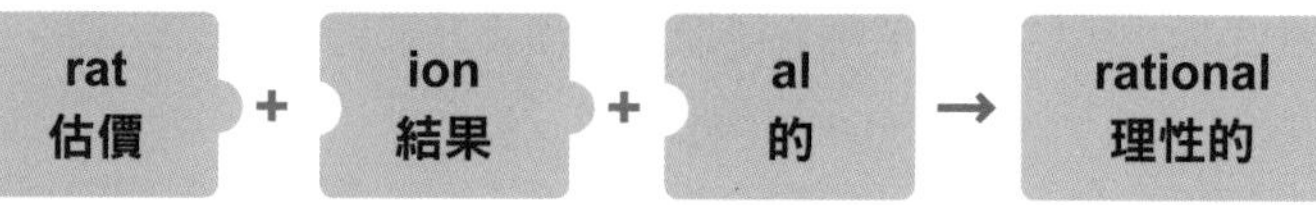

動腦這樣想 要有合理的估價結果，估價者必須是「理性的」。

Allen is too angry to make any rational decisions.
亞倫太生氣，以致於無法做任何理性的決定。

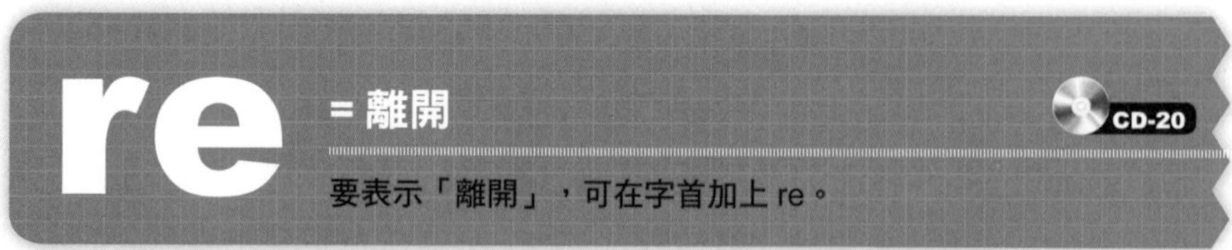

re = 離開

CD-20

要表示「離開」，可在字首加上 re。

re•mote [rɪˈmot] <adj.> 偏遠的

◎★

([拉]movere) 出處 mote 源自拉丁文 movere，指「動」。

動腦這樣想 離開到只靠走動無法到達之處，意味是偏遠的。

My college locates in a remote city in the United States.
我的大學位於美國的一個偏遠的城市。

re•move [rɪˈmuv] <v.> 移開 ◎★

動腦這樣想 移動某物使其**離開**，表示移開之意。

Please **remove** the trash in the hallway.
請將走廊的垃圾**移開**。

re•mov•al [rɪˈmuvl̩] <n.> 移開 ◎

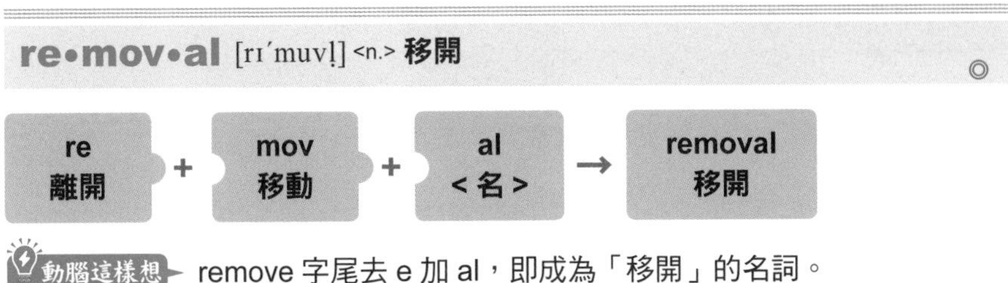

動腦這樣想 remove 字尾去 e 加 al，即成為「移開」的名詞。

The **removal** of all the furnitures has cost me a fortune.
將所有家具**搬走**讓我破費甚多。

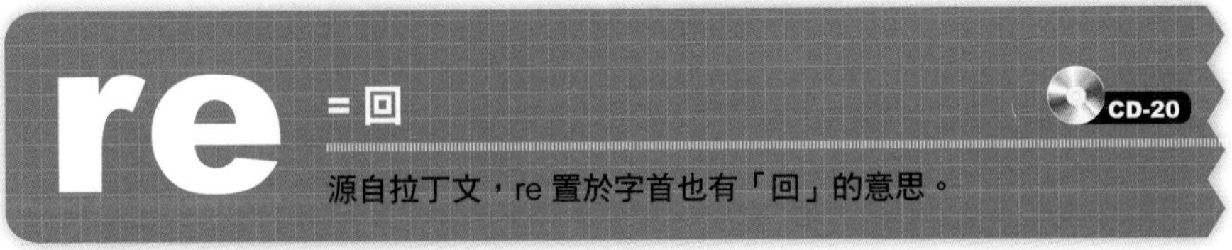

re
= 回
CD-20
源自拉丁文，re 置於字首也有「回」的意思。

re•bound [rɪˈbaʊnd] <v.> 跳回、彈回 ◎☆

動腦這樣想 **往回**彈跳，即是跳回或彈回之意。

The spring **rebounded** from the machine.
這個彈簧從機器**彈**出來。

re•ceive [rɪ'siv] <v.> 收到

●★

re 回 + ceive 拿 → receive 收到

([拉]capere)

出處 ceive 源自拉丁文 capere，指「拿」。

動腦這樣想 往回來的方向拿到，代表收到。

Vicky **received** many greeting cards for her birthday.
斐琪在生日時**收到**很多祝賀卡。

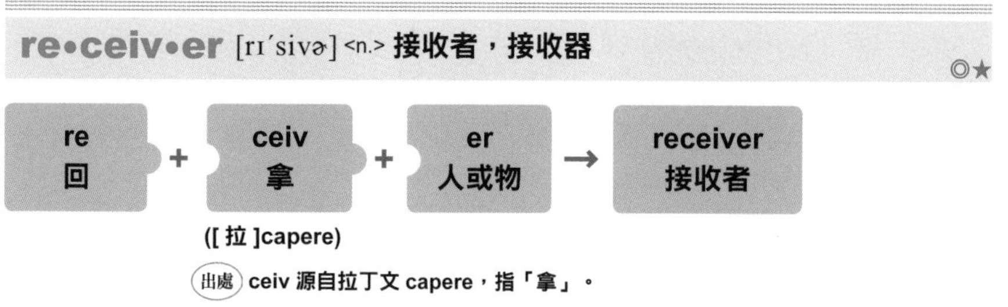

re•ceiv•er [rɪ'sivɚ] <n.> 接收者，接收器

◎★

re 回 + ceiv 拿 + er 人或物 → receiver 接收者

([拉]capere)

出處 ceiv 源自拉丁文 capere，指「拿」。

動腦這樣想 往回來方向拿到東西的人或物，即為接收者或接收器。

He used the **receiver** of the phone as a nutcracker.
他把電話**話筒**當成胡核鉗來用。

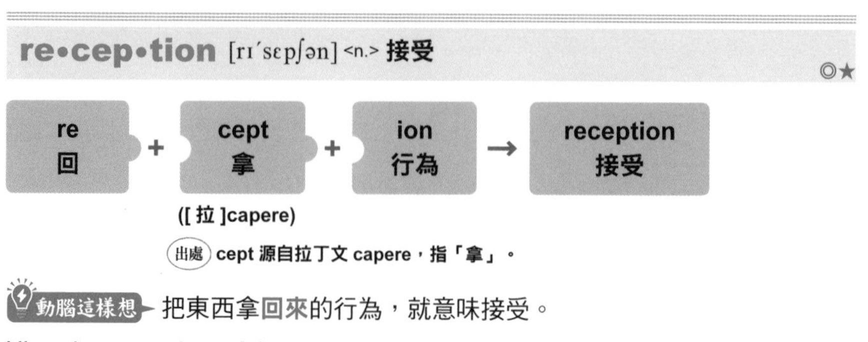

re•cep•tion [rɪ'sɛpʃən] <n.> 接受

◎★

re 回 + cept 拿 + ion 行為 → reception 接受

([拉]capere)

出處 cept 源自拉丁文 capere，指「拿」。

動腦這樣想 把東西拿回來的行為，就意味接受。

His calm **reception** of the news surprised us.
他**聽到**消息後的鎮定令我們感到驚訝。

re•cip•i•ent [rɪˈsɪpɪənt] <n.> 獲得者

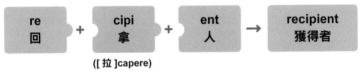

◎☆

re 回 + cipi 拿 + ent 人 → recipient 獲得者

([拉]capere)

出處 cipi 源自拉丁文 capere，指「拿」。

動腦這樣想 把東西拿**回到**手的人，代表是獲得者。

All the **recipients** of the prizes are standing on the stage.

所有**獲獎人**正站在台上。

re•fer [rɪˋfɝ] <v.> 歸因於

◎★

re 回 + fer 攜帶 → refer 歸因於

([拉]ferre)

出處 fer 源自拉丁文 ferre，指「攜帶」。

動腦這樣想 攜帶**回**原點，就是指歸因於。

Victor always **refers** his troubles to other's faults.

斐特總是把他的麻煩事**歸因於**他人的錯。

ref•er•ee [ˏrɛfəˈri] <n.> 裁判

◎☆

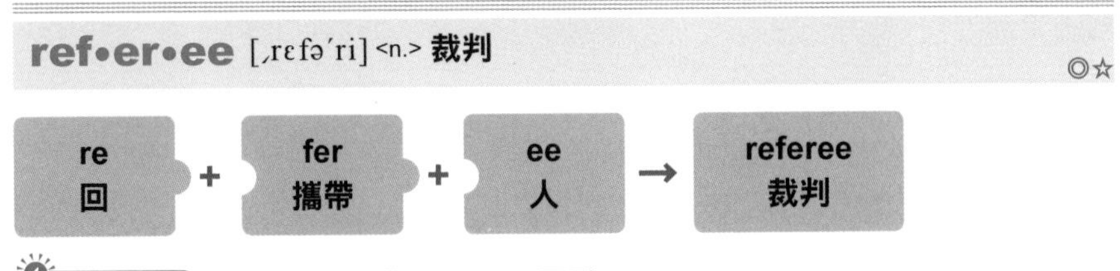

動腦這樣想 裁判把比賽帶**回**至公平原點。

The **referee** was knocked down by one of the football players.

裁判被其中一個橄欖球員撞倒了。

ref•er•ence [ˈrɛfərəns] <n.> 參考文獻，參考

◎★

re 回 + fer 攜帶 + ence 事物 → reference 參考文獻

動腦這樣想 帶回事物源頭之物，就是參考文獻。

You should include the **references** at the end of your assignment.
你應該在報告的最後面附上**參考文獻**。

re•flect [rɪˈflɛkt] <v.> 反射、映照

◎★

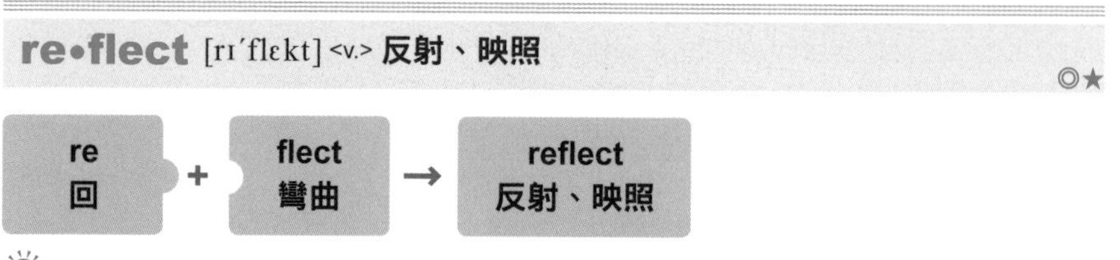

動腦這樣想 以彎曲方式映射回去的，就是反射、映照。

The surface of the lake **reflects** the trees behind me.
湖的表面**映照**出我背後的樹。

re•flec•tion [rɪˈflɛkʃən] <n.> 反射

◎★

動腦這樣想 reflect 加上 ion，就是「反射」的名詞。

The mirror is too dirty to see my **reflection**.
這鏡子太髒了，使我看不到自己**反射**的影像。

re•flec•tive [rɪˈflɛktɪv] <adj.> 反射的 ◎☆

re 回 + flect 彎曲 + ive 的 → reflective 反射的

動腦這樣想 reflect 加上 ive，就是「反射」的形容詞。

The **reflective** vision of the moon on the water surface is clear.
月亮在水面上**反射**出來的倒影很清楚。

re•fuse [rɪˈfjuz] <v.> 拒絕 ★

動腦這樣想 使對方的提議**往回**流，代表拒絕之意。

I **refuse** to lend her my car.
我**拒絕**把車子借給她。

re•fus•al [rɪˈfjuzl̩] <n.> 拒絕 ◎★

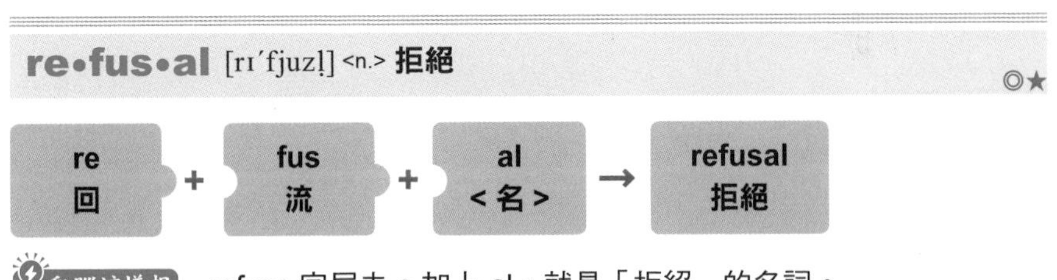

動腦這樣想 refuse 字尾去 e 加上 al，就是「拒絕」的名詞。

Pamela's **refusal** of Johnny's marriage proposal made him embarrassed.
潘蜜拉**拒絕**強尼的求婚，令他很尷尬。

re•ject [rɪ'dʒɛkt] <v.t.> 拒絕、駁回

●★

re 回 + ject 投射 → reject 拒絕、駁回

([拉]jacere)

出處 ject 源自拉丁文 jacere，指「投射」。

動腦這樣想 將對方的意見丟**回去**，就表示拒絕、駁回。

The manager **rejected** all of our new ideas.
經理**駁回**了我們所有新的構想。

re•jec•tion [rɪ'dʒɛkʃən] <n.> 拒絕

◎★

re 回 + ject 投射 + ion 行為 → rejection 拒絕

動腦這樣想 reject 字尾加 ion，就是「拒絕」的名詞。

The president's **rejection** stopped the program from launching.
總裁的**拒絕**使得計畫停止展開。

re•late [rɪ'let] <v.> 關聯

◎★

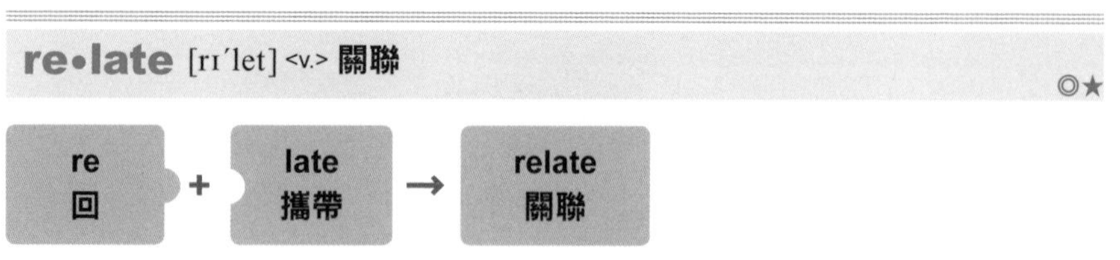

動腦這樣想 攜帶**回到**某事之上，即指與某事有關聯。

He **related** his childhood experiences in his novel.
他將童年的經歷和小說**相聯**。

re•la•tion [rɪˈleʃən] <n.> 關聯

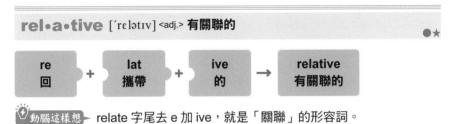

◎★

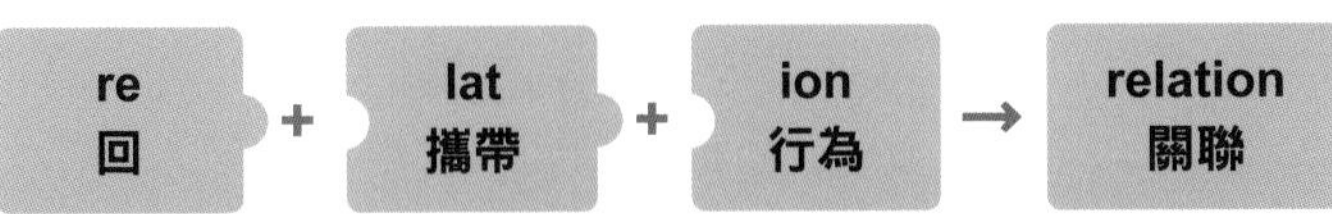

動腦這樣想 relate 字尾去 e 加 ion，即為「關聯」的名詞。

There is no **relation** between my criticism of you and our friendship.
我對你的批評和我們的友情並無**關聯**。

rel•a•tive [ˈrɛlətɪv] <adj.> 有關聯的

●★

re 回 + lat 攜帶 + ive 的 → relative 有關聯的

動腦這樣想 relate 字尾去 e 加 ive，就是「關聯」的形容詞。

The paparazzi usually ask the celebrities questions which are not **relative** to their work.
狗仔隊通常問名人一些與他們工作毫無**關聯的**問題。

ref•uge [ˈrɛfjudʒ] <v.> 避難

◎☆

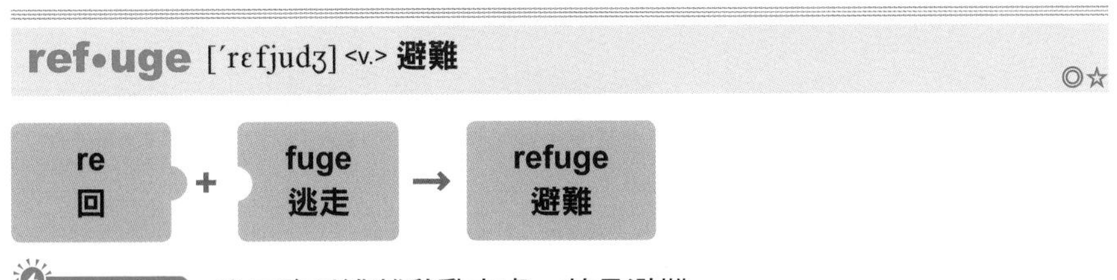

動腦這樣想 **往回**跑以逃離動亂之處，就是避難。

Thousands of people **refuged** to this country after the war.
戰後有成千上萬的人到這個國家**避難**。

re•f•u•gee [ˌrɛfjuˈdʒi] <n.> 難民

◎★

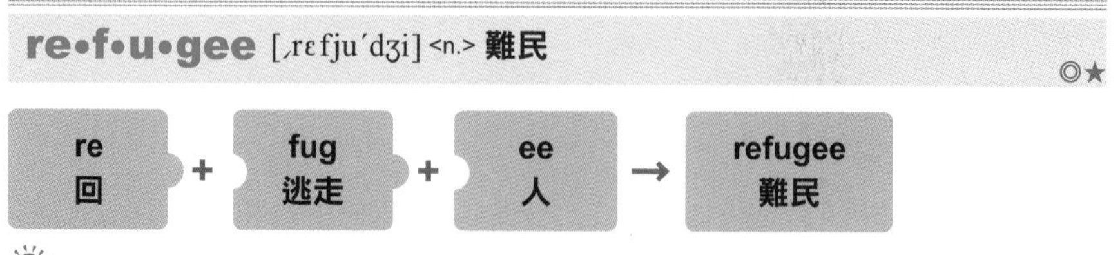

動腦這樣想 往回跑以逃離動亂之地的人，就稱為難民。

After the Vietnam war, Vietnamese **refugees** fled to the United States.
越南戰爭後，很多越南**難民**逃到美國去。

re•sign [rɪˈzaɪn] <v.> 辭職

◎★

動腦這樣想 撤回簽署表示辭職。

The prime minister **resigned** from his position due to the scandal.
首相因為醜聞而**辭職**下台。

res•ig•na•tion [ˌrɛzɪgˈneʃən] <n.> 辭職

◎★

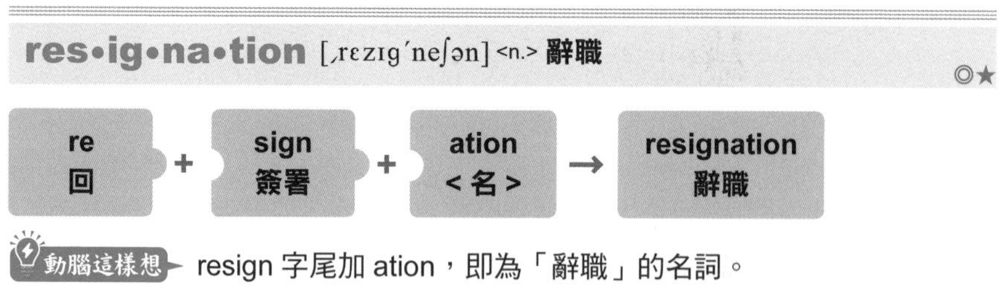

動腦這樣想 resign 字尾加 ation，即為「辭職」的名詞。

The committee announced the **resignation** of the president.
委員會宣佈了總裁**辭職**的消息。

re•sist [rɪˈzɪst] <v.> 反抗

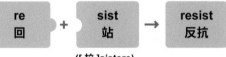

◎★

re 回 + sist 站 → resist 反抗

([拉]sistere)

出處 sist 源自拉丁文 sistere，指「站」。

動腦這樣想 站回對面表示反抗。

I can't **resist** the seduction of chocolates.

我無法**抗拒**巧克力的誘惑。

re•sist•ance [rɪˈzɪstəns] <n.> 反抗

◎★

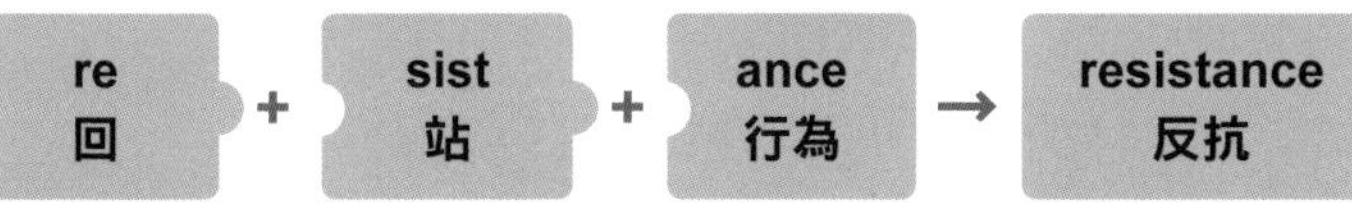

動腦這樣想 resist 字尾加 ance，就是「反抗」的名詞。

The **resistance** of civilians put off the war.

平民百姓的**抵抗**拖延了戰爭。

re•sis•tant [rɪˈzɪstənt] <adj.> 反抗的

◎☆

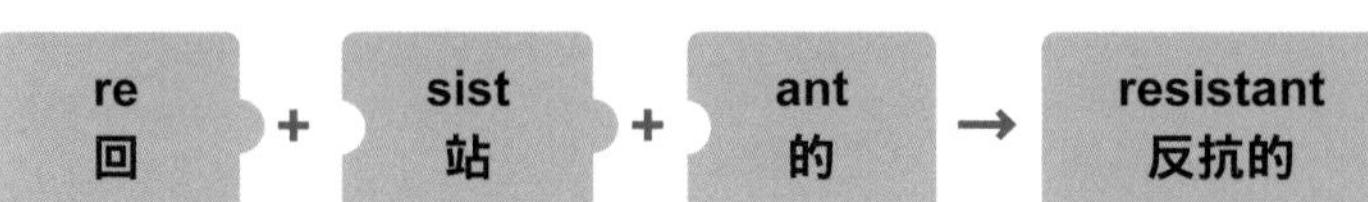

動腦這樣想 resist 字尾加 ant，即為「反抗」的形容詞。

I am **resistant** to the arrangement.

我對這個安排感到**抗拒**。

re•strain [rɪˈstren] <v.t.> 約束

◎☆

動腦這樣想 往回拉緊使之無法前進，代表約束之意。

Abby has been **restrained** by her family since she was born.
艾比從一生下來就受到家庭的**約束**。

re•strict [rɪˈstrɪkt] <v.t.> 限制

◎★

動腦這樣想 往回拉緊以控制對方，即是限制。

Betty **restricts** herself to one meal a day because she thinks she is too fat.
貝蒂**限制**自己一天只吃一餐，因為她認為自己太胖。

re•stric•tion [rɪˈstrɪkʃən] <n.> 限制

◎★

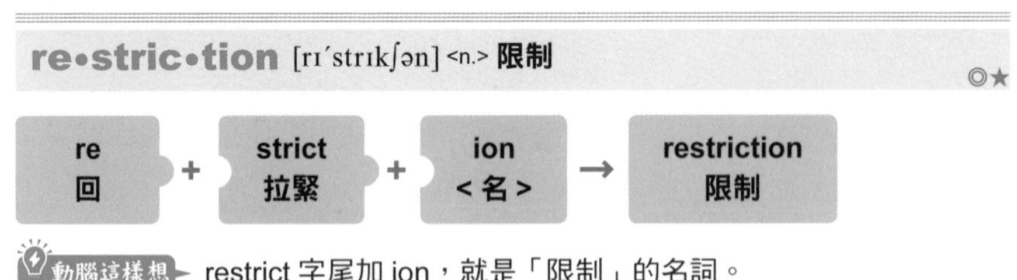

動腦這樣想 restrict 字尾加 ion，就是「限制」的名詞。

Please pay attention to the **restrictions** written on the board.
請注意板子上列出的**限制**規定。

re•tal•i•ate [rɪˈtælɪˌet] <v.> 報復

◎☆

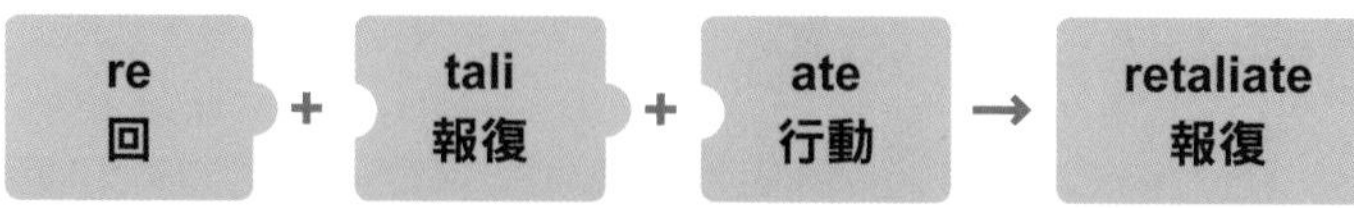

動腦這樣想 回頭採取報復的行動，即是報復之意。

The terrorist **retaliated** by suicide bombing.
恐怖份子以自殺式炸彈攻擊進行**報復**。

re•tract [rɪˈtrækt] <v.> 撤銷

◎☆

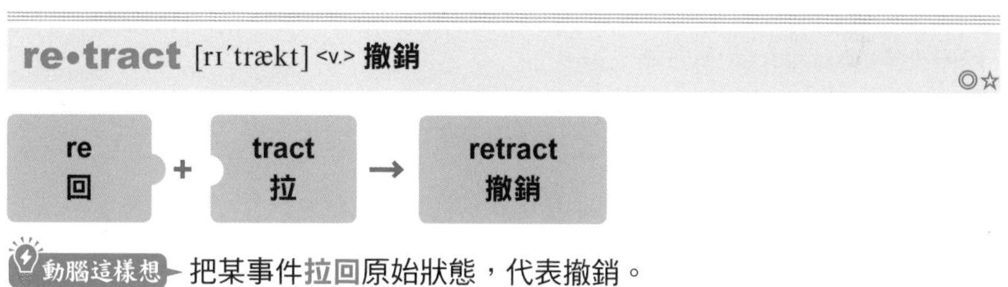

動腦這樣想 把某事件拉回原始狀態，代表撤銷。

Fritz **retracted** his legal complaint against the company.
傅里茲**撤銷**了對這家公司的告訴。

re•treat [rɪˈtrit] <v.> 撤退

◎★

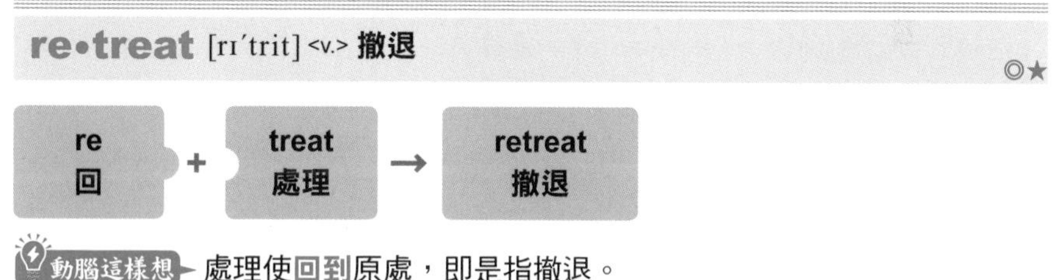

動腦這樣想 處理使回到原處，即是指撤退。

The army **retreated** to a deserted island.
軍隊**撤退**至一個無人的荒島上。

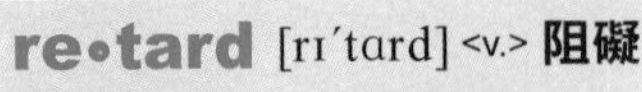

re•tard [rɪˈtɑrd] <v.> 阻礙

◎☆

動腦這樣想 延緩使回到原本狀態，即是阻礙之意。

Brook's laziness **retarded** the whole plan.
布魯克的怠惰**阻礙**了整個計畫。

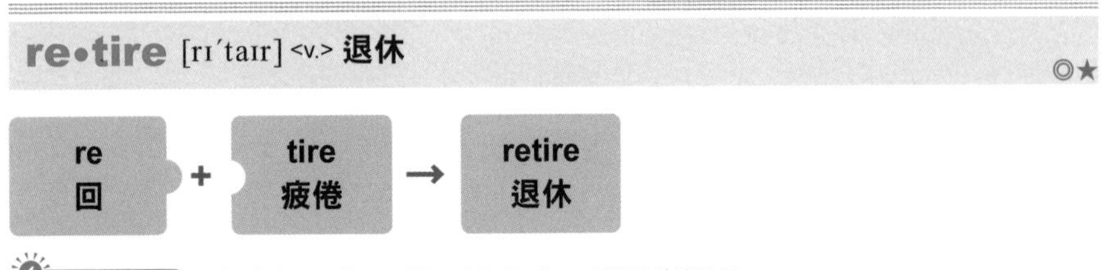

re•tire [rɪˈtaɪr] <v.> 退休

◎★

動腦這樣想 疲倦於工作而想回歸家庭，即是指退休。

Her father is going to **retire** next year.
她父親將在明年**退休**。

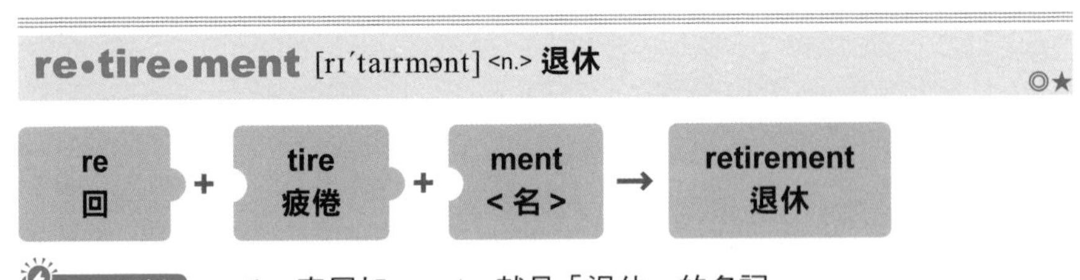

re•tire•ment [rɪˈtaɪrmənt] <n.> 退休

◎★

動腦這樣想 retire 字尾加 ment，就是「退休」的名詞。

Andy will receive a large **retirement** pension after he retires from work.
安迪退休後將獲得一筆豐厚的**退休**金。

re•veal [rɪˈvil] <v.t.> 洩漏

◎★

動腦這樣想 回頭揭開事件的面紗，亦即洩漏。

Gillian **revealed** the confidential information of the company.
吉莉安**洩露**了公司的機密資料。

rev•e•nue [ˈrɛvə͵nju] <n.> 收入

◎☆

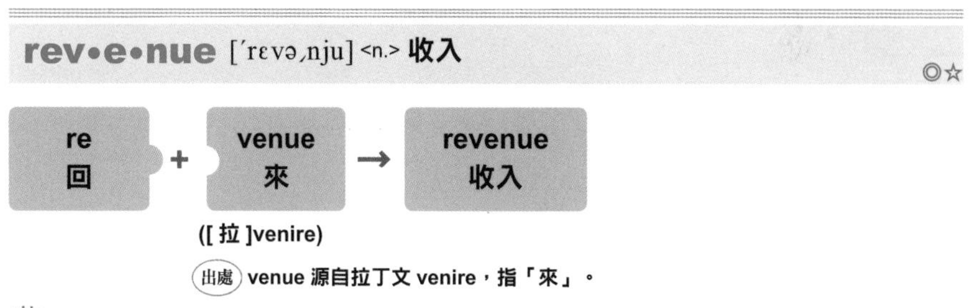

出處 venue 源自拉丁文 venire，指「來」。

動腦這樣想 回來至自己口袋的，就是收入。

The annual **revenue** of the company has increased rapidly this year.
今年公司的年度**收益**快速上昇。

re = 反，再，反覆

re 當字首還有「反，再，反覆」的意思。

● 全民英檢初級必備單字　◎ 全民英檢中級必備單字　★ 學科能力測驗範圍　☆ 指定科目考試範圍

re•act [rɪˈækt] <v.> 反應

◎★

re 反	+	act 動作	→	react 反應

動腦這樣想 反射性的動作，就是指反應。

I don't know how to **react** to his jokes.
對於他的笑話，我不知該作何**反應**。

re•ac•tion [rɪˈækʃən] <n.> 反應

◎★

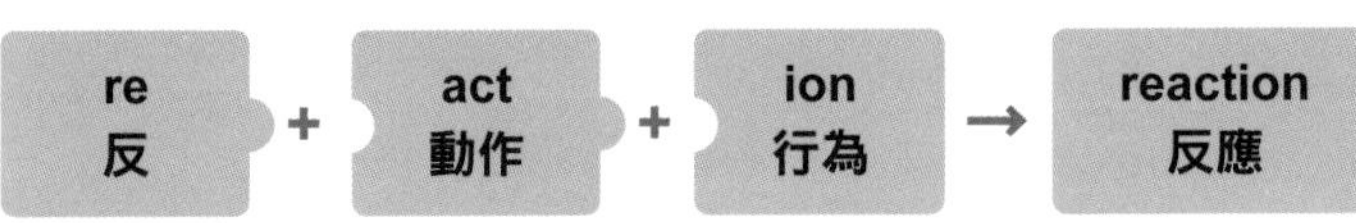

re 反	+	act 動作	+	ion 行為	→	reaction 反應

動腦這樣想 react 字尾加 ion，即是「反應」的名詞。

What's her **reaction** after hearing the news?
她得知這個消息後有什麼**反應**？

reb•el [rɪˈbɛl̩] <v.i.> 謀反

◎★

re 反	+	bel 戰爭	→	rebel 謀反

動腦這樣想 反向發動戰爭，代表有謀反之意。

The government accused the opposition party of acts of **rebelling**.
政府指控反對黨有**謀反**行動。

re•bel•lion [rɪˈbɛljən] <n.> 謀反

◎☆

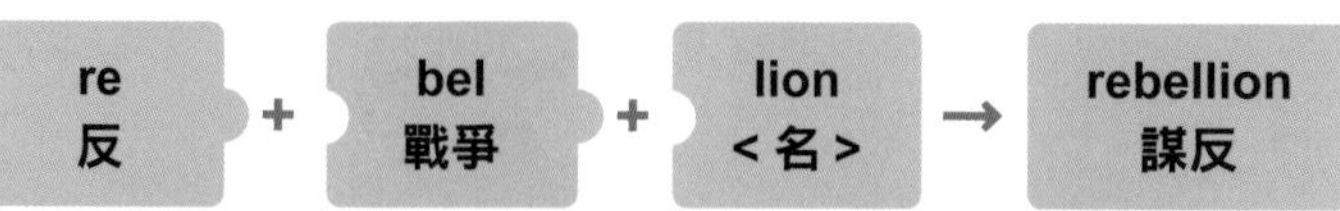

動腦這樣想 rebel 字尾加 lion，即為「謀反」的名詞。

The rebellion troops declared the purpose of their **rebellion**.
反叛軍聲明他們**謀反**的目的。

re•call [rɪˈkɔl] <v.> 回憶

◎★

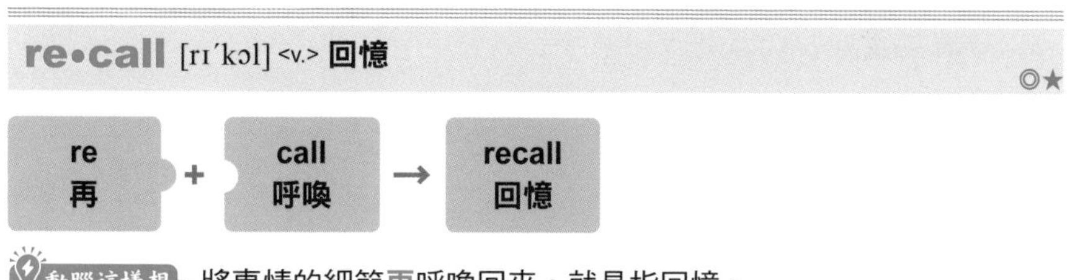

動腦這樣想 將事情的細節**再**呼喚回來，就是指回憶。

Our chatting made Millie **recalled** her childhood.
我們的閒聊使米莉**回憶**起她的童年。

re•cord [rɪˈkɔrd] <v.> 記錄

●★

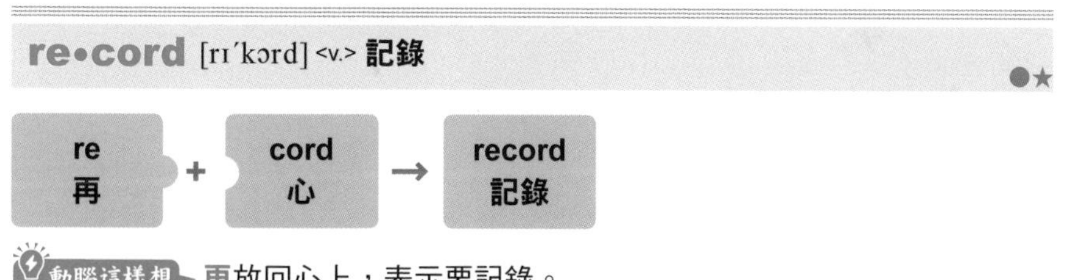

動腦這樣想 **再**放回心上，表示要記錄。

I **record** every duty my manager handed over to me in the notebook.
我將經理交代給我的每一項任務**記錄**在筆記本上。

re•cor•der [rɪˈkɔrdɚ] <n.> 錄音機 ●★

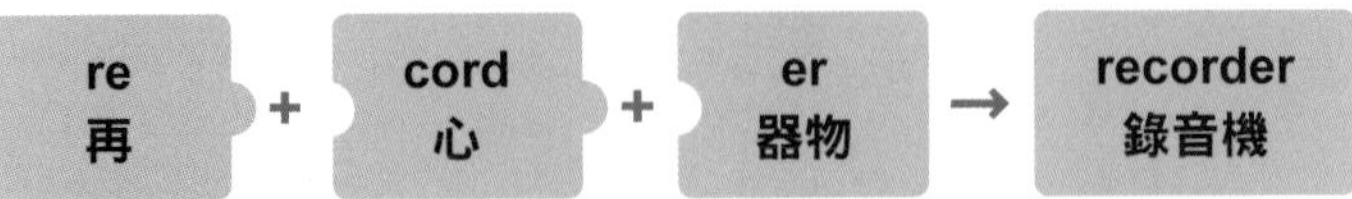

動腦這樣想 可以記錄聲音再放出來聽的機器，稱為錄音機。

I used to bring a **recorder** with me when attending a class.
我以前習慣帶一台**錄音機**去上課。

re•cov•er [rɪˈkʌvɚ] <v.> 恢復 ●★

re 再 + cover 覆蓋 → recover 恢復

動腦這樣想 **再度**回到原本受覆蓋保護的狀態，即是指恢復原狀。

After three months of therapy, Theodore has **recovered** from his illness.
經過三個月的治療，塞奧多已從病中**恢復**了。

re•cov•er•y [rɪˈkʌvərɪ] <n.> 恢復 ◎★

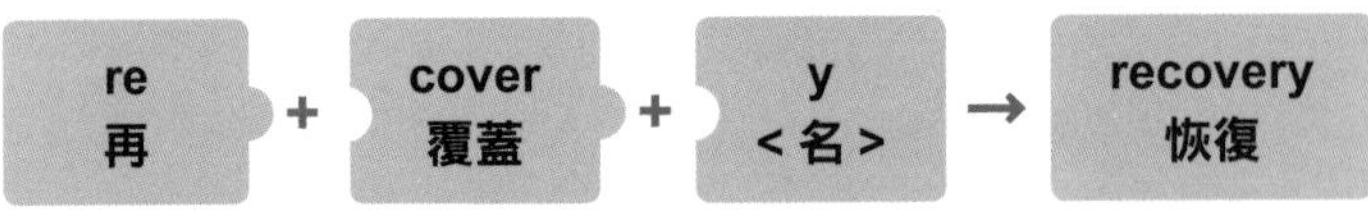

動腦這樣想 recover 字尾加 y，就成為「恢復」的名詞。

The **recovery** from cancer has changed Kyle's perspective on life.
從癌症**恢復**正常使凱爾改變了他對生命的看法。

re•cre•ate [rikrɪˊet, ˊrɛkrɪˏet] <v.> 娛樂

◎★

動腦這樣想 重新再創造愉快的心情，就需要從事娛樂。

I recreate myself with music and books in my leisure time.
我在閒暇時以音樂和書娛樂自己。

rec•re•a•tion [ˏrɛkrɪˊeʃən] <n.> 娛樂

◎★

re 再 + creat 創造 + ion 行為 → recreation 娛樂

動腦這樣想 recreate 字尾去 e 加 ion，即為「娛樂」的名詞。

This mall has been seen as a new place for recreation.
這個購物中心已被視為一個新的娛樂場所。

re•cite [rɪˊsaɪt, riˊsaɪt] <v.> 背誦

◎★

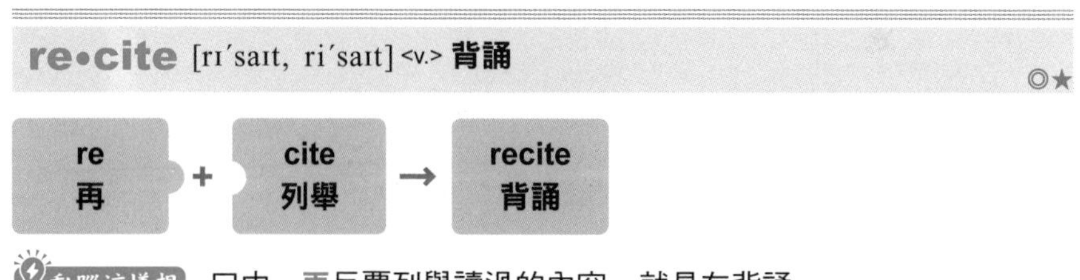

動腦這樣想 口中一再反覆列舉讀過的內容，就是在背誦。

Steward has a good memory that he can recite everything he reads.
史都華有很好的記憶力，他能背誦每一個他讀過的東西。

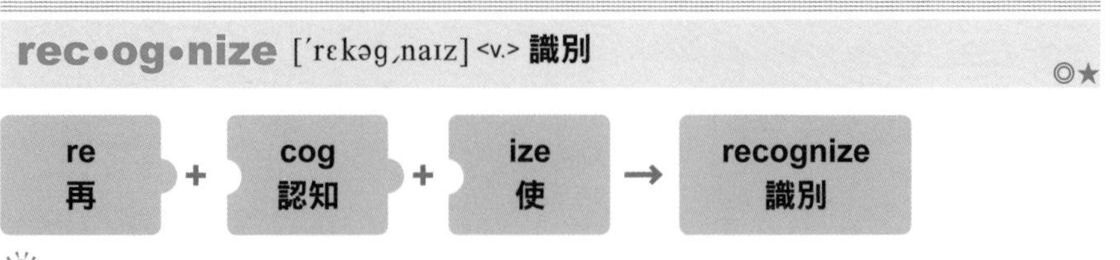

rec•og•nize [ˈrɛkəgˌnaɪz] <v.> 識別

◎★

動腦這樣想 使一再去認知難辨之事，代表就是識別。

I **recognize** her face but not her name.
我**認得**她的臉，但不認得她的名字。

re•cur [rɪˈkɝ] <v.i.> 再發生

◎☆

動腦這樣想 某事再一次跑回到眼前，代表再次發生。

The memory of my ex-boyfriend often **recurs** to me.
對前任男友的回憶常常**再度浮現**在我心頭。

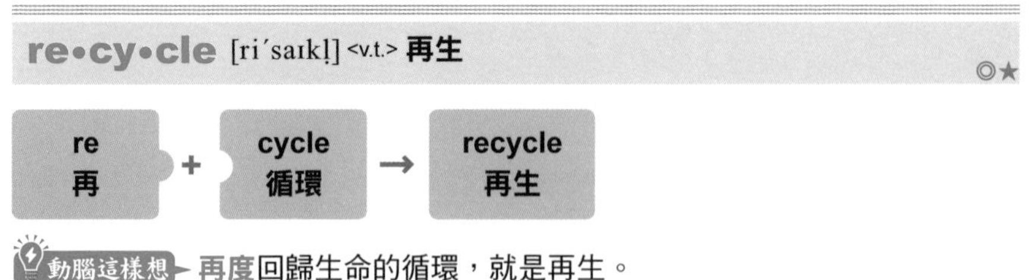

re•cy•cle [riˈsaɪkl̩] <v.t.> 再生

◎★

動腦這樣想 再度回歸生命的循環，就是再生。

These bottles should be **recycled**.
這些瓶子應該要回收**再生**。

re•fine [rɪˋfaɪn] <v.> 再精煉

◎☆

動腦這樣想 反覆處理使之精緻化，就是再精煉。

Gasoline is **refined** from crude oil.
汽油是從原油**精煉**而成的。

re•form [rɪˋfɔrm] <v.> 改革

◎★

動腦這樣想 再度使之成為另一種形狀，代表改革。

The company has **reformed** its operation policies.
那家公司重新**改革**他們的經營方針。

re•fresh [rɪˋfrɛʃ] <v.> 提神

◎★

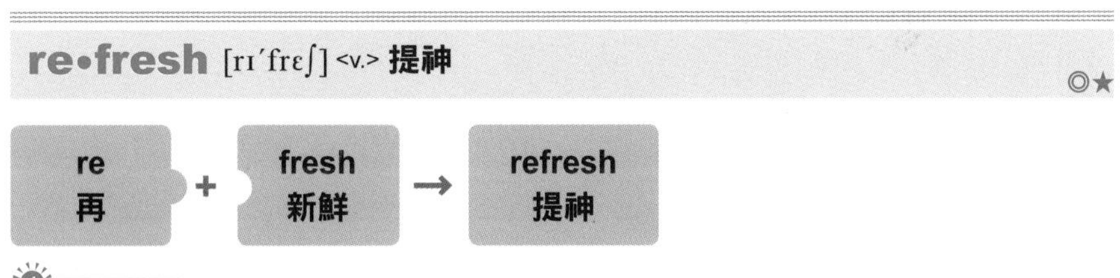

動腦這樣想 使人再度有新鮮感的東西，具有「提神」的效果。

I drank a cup of coffee to **refresh** myself.
我喝了一杯咖啡來**提神**。

re•gard [rɪˈgɑrd] <n.> 尊重、器重

◎★

動腦這樣想 一再地關心注意，代表很尊重對方。

My family has no **regard** for my abilities.

我的家庭並不**器重**我的能力。

re•gard•ing [rɪˈgɑrdɪŋ] <prep.> 關於

◎★

動腦這樣想 你會一再關注的事，多半是「關於」自己的事。

I have no comments **regarding** your proposition.

關於你的提議，我不予置評。

re•gard•less [rɪˈgɑrdlɪs] <adj.> 不顧、姑且不論

◎☆

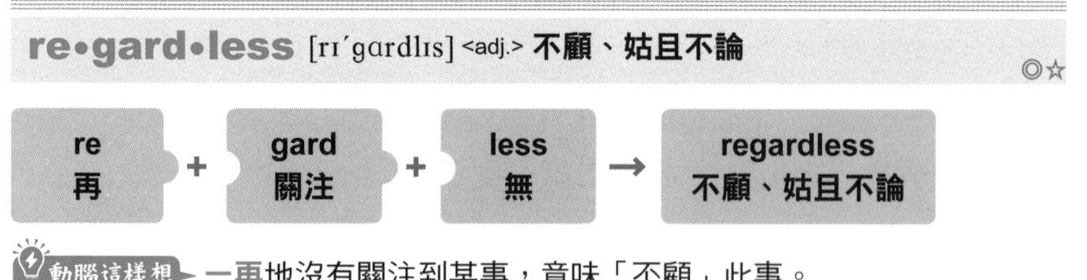

動腦這樣想 一再地沒有關注到某事，意味「不顧」此事。

Regardless of Scott's shortcomings, he is good to be with.

姑且不論史卡特的缺點，他是一個很好相處的人。

re•joice [rɪˈdʒɔɪs] <v.> 高興

◎☆

動腦這樣想 再回到愉快的心情，就是高興之意。

We all **rejoiced** over Debby's success in her career.
我們都為黛比事業上的成功而感到**高興**。

re•lax [rɪˈlæks] <v.> 鬆弛、放鬆

◎★

動腦這樣想 反覆做放鬆動作，可以使身心得到鬆弛、放鬆。

You are too panic. Why don't you sit down and **relax**?
你太緊張了，何不坐下來好好**放鬆**一下？

re•lax•a•tion [ˌrilæksˈeʃən] <n.> 鬆弛、放鬆

◎★

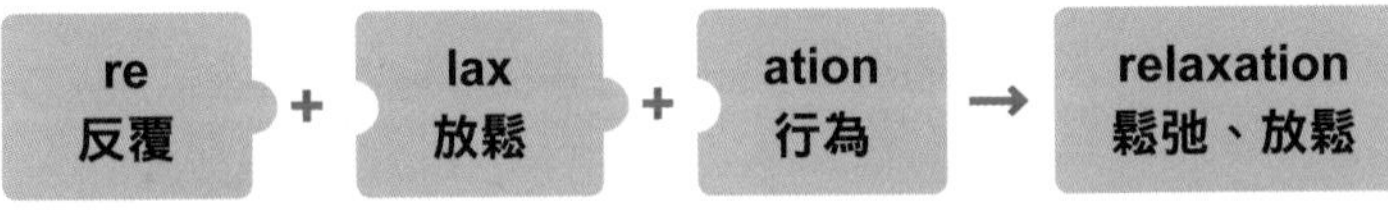

動腦這樣想 relax 字尾加 ation，即是「鬆弛、放鬆」的名詞。

The essential oil put my body into **relaxation**.
精油讓我的身體感到**放鬆**。

re•li•able [rɪˈlaɪəbl̩] <adj.> 可信賴的

◎★

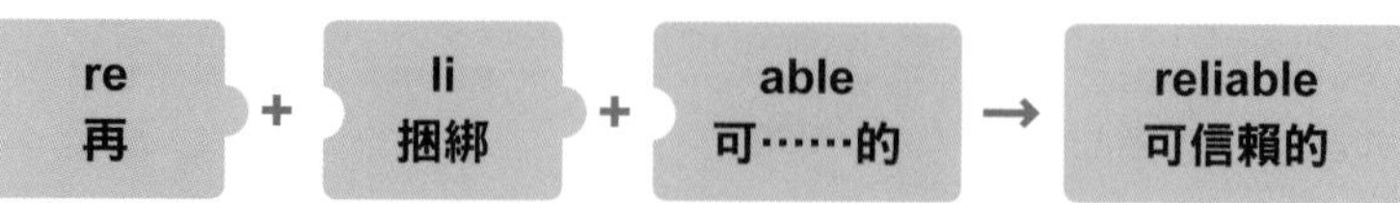

動腦這樣想 可把自己重要的東西再綁在上頭的，代表它是可信賴的。

With his honesty and carefulness, Henry is definitely **reliable**.
憑著他的誠實和謹慎，亨利絕對是個**可以信賴的**人。

re•li•a•bil•i•ty [rɪˌlaɪəˈbɪlətɪ] <n.> 可信賴性

◎☆

re 再 + li 捆綁 + ability 能力 → reliability 可信賴性

動腦這樣想 具有讓人一再信賴的能力，就是具有可信賴性。

Paul is a man with no credibility and **reliability** after the bankruptcy.
保羅在破產之後成為一個沒有信用及**可信賴性**的男人。

re•li•ance [rɪˈlaɪəns] <n.> 信賴

◎☆

動腦這樣想 你願意一再與他綁在一起患難與共，就表示「信賴」。

I have his total **reliance** in our marriage.
在我們的婚姻中，他完全地**信賴**我。

re•lieve [rɪˈliv] <v.t.> 解救 ◎★

動腦這樣想 一再舉起雙手給予幫助，代表解救之意。

The money is to **relieve** you from the debts.
這些錢是用來將你從債務中**解救**出來。

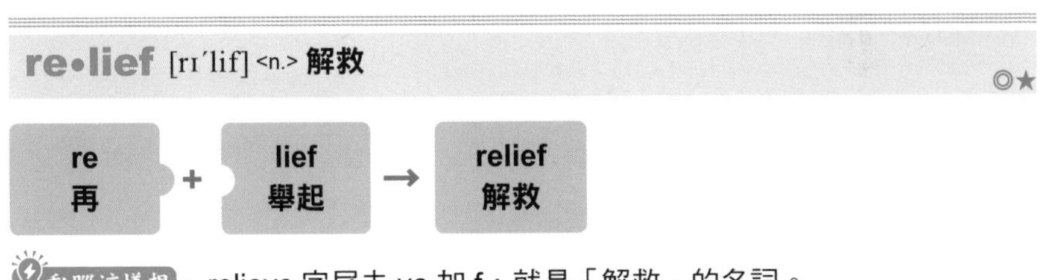

re•lief [rɪˈlif] <n.> 解救 ◎★

動腦這樣想 relieve 字尾去 ve 加 f，就是「解救」的名詞。

Listening to light music gives him some **relief**.
聽輕音樂可以讓他感到某種程度的**紓解**。

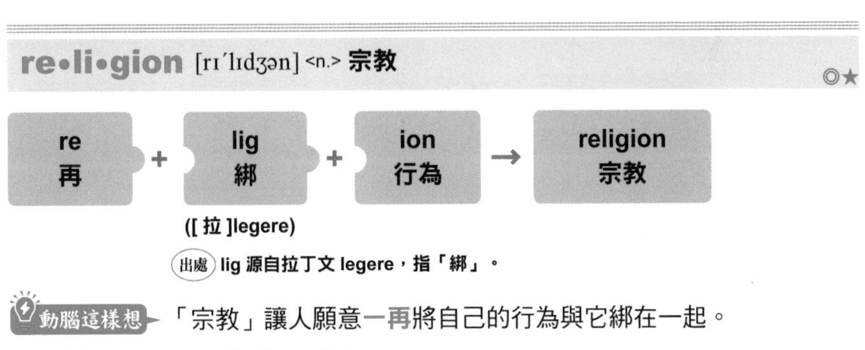

re•li•gion [rɪˈlɪdʒən] <n.> 宗教 ◎★

出處 lig 源自拉丁文 legere，指「綁」。

動腦這樣想 「宗教」讓人願意一再將自己的行為與它綁在一起。

I don't have any particular **religion**.
我沒有特定的**宗教信仰**。

re•li•gious [rɪˈlɪdʒəs] <adj.> 宗教的

◎★

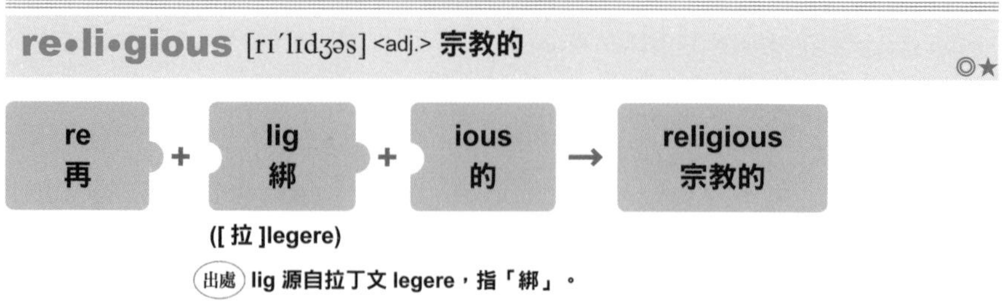

出處 lig 源自拉丁文 legere，指「綁」。

動腦這樣想 religion 字尾去 on 加上 ous，就成為「宗教」的形容詞。

I attended a **religious** activity at the temple last night.
我昨晚在廟裡參加一項**宗教**活動。

re•mark [rɪˈmɑrk] <v.> 談論

◎★

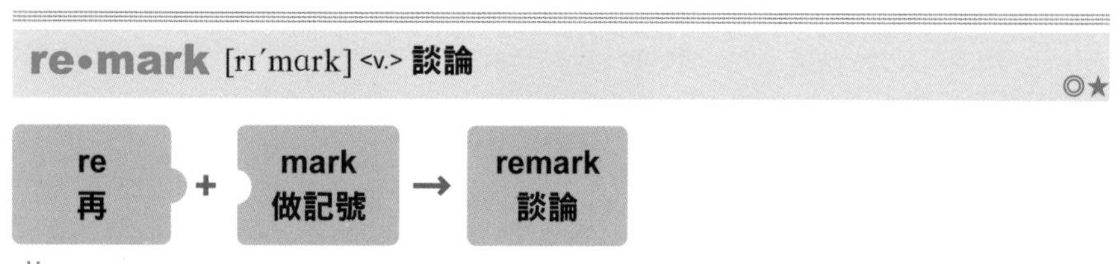

動腦這樣想 值得一再做記號的，即是值得談論的事。

Mr. Smith refused to **remark** on the novel.
史密斯先生拒絕**談論**這本小說。

re•mar•ka•ble [rɪˈmɑrkəbl̩] <adj.> 非凡的

◎★

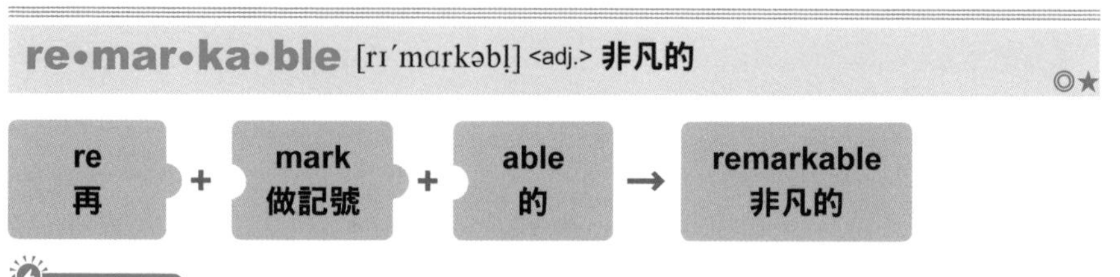

動腦這樣想 值得一再做記號的，即表示是非凡的。

Albert Einstein is famous for his **remarkable** achievements in science.
愛因斯坦因其在科學上的**非凡**成就而聞名。

rem•e•dy [ˈrɛmədɪ] <v.t.> 治療

◎★

(medical)

出處 medy 源自英文單字 medical，指「醫治」。

動腦這樣想 一再接受醫治，就是要進行治療。

Ginger can **remedy** a stomachache.
薑能**治療**胃痛。

re•mind [rɪˈmaɪnd] <v.t.> 提醒

◎★

動腦這樣想 將事情重新喚回心靈，即是提醒之意。

Terresa **reminded** me of the things I have not finished.
泰瑞莎**提醒**我還有未完成的事。

re•new [rɪˈnju] <v.> 更新

◎★

動腦這樣想 再度變成新樣式，就是更新。

If the camera is broken within one month, we'll **renew** it for free.
如果相機在一個月之內壞了，我們將予以免費**更新**。

re•place [rɪˈples] <v.t.> 取代 ◎★

動腦這樣想 在原本位置**再**放上另一樣東西，就是取代之意。

E-mails have **replaced** letters.
電子郵件**取代**了書信。

re•place•ment [rɪˈplesmənt] <n.> 取代 ◎★

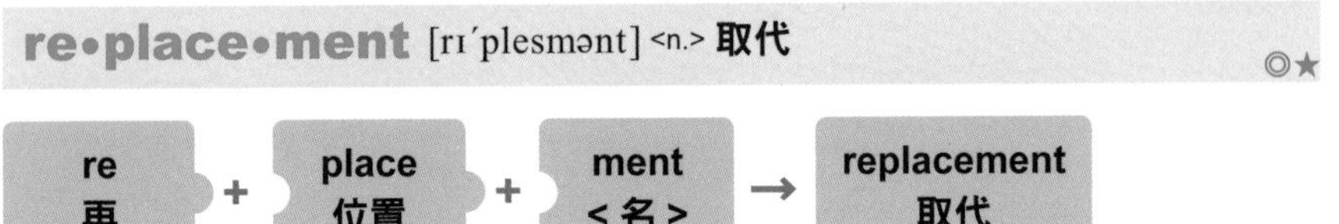

動腦這樣想 replace 字尾加上 ment，即為「取代」的名詞。

Mona will be the **replacement** for Sharlene.
夢娜將會**取代**夏琳的職位。

re•pair [rɪˈpɛr] <v.t.> 修理 ●★

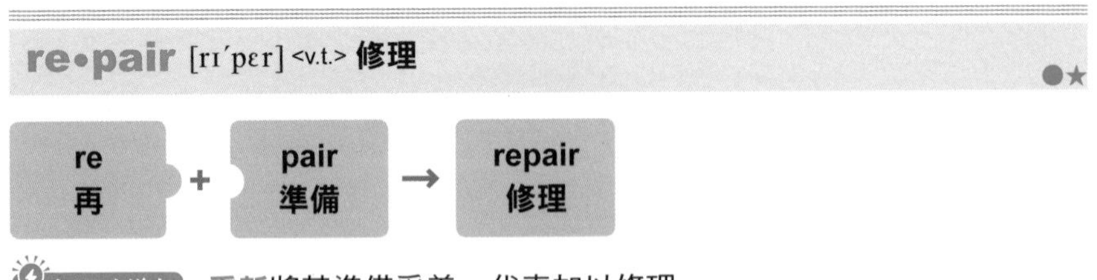

動腦這樣想 **重新**將其準備妥善，代表加以修理。

I had my scooter **repaired** by Ben.
我讓班幫我**修理**機車。

rep•re•sent [ˌrɛprɪˈzɛnt] <v.> 代表

◎★

re 反覆 + present 出現 → represent 代表

動腦這樣想 反覆出現的事物都具有「代表」性。

Kent **represented** the school for the speech competition.
肯**代表**全校參加演說比賽。

rep•re•sen•ta•tion [ˌrɛprɪzɛnˈteʃən] <n.> 代表

◎★

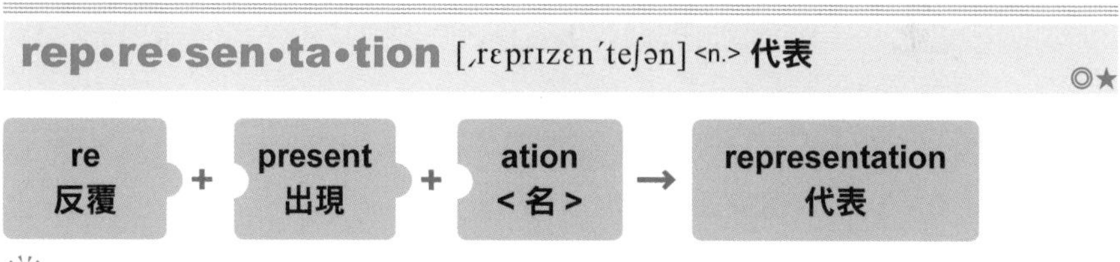

動腦這樣想 represent 字尾加 ation，即為「代表」的名詞。

The company decreased its overseas **representation** from 40 to 20 subsidiaries.
該公司將其海外的**代表**分支機構從 40 家減為 20 家。

rep•re•sen•ta•tive [ˌrɛprɪˈzɛntətɪv] <adj.> 代表的，<n.> 代表人

◎★

re 反覆 + present 出現 + ative 的 → representative 代表的，代表人

動腦這樣想 represent 字尾加 ative，當形容詞是指代表的，當名詞是指代表人。

This painting is the **representative** of his early works.
這幅畫是他早期作品的**代表作**。

re•press [rɪ'prɛs] <v.> 克制

◎☆

re 再 + press 壓抑 → repress 克制

動腦這樣想 一再地壓抑就是克制。

She **repressed** her desire of buying branded bags.
她**克制**著購買名牌包包的慾望。

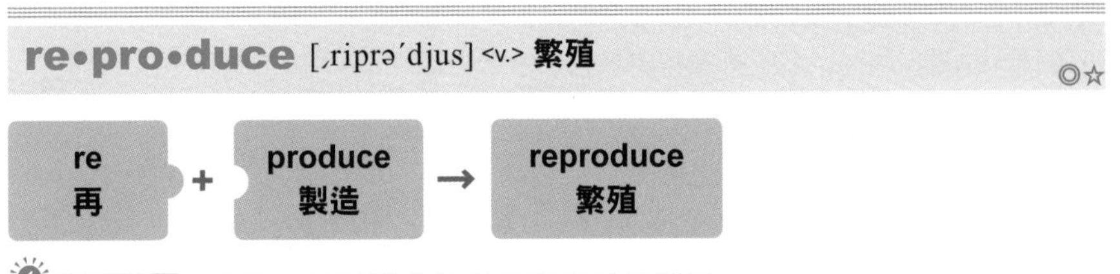

動腦這樣想 生物一再製造出後代的過程就是繁殖。

Do you know how bacteria **reproduce**?
你知道細菌是怎麼**繁殖**的嗎？

動腦這樣想 有達到你「要求」的東西，才值得你反覆尋求。

I **request** him to come home immediately.
我**要求**他馬上回家。

re•quire [rɪˈkwaɪr] <v.t.> 需求

◎★

([拉]quaerere)

出處 quire 源自拉丁文 quaerere，指「尋求」。

動腦這樣想 反覆想要尋求之物，必定是你「需求」之物。

This project **requires** more money.
這項專案**需要**更多的資金。

re•quire•ment [rɪˈkwaɪrmənt] <n.> 需求、條件

◎★

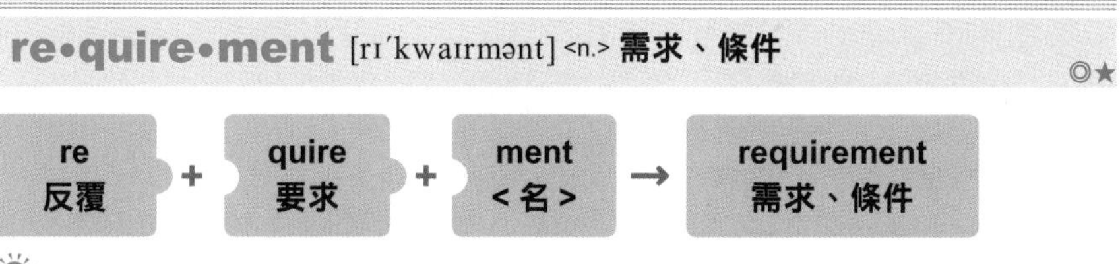

動腦這樣想 require 字尾加 ment，就是「需求、條件」的名詞。

She has fulfilled all the **requirements** for winning the contest.
她已具備贏得這項比賽的所有**條件**。

re•search [ˈrisɜtʃ, rɪˈsɜtʃ] <v.> 研究

◎★

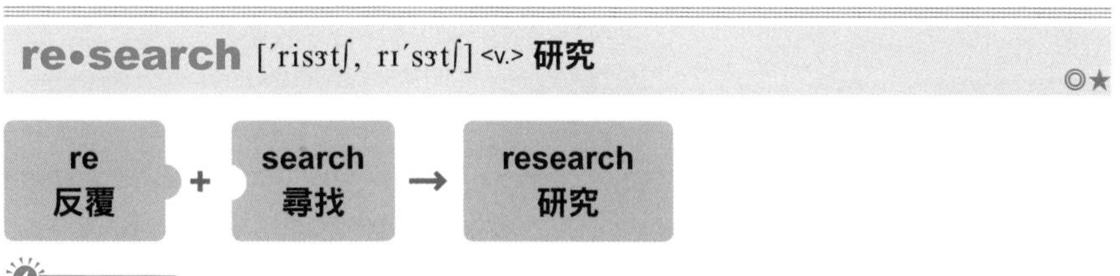

動腦這樣想 反覆尋找某件事的正確答案，就是在做研究。

Dr. Anderson is **researching** into the causes of diabetes at the university medical center.
安德遜教授在大學的醫療中心**研究**糖尿病的起因。

re•search•er [`risɝtʃɚ] <n.> 研究者

◎★

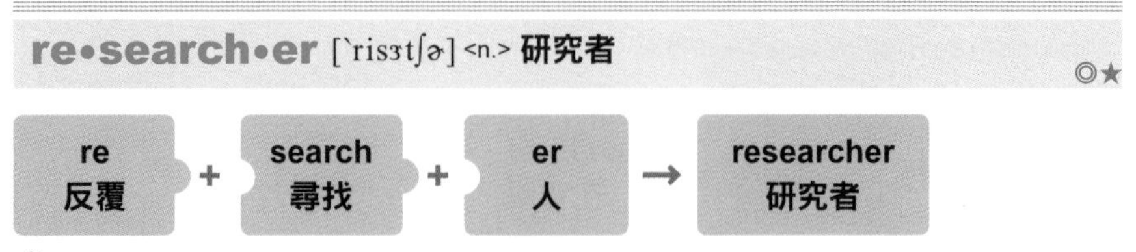

動腦這樣想 反覆尋找某件事的真相的人，稱為研究者。

Socrates had made up his mind to be a **researcher** in biochemistry after he graduates.

蘇格拉底已決定在畢業後成為一位生物化學的**研究者**。

re•sem•ble [rɪ`zɛmbl̩] <v.t.> 類似、相像

◎★

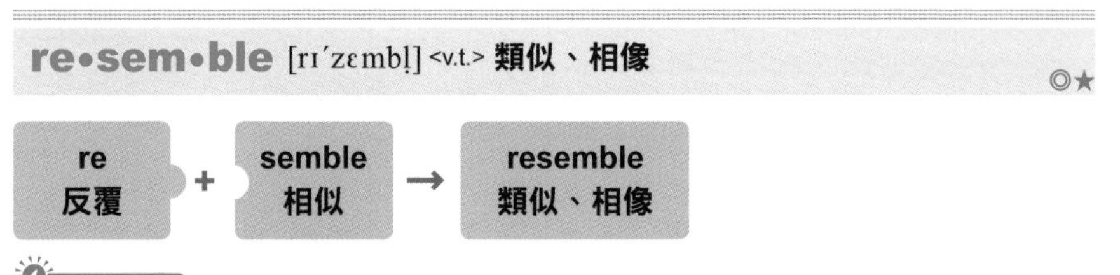

動腦這樣想 反覆看都覺得相似的，兩者一定很類似。

This baby girl **resembles** her mother.

這個女嬰長得**像**她母親。

re•serve [rɪ`zɝv] <v.t.> 儲存

◎★

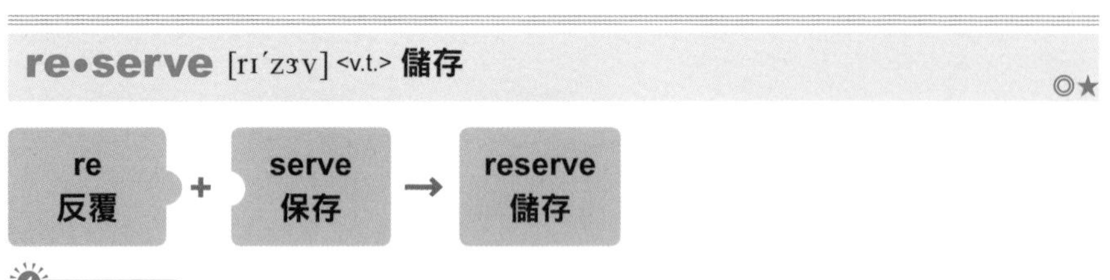

動腦這樣想 反覆地將某物保存起來，便是要儲存它。

People are **reserving** food for the coming typhoon.

人們正為了即將來臨的颱風而**儲存**食物。

res•er•va•tion [ˌrɛzɚˈveʃən] <n.> 保留

◎★

re 反覆 + serv 保存 + ation <名> → reservation 保留

動腦這樣想 reserve 字尾去 e 加 ation，即是「儲存」的名詞，意味有所保留。

The boss supported Jack's plan without **reservation**.
老闆毫無**保留**地支持傑克的計畫。

res•er•voir [ˈrɛzɚˌvɔr] <n.> 儲存所，水庫

◎☆

re 反覆 + serv 保存 + oir 處所 → reservoir 儲存所

動腦這樣想 **反覆**進行保存動作的處所，即是儲存所或水庫。

This **reservoir** can't provide enough water for the city.
這個**水庫**存水量不足，無法供應整個城市。

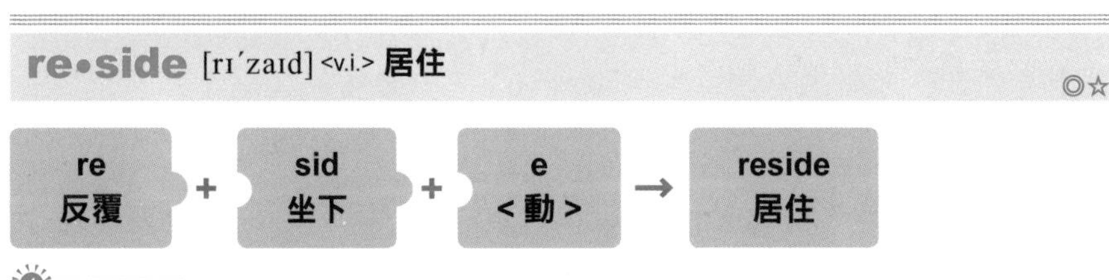

動腦這樣想 在某處**反覆**坐下來，代表定居在此之意。

My family decided to **reside** in this community.
我的家人決定**居住**在這個社區裡。

res•i•dence [ˈrɛzɪdəns, ˈrɛzədəns] <n.> 居住

◎☆

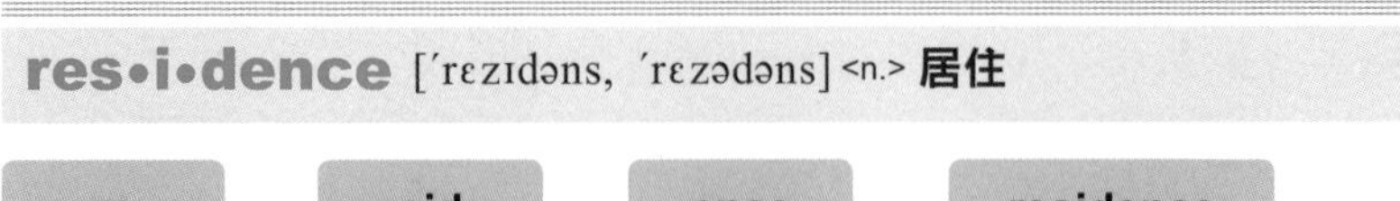

動腦這樣想 reside 字尾改為 ence，即是「居住」的名詞

During my **residence** in Canada, I made many friends.
我在加拿大**居住**的期間交了很多朋友。

res•i•dent [ˈrɛzɪdənt, ˈrɛzədənt] <n.> 居民

◎☆

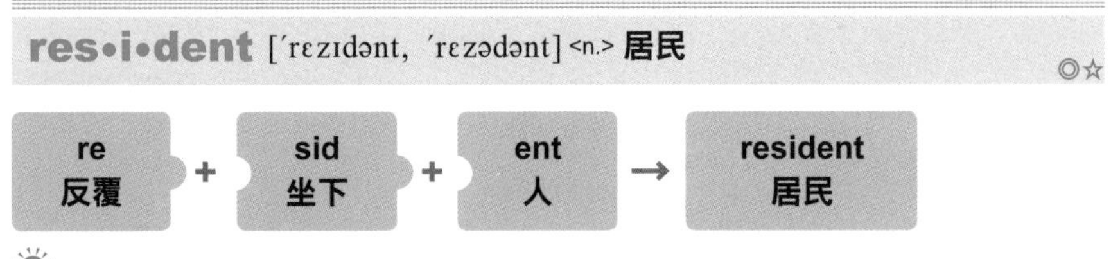

動腦這樣想 **反覆**在某處坐下來的人，即是此處的居民。

The **residents** here refuse to move away.
這裡的**居民**拒絕搬離。

res•i•den•tial [ˌrɛzəˈdɛnʃəl] <adj.> 居住的

◎☆

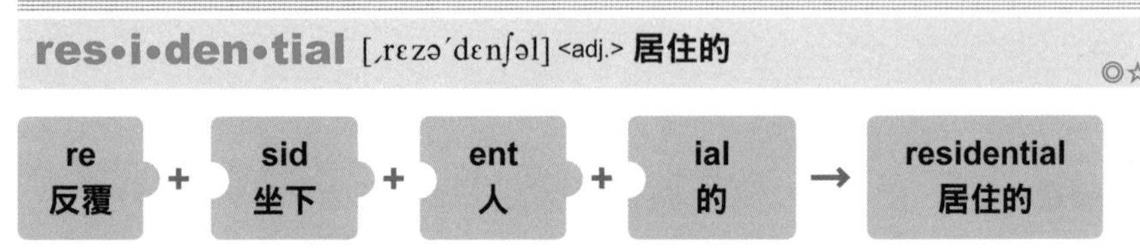

動腦這樣想 牽涉到居民的，多是與「居住的」有關。

The **residential** area is very quiet and clean.
這裡的**居住**環境非常安靜又整潔。

re•solve [rɪˈzɑlv] <v.> 解決

◎★

動腦這樣想 反覆解出問題的答案，難關就能夠「解決」。

Billy has a good way to **resolve** this problem.
比利想到一個**解決**這個問題的好辦法。

res•o•lu•tion [ˌrɛzəˈljuʃən, ˌrɛzəˈluʃən] <n.> 決心

◎★

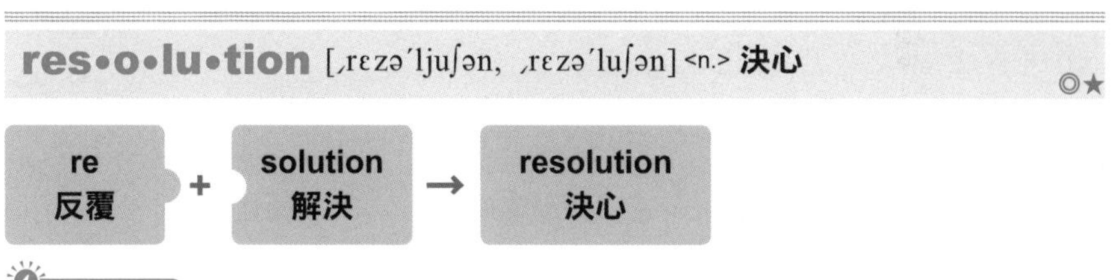

動腦這樣想 反覆想著一定要解決，意味具有決心。

No one can shake her **resolution**.
沒有人可以動搖她的**決心**。

res•o•lute [ˈrɛzəˌlut] <adj.> 堅定的

◎☆

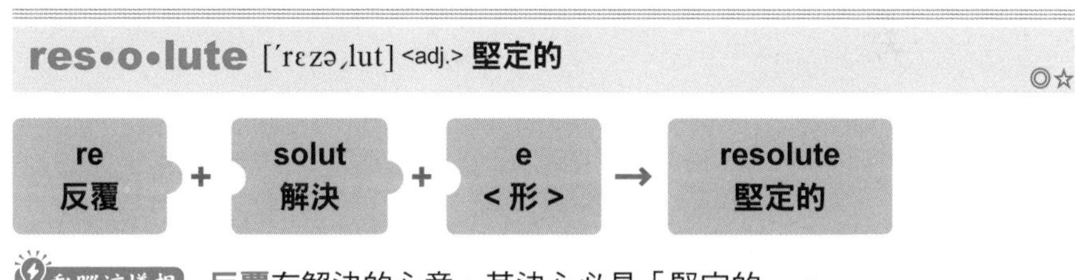

動腦這樣想 反覆有解決的心意，其決心必是「堅定的」。

Ann is **resolute** in becoming an English teacher.
安有**堅定的**決心要成為一位英文老師。

res•pect [rɪˈspɛkt] <n.><v.t.> 尊重

●★

動腦這樣想 值得反覆向他看齊的，必是值得尊重的人。

Sam finally earned the **respect** from all the people around him.
山姆終於贏得了身邊所有人的**尊重**。

re•spec•ta•ble [rɪˈspɛktəbl̩] <adj.> 可敬的

◎★

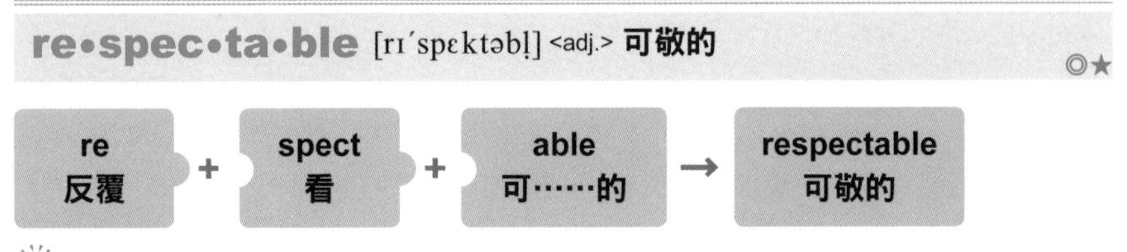

動腦這樣想 凡是值得反覆看齊的，多半是「可敬的」。

Mr. Douglas is the most **respectable** man I have ever seen in my life.
道格拉斯先生是我畢生所見最**可敬的**人。

re•spect•ful [rɪˈspɛktfəl] <adj.> 滿懷敬意的

◎★

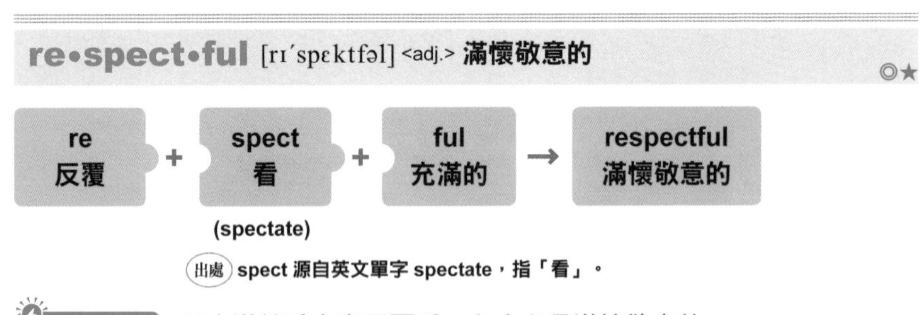

出處 spect 源自英文單字 spectate，指「看」。

動腦這樣想 以充滿尊重之意反覆看，心中必是滿懷敬意的。

She gave her grandpa a **respectful** look.
她**滿懷敬意的**看著她的祖父。

re•spec•tive [rɪˈspɛktɪv] <adj.> 個別的

◎☆

re 反覆 + spect 看 + ive 的 → respective 個別的

動腦這樣想 反覆獨立看的，即指個別的。

I drove them both to their **respective** homes.
我開車**個別**把他們送回家。

re•store [rɪˈstor] <v.t.> 恢復、整修

◎★

動腦這樣想 重新儲存所需物品，代表要恢復原狀。

My grandma has fully **restored** her health.
我祖母已經完全**恢復**健康了。

res•to•ra•tion [ˌrɛstəˈreʃən] <n.> 恢復、整修

◎☆

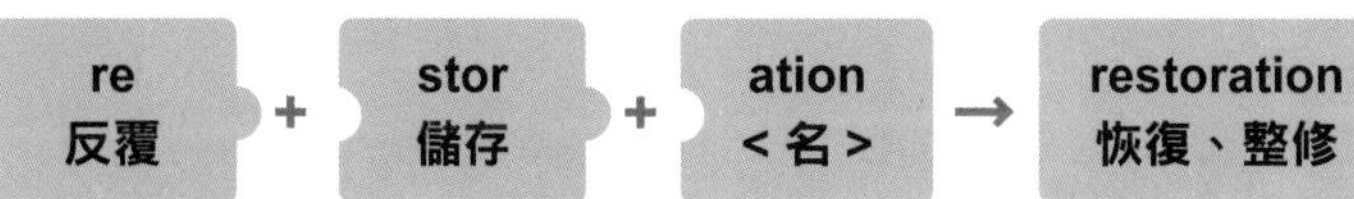

動腦這樣想 restore 字尾去 e 加 ation，即為「恢復、整修」的名詞。

The **restoration** of the street starts tomorrow.
明天將開始這條道路的**整修**工程。

re•su•me [rɪˈzjum, rɪˈzum] <v.> 重新開始、繼續

◎☆

re 反覆 + sume 拿起 → resume 重新開始、繼續

動腦這樣想 再度把工具拿起來，代表要重新開始，或是繼續。

They suggest me to **resume** my job as a teacher.
他們建議我**繼續**當老師。

re•u•ni•on [riˈjunjən] <n.> 再聯合

◎★

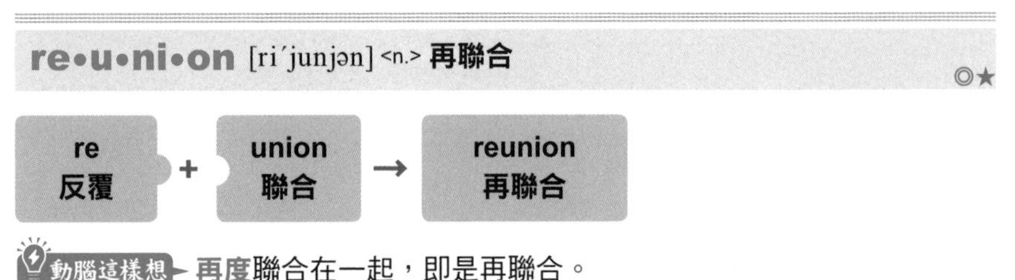

動腦這樣想 再度聯合在一起，即是再聯合。

The two companies will cooperate with each other for a **reunion**.
這兩間公司將會**再聯合**一起互相合作。

re•verse [rɪˈvɝs] <v.> 反轉

◎☆

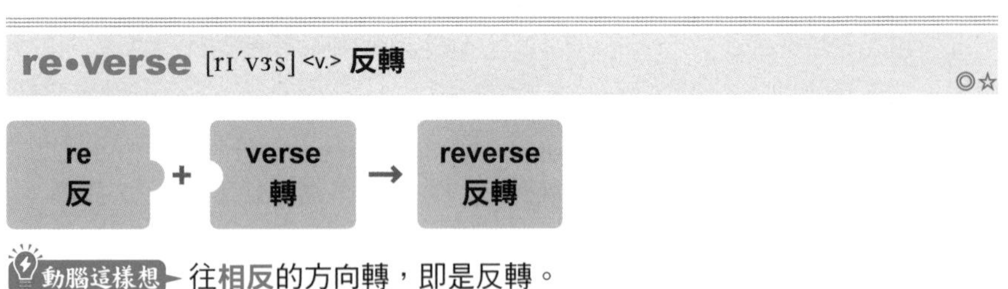

動腦這樣想 往**相反**的方向轉，即是反轉。

No one has the power to **reverse** the current situation.
無人有能力**反轉**目前的狀況。

re•view [rɪˊvju] <v.> 複習

●★

動腦這樣想 再看一次已讀過的內容，就是複習之意。

I spent a night **reviewing** the lesson.
我花了一個晚上**複習**功課。

re•vise [rɪˊvaɪz] <v.> 修改

◎★

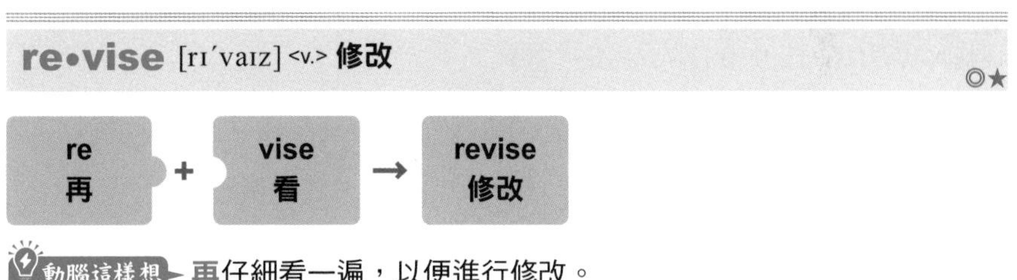

動腦這樣想 再仔細看一遍，以便進行修改。

We edited and **revised** the draft for over five times before typesetting.
在排版之前，我們校對和**修改**這篇草稿超過五次。

re•vi•sion [rɪˊvɪʒən] <n.> 修改

◎★

動腦這樣想 revise 字尾去 e 加 ion，便是「修改」的名詞。

I marked the word for **revision** with a red pen.
我用紅筆把這個需要**修改**的字標示出來。

re•vive [rɪˈvaɪv] <v.> 再生

◎☆

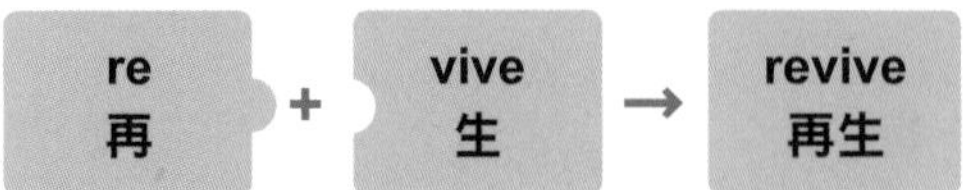

動腦這樣想 再度恢復生機，代表再生之意。

He quitted smoking for **reviving** himself.
他戒菸使自己**重生**。

re•vi•val [rɪˈvaɪvḷ] <n.> 再生、復甦

◎☆

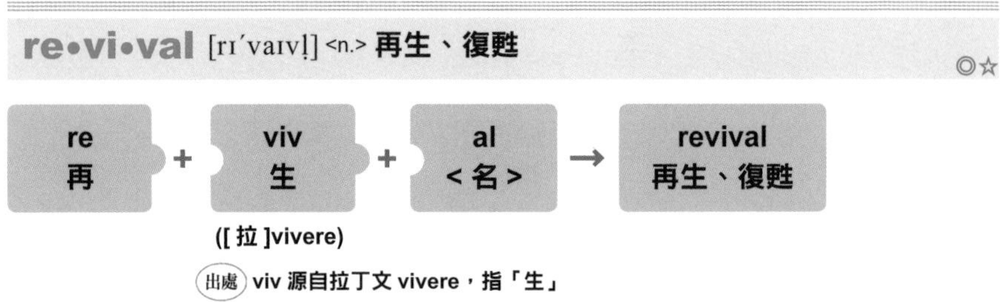

([拉]vivere)

出處 viv 源自拉丁文 vivere，指「生」

動腦這樣想 revive 字尾去 e 加 al，就成為「再生」的名詞。

It is believed that there will be an economic **revival** in the next few years.
據信幾年後經濟將**復甦**。

re•volve [rɪˈvɑlv] <v.> 旋轉

◎☆

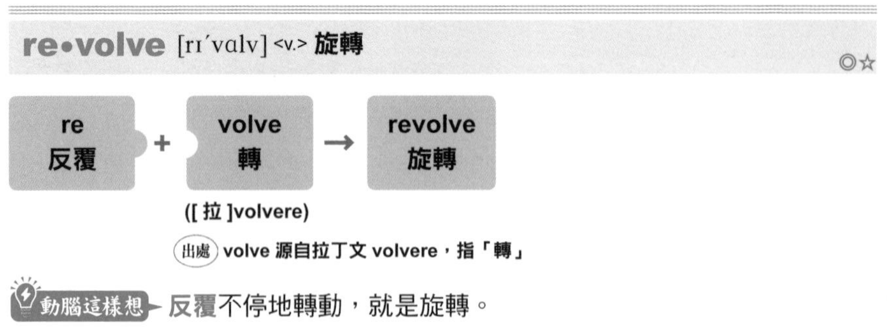

([拉]volvere)

出處 volve 源自拉丁文 volvere，指「轉」

動腦這樣想 反覆不停地轉動，就是旋轉。

It takes twenty minutes for the ferris wheel to **revolve** once.
這個摩天輪**旋轉**一圈要花二十分鐘。

rev•o•lu•tion [ˌrɛvəˈluʃən] <n.> 革命

◎★

re 反覆 + volut 轉 + ion 動作 → revolution 革命

([拉]volvere)

出處 volut 源自拉丁文 volvere，指「轉」

動腦這樣想 採取行動使國家反覆激烈的旋轉，即是指革命。

The French Revolution was a significant event for the Western civilization.
法國大革命對西方文明史而言是一個重要的事件。

rev•o•lu•tion•a•ry [ˌrɛvəˈluʃənˌɛrɪ] <adj.> 革命的

◎★

re 反覆 + volut 轉 + ion 動作 + ary 的 → revolutionary 革命的

動腦這樣想 revolution 字尾加 ary，即是「革命」的形容詞。

The invention of computer is rather revolutionary.
電腦的發明是非常革命性的。

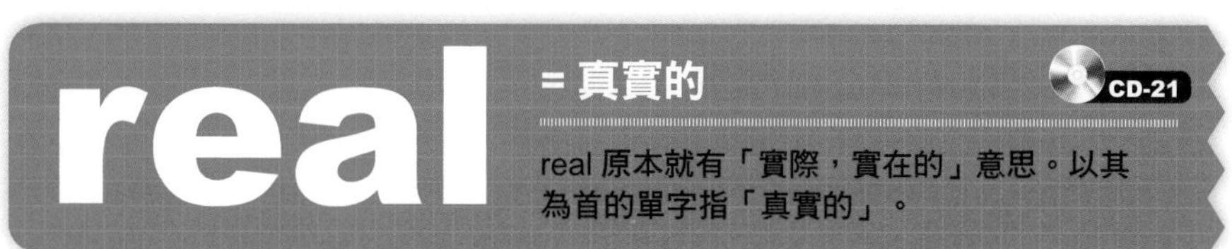

real

= 真實的

CD-21

real 原本就有「實際，實在的」意思。以其為首的單字指「真實的」。

re•a•lis•m [ˈriəlˌɪzəm, ˈrɪəlˌɪzəm] <n.> 現實主義

◎☆

real 真實的 + ism 主義 → realism 現實主義

動腦這樣想 重視真實狀況的主義，就是現實主義。

I'm reading a book about realism written by a famous philosopher.
我正在讀一本由一位著名哲學家所寫的關於現實主義的書。

re•a•lis•tic [ˌriəˈlɪstɪk, ˌrɪəˈlɪstɪk] <adj.> 務實的

◎★

real 真實的 + istic < 形 > → realistic 務實的

動腦這樣想 認清楚真實的狀況，人就會變得「務實」。

John has a **realistic** attitude toward his career because he only works for money.

約翰對他的事業抱持**務實的**態度，因為他只為了錢而工作。

re•al•i•ty [rɪˈælətɪ, riˈælətɪ] <n.> 事實

◎★

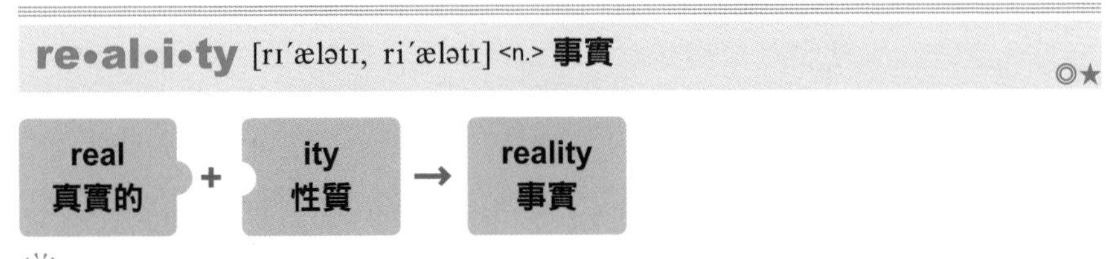

動腦這樣想 真實的性質就是事實。

The **reality** is that many companies make their employees work overtime to meet the deadlines for production.

事實上，很多公司讓他們的員工超時工作以趕上生產的期限。

re•a•lize [ˈriəˌlaɪz] <v.> 實現

●★

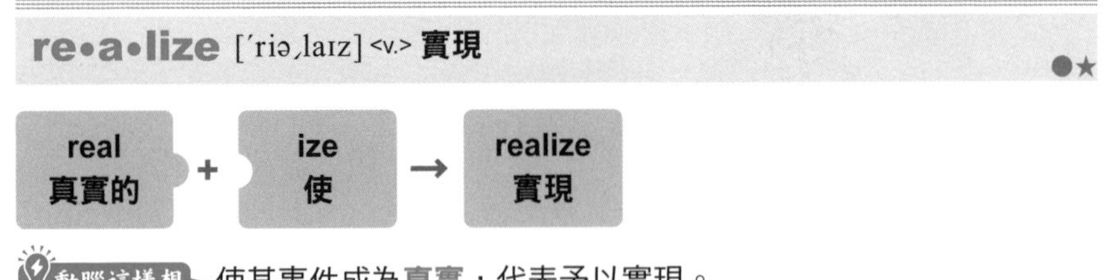

動腦這樣想 使某事件成為真實，代表予以實現。

Cindy's dream of becoming a singer has been **realized**.

仙蒂想當一位歌手的夢想已經**實現**了。

reg = 統治，治理

CD-21

以 reg 為首的單字，有「統治，治理」的意思。

● 全民英檢初級必備單字 ◎ 全民英檢中級必備單字 ★ 學科能力測驗範圍 ☆ 指定科目考試範圍

re•gime [rɪˈʒim] <n.> 政權 ◎☆

reg 統治 + ime <名> → regime 政權

動腦這樣想 統治國家者擁有政權。

The **regime** consists of the left wings and the labors.
這個**政權**是由左派人士和勞工組成的。

re•gion [ˈridʒən] <n.> 地區 ◎★

reg 治理 + ion 事物 → region 地區

動腦這樣想 國家在治理上多會劃分為許多「地區」。

The **region** is full of disasters and disorders.
這個**地區**充滿了災難和動亂。

re•gion•al [ˈridʒənl̩] <adj.> 地區的 ◎★

reg 治理 + ion 事物 + al 的 → regional 地區的

動腦這樣想 region 字尾加 al，就是「地區」的形容詞。

The **regional** representatives will attend the international conference today.
各**地區的**代表今天將會參加這個國際會議。

reg•u•lar [ˈrɛgjəlɚ] <adj.> 規律的 ●★

reg 治理 + ular 的 → regular 規律的

動腦這樣想 治理的方式之一就是要有「規律的」作息。

Soldiers are required to have a **regular** lifestyle.
軍人被要求要有**規律的**作息。

reg•u•late [ˈrɛgjəˌlet] <v.t.> 規律化 ◎★

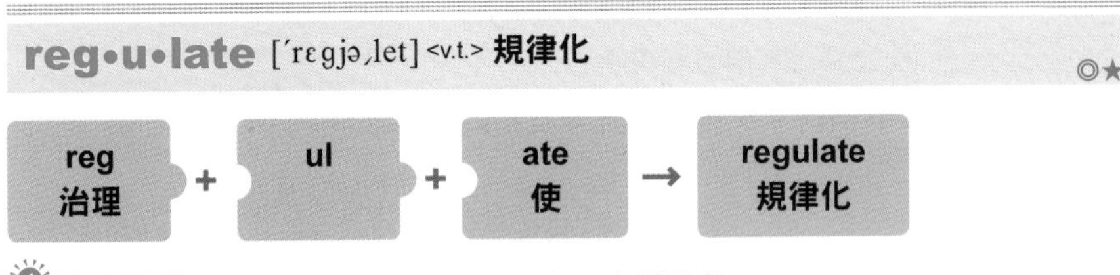

動腦這樣想 為使方便治理，就是要求凡事規律化。

The computerized time card machine **regulates** the employees' in and out.
電腦化的打卡鐘使員工的上下班時間**規律化**。

reg•u•la•tion [ˌrɛgjəˈleʃən] <n.> 規定 ◎★

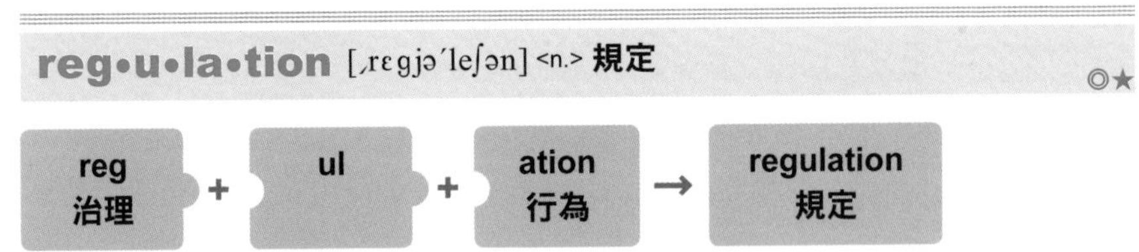

動腦這樣想 要有效治理行為，必先訂定明確的規定。

The school **regulations** on discipline were established by the principal.
學校紀律的**規定**是校長制定的。

rob = 搶劫

rob 本身就有「搶劫，劫掠」的意思。以其為首的字自然和「搶劫」脫離不了關係。

● 全民英檢初級必備單字　◎ 全民英檢中級必備單字　★ 學科能力測驗範圍　☆ 指定科目考試範圍

rob [rɑb] <v.> 搶劫

●★

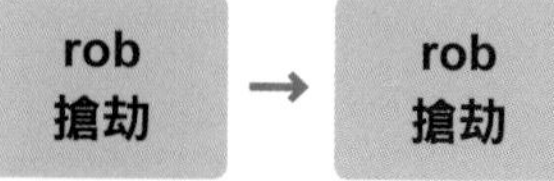

動腦這樣想 原意為「搶劫」，亦有「剝奪」的意思。

Three young men **robbed** the convenience store last night.
那間超商昨晚遭到三個年輕人**搶劫**。

rob•ber [ˈrɑbɚ] <n.> 搶劫犯

◎★

動腦這樣想 動手**行搶**的人就是搶劫犯。

One of the suspects may be the **robber**.
嫌疑犯的其中之一可能就是**搶劫犯**。

rob•ber•y [ˈrɑbərɪ] <n.> 搶劫案

◎★

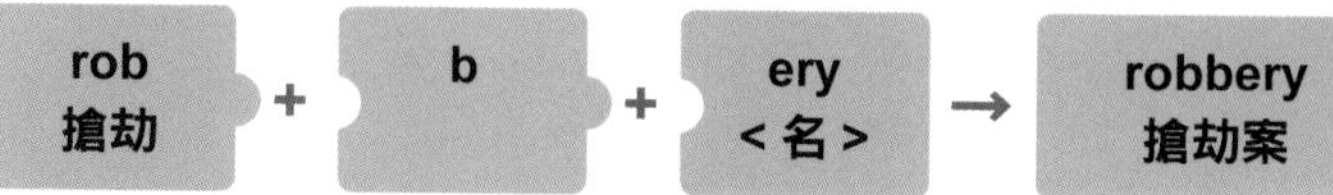

動腦這樣想 **搶劫**事件，稱為搶劫案。

There was a **robbery** in my neighborhood.
我家附近發生了一起**搶劫案**。

rot = 旋轉

CD-21

以 rot 為首的字，帶有「旋轉」的意思。

● 全民英檢初級必備單字　◎ 全民英檢中級必備單字　★ 學科能力測驗範圍　☆ 指定科目考試範圍

ro•tate [ˊrotet] <v.> 旋轉 ◎☆

rot 旋轉	+	ate 使	→	rotate 旋轉

動腦這樣想 使其不停**轉動**，即為旋轉。

The earth **rotates** around the sun.
地球繞著太陽**旋轉**。

ro•ta•tion [roˊteʃən] <n.> 旋轉 ◎☆

rot 旋轉	+	ation 動作	→	rotation 旋轉

動腦這樣想 rotate 字尾去 e 加 ion 即是「旋轉」的名詞。

After three times of **rotation**, the coin finally stopped.
旋轉了三次之後，這枚硬幣終於停下來了。

ro•ta•ry [ˊrotərɪ] <adj.> 旋轉的 ◎☆

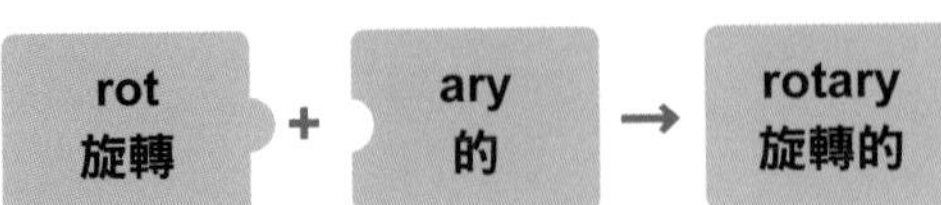

rot 旋轉	+	ary 的	→	rotary 旋轉的

動腦這樣想 字尾變成 ary 即是「旋轉」的形容詞。

The **rotary** music box makes the girl stunned.
這個**旋轉的**音樂盒使女孩目瞪口呆。

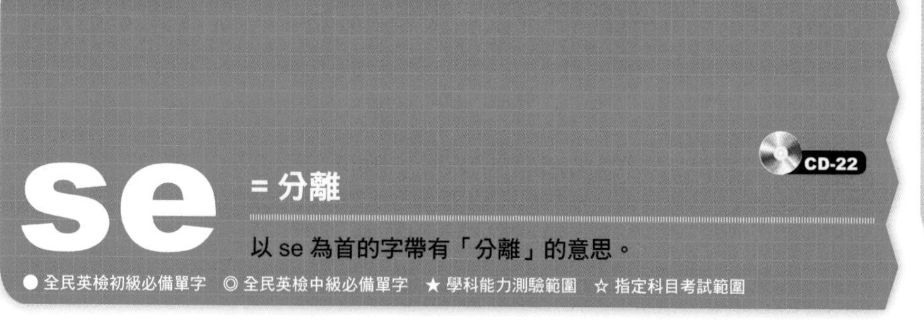

se = 分離

以 se 為首的字帶有「分離」的意思。

● 全民英檢初級必備單字 ◎ 全民英檢中級必備單字 ★ 學科能力測驗範圍 ☆ 指定科目考試範圍

CD-22

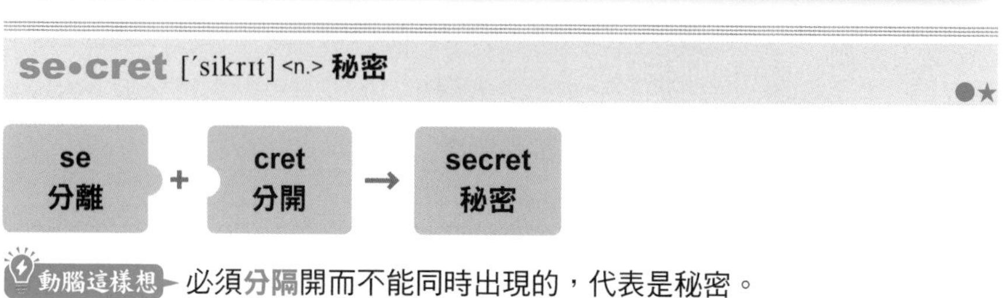

se•cret [ˈsikrɪt] <n.> 秘密 ●★

se 分離 + cret 分開 → secret 秘密

動腦這樣想 必須分隔開而不能同時出現的，代表是秘密。

It is a **secret** that cannot be revealed to anyone.
這是一個不能洩露給任何人知道的**秘密**。

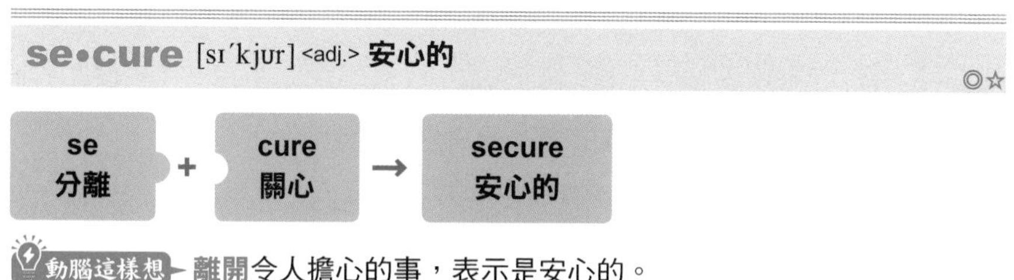

se•cure [sɪˈkjʊr] <adj.> 安心的 ◎☆

se 分離 + cure 關心 → secure 安心的

動腦這樣想 **離開**令人擔心的事，表示是安心的。

I feel **secure** when she is with me.
她的陪伴令我感到**安心**。

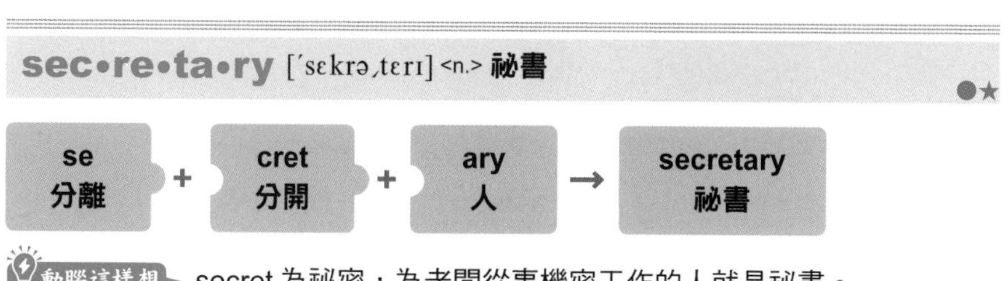

sec•re•ta•ry [ˈsɛkrəˌtɛrɪ] <n.> 祕書 ●★

se 分離 + cret 分開 + ary 人 → secretary 祕書

動腦這樣想 secret 為祕密，為老闆從事機密工作的人就是祕書。

The **secretary** welcomes the director with a cup of coffee every morning.
祕書每天早上都替主管準備一杯咖啡。

se•lect [sə'lɛkt] <v.> 選擇

●★

([拉]legere)

出處 lect 源自拉丁文 legere，指「挑選」。

動腦這樣想 從中分別挑選出來，即是選擇。

I **select** Liz and Kim to be my partners.

我**選擇**麗茲和金做我的夥伴。

sep•a•rate ['sɛpə,ret] <v.> 分開、分手

◎★

se 分離 + par 相等 + ate 使 → separate 分開、分手

動腦這樣想 使分開呈現相等的份量，意指分開、分手。

It's getting late. We should **separate** now.

有點晚了，我們得在這裡**分手**了。

se•cu•ri•ty [sɪ'kjurətɪ] <n.> 安全性

◎★

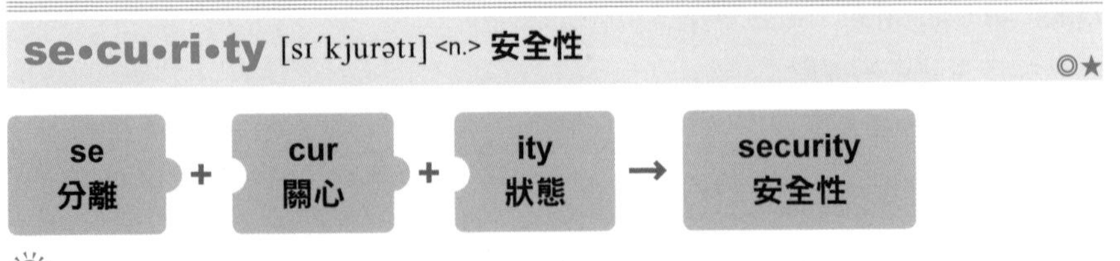

動腦這樣想 **離開**令人擔心的狀態，代表有足夠的安全性。

I care most about the **security** when choosing a kindergarten for my children.

為我的小孩選擇幼稚園時，我最在意的是**安全**問題。

= 年長

要形容「年長」，可在字首加上 sen。

● 全民英檢初級必備單字 ◎ 全民英檢中級必備單字 ★ 學科能力測驗範圍 ☆ 指定科目考試範圍

sen•ate [ˈsɛnɪt] <n.> 參議院

◎☆

動腦這樣想 參議院是一群德高望重的參議員行使職權之處。

Both the House and the **Senate** rejected this proposal.
眾議院和**參議院**都否決了這個提案。

sen•a•tor [ˈsɛnətɚ] <n.> 參議員

◎☆

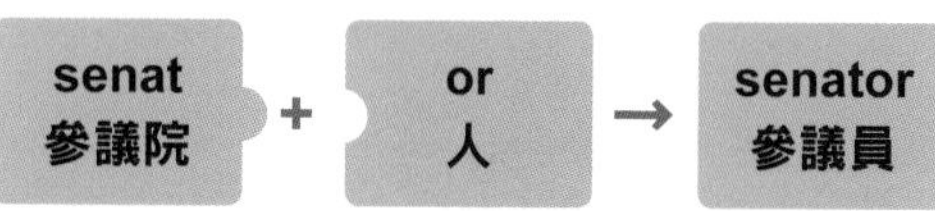

動腦這樣想 代表參議院的人，即參議員。

Mrs. Clinton is a **senator** of New York State.
柯林頓太太是紐約州的**參議員**。

se•ni•or [ˈsinjɚ] <adj.> 年長的

◎★

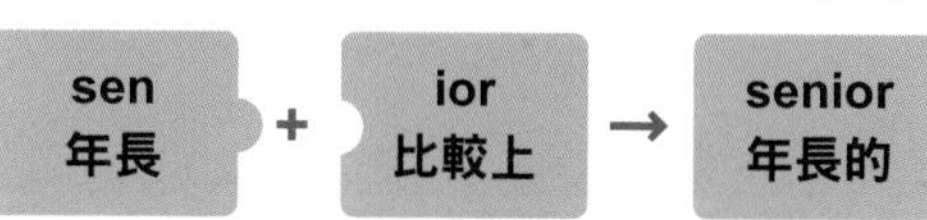

動腦這樣想 比較上較為**年長**，就是年長的。

Senior citizens enjoy certain benefits in this city.
年長市民在本市可享有某些福利。

sense

= 感覺

CD-22

sense 本身有「感覺」的意思。以其為首的字和「感覺」有關。

● 全民英檢初級必備單字 ◎ 全民英檢中級必備單字 ★ 學科能力測驗範圍 ☆ 指定科目考試範圍

sen•si•bil•ity [ˌsɛnsəˈbɪlətɪ] <n.> 感覺力 ◎☆

sens 感覺	+	ibility 能力	→	sensibility 感覺力

動腦這樣想 感覺的能力即是感覺力。

Women usually have better **sensibility** than men.

女性的**感覺力**通常比男性強。

sen•si•ble [ˈsɛnsəbl̩] <adj.> 感覺的、察覺到的 ◎★

sens 感覺	+	ible 可……的	→	sensible 感覺的、察覺到的

動腦這樣想 可以感覺得到的，便是有感覺的。

Stop blaming her. She is **sensible** of her mistake already.

別再怪她了，她已經**察覺到**自己的錯了。

sen•si•tive [ˈsɛnsətɪv] <adj.> 敏感的 ◎★

sens 感覺	+	itive 有……性質的	→	sensitive 敏感的

動腦這樣想 具有良好感覺性質的人或物，可稱之為敏感的。

He is more **sensitive** than ordinary people.

他比普通人更**敏感**。

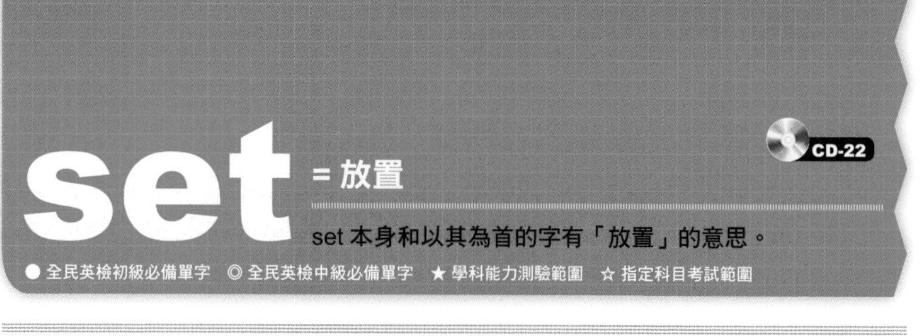

set
CD-22
= 放置
set 本身和以其為首的字有「放置」的意思。
● 全民英檢初級必備單字 ◎ 全民英檢中級必備單字 ★ 學科能力測驗範圍 ☆ 指定科目考試範圍

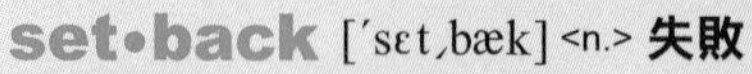

set•back ['sɛt,bæk] <n.> 失敗

◎☆

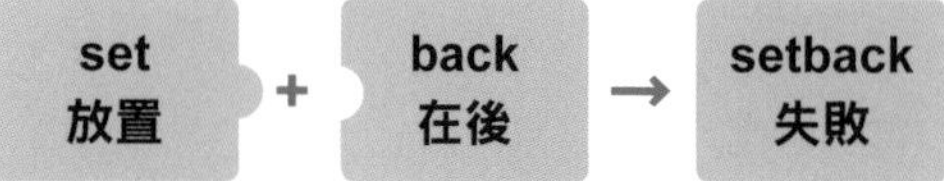

動腦這樣想 把結果放在背後不敢讓人看見，代表「失敗」之意。

The **setback** in his career has made him depressed for many years.
事業上的**失敗**令他憂鬱了很多年。

set•tle ['sɛtl̩] <v.> 解決

◎★

動腦這樣想 採取行動將東西放置妥當，意指出手解決。

Daniel tried his best to **settle** the dispute with his neighbors.
丹尼爾盡全力**解決**與鄰居之間的爭端。

se•ttler ['sɛtlɚ] <n.> 移民者

◎★

動腦這樣想 把人放置到其他國家，代表是移民者。

Their grandparents are the earliest **settlers** in America.
他們的祖父母是美國最早的**移民者**。

short

= 短

CD-22

short 本身即指「短」，以其為首的字當然和「短」有關。

● 全民英檢初級必備單字　◎ 全民英檢中級必備單字　★ 學科能力測驗範圍　☆ 指定科目考試範圍

short•age [ˈʃɔrtɪdʒ] <n.> 短少、缺乏

◎☆

short 短 + age 狀態 → shortage 短少、缺乏

動腦這樣想 處於太短的狀態，意指有所短少、缺乏。

There is a **shortage** of food in this country.
這個國家**缺乏**食物。

short•com•ing [ˈʃɔrtˌkʌmɪŋ] <n.> 缺點

◎☆

short 短 + coming 來 → shortcoming 缺點

動腦這樣想 送來的東西長度太短，引伸為缺點之意。

Aunty Eleanor always pays attention to other people's **shortcomings**.
愛麗諾阿姨總愛注意他人的**缺點**。

short•en [ˈʃɔrtn̩] <v.> 縮短

◎★

short 短 + en 使 → shorten 縮短

動腦這樣想 使變短，亦即縮短。

To **shorten** the time, you can choose this path instead.
為了**縮短**時間，你可以選擇走這條路。

shorts [ʃɔrts] <n.> 短褲

●★

動腦這樣想 短褲是由兩隻**短短**的褲管所組合而成的。

It is impolite to wear **shorts** when you attend a wedding.
當你參加婚禮的時候，穿著**短褲**是不禮貌的。

short•ly [ˈʃɔrtlɪ] <adv.> 不久

◎★

short 短 + ly < 副詞 > → shortly 不久

動腦這樣想 short 用來指時間，就是「不久」的意思。

Shortly after the Dragon Boat Festival, the summer arrives.
端午節過後**不久**，夏天就來臨了。

short•sight•ed [ˈʃɔrtˈsaɪtɪd] <adj.> 缺乏遠見的

◎★

short 短 + sighted 看見 → shortsighted 缺乏遠見的

動腦這樣想 只能看見**短**距離之內的東西，代表「短視」或「缺乏遠見的」。

Vance is too **shortsighted** to make a plan with prospects.
凡斯太**缺乏遠見**，無法規畫出有前景的計畫。

CD-23

= 記號

sign 為首的字有「記號」的意思。

● 全民英檢初級必備單字　◎ 全民英檢中級必備單字　★ 學科能力測驗範圍　☆ 指定科目考試範圍

sign [saɪn] <n.> 標誌 <v.> 簽名 ●★

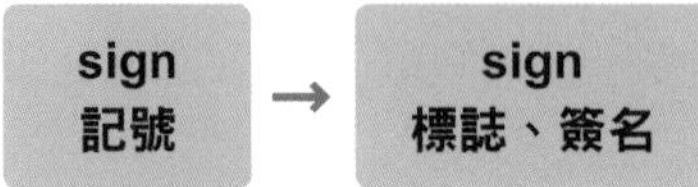

動腦這樣想 做記號就會留下標誌；做屬於個人獨特記號的方法就是簽名。

The singer is ready to **sign** for one thousand people today.
那位歌手已準備好今天要為一千個人**簽名**。

sig•nal [ˈsɪgnl̩] <adj.> 顯著的 <n.> 信號 ◎★

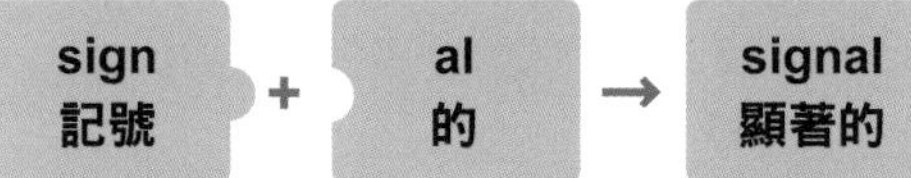

動腦這樣想 上面帶有特殊記號的東西，看起來是顯著的。

The ruling party has gained a **signal** victory over the opposition parties in the election.
在該次選舉中，執政黨**顯著的**贏過了反對黨。

sig•na•ture [ˈsɪgnətʃɚ] <n.> 簽名 ◎★

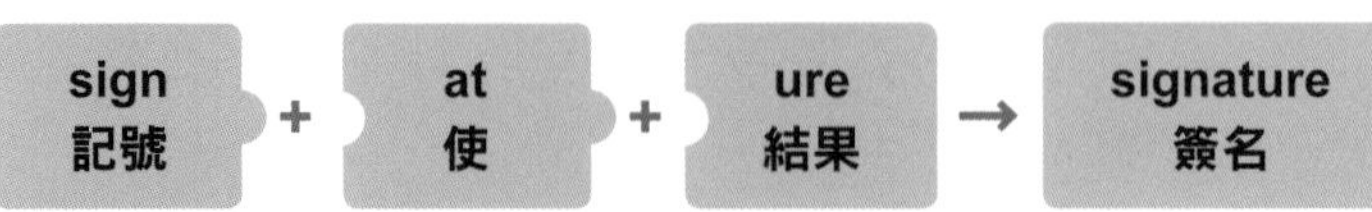

動腦這樣想 「簽名」就是對方做記號所留下的結果。

Please bring the test sheet home for your parents' **signature**.
請把考卷帶回家，請你們的家長**簽名**。

sig•nif•i•cance [sɪgˈnɪfəkəns] <n.> 重要性

◎★

sign 記號 + i + fic 做 ([拉]facere) + ance 行為 → significance 重要性

出處 fic 源自拉丁文 facere，指「做」。

動腦這樣想 有必要採取行動做記號的事，必定有其重要性。

The significance of the event in the history is very controversial.
這個事件在歷史上的重要性很受爭議。

sig•nif•i•cant [sɪgˈnɪfəkənt] <adj.> 有意義的、意味深長的

◎★

動腦這樣想 具有讓人做記號之作用的，必是有重大意義的。

Joyce gave her husband a significant look before signing the divorce paper.
喬絲在簽署離婚證書之前，意味深長地看了她丈夫一眼。

sig•ni•fy [ˈsɪgnəˌfaɪ] <v.> 表明

◎☆

動腦這樣想 使某事成為帶有明顯記號的，也就是「表明」之意。

I signified that his insult made me angry.
我表明他的羞辱令我感到憤怒。

simil, simul

= 像，同

CD-23

以 simil、simul 為首的字帶有「像，同」的意思。

● 全民英檢初級必備單字 ◎ 全民英檢中級必備單字 ★ 學科能力測驗範圍 ☆ 指定科目考試範圍

sim•i•lar [ˊsɪmələ] <adj.> **類似的**

●★

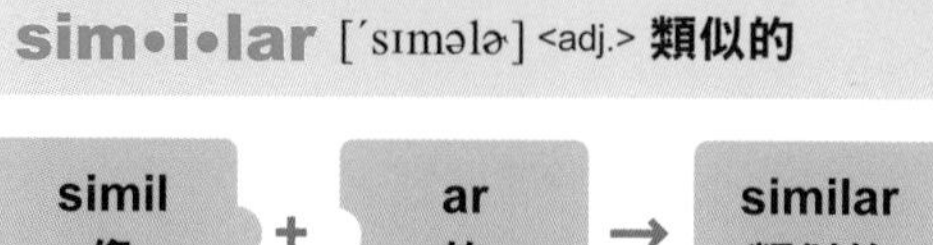

動腦這樣想 相像的，亦即「類似的」。

I have a **similar** purse like yours.

我有一個與你**類似的**皮包。

sim•i•lar•i•ty [ˏsɪməˊlærətɪ] <n.> **類似**

◎★

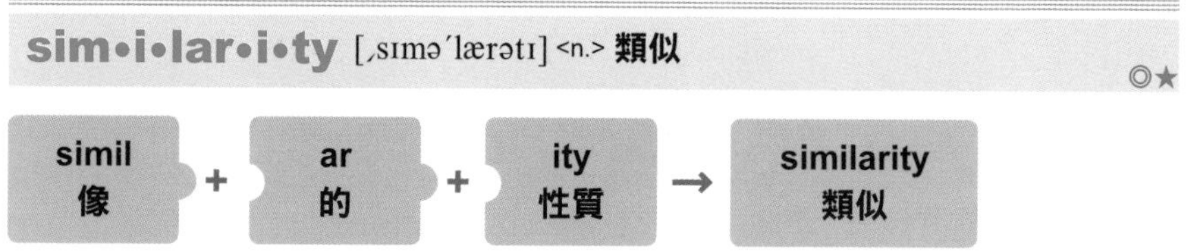

動腦這樣想 similar 字尾加 ity 即成為「類似」的名詞。

The **similarity** between the two reports suggests that they were written by Jason.

這兩個報告極為**類似**，這意味著它們都是傑森寫的。

sim•ul•ta•ne•ous [ˏsaɪməlˊtenɪəs] <adj.> **同時間的**

◎☆

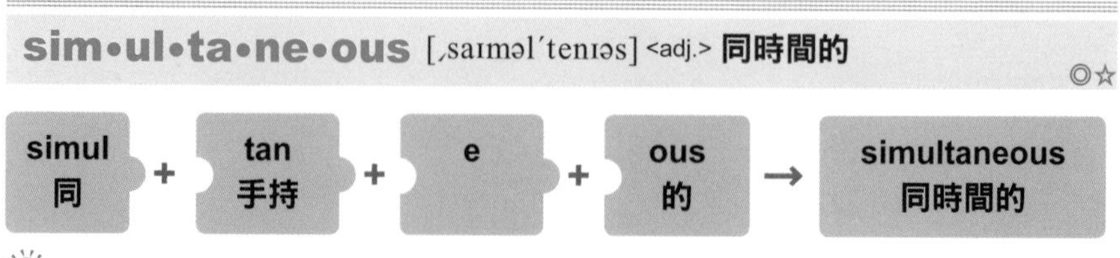

動腦這樣想 一同用手抓住的，意味「在同一時間的」。

The audience bursted into **simultaneous** laugh.

觀眾**同時**放聲大笑。

= 交往，社會的

和「交往，社會的」有關的單字，是以 soci 為字首。

● 全民英檢初級必備單字 ◎ 全民英檢中級必備單字 ★ 學科能力測驗範圍 ☆ 指定科目考試範圍

so•cial [ˈsoʃəl] <adj.> 社會的 ●★

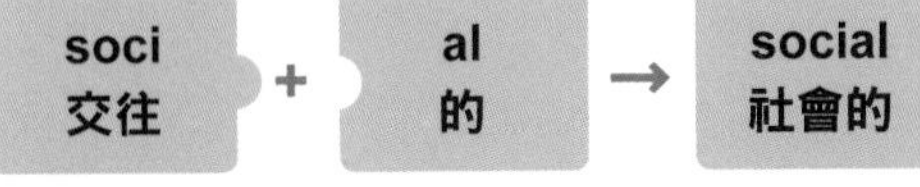

動腦這樣想 與人際間的廣泛交往有關的，也就是關於社會的。

More and more **social** problems emerged after the industrialization.
工業化之後，許多**社會**問題浮現。

so•cial•is•m [ˈsoʃəl͵ɪzəm] <n.> 社會主義 ◎☆

social 社會的 + ism 主義 → socialism 社會主義

動腦這樣想 以社會為重的主義，就是社會主義。

Some European countries adapt **socialism** as the foundation of their societies.
一些歐洲國家採取**社會主義**作為他們社會的基礎。

so•cial•ist [ˈsoʃəlɪst] <n.> 社會主義者 ◎☆

social 社會的 + ist 人 → socialist 社會主義者

動腦這樣想 以社會為重的人，就是社會主義者。

We have learned the theories of some **socialists** in the social science class.
我們在社會學的課堂上已學了一些**社會主義者**的學說。

so•cial•ize [ˈsoʃə,laɪz] <v.> 交際

◎☆

動腦這樣想 要成為社會上的中堅份子，就必須與人「交際」。

Steve has to learn how to **socialize** with other people.
史蒂夫必須要學習如何與人**交際**。

so•ci•ol•o•gy [,soʃɪˈalədʒɪ] <n.> 社會學

◎☆

動腦這樣想 探討人際間交往的學科，就稱為社會學。

Wendy majored in **sociology** in college.
溫蒂大學時主修**社會學**。

so•cia•ble [ˈsoʃəbl̩] <adj.> 好交際的

◎☆

動腦這樣想 傾向於喜歡與人交往的，即是「好交際的」。

Brenda is a beautiful and **sociable** lady in the upper class.
布蘭達是上流社會的一位美麗又**好交際的**淑女。

sol = 唯一

源自拉丁文 solus，指「孤單，單一」。以其為首的字有「唯一」的意思。

● 全民英檢初級必備單字 ◎ 全民英檢中級必備單字 ★ 學科能力測驗範圍 ☆ 指定科目考試範圍

sole [sol] <adj.> 唯一的 ◎☆

sol 唯一 + e <形> → sole 唯一的

動腦這樣想 sol 字尾加 e 即成為形容詞。

Johnathan was the **sole** survivor of that accident.
強納森是那個意外事故**唯一的**生還者。

solely [ˈsolli, ˈsollɪ] <adv.> 唯一地、僅僅地 ◎☆

動腦這樣想 sole 字尾加 ly，即成為副詞。

She accepted this job **solely** for fun.
她接受這份工作**僅僅**是因為好玩。

sol•i•tude [ˈsɑləˌtjud] <n.> 孤獨 ◎☆

動腦這樣想 一個人獨處的狀態，就代表孤獨。

Most elderly people don't like to live in **solitude**.
大多數的老人家不喜歡過**孤獨**的生活。

spec, spect

= 看見

CD-23

源自拉丁文，意思是指「看見」。另外，還有「特別的」的意思。

● 全民英檢初級必備單字　◎ 全民英檢中級必備單字　★ 學科能力測驗範圍　☆ 指定科目考試範圍

spe•cial [ˈspɛʃəl] <adj.> 特別的 ●★

spec 看見	+	ial 有……特性的	→	special 特別的

動腦這樣想 看起來具有突出特性的，就是特別的。

He is the most **special** person I have ever encountered.
他是我遇過最**特別的**人了。

spe•cial•ist [ˈspɛʃəlɪst] <n.> 專家 ◎☆

special 特別的	+	ist 人	→	specialist 專家

動腦這樣想 某領域中特別傑出的人，也就是專家。

Her father is a **specialist** in archeology.
她父親是一位考古**專家**。

spe•cif•ic [spɪˈsɪfɪk] <adj.> 特定的 ◎★

spec 看見	+	if 使……有	+	ic 特性的	→	specific 特定的

動腦這樣想 看上去具有某種事物的特性的，就是指「特定的」。

These money are collected for a **specific** purpose.
這些錢是因為**特定的**目的而籌募的。

spec

spe•ci•fy [ˈspɛsəˌfaɪ] <v.t.> 明確說明

◎☆

spec 看見 + ify 使成為 → specify 明確說明

動腦這樣想 要使人一看就明白，就必須明確說明。

The manual **specifies** the directions for operating the digital camera.
說明書**明確說明**數位相機的操作指示。

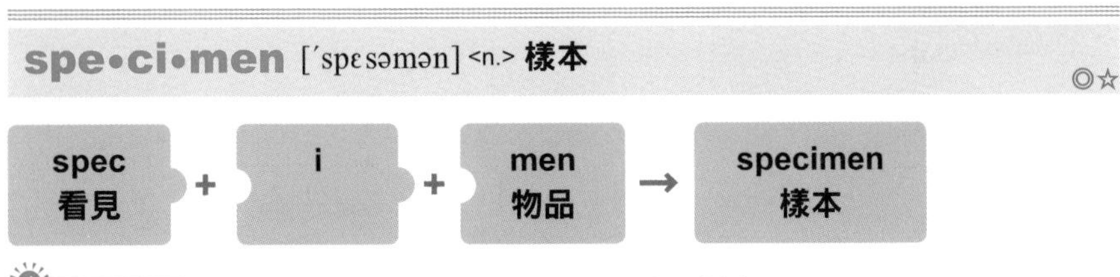

spe•ci•men [ˈspɛsəmən] <n.> 樣本

◎☆

spec 看見 + i + men 物品 → specimen 樣本

動腦這樣想 讓人一看就有具體概念的物品就是樣本。

Please show me the **specimen** of your latest product.
請拿你們最新產品的**樣本**給我看。

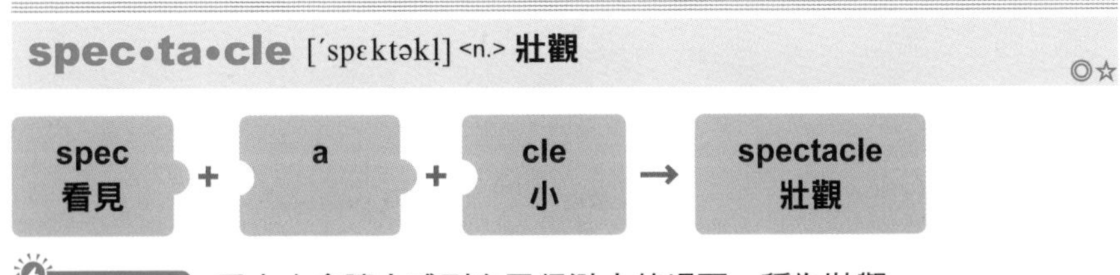

spec•ta•cle [ˈspɛktəkl̩] <n.> 壯觀

◎☆

spec 看見 + a + cle 小 → spectacle 壯觀

動腦這樣想 看上去會讓人感到自己很渺小的場面，稱為壯觀。

The Christmas display in front of the department store is a fine **spectacle**.
那家百貨公司門口的聖誕佈置非常**壯觀**。

spec•tac•u•lar [spɛkˈtækjələ˞] <adj.> 壯觀的

◎☆

spec 看見 + a + cul 小 + ar 的 → spectacular 壯觀的

動腦這樣想 看上去會讓人感到自己很渺小的，便可稱為壯觀的。

The waterfall in Argentina is rather **spectacular** in the movie "Happy Together".

在電影《春光乍洩》中，阿根廷的瀑布相當**壯觀**。

spec•ta•tor [ˈspɛktetə˞] <n.> 觀眾

◎☆

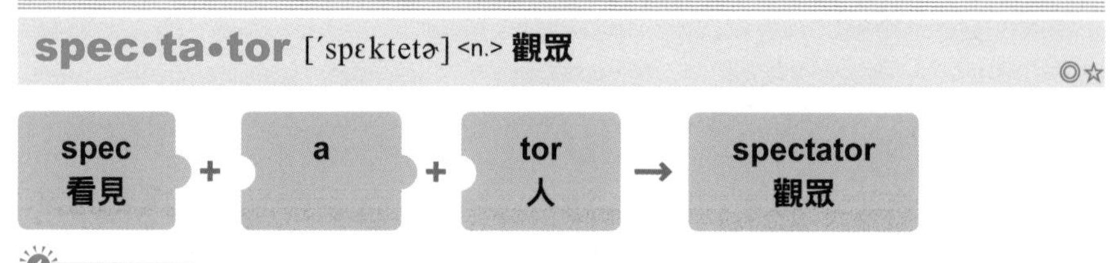

動腦這樣想 做**觀看**動作的人，也就是觀眾。

The crowds of **spectators** are in high spirits in the concert.

演唱會中，聚集的**觀眾**興高采烈。

spec•u•late [ˈspɛkjəˏlet] <v.> 推測

◎☆

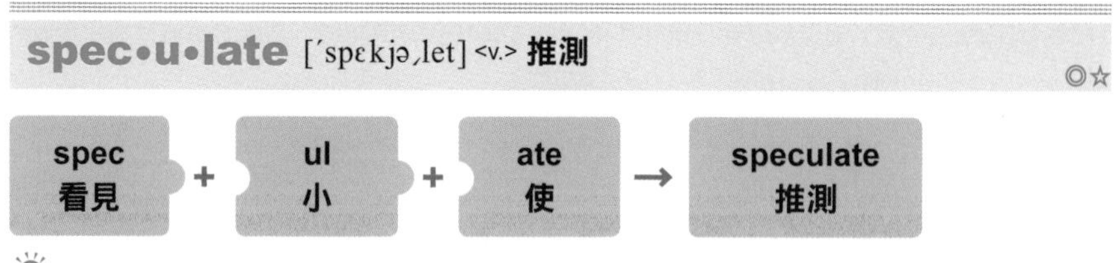

動腦這樣想 從**看見**小處來猜想全貌，需要做「推測」的動作。

I **speculate** that it may be my last chance to see him.

我**推測**這可能會是我最後一次見到他的機會了。

sta, stand

= 站立

CD-24

以 sta 或 stand 為首的字，意思上和「站立」有關。

● 全民英檢初級必備單字　◎ 全民英檢中級必備單字　★ 學科能力測驗範圍　☆ 指定科目考試範圍

sta•bil•i•ty [stəˈbɪlətɪ] <n.> 穩定 ◎☆

動腦這樣想 擁有穩穩站立的能力，代表「穩定」之意。

Political stability is crucial to Taiwan's economic prosperity.
政治穩定對台灣的經濟繁榮至關重要。

sta•bil•ize [ˈstebə͵laɪz] <v.> 使穩定 ◎☆

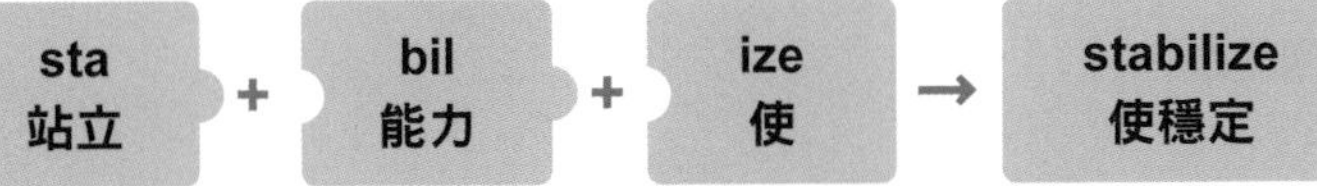

動腦這樣想 使擁有穩穩站立的能力，代表使其穩定。

The medicine helps to stabilize the patient's emotion.
該藥物有助於穩定病人的情緒。

sta•ble [ˈstebl̩] <adj.> 穩定的 ◎★

動腦這樣想 能夠穩穩站立的，亦即是穩定的。

Most people desire a stable life.
大多數的人都渴望擁有穩定的生活。

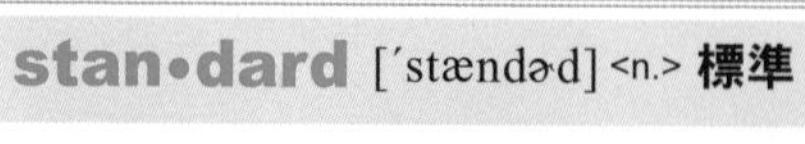

stan•dard [ˈstændəd] <n.> 標準

◎★

動腦這樣想 事物應該站立之處，引伸為「標準」或「規範」之意。

The book has been published with a high **standard**.
這本書是依據高**標準**出版的。

statue [ˈstætʃʊ] <n.> 雕像

◎★

動腦這樣想 一直站立不動的物品，就是指雕像。

Her grandpa likes to collect **statues**.
她的祖父喜歡收集**雕像**。

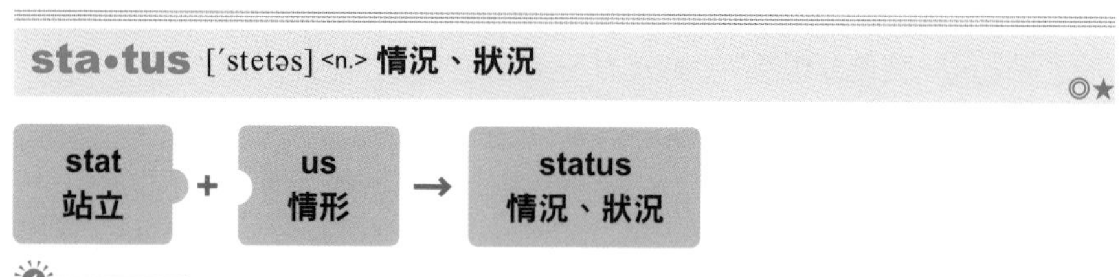

sta•tus [ˈstetəs] <n.> 情況、狀況

◎★

動腦這樣想 站立當時的情形，就是指情況、狀況。

Do you have any idea about their economic **status**?
你清楚他們的經濟**狀況**嗎？

step = 繼

step 置於字首時是指「繼」的意思。

● 全民英檢初級必備單字 ◎ 全民英檢中級必備單字 ★ 學科能力測驗範圍 ☆ 指定科目考試範圍

step•child [ˋstɛp,tʃaɪld] <n.> 繼子 ◎★

step 繼 + child 小孩 → stepchild 繼子

動腦這樣想 來自於婚姻關係的、非自己親生的小孩，稱為繼子或繼女。

Although Ray is a **stepchild**, Mrs. Morris loves and takes good care of him.
雖然雷是**繼子**，茉莉絲太太仍疼愛並用心照顧他。

step•fa•ther [ˋstɛp,fɑðɚ] <n.> 繼父 ◎★

step 繼 + father 父 → stepfather 繼父

動腦這樣想 因母親再婚而有的父親，稱為繼父。

My **stepfather** treats me like his biological son.
我的**繼父**視我如同己出。

step•mo•ther [ˋstɛp,mʌðɚ] <n.> 繼母 ◎★

step 繼 + mother 母 → stepmother 繼母

動腦這樣想 因父親再婚而有的母親，稱為繼母。

Stepmothers are usually portrayed to be mean in fairy tales.
在童話故事中，通常把**繼母**描寫成是心地邪惡的。

sub = 在……下

sub 放在字首，意思上有「在……下」的意思。

● 全民英檢初級必備單字 ◎ 全民英檢中級必備單字 ★ 學科能力測驗範圍 ☆ 指定科目考試範圍

sub•ject [ˈsʌbdʒɪkt] <adj.> 臣服的

●★

sub 在……下 + ject 投擲 → subject 臣服的

([拉]jacere)

出處 **ject 源自拉丁文 jacere，指「投擲」。**

動腦這樣想 只能在某人或某事的**下方**投擲，引伸為「臣服」的意思。

The king forces his people to be **subject** to him.
國王強迫所有的國民對他**臣服**。

sub•ma•rine [ˌsʌbməˈrin] <n.> 潛水艇

◎★

sub 在……下 + marine 海洋 → submarine 潛水艇

動腦這樣想 **在**海洋的水平面**下**航行，就是指潛水艇。

My niece dreams of taking a deep sea tour in a **submarine**.
我姪女夢想來一趟**潛水艇**深海之旅。

sub•mit [səbˈmɪt] <v.> 呈交

◎☆

([拉]mittere)

出處 **mit 源自拉丁文 mittere，指「發送」。**

動腦這樣想 **在下面**往上發送資料，即為「呈交」之意。

I finally finished the paper and **submitted** it to my professor.
我終於把報告完成並**交給**教授了。

sub•or•di•nate [sə´bɔrdənt, sə´bɔrdṇt] <adj.> 次要的

◎☆

sub 在……下 + ordin 次序 + ate 使成為 → subordinate 次要的

動腦這樣想 使排在順序的較下面，代表為「次要的」。

Money is **subordinate** to love in Helen's heart.

在海倫心目中，金錢比愛情**次要**。

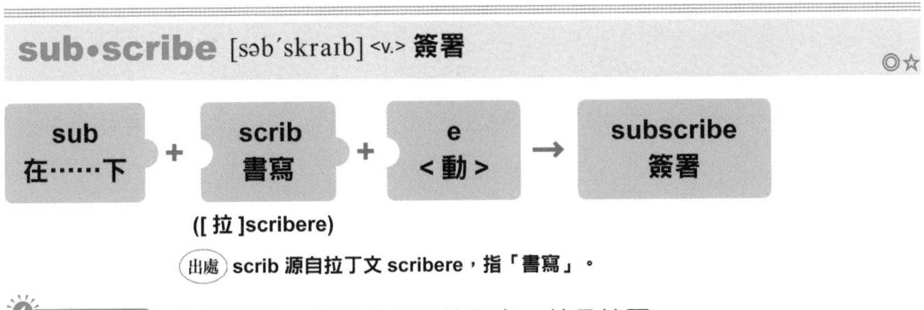

sub•scribe [səb´skraɪb] <v.> 簽署

◎☆

sub 在……下 + scrib 書寫 + e <動> → subscribe 簽署

([拉]scribere)

出處 scrib 源自拉丁文 scribere，指「書寫」。

動腦這樣想 在文件的下方書寫自己的名字，就是簽署。

Both the employer and the employee should **subscribe** their names to the agreement.

勞資雙方必須**簽署**這份協議。

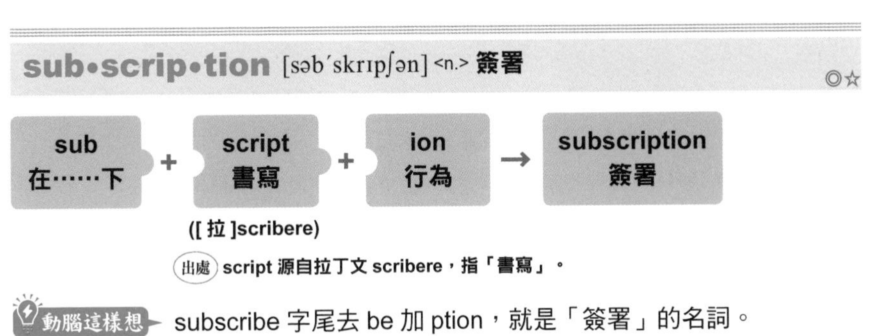

sub•scrip•tion [səb´skrɪpʃən] <n.> 簽署

◎☆

sub 在……下 + script 書寫 + ion 行為 → subscription 簽署

([拉]scribere)

出處 script 源自拉丁文 scribere，指「書寫」。

動腦這樣想 subscribe 字尾去 be 加 ption，就是「簽署」的名詞。

After the **subscription** of the declaration, the war ended.

在完成該宣言的**簽署**後，戰爭就結束了。

sub•se•quent [ˈsʌbsɪˌkwɛnt] <adj.> 之後的

◎☆

sub 在……下	+	sequent 順序的	→	subsequent 之後的

動腦這樣想 按照順序排在比較下面的，即是指「之後的」。

On the day **subsequent** to their return, we held a welcome party.
他們歸來**之後的**第二天，我們舉辦了一場歡迎會。

sub•sti•tute [ˈsʌbstəˌtjut] <v.> 取代

◎☆

sub 在……下	+	stitut 站立	+	e <動>	→	substitute 取代

動腦這樣想 排在下一個站立的位置，就是等著要「取代」前一個。

The old generation of playstation has been **substituted** by the new one.
舊一代的遊戲機已被新一代的**取代**。

sub•sti•tu•tion [ˌsʌbstəˈtjuʃən] <n.> 取代

◎☆

sub 在……下	+	stitut 站立	+	ion 行為	→	substitution 取代

動腦這樣想 substitute 字尾去 e 加 ion，就成為「取代」的名詞。

She used olive oil in **substitution** for vegetable oil in cooking.
她烹飪時以橄欖油**取代**蔬菜油。

= 往下

要表示「往下」，可在字首加上 suc。

● 全民英檢初級必備單字 ◎ 全民英檢中級必備單字 ★ 學科能力測驗範圍 ☆ 指定科目考試範圍

suc•ceed [sək΄sid] <v.> 成功 ●★

suc 往下 + ceed 行走 → succeed 成功

動腦這樣想 一直往下行走前進，不屈不撓就會成功。

I must **succeed** no matter what I do.
無論我做什麼，我一定要**成功**。

suc•cess [sək΄sɛs] <n.> 成功 ●★

suc 往下 + cess 行走 → success 成功

動腦這樣想 succeed 字尾去 ed 加 ss，即是「成功」的名詞。

The efforts he has made for achieving the **success** are much greater than we thought.
他為了**成功**所付出的努力，遠超過我們的想像。

suc•ces•sion [sək΄sɛʃən] <n.> 繼承 ◎☆

suc 往下 + cess 行走 + ion 行為 → succession 繼承

動腦這樣想 前人的智慧或財產往下留給後人，便稱為繼承。

Mr. Wong didn't choose his daughter to be the first in **succession** to his property.
王先生沒有選擇他的女兒成為他財產的第一優先**繼承**人。

sum = 總和，最高

sum 本身就有「總數」的意思。以其為首的單字就和「總和，最高」有關。

● 全民英檢初級必備單字 ◎ 全民英檢中級必備單字 ★ 學科能力測驗範圍 ☆ 指定科目考試範圍

sum•mar•ize [′sʌmə,raɪz] <v.> 總結 ◎★

動腦這樣想 進行總合整理的動作，就是總結。

To **summarize** my speech, I would like to emphasize this point once again.
總結我的演講，我要再一次強調這點。

sum•ma•ry [′sʌmərɪ] <n.> 總結 ◎★

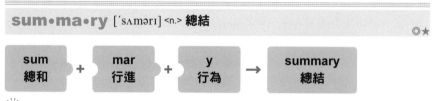

動腦這樣想 summarize 字尾去 ize 加 y，便是「總結」的名詞。

Please make a **summary** of this case.
請替這案件做個**總結**。

sum•mit [′sʌmɪt] <n.> 頂點、高峰 ◎★

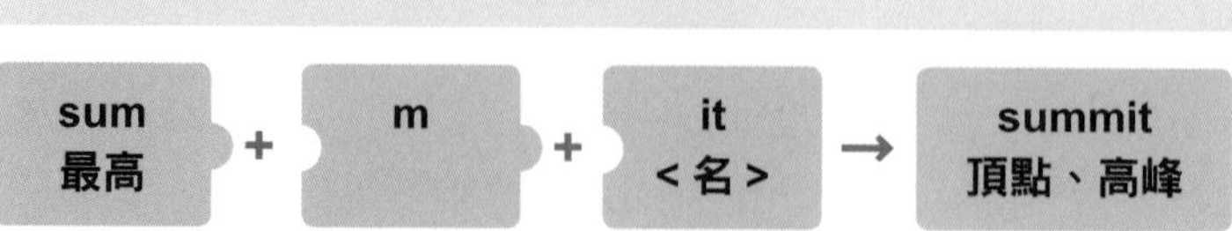

動腦這樣想 位處**最高**處的點就是頂點。

The two remarkable concerts pushed him to the **summit** of his music career.
那兩場非凡的演唱會將他推上了音樂事業的**高峰**。

super

= 超，上面

CD-25

super 原有「大的，極度」的意思，置於字首則指「超，上面」。

● 全民英檢初級必備單字 ◎ 全民英檢中級必備單字 ★ 學科能力測驗範圍 ☆ 指定科目考試範圍

su•per•mar•ket ['supɚ,mɑrkɪt] <n.> 超級市場 ●★

動腦這樣想 超越一般市場的稱為超級市場。

Shopping in **supermarkets** was my favorite hobby when I was in the United States.

當我在美國時，逛**超級市場**是我最大的嗜好。

su•perb [sʊ'pɝb] <adj.> 上等的、一流的 ◎☆

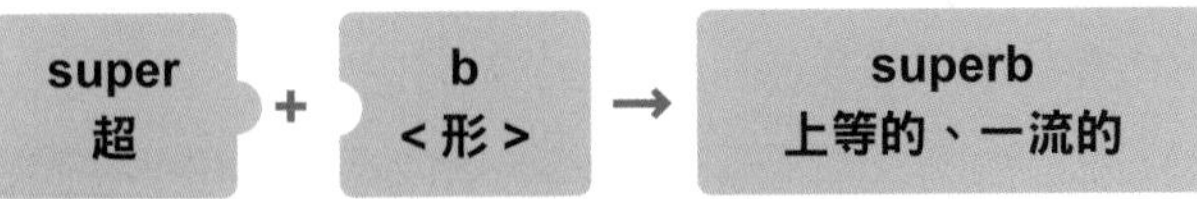

動腦這樣想 超越一般等級的，代表是上等的、一流的。

His acting and singing are **superb** in Asia.

他的演技和歌藝在亞洲都是**一流的**。

su•per•fi•cial [,supɚ'fɪʃəl] <adj.> 膚淺的 ◎☆

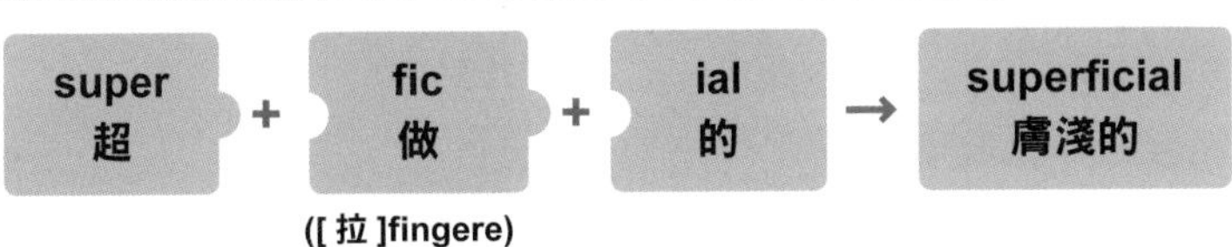

([拉]fingere)

出處 fic 源自拉丁文 fingere，指「做」。

動腦這樣想 說的比做的還多，意味某人是膚淺的。

The best way to avoid being **superficial** is to read more books.

避免**膚淺的**最好方法就是多讀書。

su•pe•ri•or [səˊpɪrɪɚ] <adj.> 優越的

◎★

super 超 + ior 比較上的 → superior 優越的

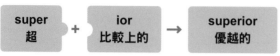

動腦這樣想 比較上**超越**一般程度的，代表是優越的。

The children of this family are born to be **superior** to others.
這個家庭的孩子一出生就比其他人**優越**。

su•pe•ri•o•ri•ty [sə͵pɪrɪˊɔrətɪ] <n.> 優越

◎☆

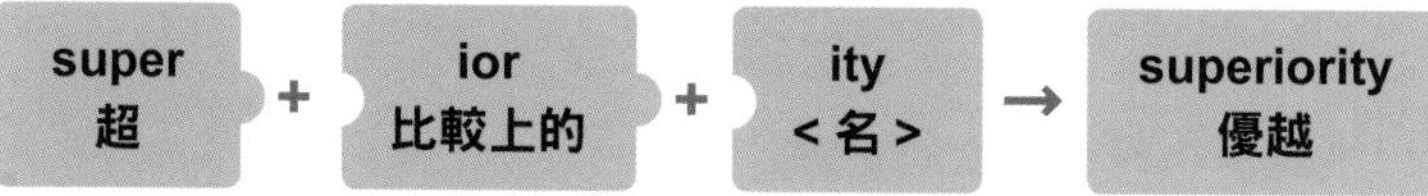

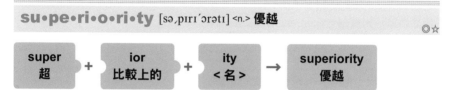

動腦這樣想 superior 字尾加 ity，便成為「優越」的名詞。

Although he is very successful, he never shows his **superiority** in front of others.
儘管他很成功，但他從不在別人面前表現他的**優越**。

su•per•son•ic [͵supɚˊsɑnɪk] <adj.> 超音速的

◎☆

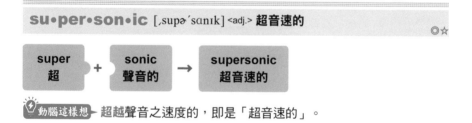

動腦這樣想 **超越**聲音之速度的，即是「超音速的」。

I have never seen a **supersonic** aircraft before.
我從沒看過**超音速**飛機。

su•per•sti•tion [ˌsupɚˈstɪʃən] <n.> 迷信 ◎☆

super 超 + stit 站立 + ion 行為 → superstition 迷信

([拉]sistere)

出處 stit 源自拉丁文 sistere，指「站立」。

動腦這樣想 行為或思想**超出**了應站立的位置，便容易產生「迷信」。

It is interesting that different cultures have different **superstitions**.

有趣的是，不同的文化有不同的**迷信**。

su•per•sti•tious [ˌsupɚˈstɪʃəs] <adj.> 迷信的 ◎☆

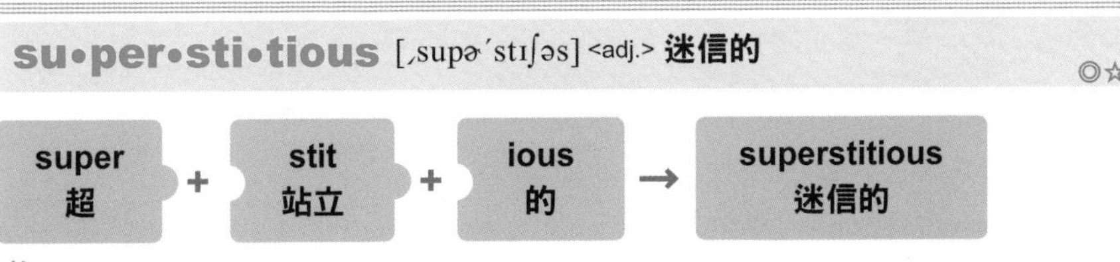

動腦這樣想 superstition 字尾去 ion 加 ious，就成為「迷信」的形容詞。

He is very **superstitious** because he believes in feng shui very much.

他很**迷信**，因為他非常相信風水。

su•per•vise [ˌsupɚˈvaɪz] <v.> 監督 ◎☆

super 超 + vis 看 + e <動> → supervise 監督

([拉]videre)

出處 vis 源自拉丁文 videre，指「看」。

動腦這樣想 站在**上面**盯著看，意指監督。

May **supervises** all the branch offices in this region.

梅負責**監督**這個地區所有的分公司。

su•per•vi•sor [ˌsupɚˈvaɪzɚ] <n.> 監督人

◎☆

super 超	+	vis 看	+	or 人	→	supervisor 監督人

動腦這樣想 負責站在上面盯著看的人，即是指監督人。

Mr. Sanders had an argument with his **supervisor** in the office.
仙卓德先生在辦公室裡和他的**監督主管**吵了一架。

sup
= 向下
CD-25
sup 為首的單字，有「向下」的意思。

sup•port [səˈport] <v.t.> 支持

●★

sup 向下	+	port 攜帶	→	support 支持

動腦這樣想 向下伸出手帶領你前進，表示給予「支持」。

If she raises this issue at the meeting, I will **support** her.
如果她在會議中提出這項議題，我會**支持**她。

sup•pose [səˈpoz] <v.> 假設、猜想

◎★

sup 向下	+	pos 放置	+	e ＜動＞	→	suppose 假設、猜想

動腦這樣想 下定決心之前，需先做好各種「假設、猜想」。

I **suppose** you don't know who I am.
我**猜想**你不知道我是誰。

sup•press [səˊprɛs] <v.t.> 鎮壓

◎☆

動腦這樣想 向下用力壓，代表「鎮壓」或「壓制」之意。

The riot was **suppressed** by the troops.
暴亂被軍隊**鎮壓**了。

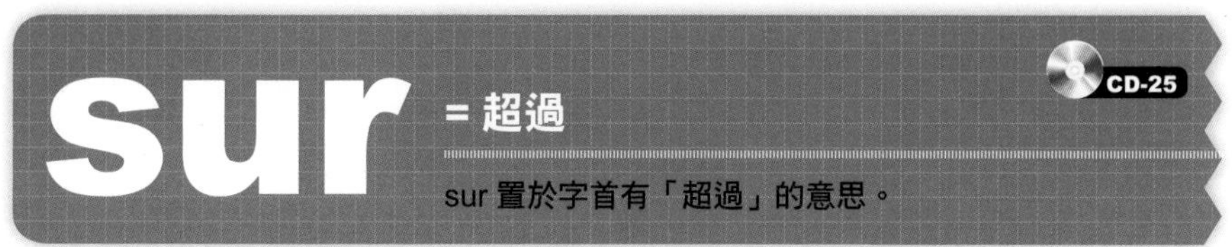

sur
= 超過
CD-25
sur 置於字首有「超過」的意思。

sur•pass [sɚˊpæs] <v.t.> 凌駕

◎☆

動腦這樣想 前行的進度**超過**某人或某事，代表「凌駕」之意。

The capability of the new project planner **surpasses** her manager's.
這位新的專案企畫人員的能力**凌駕**她的經理。

sur•plus [ˊsɜplʌs] <adj.> 過剩的

◎☆

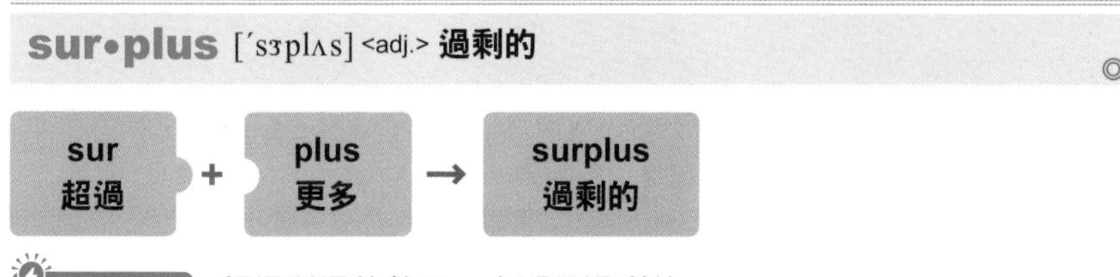

動腦這樣想 **超過**所需的數量，亦即是過剩的。

Labor supply is **surplus** to demand this year.
今年的勞工人數**過剩**，超過了需求量。

sur•vey [sɚˈve] <v.> 調查

◎★

動腦這樣想 要**超越**表面以看見真相，就要深入「調查」。

Bob has **surveyed** 500 people in the street to complete this report.
鮑伯在街上**調查**了 500 個人的意見才完成這份報告。

sur•vive [sɚˈvaɪv] <v.> 倖存

●★

sur 超過 + viv 生存 + e <動> → survive 倖存

([拉]vivere)

出處 **viv 源自拉丁文 vivere，指「生存」。**

動腦這樣想 **超越**了災難而生存下來，就是「倖存」之意。

Annie was lucky to **survive** the air-crash.
安妮很幸運地在這起飛機失事中**倖存**。

sur•vi•val [sɚˈvaɪvl̩] <n.> 倖存

◎★

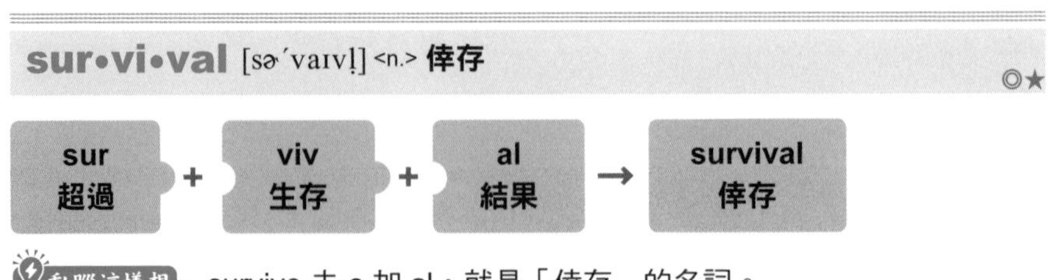

動腦這樣想 survive 去 e 加 al，就是「倖存」的名詞。

This incident proves the **survival** of the fittest.
這起事件證明只有最適合者才能**倖存**。

sur•vi•vor [sɚˊvaɪvɚ] <n.> 倖存者

◎★

sur 超過 + viv 生存 + or 人 → survivor 倖存者

動腦這樣想 超越了災難而生存下來的人，稱為倖存者。

It takes years for the **survivors** of the earthquake to rebuild their homes.
地震的**倖存者**要花很多的時間才能重建他們的家園。

sur•ren•der [səˊrɛndɚ] <v.> 投降

◎★

sur 超過 + render 給予 → surrender 投降

動腦這樣想 遠遠**超過**應該給予的限度，意味放棄一切而「投降」。

The **surrendered** soldiers were accused of treason after the war.
投降的軍人在戰後被控通敵。

sur•round [səˊraʊnd] <v.t.> 圍繞

◎★

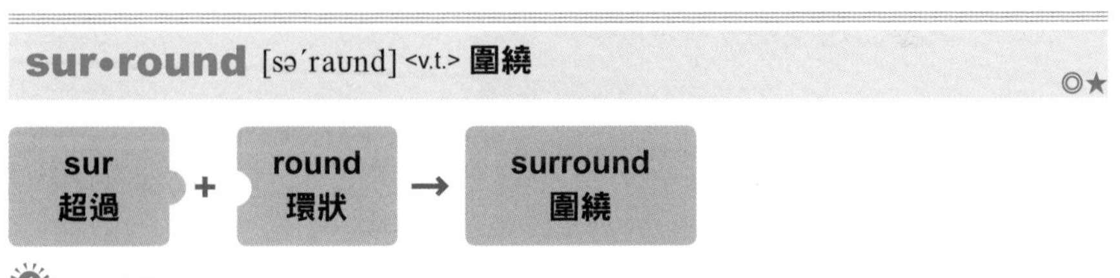

動腦這樣想 在某個範圍**之外**築一圈環狀，表示「圍繞」之意。

Thousands of fans **surrounded** the movie star in order to get his autograph.
成千上萬的影迷**圍繞**著這位影星，為了要得到他的簽名。

sur•round•ing [sə'raʊndɪŋ] <n.> 環境

◎★

sur 超過 + round 環狀 + ing <名> → surrounding 環境

動腦這樣想 環繞在四周的地理情況，便稱為環境。

You should pay attention to your **surroundings** when visiting a new place.
當你到達一個新的地方時，應該多注意周圍的**環境**。

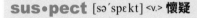

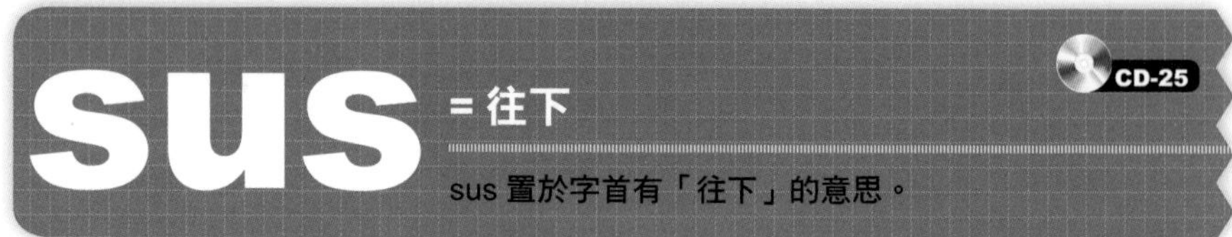

CD-25
SUS
= 往下
sus 置於字首有「往下」的意思。

sus•pect [sə'spɛkt] <v.> 懷疑

◎★

sus 往下 + pect 看 → suspect 懷疑

([拉]specere)

出處 pect 源自拉丁文 specere，指「看」。

動腦這樣想 悄悄地**在下方**觀察動靜，代表有所懷疑。

Fay was **suspected** of stealing money. 費被**懷疑**偷錢。

sus•pend [sə'spɛnd] <v.> 暫緩

◎☆

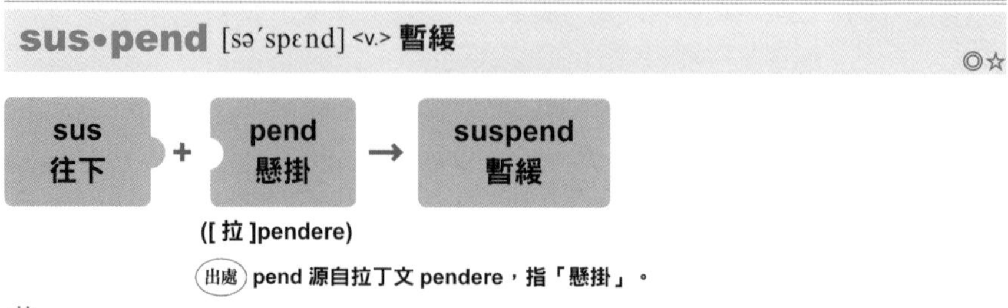

([拉]pendere)

出處 pend 源自拉丁文 pendere，指「懸掛」。

動腦這樣想 將東西懸掛**在下方**不用，意味先行暫緩。

The government decided to **suspend** the rule of no-smoking in public places.
政府決定**暫緩**實施公共場所不得吸菸的規定。

sus•pen•sion [sə'spɛnʃən] <n.> 暫緩

◎☆

sus 往下 + pens 懸掛 + ion 行為 → suspension 暫緩

動腦這樣想 suspend 去 d 加 sion，即為「暫緩」的名詞。

The dispute among the members put the whole plan into **suspension**.
組員之間的爭執使整個計畫**暫緩**了。

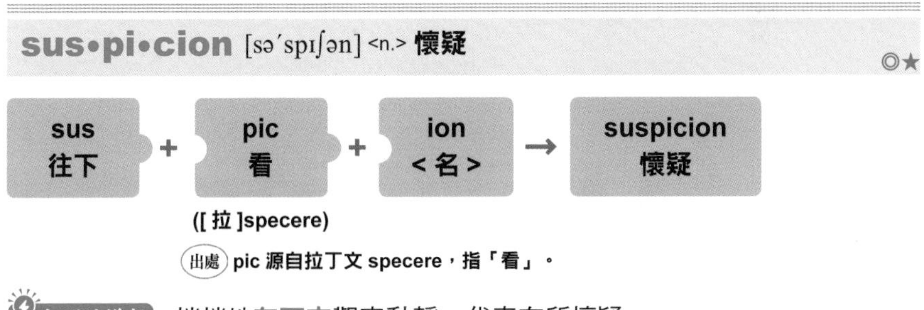

sus•pi•cion [sə'spɪʃən] <n.> 懷疑
◎★
sus 往下 + pic 看 + ion <名> → suspicion 懷疑
([拉]specere)
出處 pic 源自拉丁文 specere，指「看」。

動腦這樣想 悄悄地**在下方**觀察動靜，代表有所懷疑。

Maria has a strong **suspicion** that her husand is unfaithful to her.
瑪麗亞強烈**懷疑**他的丈夫對她不忠。

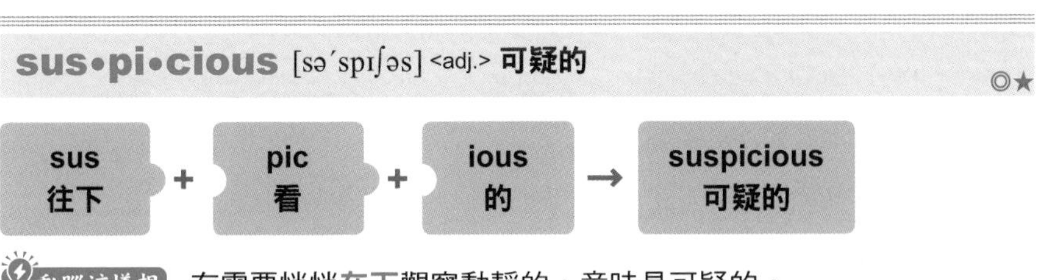

sus•pi•cious [sə'spɪʃəs] <adj.> 可疑的
◎★
sus 往下 + pic 看 + ious 的 → suspicious 可疑的

動腦這樣想 有需要悄悄**在下**觀察動靜的，意味是可疑的。

Luke saw someone **suspicious** in the alley last night.
路克昨晚在巷子裡看到**可疑的人**。

sus•tain [sə´sten] <v.t.> 維持

◎☆

([拉]tenere)

出處 tain 源自拉丁文 tenere，指「握住」。

動腦這樣想 從下方用力握住予以支撐，就是維持之意。

He used an artificial limb to **sustain** the balance of his left leg.
他用一支義肢來**維持**他左腿的平衡。

sym
= 共同
CD-25
sym 為首的字有「共同」的意思。

sym•bol [´sɪmbḷ] <n.> 象徵

●★

動腦這樣想 許多人意念**共同**投射的對象，必具有特殊的「象徵」意義。

The dove is the **symbol** of peace.
白鴿是和平的**象徵**。

sym•bol•ic [sɪm´bɑlɪk] <adj.> 象徵的

◎☆

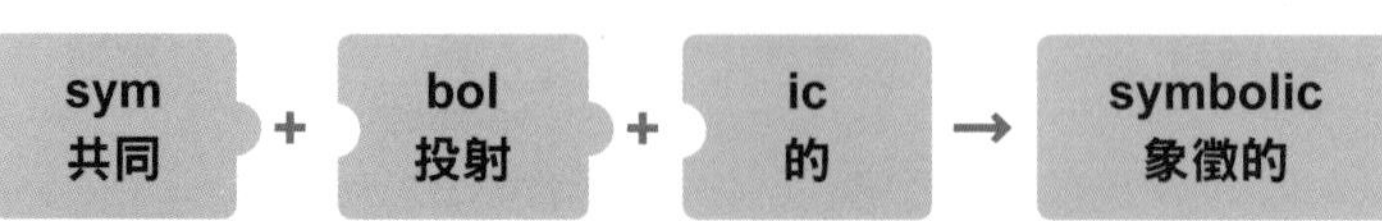

動腦這樣想 symbol 字尾加 ic，就成為「象徵」的形容詞。

Violet is **symbolic** of romance. 紫羅蘭色是浪漫的**象徵**。

sym•bol•ize [ˈsɪmbḷˌaɪz] <v.> 象徵

◎☆

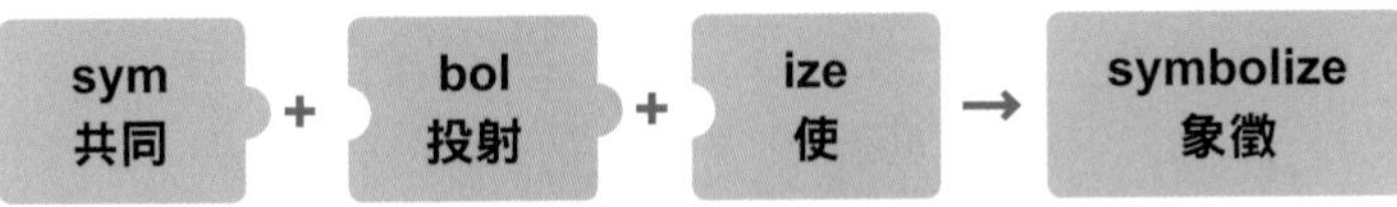

動腦這樣想 symbol 字尾加 ize，就成為「象徵」的動詞。

For Chinese, red **symbolizes** good fortune.
對中國人來說，紅色**象徵**福氣。

sym•pa•thet•ic [ˌsɪmpəˈθɛtɪk] <adj.> 同情的

◎★

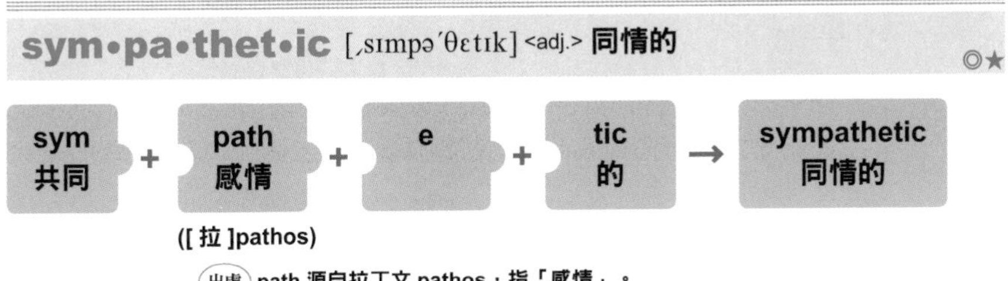

出處 path 源自拉丁文 pathos，指「感情」。

動腦這樣想 產生共同情感的，亦即同情的。

I am fine, so don't give me a **sympathetic** look.
我好得很，所以不要用**同情的**眼神看我。

sym•pa•thize [ˈsɪmpəˌθaɪz] <v.i.> 同情

◎☆

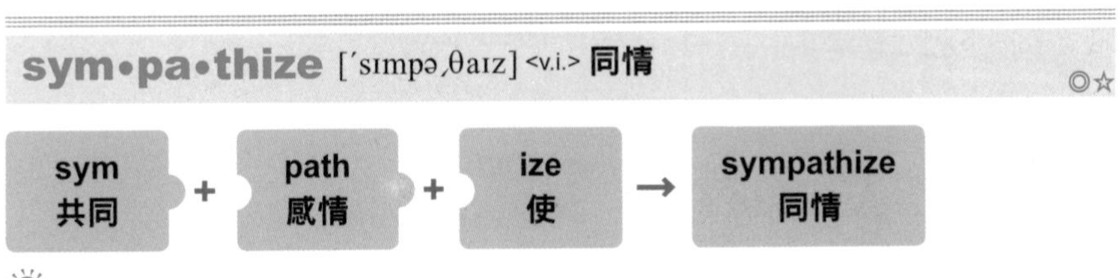

動腦這樣想 使人產生共同情感，稱為同情。

We **sympathized** with the victims of the disaster.
我們對災難的遇難者感到**同情**。

sym•pa•thy [ˈsɪmpəθɪ] <n.> 同情

◎★

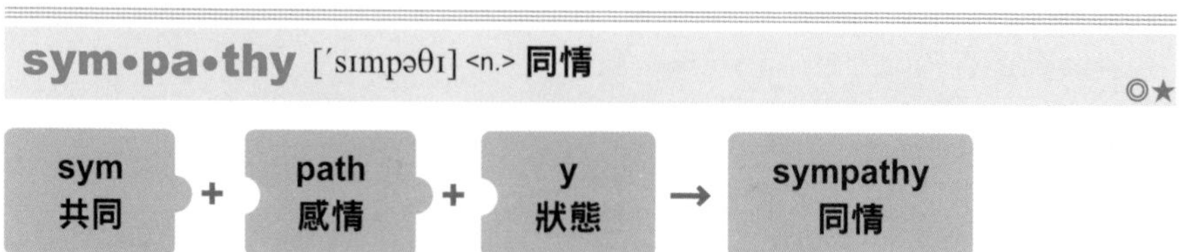

動腦這樣想 sympathize 字尾去 ize 加 y，就是「同情」的名詞。

I have a **sympathy** for the disadvantaged.
我對弱勢團體感到**同情**。

sym•pho•ny [ˈsɪmfənɪ] <n.> 交響樂

◎★

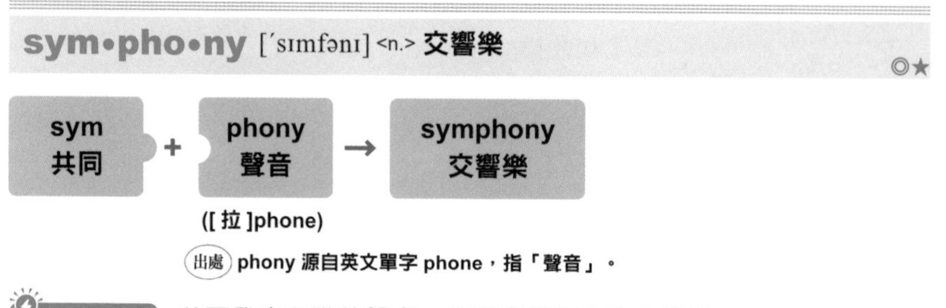

出處 phony 源自英文單字 phone，指「聲音」。

動腦這樣想 共同發出和諧的聲音，此種音樂稱之為交響樂。

Peter is the first violinist at Chicago **Symphony** Orchestra.
彼得是芝加哥**交響樂**團中的首席小提琴手。

symp•tom [ˈsɪmptəm] <n.> 症狀

◎☆

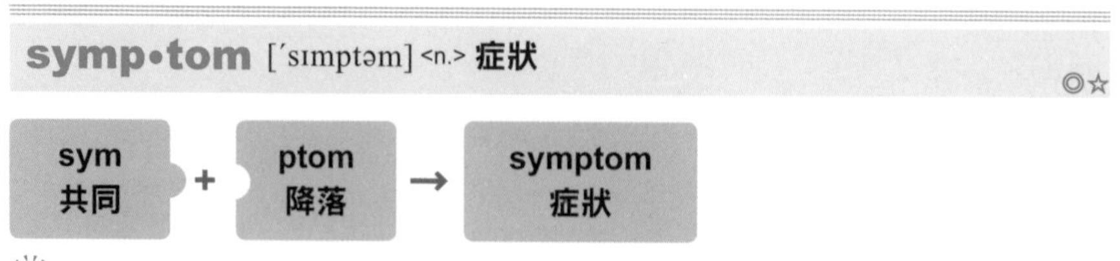

動腦這樣想 和生病一同降落下來的狀況，就稱為症狀。

The major **symptoms** of flu are nasal congestion, sore throat and headache.
流行性感冒的主要**症狀**是鼻塞、喉嚨痛和頭痛。

techn

= 技巧

以 techn 為首的字，意思上和「技巧」有關。

● 全民英檢初級必備單字　◎ 全民英檢中級必備單字　★ 學科能力測驗範圍　☆ 指定科目考試範圍

tech•ni•cal [ˈtɛknɪkḷ] <adj.> 技能的 ◎★

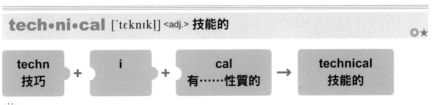

techn 技巧 + i + cal 有……性質的 → technical 技能的

動腦這樣想 具有高度技巧性質的，就是技能的。

Our job requires special **technical** skills.
我們的工作需具備特殊的**專門技術**。

tech•ni•cian [tɛkˈnɪʃən] <n.> 技工 ◎★

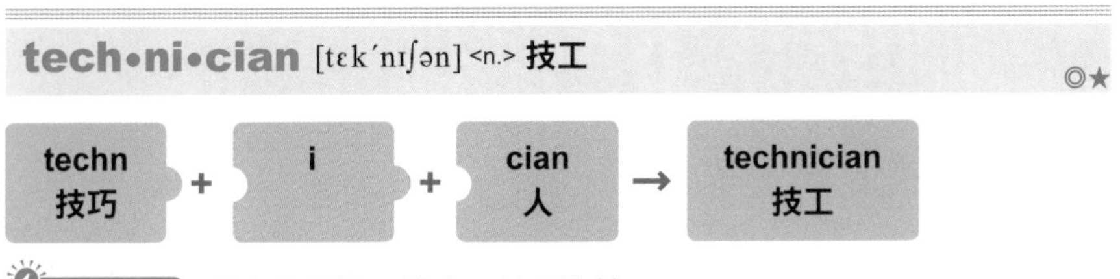

動腦這樣想 具有優異技巧的人，就稱為技工。

Please call the **technician** to repair the stove.
請打電話叫**技工**來修理這個爐灶。

tech•nique [tɛkˈnik] <n.> 技術 ◎★

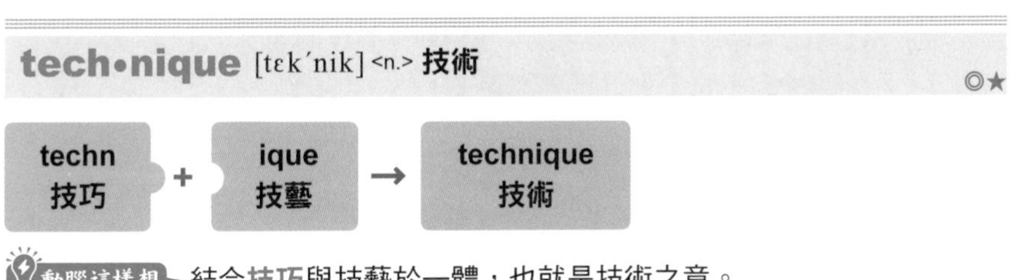

動腦這樣想 結合技巧與技藝於一體，也就是技術之意。

I am amazed by his flawless **techniques** in painting.
我對於他無懈可擊的繪畫**技巧**感到驚奇。

tech•nol•ogy [tɛkˈnɑlədʒɪ] <n.> 科技

◎★

techn 技巧	+	ology 學科	→	technology 科技

動腦這樣想 研究某個學科的專業技巧，便稱為科技。

We can't deny that we are living in the age of **technology**.
無可否認的，我們正生活在一個**科技**時代。

tech•nol•o•gi•cal [tɛknəˈlɑdʒɪkl̩] <adj.> 科技的

◎★

techn 技巧	+	ology 學科	+	ical 的	→	technological 科技的

動腦這樣想 technology 字尾去 y 加 ical，即是「科技」的形容詞。

The invention of personal computer is a major **technological** breakthrough.
個人電腦的發明是**科技上的**一大突破。

tele = 遠方

CD-26

tele 置於字首時有「遠方」的意思。

tel•e•gram [ˈtɛlə͵græm] <n.> 電報

◎★

tele 遠方	+	gram 書寫之物	→	telegram 電報

動腦這樣想 把寫出的文字傳送到遠方之物，就稱為電報。

Andrew sent a **telegram** to his mother yesterday.
安德魯昨天發了一封**電報**給他母親。

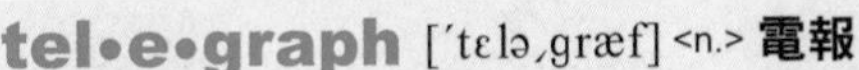

tel•e•graph [ˊtɛlə͵græf] <n.> 電報 ◎★

tele 遠方 + graph 書寫之物 → telegraph 電報

動腦這樣想 把寫出的文字傳送到**遠方**之物，就稱為電報。

She learned of the news by **telegraph**.
她從**電報**上得知此消息。

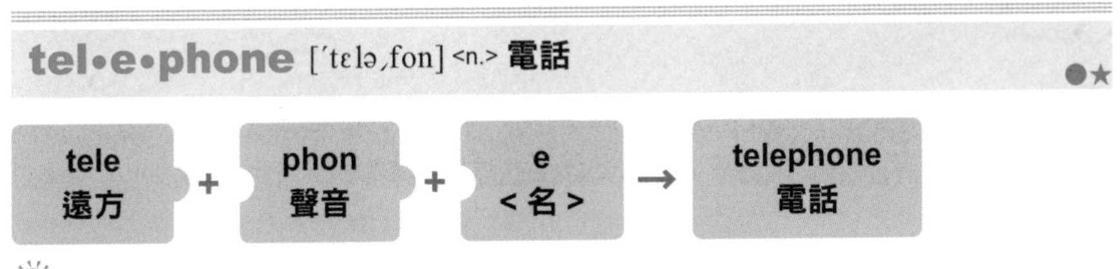

tel•e•phone [ˊtɛlə͵fon] <n.> 電話 ●★

動腦這樣想 把聲音傳送到**遠方**的器具，就叫做電話。

I'm talking to my friend on the **telephone**.
我正在跟我朋友講**電話**。

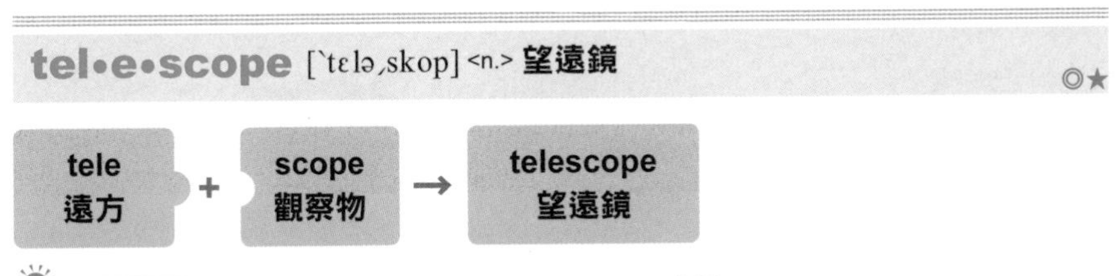

tel•e•scope [ˋtɛlə͵skop] <n.> 望遠鏡 ◎★

動腦這樣想 用來觀察**遠方**的物品，就叫做望遠鏡。

We sat too far away from the stage and could only watch the show with a **telescope**.
我們離舞台很遠，只能用**望遠鏡**觀賞表演。

tel•e•vi•sion [ˈtɛlə͵vɪʒən] <n.> 電視 ●★

tele 遠方 + vision 景象 → television 電視

動腦這樣想 將遠方景象傳到家裡的器具，就稱為電視。

Watching too much **television** made Oliver a couch potato.
沉迷於看**電視**令奧利佛變成一個極為懶惰的人。

temper
= 溫和
CD-26
temper 本身帶有「使溫和」的意思。
以其為首的字即指「溫和」。

tem•per [ˈtɛmpɚ] <n.> 脾氣 ◎★

temper 溫和 → temper 脾氣

動腦這樣想 能否保持溫和的態度，端視此人的「脾氣」如何。

Chad has a very bad **temper** that makes him difficult to get along with.
查德的**脾氣**很壞，讓人難以和他相處。

tem•pe•ra•ment [ˈtɛmprəmənt] <n.> 性情 ◎☆

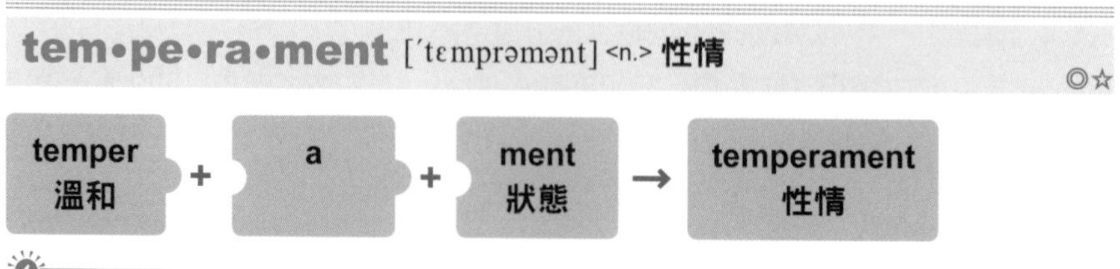

動腦這樣想 心靈的溫和狀態，與一個人的「性情」有關。

She prefers guys with a romantic **temperament**.
她喜歡**性情**浪漫的男生。

tem•pe•ra•ture [ˈtɛmprətʃɚ] <n.> 溫度

●★

動腦這樣想 要使環境保持在對人體**溫和**的狀態，就需要控制「溫度」。

The **temperature** is always high in the South East Asia.
東南亞地區的**氣溫**總是很高。

tem•pe•rate [ˈtɛmprɪt] <adj.> 溫和的

◎☆

動腦這樣想 temper 字尾加 ate，便是「溫和」的形容詞。

Sue is so **temperate** that we have never seen her lose her temper.
蘇太**溫和**了，我們從來沒看過她生氣的樣子。

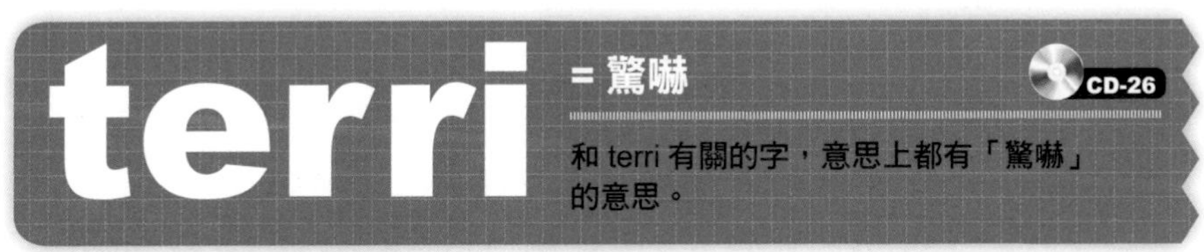

terri
= 驚嚇
CD-26
和 terri 有關的字，意思上都有「驚嚇」的意思。

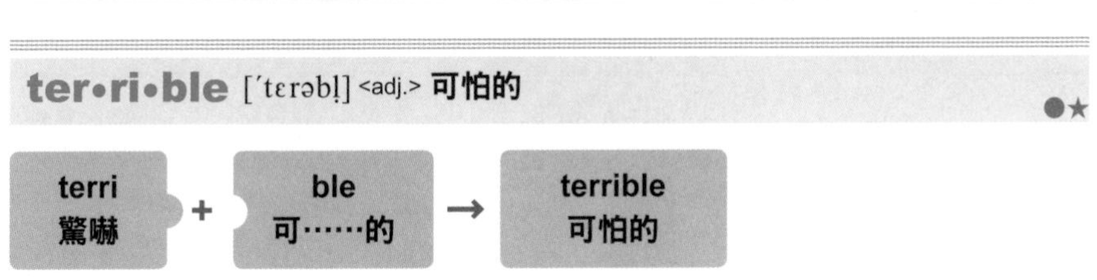

ter•ri•ble [ˈtɛrəbl̩] <adj.> 可怕的

●★

動腦這樣想 可以讓人受到**驚嚇**的事物必定是可怕的。

All the people in the neighborhood were deeply shocked by this **terrible** murder.
這起**可怕的**謀殺案使附近所有人深受驚嚇。

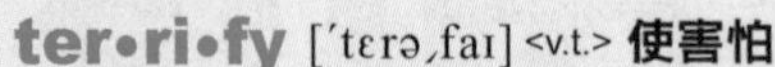

ter•ri•fy [ˊtɛrəˏfaɪ] <v.t.> 使害怕

◎★

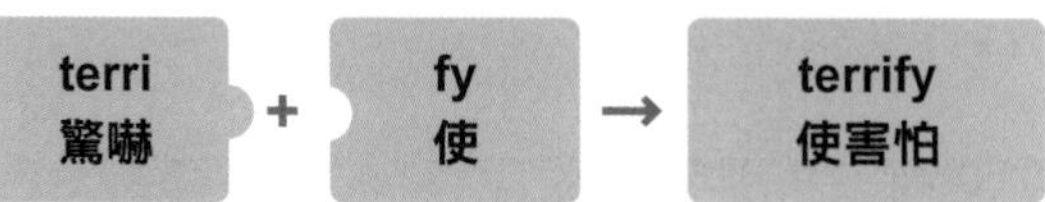

動腦這樣想 使人受到驚嚇，亦即使人感到害怕。

That horror movie **terrified** Britney.
那部恐怖電影**使**布蘭妮感到**害怕**。

ter•rif•ic [təˊrɪfɪk] <adj.> 極棒的

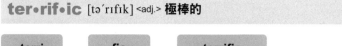

●★

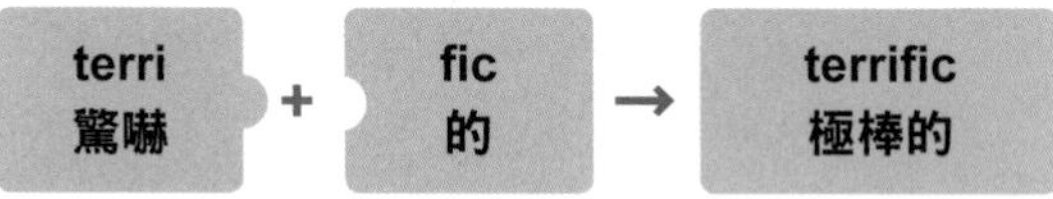

動腦這樣想 人受到**驚嚇**常會展現超乎尋常的能力，因此引伸為「非常棒」或「極棒」的。

Terrific! You got the first prize!
太棒了！你得了第一名！

ter•ror•is•m [ˊtɛrəˏrɪzəm] <n.> 恐怖主義

◎☆

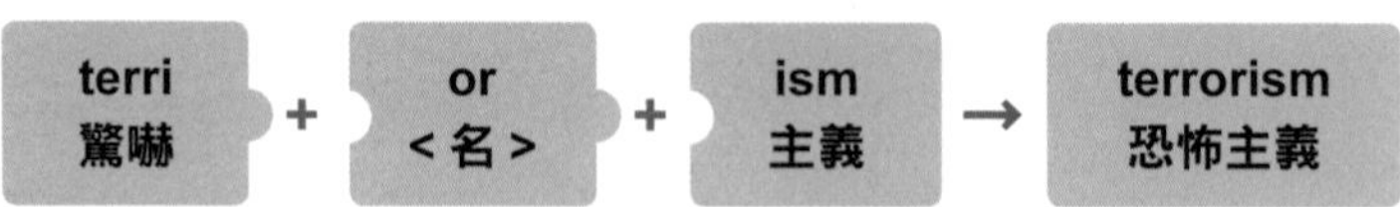

動腦這樣想 terror 就是**恐怖**，字尾加上 ism 即成為恐怖主義。

Fighting against **terrorism** became an excuse for the invasion of the country.
打擊**恐怖主義**變成侵略這個國家的一個藉口。

ter•ror•ist [ˈtɛrəˌrɪst] <n.> 恐怖份子

◎☆

動腦這樣想 會造成人心**恐怖**的人，便稱為恐怖份子。

After 911, the United States has become the leading country in fighting against **terrorists**.

九一一事件後，美國成為對抗**恐怖份子**的首要國家。

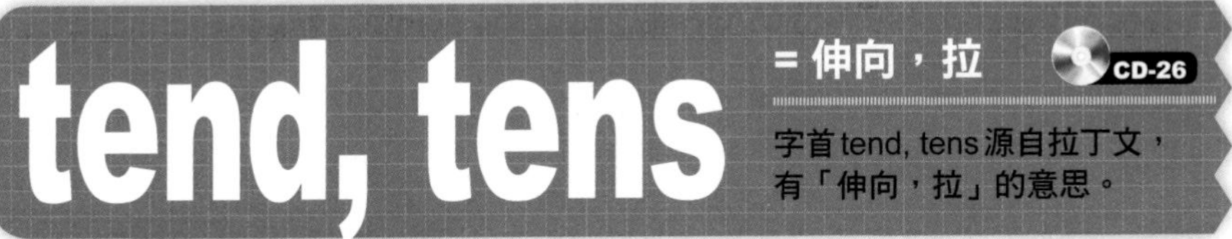

tend [tɛnd] <v.> 趨向

◎★

tend 伸向 → tend 趨向

動腦這樣想 **伸出**手腳向某個方向前進，即代表「趨向」之意。

Children nowadays **tend** to become overweight and unhealthy.

時下的孩童漸漸**趨向**於過重且不健康。

ten•den•cy [ˈtɛndənsɪ] <n.> 趨勢

◎★

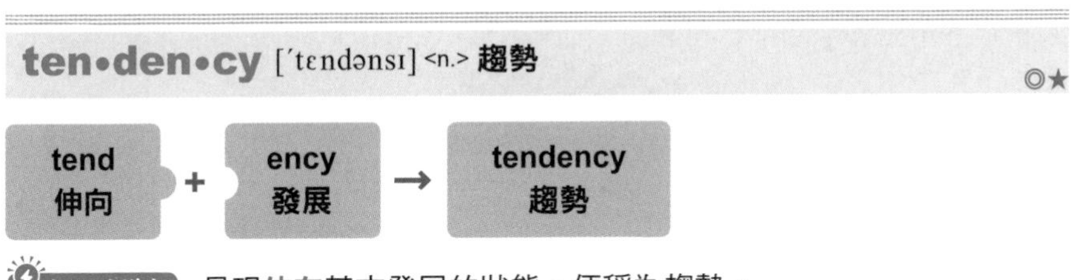

動腦這樣想 呈現**伸向**某方發展的狀態，便稱為趨勢。

The gasoline prices continue to show an upward **tendency**.

油價呈現持續上升的**趨勢**。

tense [tɛns] <adj.> 緊張的

◎★

tens 拉 + e < 形 > → tense 緊張的

動腦這樣想 把神經拉得緊緊的，代表是緊張的。

He was so **tense** that his hands were shaking before getting on the stage.
他上台前**緊張**到手在發抖。

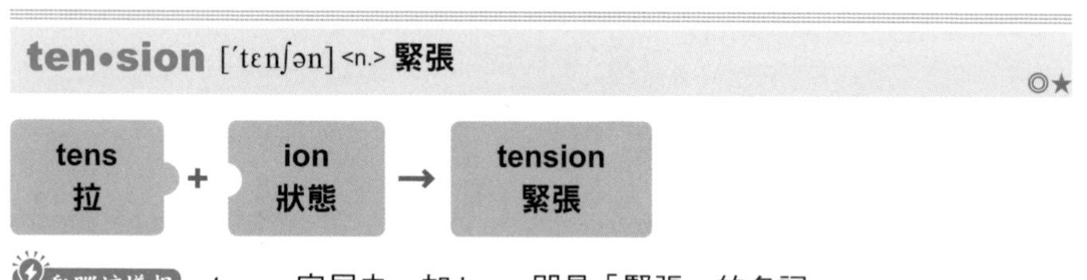

動腦這樣想 tense 字尾去 e 加 ion，即是「緊張」的名詞。

The **tension** between the two countries is about to break out.
兩國之間的**緊張**情勢一觸即發。

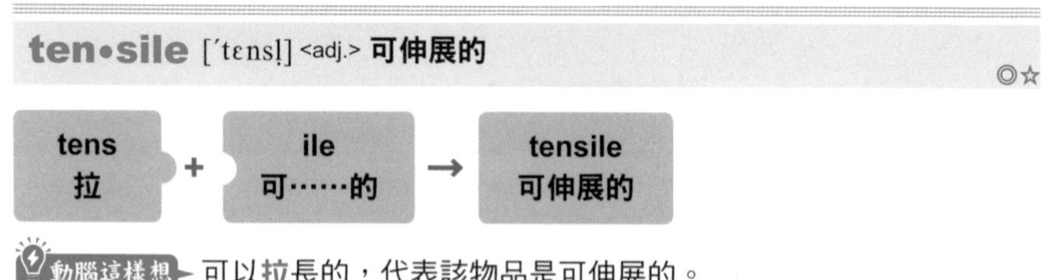

動腦這樣想 可以拉長的，代表該物品是可伸展的。

Rubber bands are **tensile** and so children like to use them to shoot people.
橡皮筋是**可伸展的**，因此很多小孩喜歡拿它來射人。

trans

= 轉移

和「轉移」有關的字，即是以 trans 為字首。

● 全民英檢初級必備單字 ◎ 全民英檢中級必備單字 ★ 學科能力測驗範圍 ☆ 指定科目考試範圍

trans•ac•tion [træns'ækʃən] <n.> 交易 ◎☆

trans 移轉 + action 動作 → transaction 交易

動腦這樣想 進行物品或金錢**移轉**的動作，即稱為交易。

The bank has recorded all the **transactions** you have made.
銀行將你所有的**交易**資料都記錄下來了。

動腦這樣想 **移轉**為另一種形式，就是改變之意。

The ugly little girl I knew has **transformed** into a beautiful lady.
我從前認識的醜小鴨如今已**轉變**成一位美麗的淑女。

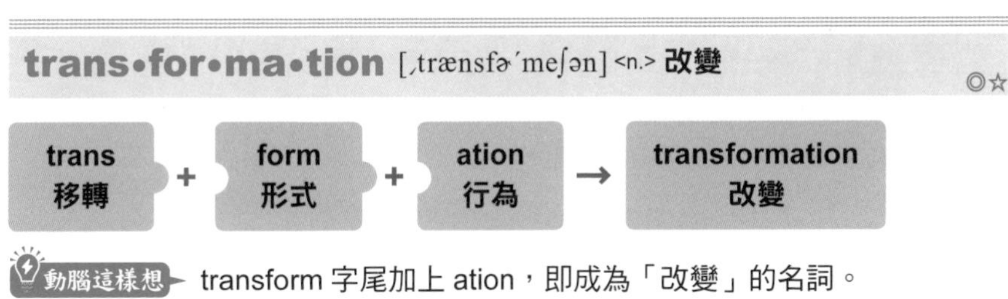

trans•for•ma•tion [ˌtrænsfɚ'meʃən] <n.> 改變 ◎☆
trans 移轉
+
form 形式
+
ation 行為
→
transformation 改變

動腦這樣想 transform 字尾加上 ation，即成為「改變」的名詞。

He needs to make a great **transformation** in his attitude.
他得在態度上做很大的**改變**。

tran•sis•tor [trænˈzɪstɚ] <n.> 電晶體

◎☆

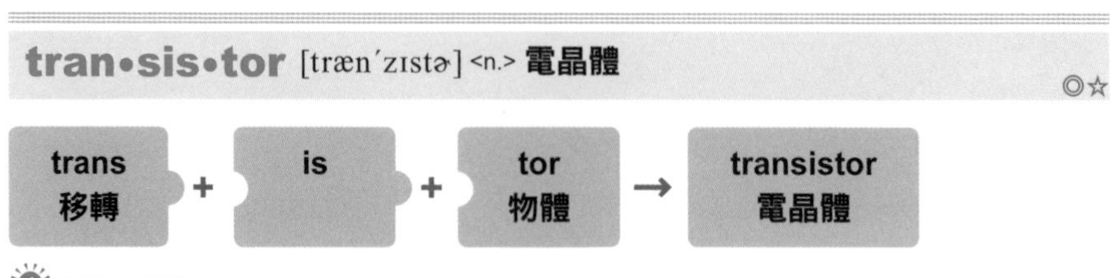

動腦這樣想 在電器中控制電流移轉的元件，稱為電晶體。

The transistor of the TV set has been broken since then.
從那時候起，那台電視機的電晶體就壞了。

tran•sit [ˈtrænsɪt] <n.> 運輸

◎☆

動腦這樣想 將物品或人從某一處移轉到另一處，便稱為運輸。

There is a convenient urban rapid transit system in Taipei.
台北擁有便捷的都市快速運輸系統。

tran•si•tion [trænˈzɪʃən] <n.> 轉變

◎☆

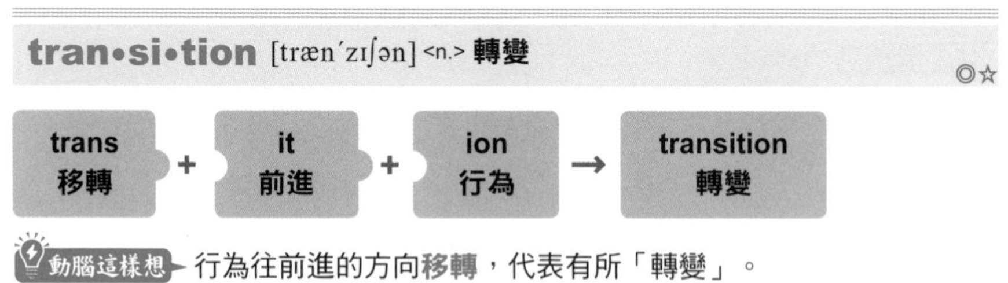

動腦這樣想 行為往前進的方向移轉，代表有所「轉變」。

Teachers should pay more attention to those adolescents in transition.
老師應多多關注處於轉變期的青少年。

trans•late [træns´let] <v.> 翻譯 ◎★

trans 移轉 + late 帶來 → translate 翻譯

動腦這樣想 將一種語言**轉換**成另一種語言以帶來理解，就稱為翻譯。

Could you **translate** this article from Chinese into English?
你可以將這篇文章從中文**翻譯**成英文嗎？

trans•la•tion [træns´leʃən] <n.> 翻譯 ◎★

trans 移轉 + lat 帶來 + ion 行為 → translation 翻譯

動腦這樣想 translate 字尾去 e 加 ion，便成為「翻譯」的名詞。

The Chinese **translation** of the novel *The Lord of the Rings* was done beautifully!
《魔戒》小說的中文**翻譯**翻得棒極了！

trans•la•tor [træns´letɚ] <n.> 翻譯員 ◎★

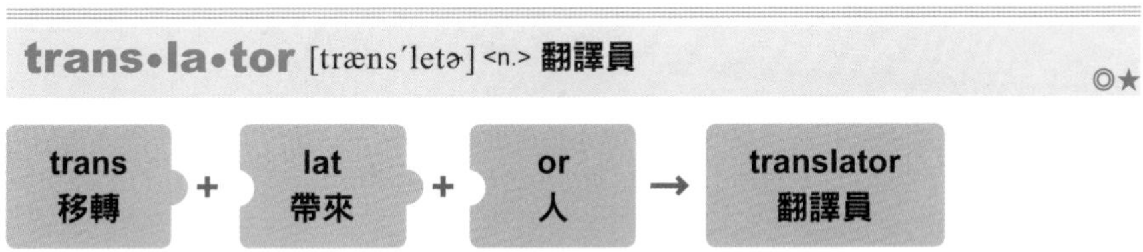

動腦這樣想 負責將一種語言**轉換**成另一種語言以帶來理解的人，稱為翻譯員。

To be a professional **translator** is my dream.
成為一位專業的**翻譯員**是我的夢想。

trans•mit [træns′mɪt] <v.> 傳送

◎☆

trans 移轉 + mit 發送 → transmit 傳送

([拉]mittere)

(出處) mit 源自拉丁文 mittere，指「發送」。

動腦這樣想 將 A 地之物發送出去，使其**移轉**到 B 地，便稱為傳送。

I will **transmit** the money to you this afternoon by my secretary.

我今天下午會讓秘書把錢**送**過去給你。

trans•mis•sion [træns′mɪʃən] <n.> 傳送

◎☆

trans 移轉 + miss 發送 + ion 行為 → transmission 傳送

動腦這樣想 transmit 字尾去 t 加 ssion，就成為「傳送」的名詞。

The **transmission** of the TV signals is bad today due to the terrible typhoon.

因為可怕的颱風的關係，今天電視訊號的**傳送**不太穩定。

trans•par•ent [træns′pɛrənt] <adj.> 透明的

◎☆

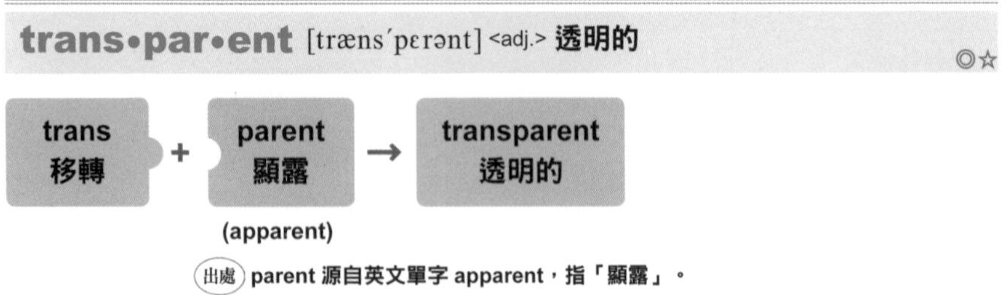

(出處) parent 源自英文單字 apparent，指「顯露」。

動腦這樣想 能讓光線**移**到後方而顯露出後面的景象，這個東西就是透明的。

The operation of the financial system is **transparent** in this country.

這個國家財務系統的運作很**透明**。

trans•plant [træns′plænt] <v.> 移植

◎☆

trans 移轉 + plant 種植 → transplant 移植

動腦這樣想 移往他處種植，就是移植。

Linda's kidney is ready to be **transplanted**.
琳達已準備好要**移植**腎了。

trans•port [træns′port] <v.t.> 運輸、運送

◎★

trans 移轉 + port 攜帶 → transport 運輸、運送

動腦這樣想 攜帶物品從一處**移往**另一處，便叫做運輸、運送。

Fresh fish are **transported** to the restaurant every morning.
每天早上，新鮮的魚都會被**運送**到這家餐廳。

trans•por•ta•tion [͵trænspɚ′teʃən] <n.> 運輸

◎★

trans 移轉 + port 攜帶 + ation 行為 → transportation 運輸

動腦這樣想 transport 字尾加上 ation，即成為「運輸」的名詞。

The mass **transportation** system is very convenient in Taipei.
台北的大眾**運輸**系統很方便。

U-V

un = 不，否定的

以 un 為首的單字帶有「不，否定的」的意味。

● 全民英檢初級必備單字 ◎ 全民英檢中級必備單字 ★ 學科能力測驗範圍 ☆ 指定科目考試範圍

u•nan•i•mous [ju'nænəməs] <adj.> 無異議的 ◎☆

([拉]animus)

出處 anim 源自拉丁文 animus，指「心意」。

動腦這樣想 大家的心意沒有不同，代表是無異議的。

Lydia was elected to be the class leader by a **unanimous** vote.
大家**無異議的**全部投票選出莉迪亞擔任班長。

un•cov•er [ʌn'kʌvɚ] <v.> 揭發 ◎☆

動腦這樣想 隱藏的相反就是揭發。

The legislator **uncovered** the scandal of insider trading.
立法委員**揭發**了內線交易的醜聞。

un•doubt•ed•ly [ʌn'dautɪdlɪ] <adv.> 無疑地 ◎☆

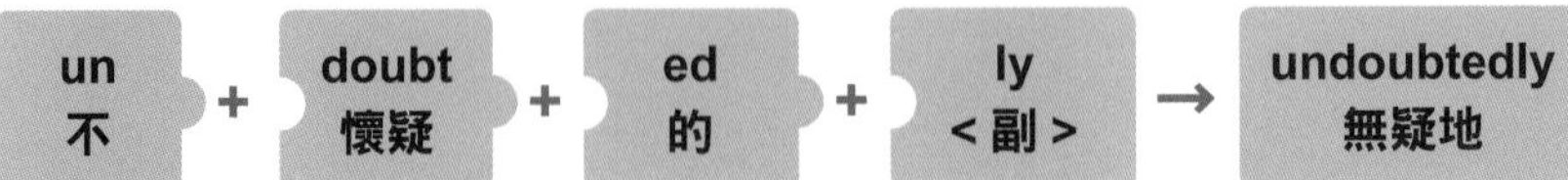

動腦這樣想 不用加以懷疑，字尾有 ly 代表是副詞，也就是無疑地。

What he said is **undoubtedly** the truth.
毫無疑問的，他所說的是事實。

un•em•ploy•ment [ˌʌnɪmˈplɔɪmənt] <n.> 失業

◎☆

un 不 + employ 雇用 + ment 結果 → unemployment 失業

動腦這樣想 不予雇用的結果就是失業。

Frank has been staying at home in **unemployment** for six months.
法蘭克已**失業**在家六個月了。

un•fold [ʌnˈfold] <v.> 展開

◎☆

un 不 + fold 折疊 → unfold 展開

動腦這樣想 折疊的**相反**便是展開。

I **unfolded** the letter and started reading.
我**展開**了信紙並開始閱讀。

un•lock [ʌnˈlɑk] <v.> 解開

◎☆

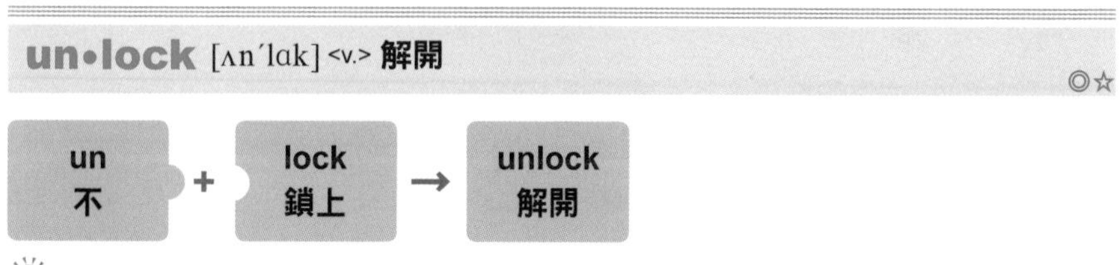

動腦這樣想 鎖上的**相反**便是解開。

He **unlocked** the luggage and took out a pair of shoes.
他將行李箱的鎖**解開**並取出一雙鞋子。

un•pack [ʌnˈpæk] <v.> 打開

◎☆

un 不 + pack 包裝 → unpack 打開

動腦這樣想 包裝的相反便是打開。

The Customs will unpack and check your luggage if necessary.
必要的話，海關會打開你的行李並檢查。

under

= 在……下

CD-27

同 under 原意，以其為首的單字帶有「在……下」的意思。

un•der•es•ti•mate [ˈʌndɚˈɛstə,met] <v.> 低估

◎☆

under 在……下 + estimate 估量 → underestimate 低估

動腦這樣想 估量的結果低於真實價值，意味低估。

My supervisor advised us not to underestimate our opponents.
我的上司勸告我們不可低估了對手。

un•der•go [,ʌndɚˈgo] <v.> 經歷

◎☆

under 在……下 + go 前進 → undergo 經歷

動腦這樣想 在壓力下努力前進，是人生不可避免的「經歷」。

Don't be afraid of undergoing difficulties before reaching success.
達到成功之前，不要害怕經歷困難。

un•der•grad•u•ate [ˏʌndəˊgrædʒuɪt] <n.> 大學生 ◎☆

under 在……下 + graduate 畢業 → undergraduate 大學生

動腦這樣想 在可畢業程度以下的，意味是大學生。

My sister Elsa is becoming an **undergraduate** this fall.
我妹妹愛莎將在今年秋天成為一位**大學生**。

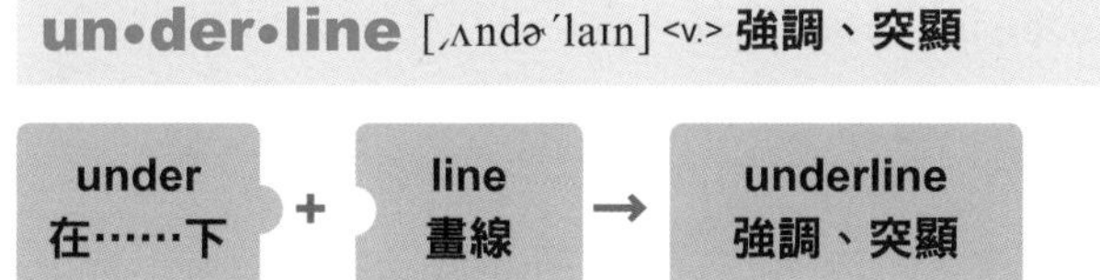

un•der•line [ˏʌndəˊlaɪn] <v.> 強調、突顯 ◎☆

under 在……下 + line 畫線 → underline 強調、突顯

動腦這樣想 在重點的下方畫線，引伸為「強調、突顯」之意。

The severe damages caused by the typhoon **underline** the importance of precautionary measures.
這個颱風帶來的嚴重損害**突顯**出預防措施的重要性。

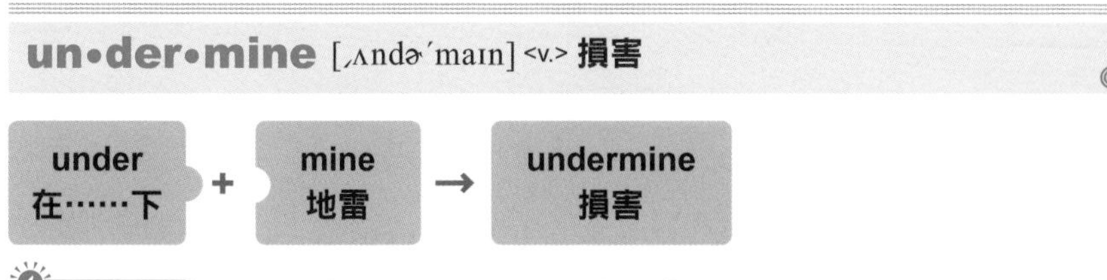

un•der•mine [ˏʌndəˊmaɪn] <v.> 損害 ◎☆

under 在……下 + mine 地雷 → undermine 損害

動腦這樣想 在下方放置地雷，代表欲造成「損害」。

Long term overworking has **undermined** his health.
長時間過度工作已**損害**了他的健康。

un•der•neath [ˌʌndɚˈniθ] <adv.> 在……之下

◎☆

under 在……下	+	neath 在……下	→	underneath 在……之下

動腦這樣想 兩者均有下方的意思，也就是「在什麼東西之下」。

He seems a nice guy but he is rather cold-hearted underneath.

在他和善的外表之下，有著一顆冷酷無情的心。

un•der•pass [ˈʌndɚˌpæs] <n.> 地下道

●★

under 在……下	+	pass 穿越	→	underpass 地下道

動腦這樣想 在地面下供行人穿越的就是地下道。

There is an underpass from here to the building across the street.

這裡有一條可通到對面建築物的地下道。

un•der•take [ˌʌndɚˈtek] <v.> 承擔

◎☆

under 在……下	+	take 拿起	→	undertake 承擔

動腦這樣想 在東西的下方用力將其舉起來，亦即「承擔」責任。

Wendy undertakes the whole project by herself.

溫蒂獨自承擔下整個專案。

un, uni

= 單一，統一

以 un, uni 為首的單字帶有「單一，統一」的意思。

● 全民英檢初級必備單字　◎ 全民英檢中級必備單字　★ 學科能力測驗範圍　☆ 指定科目考試範圍

u•ni•fy [ˊjunəˏfaɪ] <v.> 統一

◎☆

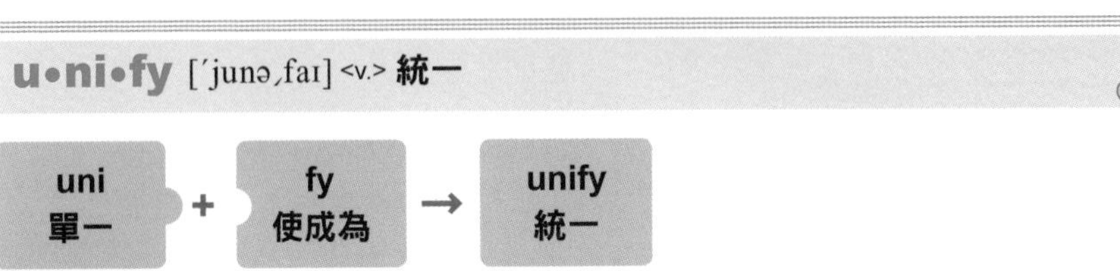

動腦這樣想 使成為單一的，就是指統一。

Some of the small communities were **unified** into one organization.
一些小團體被**統一**組成一個機構。

u•ni•form [ˊjunəˏfɔrm] <adj.> 統一的；<n.> 制服

●★

動腦這樣想 只具有單一形式的，當名詞是指「制服」，當形容詞是指「統一的」。

My company requires the employees to wear **uniforms** every day.
我們公司要求員工天天穿**制服**。

u•ni•on [ˊjunjən] <n.> 工會

◎★

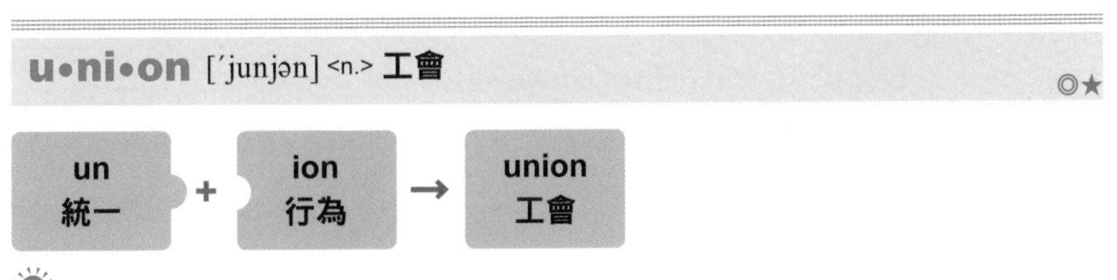

動腦這樣想 由具有相同目標與行為的一群員工所組成的團體稱為工會。

The **union** is going on a strike next week.
工會下星期要發動罷工。

u•nique [ju'nik] <adj.> 獨特的

●★

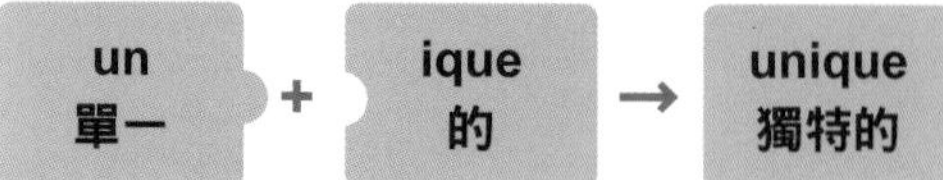

動腦這樣想 獨一無二、無與倫比的，意指是獨特的。

That is the most **unique** and breathtaking artwork I have ever seen.
這是我所見過最**獨特**、最驚人的藝術作品。

u•nite [ju'naɪt] <v.> 統一

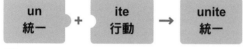

◎★

un 統一 + ite 行動 → unite 統一

動腦這樣想 採取行動使成為一體，稱為統一。

The king **united** the entire country within 10 years.
國王於十年間將全國**統一**。

u•ni•ty ['junətɪ] <n.> 統一性

◎★

un 統一 + ity 性質 → unity 統一性

動腦這樣想 unite 字尾去 e 加 y，即是「統一」的名詞。

The political **unity** of the two opposition parties is still pending.
兩個反對黨在政治上進行**統一**的事仍懸而未決。

u•ni•verse [ˈjunə͵vɝs] <n.> 宇宙

●★

uni 單一 + vers 旋轉 + e <名> → universe 宇宙

([拉]versare)

出處 vers 源自拉丁文 versare，指「旋轉」。

動腦這樣想 以地球為單一中心而旋轉的浩瀚世界，即稱為宇宙。

People used to believe that the earth was the center of the **universe**.
人們曾經認為地球是**宇宙**的中心。

u•ni•ver•sal [͵junəˈvɝsl̩] <adj.> 宇宙的、全球的

◎★

uni 單一 + vers 旋轉 + al 的 → universal 宇宙的、全球的

動腦這樣想 universe 字尾去 e 加 al，即為「宇宙」的形容詞，也引伸為「全球的」。

It's no doubt that football has become a **universal** game.
無庸置疑的，足球已成為一**全球性的**運動。

u•ni•ver•si•ty [͵junəˈvɝsətɪ] <n.> 大學

◎★

uni 統一 + vers 旋轉 + ity 性質 → university 大學

動腦這樣想 將各種性質的學科集中在一起以進行研究的單位稱為大學。

Edward is major in archeology at the **university**.
愛德華在**大學**主修考古學。

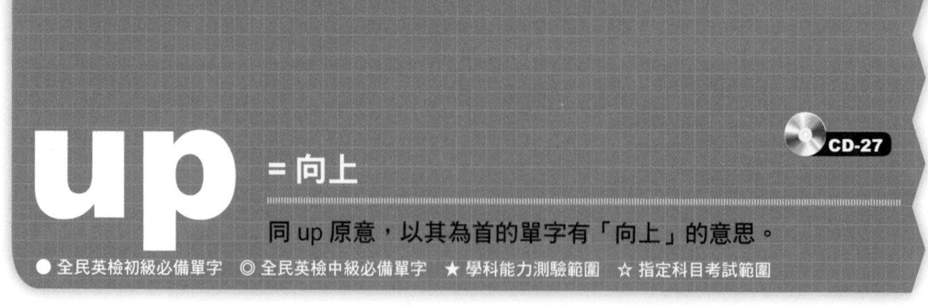

up
= 向上
CD-27
同 up 原意，以其為首的單字有「向上」的意思。
● 全民英檢初級必備單字 ◎ 全民英檢中級必備單字 ★ 學科能力測驗範圍 ☆ 指定科目考試範圍

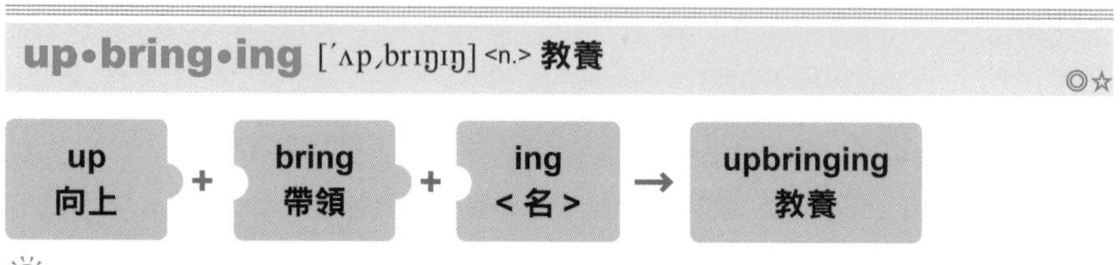

動腦這樣想 帶領孩子向上發展茁壯，即是指教養。

Lawrence credited his achievement to the strict **upbringing** since childhood.
勞倫斯將他的成就歸功於從小所受的嚴格**教養**。

動腦這樣想 將事情向上調整至最接近目前日期的狀態，就是更新之意。

Keep in mind that you need to **update** the schedule every day.
你每天要記得**更新**行事曆。

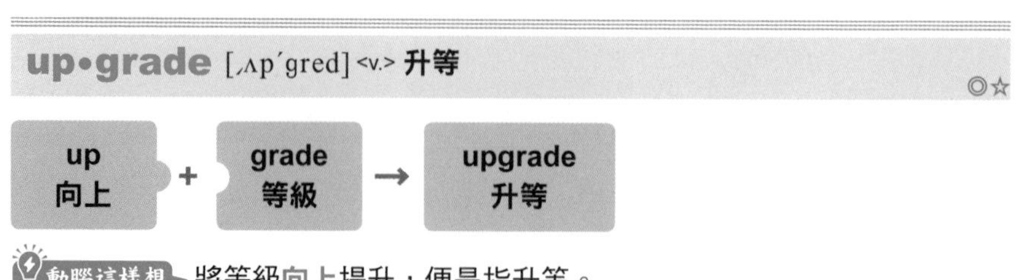

動腦這樣想 將等級向上提升，便是指升等。

I have been **upgraded** from the economy class to business class by the airline company.
航空公司已將我的座位由經濟艙**升等**為商務艙。

up•right [ˈʌpˌraɪt] <adj.> 正直的

◎☆

up 向上 + right 正當 → upright 正直的

動腦這樣想 向上正正當當地站立著，意指一個人具有「正直的」個性。

People are looking forward to having an **upright** and respectable president.
人們期待能有一位**正直**又值得尊敬的總統。

up•set [ʌpˈsɛt] <v.> 難過

◎☆

動腦這樣想 將苦惱放在一個人的心頭上，引伸為「難過」之意。

What you just said **upsets** me.
你剛才說的話讓我很**難過**。

up•ward [ˈʌpwɚd] <adj.> 向上的、往上的

◎☆

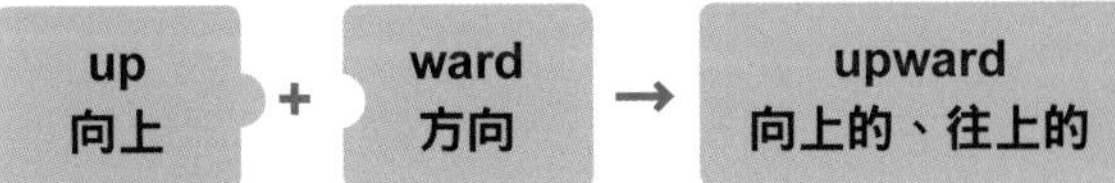

動腦這樣想 向上的方向，就是指向上的、往上的。

He gave an **upward** look at the Big Ben.
他**往上**看了看大笨鐘。

vac = 空

CD-28

字首 vac 源自拉丁文。以 vac 為首的字有「空」的意思。

● 全民英檢初級必備單字 ◎ 全民英檢中級必備單字 ★ 學科能力測驗範圍 ☆ 指定科目考試範圍

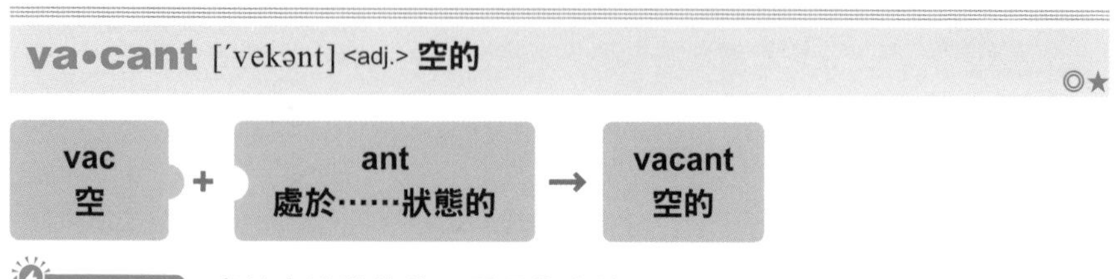

va•cant [ˈvekənt] <adj.> 空的 ◎★

vac 空 + ant 處於……狀態的 → vacant 空的

動腦這樣想 處於**空缺**狀態的，即是指空的。

The room is now **vacant** and ready for rent.
這間房現在是**空的**，隨時可以出租。

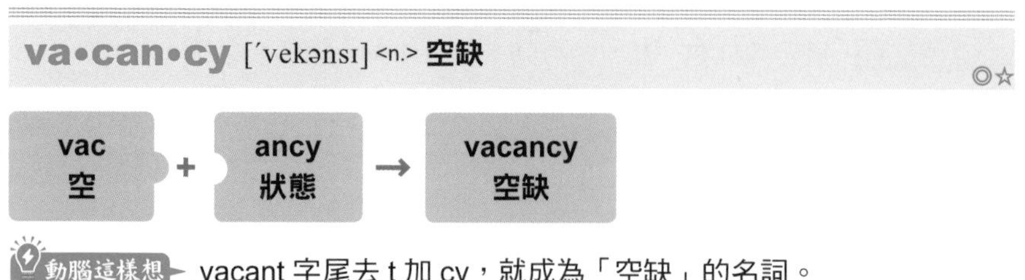

va•can•cy [ˈvekənsɪ] <n.> 空缺 ◎☆

vac 空 + ancy 狀態 → vacancy 空缺

動腦這樣想 vacant 字尾去 t 加 cy，就成為「空缺」的名詞。

They have a **vacancy** for a sales manager.
他們有一個銷售經理的**空缺**。

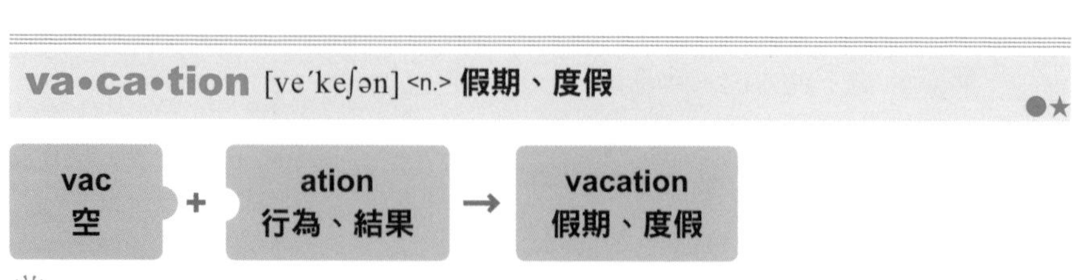

va•ca•tion [veˈkeʃən] <n.> 假期、度假 ●★

vac 空 + ation 行為、結果 → vacation 假期、度假

動腦這樣想 在工作日之外的可供休息的**空檔**時間，稱之為假期。

The director finally took a **vacation** after years of overworking.
主任在多年的過度工作後終於去**度假**了。

vers = 旋轉

字首 vers 源自拉丁文，有「旋轉」的意思。

● 全民英檢初級必備單字 ◎ 全民英檢中級必備單字 ★ 學科能力測驗範圍 ☆ 指定科目考試範圍

verse [vɜs] <n.> 詩句

◎★

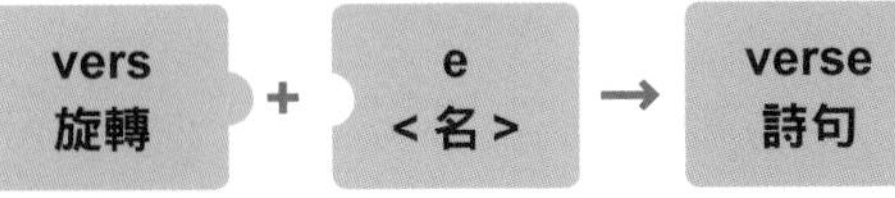

動腦這樣想 「詩句」就是由文字以各種方式**旋轉**而展現風貌所構成的。

He was able to recite **verses** from Shakespeare when he was in high school.
當他讀中學的時候，他能吟誦莎士比亞的**詩句**。

ver•sion [ˊvɜʒən] <n.> 版本

◎☆

動腦這樣想 相同的故事以不同方式**旋轉**的結果，就會產生不同的「版本」。

Many different **versions** of textbooks are available on the market.
市面上可買到很多不同**版本**的教科書。

ver•sus [ˊvɜsəs] <prep.> 相對於

◎☆

動腦這樣想 **轉身**成為相反的背對背方向，表示兩者之間的比較。

The match we are going to watch tonight is Germany **versus** England.
我們今晚要看的比賽是德國**對**英格蘭。

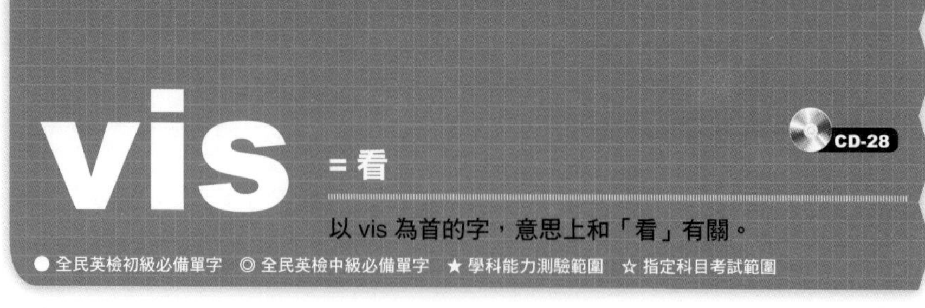

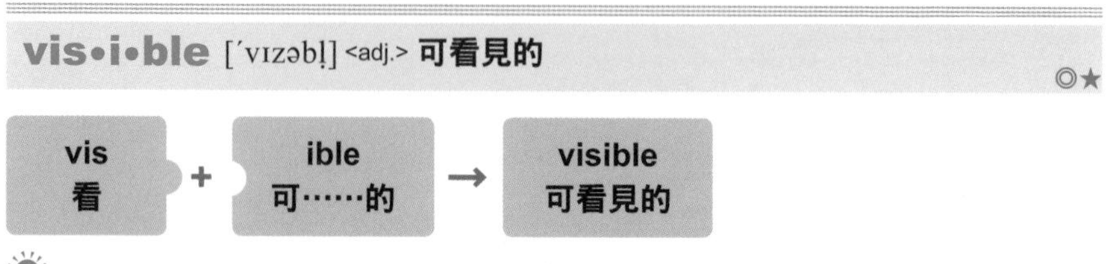

動腦這樣想 可以看得見的，亦即「可看見的」。

The ovum is the largest cell in the human body and **visible** to naked eyes.
卵子是人體內最大的細胞，肉眼即**可看見**。

動腦這樣想 與**觀看**之行為有關的，就牽涉到視覺、視力。

Grandfather's **vision** is getting worse.
祖父的**視力**變得愈來愈差了。

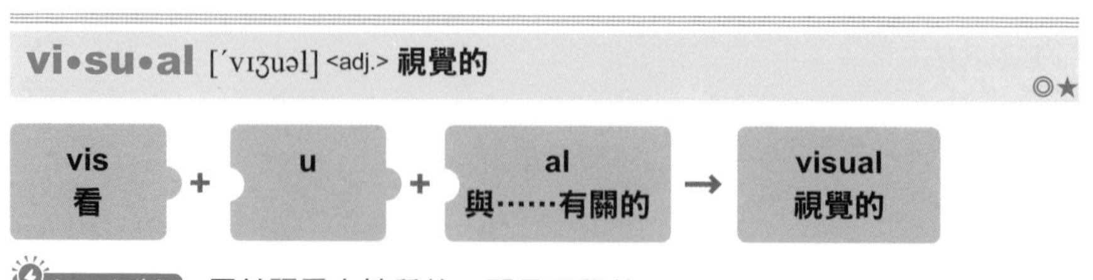

動腦這樣想 屬於**眼看**之性質的，即是視覺的。

All the audience enjoy the stunning **visual** effects in this film.
這部電影讓所有的觀眾得到了絕佳的**視覺**享受。

vi•su•al•ize [ˈvɪʒuəlˌaɪz] <v.> 想像 ◎☆

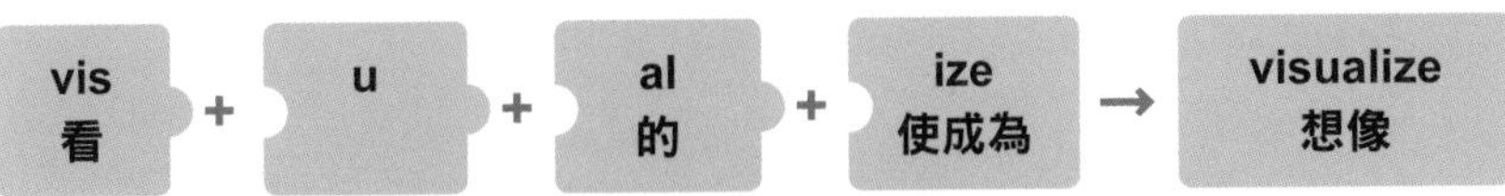

動腦這樣想 使成為彷彿在腦海中**看**得到的景象，亦即「想像」之意。

Lori can't **visualize** herself ever becoming pregnant.
蘿莉無法**想像**她自己有朝一日懷孕的樣子。

vis•it [ˈvɪzɪt] <v.> 探訪 ●★

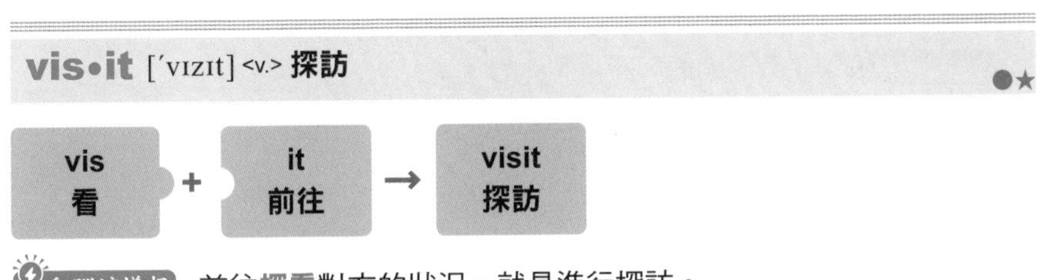

動腦這樣想 前往**探看**對方的狀況，就是進行探訪。

I plan to **visit** my friends in the United States next year.
我計畫明年要**拜訪**我在美國的朋友。

vis•it•or [ˈvɪzɪtɚ] <n.> 探訪者、訪客 ●★

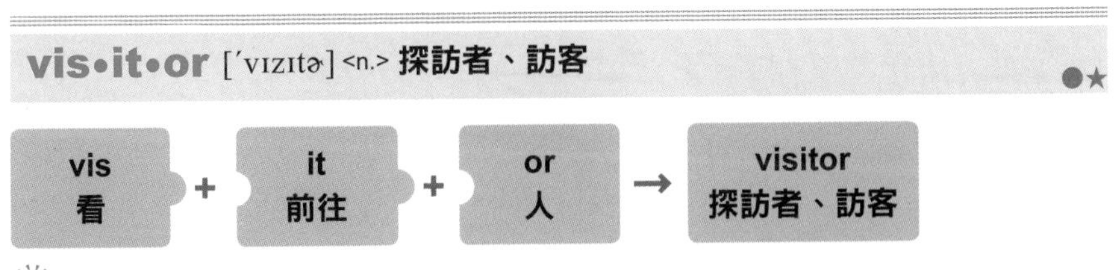

動腦這樣想 前往**探看**對方狀況的人，稱為探訪者、訪客。

Mrs. Adam has been refusing **visitors** to her house since Mr. Adam passed away.
自從亞當先生去世後，亞當太太就一直拒絕**訪客**到她家裡。

vit, viv

= 生命

CD-28

字首 vit, viv 源自拉丁文，有「生命」的意思。

● 全民英檢初級必備單字　◎ 全民英檢中級必備單字　★ 學科能力測驗範圍　☆ 指定科目考試範圍

vi•tal [ˈvaɪtl̩] <adj.> 生命的

◎★

vit 生命 + al 的 → vital 生命的

動腦這樣想 與生命有關的，即是生命的。

The patient still had **vital** signs upon arrival at the hospital.
病人抵達醫院時仍有**生命**跡象。

vi•tal•i•ty [vaɪˈtælətɪ] <n.> 生命力、活力

◎☆

vit 生命 + al 的 + ity 程度 → vitality 生命力、活力

動腦這樣想 生命的活躍程度，與生物的「生命力」有關。

Nicole is the kind of dancer who dances with joy and **vitality**.
妮可是跳舞時充滿喜悅與**活力**的那種舞者。

vit•a•min [ˈvaɪtəmɪn] <n.> 維他命

◎★

vit 生命 + amin 胺類 → vitamin 維他命

動腦這樣想 早期科學家認為維他命是可以維持生命的胺類。

I take **vitamin** pills every day.
我每天都會服用**維他命**丸。

VOC = 聲音

和聲音有關的字，多以 voc 為字首。

● 全民英檢初級必備單字 ◎ 全民英檢中級必備單字 ★ 學科能力測驗範圍 ☆ 指定科目考試範圍

vo•cal [ˈvokḷ] <adj.> 嗓音的 ◎☆

動腦這樣想 與嘴巴發出**聲音**有關的，即是嗓音的。

My uncle doesn't enjoy **vocal** music.
我叔叔不喜歡**聲**樂。

vo•cab•u•la•ry [vəˈkæbjəˏlɛrɪ] <n.> 字彙 ●★

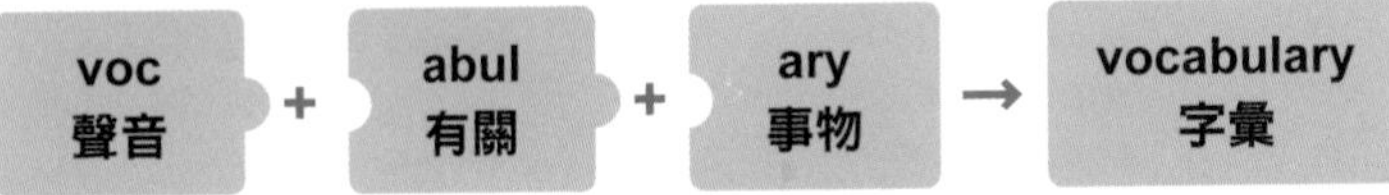

動腦這樣想 將一種語文口說的**聲音**具體表達出來的東西，就是指字彙。

The more **vocabularies** we know, the better readers we are.
我們了解的**字彙**越多，我們就越容易閱讀。

vo•ca•tion [voˈkeʃən] <n.> 職業 ◎☆

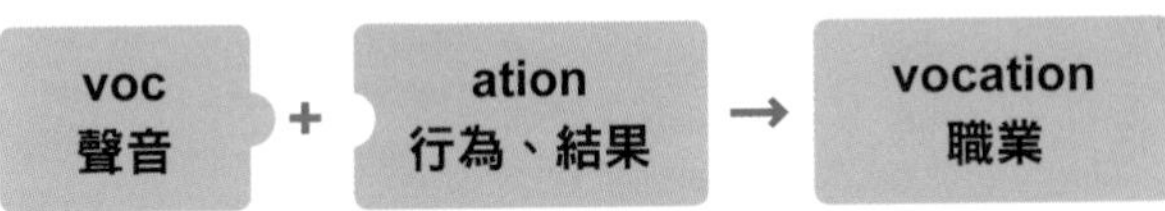

動腦這樣想 每個人在工作上所說的話及所做的事，皆與所從事的「職業」有關。

My younger sister chose flight attendance as her **vocation**.
我妹妹選擇當空姐為她的**職業**。

索引

M

N

O

S

T

U

V

國家圖書館出版品預行編目資料

單字密碼：三段式解析，過目不忘，快速提升英語力 / 呂宗昕著. -- 初版. --
臺北市：如何, 2016.11
400 面；14.8×20.8公分 --（Happy language ; 150）

ISBN 978-986-136-474-2（平裝）
1. 英語 2.詞彙
805.12 105017726

Eurasian Publishing Group
圓神出版事業機構
用心與你對話．視野無限寬廣
如何出版社
Solutions Publishing

www.booklife.com.tw reader@mail.eurasian.com.tw

Happy Language 150

單字密碼

——三段式解析，過目不忘，快速提升英語力（附MP3）

作　　者／呂宗昕
發 行 人／簡志忠
出 版 者／如何出版社有限公司
地　　址／台北市南京東路四段50號6樓之1
電　　話／（02）2579-6600．2579-8800．2570-3939
傳　　真／（02）2579-0338．2577-3220．2570-3636
總 編 輯／陳秋月
主　　編／柳怡如
責任編輯／尉遲佩文
校　　對／蔡緯蓉．尉遲佩文
美術編輯／李家宜
行銷企畫／吳幸芳．詹怡慧
印務統籌／劉鳳剛．高榮祥
監　　印／高榮祥
排　　版／莊寶鈴
經 銷 商／叩應股份有限公司
郵撥帳號／ 18707239
法律顧問／圓神出版事業機構法律顧問　蕭雄淋律師
印　　刷／祥峯印刷廠
2016年11月　初版

定價 380 元　　ISBN 978-986-136-474-2